달과 6펜스

달과 6펜스

월리엄 서머싯 몸 | 안홍규 옮김

문예출판사

The Moon and Sixpence

William Somerset Maugham

차례

달과 6펜스 • 7

작품 해설 • 405
윌리엄 서머싯 몸 연보 • 411

• 각주에서 '원주'라고 표기된 것 외는 모두 옮긴이 주다.

1

 찰스 스트릭랜드를 처음 만났을 때 나는 그에게서 보통 사람과 다른 점을 단 한 순간도 의식하지 못했다. 그렇지만 이제 그의 위대성을 부인할 사람은 거의 없을 것이다. 어쩌다 운이 좋아 출세한 정치가나 성공한 군인의 위대성을 말하는 것이 아니다. 그 같은 위대성은 그들이 올라선 자리에서 비롯된 것이지 그 사람 자체와는 별 상관이 없다. 그러니 그 같은 위대성은 상황이 바뀌면 언제든 달라질 수 있다. 수상도 자리에서 물러나면 고작 잘난 척하는 달변가였을 뿐이라고 여겨지기도 하고, 장군도 퇴역하고 나면 어느 시골 장터의 보잘것없는 이야깃거리로나 기억될 뿐이다.
 그러나 찰스 스트릭랜드의 위대성은 진짜배기였다. 설령 그의 예술을 좋아하지 않는 사람일지라도 그것이 우리의 관심을 끈다는 점까지 부인하기는 힘들다. 그는 우리의 마음을 뒤흔들기도 하고, 사로잡기도 한다. 이제 그가 비웃음거리가 되었던 시대는 지나갔다. 그를 변호한다고 해서 별난 사람 취급을 받지도 않고, 그를 극찬한다고 해서 외고집 소리를 듣지도 않는다. 그의 결점이 오히려 그의 장점을 보완하는 요소였다는 것을 모르는 사람은 이제 없다. 지금도 예술계에서 그가 차지하는 위치가 이러니저러니 떠들어낼 수는 있지만, 사실 그를 찬미하는 자들의 아첨이나 그를 비방했던 자들의 멸시나 변덕이 심하기는 매한가지다. 그러나 결코 의심할 수 없는 명백한 사실이 있다. 바로 그가 천재였다는 점이다. 나는 예술에서 가장 흥미로운 것은 예술가의 개성이라고 생각한다. 개성이 독특하기만 하다면야 수천 가지 결점이 있다 한들 기꺼이 용서할 수 있다고 본다. 나는 벨라스케스가 엘 그레코보다 훌륭한 화가였다고 생각하지만, 그를 찬미하려다가도 너무 관습적이어서 맥이 빠지고 만다. 관능적이며 비극적인 크레타섬 사람들은 자신들의 영혼의 신비를 마치 제단 위에 놓인 제물처럼 우리에게 봉헌한다. 화가나 시인 또는 음악가와 같은 예술가들은 숭고하거나 아름다운 그들의 장식품으로 우리의 심미안을 만족시켜 주지만, 그러한 심미안은 마치 남녀 간의 성적 본능과 같은 것이어서 그 안에 야만성을 품고 있다. 예술가들은 자신들의 보다 큰 재능을 우리 앞에 내놓는다. 예술가들의 비밀을 추적하다 보면 마치 탐정소설에 빠져들듯 매혹되고 만다. 그것은 마치 끝을 알 수 없는 우주와 같이 영원히 해답을 구할 수 없는 수수께끼다. 스트릭랜드의 작품은 가장 하찮은 것조차 기이하고 고뇌에 찬, 그러면서도 복잡한 개성을 드러낸다. 그런 까닭에 그의 그림을 싫어하는 사람들조차 그의 그림에 무관심할 수는 없으며, 더 나아가서는 그의 삶과 성격에 호기심을 갖지 않을 수 없다.

　스트릭랜드가 죽고 4년이 지나서야 비로소 모리스 위레라는 비평가가 〈메르퀴르 드 프랑스〉지에 그에 관한 기사를 썼다. 이 기사로 한낱 무명의 화가였던 스트릭랜드는 우리의 망각에서 구제되었고, 다소 유순했던 비평가들이 너나없이 그가 터놓은 길을 따랐다. 사실 프랑스에서 모리스 위레만큼 오랜 세월 확고한 권위를 누린 비평가는 일찍이 없었다. 그러니 스트릭랜드에 관한 그의 주장에 동조하지 않을 사람은 거의 있을 수 없다. 좀 과장된 것은 아닌가 싶기도 했지만, 시간이 지나고 난 뒤 이어진 비평가들의 판단으로 위레의 평가가 옳았음이 드러났고, 결국 오늘날 찰스 스트릭랜드의 명성은 위레가 세운 토대 위에 굳건해졌다. 잊혔던 화가가 이처럼 명성을 갖게 된 것은 예술사에서 가장 낭만적인 사건 가운데 하나다. 하지만 여기서는 스트릭랜드의 인격 자체를 암시하는 범위를 넘어 그의 작품을 다루지는 않으려 한다. 문외한들이 그림에 대해 무얼 알겠으며, 그저 묵묵히 수표책을 꺼내 화가의 작품에 대한 경외심을 보여주면 그만이라고 거만하게 주장하는 화가들에게 동의할 수 없다. 그것은 예술에는 기교만이 있을 뿐이고, 그것을 온전히 이해할 수 있는 것 역시 기능공들뿐이라고 생각하는 괴상망측한 오해일 뿐이다. 예술은 정서의 표현이며, 정서는 모든 사람들이 이해할 수 있는 언어다. 그러나 기술에 대한 실제적 지식이 없는 비평가가 작품의 진정한 가치를 언급할 능력은 거의 없다는 것을 나도 인정한다. 그런 점에서는 나 역시 그림에는 무지렁이다. 그러나 다행스럽게도 나는 그림을 논하는 모험 따위는 할 필요가 없다. 훌륭한 화가이며 동시에 문필에도 능한 내 친구 에드워드 레가트가 매력적인 문체의 모범이라 할 만한 그의 소책자*에서 찰스 스트릭랜드의 작품을 자세히 다뤘기 때문이다. 문체는 아무래도 영국보다는 프랑스가 세련되지 않던가.

  모리스 위례는 그의 유명한 논설에서 찰스 스트릭랜드의 생애를 간략히 요약했는데, 그것은 캐묻기를 좋아하는 사람들의 구미를 당길 수 있도록 잘 계산된 것이었다. 예술에 대한 열정에 사심이 없었던 위례는 진심으로 식자들의 주의를 더할 나위 없이 독창적인 재능 쪽으로 돌리고 싶었다. 뛰어난 저널리스트였던 그는 '인간적인 관심'을 끌어당겨야 더욱 쉽게 자신이 뜻한 바를 이룰 수 있다는 사실을 놓치지 않았다. 그 결과 일찍이 스트릭랜드와 교제했던 사람들, 이를테면 런던에서 그를 알았던 작가들이나 몽마르트르의 카페에서 그를 만났던 화가들은 대수롭지 않은 일반 화가들만 보이던 곳에서 진짜 천재가 한때 자기들의 어깨를 스쳐 지나갔었다는 사실을 깨닫고 놀라움을 감추지 못했다. 그리고 프랑스와 미국 잡지에 찰스 스트릭랜드에 관한 기사가 연달아 나오기 시작했다. 회고담이든 감상평이든, 한결같이 스트릭랜드의 악명을 더하고 대중의 호기심을 불러일

---

* 에드워드 레가트의《현대 예술가: 찰스 스트릭랜드의 작품에 대한 견해》(1917). _원주
  이 책에서 언급되는 몇 개의 원주는 작가가 만들어낸 허구다.

으켰다. 주제도 좋았고, 부지런한 바이트브레히트 로트홀츠 박사가 스트릭랜드에 대한 인상적인 논문*에서 주목할 만한 전거도 충분히 내놓았던 덕분이다.

인류에게는 신화를 창조해내는 능력이 선천적으로 내재해 있다. 그래서 사람들 사이에서 확연히 눈에 띄는 이가 있다면 그의 삶에서 뭔가 놀랍거나 신비로운 사건을 기를 쓰고 찾아내, 그것을 하나의 전설로 만든 다음 스스로 그 전설을 광신하곤 한다. 말하자면 일상적이고 평범한 생활에 대한 낭만적인 저항이 아닐까 싶다. 전설적인 사건은 영웅들이 불멸의 나라로 갈 수 있는 가장 확실한 입장권이다. 냉소적인 철학자라면 미소를 지으며 생각할 것이다. 그 내용인즉, 월터 롤리 경이 사람들의 기억 속에 확실하게 살아남아 있는 것은 그가 미지의 여러 나라에 대영제국의 이름을 전파해서라기보다는 당시 처녀였던 여왕이 딛고 걸을 수 있도록 그녀의 발밑에 망토를 깔아주었기 때문이라고. 사실 찰스 스트릭랜드는 살아 있을 때는 무명이었고, 친구보다는 적이 많았다. 그러니 그에 대해 글을 썼던 사람들이 구멍 뚫린 기억을 메우려고 상상력을 마음껏 발휘했다고 해도 이상한 일은 아니다. 알려진 것이 별로 없다고 해도 낭만적인 작가라면 그에 관해 쓰기에 충분한 단서가 있었을 것이다. 유독 그의 생에는 이상하고 끔찍한 일들이 많았으며, 성격 역시 어딘지 난폭한 점이 있었다.

---

* 바이트브레히트 로트홀츠의 박사학위 논문인 〈찰스 스트릭랜드, 그의 생애와 예술〉(1914). _원주

그의 운명에도 애처로운 점이 적지 않았다. 사정이 이러하니 아무리 현명한 역사가라 할지라도 쉽게 공박하기가 꺼려질 하나의 전설이 탄생한 것이다.

하지만 그의 아들인 로버트 스트릭랜드 목사는 결코 현명한 역사가라고 할 수 없었다. 그는 아버지의 만년에 관한 소문이 아직 살아 있는 몇몇 사람들에게 상당한 고통을 안겨주기 때문에 그 오해를 풀려고 아버지의 전기*를 저술했다고 공공연하게 말하고 다녔다. 스트릭랜드의 삶에 대해 널리 알려진 이야기 가운데 점잖은 집안 사람들을 당혹하게 할 만한 점이 적지 않았던 것만은 분명했다. 나는 다소 심심풀이 삼아 이 전기를 읽게 되었는데, 읽어보니 그 내용이 너무도 단조롭고 지루해서 오히려 마음이 놓였다. 그의 부친은 훌륭한 남편이자 아버지에 친절하고 근면하고 도덕적인 남자로 그려져 있었다. 성서해석학이라는 학문을 공부한 덕분인지 이 현대적인 목사는 만사를 그럴싸하게 해석하는 데 놀라운 능력을 발휘했다. 하지만 이 목사가 아버지의 생애 가운데 충실한 자식이라면 당연히 기억할 법한 모든 사실을 절묘하게 '해석하는' 방식을 보면, 그 능력으로 볼 때 적당한 시기가 오면 중요한 성직에 앉게 될 것은 틀림없어 보인다. 이미 영국 성공회의 성직자들이 매는 각반을 찬 그의 종아리에 돋아날 근육이 보이는 듯하다. 부친의 전기를 쓰는 것은 용기가 필요한 일이었을지는 모르겠지만 위험스러운 모험이었다. 스트릭랜드가 명성

---

* 로버트 스트릭랜드의 《스트릭랜드와 그의 예술》(1912)을 말한다. _원주

을 얻게 된 데는 세상에 알려진 전설이 중요한 역할을 했을 수 있다. 부친의 성격에 대한 혐오감이나 그의 죽음에 대한 연민 때문에 그의 예술에 매혹된 사람이 적지 않기 때문이다. 그러니 아버지를 돋보이게 하려는 아들의 선의에서 그랬다고 하더라도 아버지의 찬미자들에게는 오히려 찬물을 끼얹는 셈이었다. 스트릭랜드 목사가 전기를 출판한 뒤 이런저런 평가가 있은 직후, 크리스티 경매장에서 그의 아버지의 가장 뛰어난 걸작 중 하나인 〈사마리아 여인〉*이 팔렸는데 아홉 달 전 유명한 수집가가 사들였을 때보다 235파운드나 싼값이었다. 수집가가 갑작스럽게 죽어 다시 경매에 나온 것으로 이렇게 싼값에 낙찰된 것은 결코 우연이라고 볼 수 없었다. 인류의 신화 창조 능력이 비범한 존재를 향한 그들의 열망에 찬물을 끼얹은 전기를 서둘러 치워버리지 않았더라면, 아마도 찰스 스트릭랜드의 힘과 독창성이 아무리 대단해도 상황을 바꾸지는 못했을 것이다. 다행히 얼마 뒤 바이트브레히트 로트홀츠 박사가 앞서 언급한 역작을 발표하여 결국 세상의 모든 예술 애호가들의 불안감을 씻어주었다.

바이트브레히트 로트홀츠 박사는 인간의 본성이 더할 나위 없이 사악하다고 믿는 역사가 학파에 속했다. 그러므로 독자들은 소설의 주인공을 가정 도덕의 모범적인 인물로 묘사하며 악의적인 즐거움

---

* '크리스티' 경매 목록에는 이 작품에 대해 다음과 같이 설명되어 있다. 오시에테 제도의 원주민 여자가 시냇가에 누워 있는 나체화. 배경은 야자수, 바나나 등이 서 있는 열대 풍경. 길이 60인치, 폭 48인치._원주

을 느끼는 작가들의 글보다는 오히려 이런 사람이 쓴 글이 분명 더 재미있을 것이다. 안토니우스와 클레오파트라 사이에 다만 경제적 상황만이 있었다고 생각한다면 내 입장에서는 유감스러울 것 같다. 그리고 더 많은 증거가 나오지 않는 한 티베리우스 황제가 조지 5세처럼 비난할 점이 없는 훌륭한 군주라고 믿을 수는 없을 것 같다. 바이트브레히트 로트홀츠 박사가 로버트 스트릭랜드 목사의 전기를 다루는 모양을 보면 독자는 그 운 없는 목사에게 일말의 동정을 느끼지 않을 수 없을 것이다. 박사는 목사가 점잖게 말을 아끼면 위선자라고 낙인 찍고, 말을 돌려 완곡하게 표현하면 거짓말쟁이라고 부르고, 침묵을 지키면 배신 행위라고 비방한다. 그리고 전기작가로서는 비난받을 만하지만 자식으로서는 용서받을 수도 있는 조그마한 과오 때문에 영국인 전체를 싸잡아 비난한다. 군자연하고, 거짓말을 잘 치고, 우쭐대고, 기만적이고, 교활하고, 심지어는 음식 솜씨마저도 형편없다고 비난한다. 개인적으로, 양친 사이에 뭔가 '불화'가 있었다고 믿는 사람들의 이야기에 반박하면서 스트릭랜드 목사가 아버지 찰스 스트릭랜드가 파리에서 보낸 편지에서 아내를 '훌륭한 여인'으로 묘사했다고 언급한 것은 경솔했다고 본다. 왜냐하면 바이트브레히트 로트홀츠 박사가 편지를 입수하여 원문 그대로 책에 옮겨버렸기 때문이다. 문제의 구절은 실제로는 다음과 같이 쓰여 있었다.

빌어먹을 마누라. 어쨌든 그녀는 훌륭한 여인이지. 제발 지옥에 나 떨어졌으면 좋겠네.

아무리 전성기에 있는 교회라고 해도 자기에게 불리한 증거를 그렇게 왜곡해서 내놓지는 않았을 것이다.

바이트브레히트 로트홀츠 박사는 찰스 스트릭랜드의 열렬한 찬미자였기 때문에 그를 돋보이게 하려고 약점을 얼버무릴 걱정은 없었다. 그는 겉보기에는 순수한 온갖 행위의 이면에 숨겨진 비열한 동기를 간파해낼 수 있는 정확한 눈을 가지고 있었다. 그는 미술연구가인 동시에 정신병리학자였으므로 잠재의식 속에 숨어 있는 비밀까지 꿰뚫어볼 수 있었다. 어떠한 신비주의자도 평범한 상황 속에서 그만큼 깊은 의미를 찾아내지는 못할 것이다. 신비주의자는 말로 표현할 수 없는 것을 보고, 정신병리학자는 잠재의식 속에 숨어 표현되지 않는 것을 본다. 이 박식한 저자가 그의 주인공 찰스 스트릭랜드의 명예를 손상할지도 모를 상황마저 찾아내는 열의를 지켜보노라면, 우리는 묘한 매력을 느끼지 않을 수 없다. 주인공의 잔인하거나 비열한 예를 찾아내면서 박사의 마음은 오히려 따뜻해졌고, 잊힌 이야기를 찾아내 목사의 효심을 난처하게 할 때는 이단자를 찾아내 화형시키는 종교재판관처럼 좋아서 어쩔 줄 몰라 했다. 그의 부지런함은 놀랍기까지 하다. 세탁소에 외상을 지고 갚지 않았다든가 반크라운 백동화 한 닢이라도 빚을 지고 갚지 못했다든가 하는 사소한 일이라도 그의 손을 빠져나갈 수는 없었다.

2

 찰스 스트릭랜드에 대해 이미 그 정도로 씌어졌으므로 나까지 나서서 그에 관해 기록한다는 것은 불필요한 일일지도 모른다. 화가의 기념비는 바로 그의 작품이 아닐까. 내가 남들보다 가까이에서 그를 알고 지낸 것은 사실이다. 그가 화가가 되기 전부터 알았고, 파리에서 어려운 나날을 보내던 시절에도 자주 만났다. 그러나 전쟁의 위험을 피해 타히티섬에 가지 않았더라면 나는 이 회상기를 쓰지 않았을 것이다. 모두들 알다시피 그는 타히티에서 말년을 보냈으며, 나는 그곳에서 그와 친하게 지냈던 몇몇 사람들을 만났다. 그러므로 나는 나 자신이 그의 비극적 생애 가운데 지금까지 세상에 가장 알려지지 않은 부분을 밝힐 수 있는 적임자라고 느낀 것이다. 스트릭랜드의 위대성을 믿는 사람들의 생각이 옳다면, 그가 살아 있을 당시 그를 알고 지낸 사람들의 사적인 이야기가 불필요하다고는 할 수 없을 것이다. 내가 스트릭랜드를 알고 있듯 엘 그레코를 잘 아는 사람이 있다면 우리는 엘 그레코에 대한 그의 회상기를 듣기 위해 무엇인들 바치지 않겠는가.

하지만 이런 식으로 변명하려 하지는 않겠다. 누구였는지 기억나지는 않지만 이렇게 권고한 적이 있다. 영혼의 수양을 위해 날마다 하기 싫은 일을 두 가지씩 하라고. 분명 현인의 말이었고, 그래서 나는 그 교훈을 충실하게 지켜왔다. 내가 매일 아침에 일어나고 밤에는 잠자리에 드는 것이 바로 그것이다. 하지만 나는 금욕적인 성향이 있는 터라 매주 더욱 심한 육체적 고통을 감내하고 있다. 나는 지금까지 〈타임스〉의 문예면을 빠뜨리지 않고 읽었다. 그곳에 기록된 방대한 양의 작품과 책이 출간될 때 저자들이 갖는 희망, 그리고 그 작품들이 맞이할 운명을 생각해보는 것은 참으로 유익한 수양이다. 어떤 책이건 많은 독자들 속으로 뚫고 들어가 감명을 주기란 쉬운 일이 아니다. 어쩌다 성공한 작품이라 할지라도 기껏해야 한때의 성공에 지나지 않는다. 그럼에도 우연한 기회에 책을 산 독자들의 지루함을 달래주기 위해 작가들이 얼마나 많은 고통을 받았는지, 얼마나 쓰디쓴 경험을 견디고 심적 고통에 괴로워했는지 아무도 모른다. 서평을 보고 짐작하건대, 분명 대다수의 작품은 세심하게 잘 쓰여져 있다. 작품 구성에도 고심이 많았을 것이다. 심지어 작가의 온 생애의 노고가 고스란히 담겨 있는 책도 있다. 나는 여기서 작가란 작품을 쓰면서 즐거워하고 마음속에 쌓인 복잡한 생각을 토해내는 데서 보람을 느낄 뿐 다른 어떤 것에도 무관심해야 한다는 한 가지 교훈을 얻는다. 다시 말해 칭찬이나 비난 또는 실패나 성공 등에 일절 개의치 않아야 한다.

하지만 전쟁이 터지자 새로운 사고방식이 생겨났다. 젊은이들은 우리 구세대가 일찍이 알지 못했던 신들에게 관심을 쏟게 되었다. 그러므로 우리의 다음 세대들이 나아갈 방향은 벌써 짐작해볼 수 있다. 자기들의 힘을 의식하고 난잡하게 행동하는 젊은 세대는 노크조차 하지 않고 방으로 뛰어들어와 우리의 자리를 무례하게 차지해버린다. 주위는 그들의 외침으로 소란스럽다. 일부 구세대는 젊은이들의 행동을 흉내내어 아직 자신들의 시대가 끝나지 않았다고 스스로를 설득하려고 갖은 애를 쓴다. 그들은 있는 힘껏 소리치지만 그들의 외침은 단지 입안에서 공허한 메아리로 끝날 뿐이다. 이미 지나가버린 청춘을 되찾기 위해 날카로운 목소리로 외쳐대며 즐거운 체하는 그들은 마치 눈썹을 그리고 얼굴에 색조 화장을 하고 분을 바르는 가련한 바람둥이 여자들 같다. 지혜로운 사람들은 점잖고 우아하게 제 갈 길을 간다. 그들의 원숙한 미소에는 관대한 비웃음이 깃들어 있다. 그들 역시 똑같이 자기만족에 빠져 있던 구세대를 소란스럽게 짓밟아왔던 것을 기억하고 있기 때문이다. 게다가 지금 용감하게 횃불을 치켜들고 있는 이 젊은 세대 역시 이내 다음 세대에게 자리를 내어주리라는 것을 알기 때문이다. 최첨단이란 있을 수 없다. 니네베인들의 위업이 하늘 높이 치솟았을 때 이미 새로운 복음은 낡은 것이 되어버렸다. 말하고 있는 당사자에게는 그처럼 당당한 말이 새로워 보이겠지만, 액센트 하나 변하지 않고 이미 수백 번이나 되풀이되었던 것이다. 시계추는 끊임없이 좌우로 움직이고, 새로운 것은 마치 원을 따라 돌듯 빙글빙글 돌 뿐이다.

때때로 자기가 살았던 시대부터 그에게는 낯선 시대에 이르기까지 꽤 오랜 기간 살아남는 사람이 있다. 그때 호기심 많은 사람은 인간의 희극 중에서도 가장 기이한 장면을 목도하게 된다. 예를 들어, 과연 오늘날 조지 크래브를 기억하는 사람이 있을까? 당대에는 세상 사람들이 하나같이 그 천재성을 인정한 매우 유명한 시인이었다. 하지만 지금처럼 복잡한 사회에서는 그처럼 인정을 받는다는 것이 드문 일이 되었다. 크래브는 알렉산더 포프 문하에서 시작법(詩作法)을 배우고 압운대련(押韻對聯)의 교훈시를 썼다. 프랑스혁명이 일어나고 나폴레옹전쟁이 터지자 시인들은 새로운 노래를 부르게 되었다. 그러나 크래브는 압운대련의 교훈시를 계속 썼다. 아마도 그는 세상의 평판을 얻고 있는 젊은이들의 시를 읽고 그 작품들이 변변찮다고 생각했을 것이다. 사실 형편없는 시가 많기는 했을 것이다. 하지만 키츠와 워즈워스의 송시(頌詩), 콜리지의 시 한두 편, 셸리의 시 네다섯 편 정도는 어느 누구도 일찍이 탐색해보지 못한 광대한 정신의 영역을 개척했다. 결국 크래브의 시는 사람들의 뇌리에서 완전히 잊히고 말았다. 그런데도 그는 압운대련의 교훈시를 계속하여 썼다. 나는 젊은 세대들의 작품을 두서없이 읽어왔다. 어쩌면 개중에는 내가 읽지는 않았지만 키츠 이상으로 정열적인 시인이나 셸리 이상으로 천상의 시인이 있어 벌써 세상이 즐겨 기억하고 싶어 할 수많은 작품을 발표했을지도 모른다. 나로선 알 수 없다. 나는 그들의 세련미에 감탄할뿐더러 문체의 절묘함에 놀라지 않을 수 없다. 그 젊은이들의 수법은 이미 거의 완성 단계에 이르렀으므로 새삼스럽게 그들의 장래성을 언급한다는 것도 우습다. 그들은 그처럼 풍부한 어휘를 사용하는데도(그들이 사용하는 어휘를 보면 어쩌면 요람 속에서부터 이미 로제의 《유의어 사전》을 뒤적이고 있지 않았나 생각될 정도다) 내게는 별다른 감흥을 주지 못한다. 내 생각에 그들은 너무나 많은 것을 알고 있으며 느끼는 것도 너무나 많은 것 같다. 나는 내 등을 다정하게 두드리는 그들의 태도나 내 가슴으로 내던지는 감정을 견딜 수가 없다. 내게 그들의 열정은 가벼운 빈혈증으로 보이고, 그들의 꿈 역시 따분해 보인다. 나는 그들을 좋아할 수가 없다. 어쩌면 나 역시 이미 퇴물이 되었을지 모른다. 나는 앞으로도 압운대련의 교훈시를 계속 쓸 작정이다. 내가 나 자신의 즐거움이 아닌 다른 무엇을 위해 쓴다면 그야말로 바보 짓이라고밖에 할 수 없지 않겠는가.

3

 그러나 이 모든 이야기는 사족일 뿐이다.
 첫 작품을 썼을 때 나는 꽤 젊은 편이었다. 다행히 그 작품이 세상의 주목을 받아 다양한 사람들이 나와 교제하고 싶어 했다.
 처음에는 수줍어하면서도 적극적이었던 내가 런던의 문단에 소개되었을 무렵의 갖가지 추억을 더듬어보면 어쩐지 조금은 우울해지곤 한다. 내가 문단에 자주 드나들던 것도 이제는 옛이야기가 되었으며, 오늘날 문단의 특이한 모습을 묘사하고 있는 소설들의 묘사가 정확하다고 본다면 문단의 양상도 많이 달라졌으리라. 문인들이 모이는 장소부터가 과거와는 다르다. 과거에는 햄스테드, 노팅 힐 게이트, 켄징턴의 하이 스트리트에 모였던 것이 이제 첼시와 블룸즈베리가 그 자리를 물려받았다. 그 시절에는 마흔 살이 되기 전에 그 그룹에 끼면 명예로운 일이 되었지만 지금은 스물다섯 살만 넘어도 불편한 느낌이 들 정도라고 한다. 그 무렵 우리는 감정 표현에 수줍었으며 조롱받지나 않을까 두려워 우쭐댈 엄두도 내지 못했다. 그 고상한 보헤미안들의 세계에 확고한 정조 관념이 있었다고는 생각하지 않지만 오늘날과 같은 난잡함은 보지 못했던 것 같다. 우리는 점잖은 침묵의 커튼으로 우리의 엉뚱한 생각을 가리는 것이 위선이라고는 결코 생각하지 않았다. 당시에는 모든 감정이 늘 솔직하게 표현된 것은 아니었다. 여성들도 아직은 제 가치를 인정받지 못했다.

  나는 빅토리아 역 근처에 살았다. 버스로 먼 길을 달려 나를 환대하는 문인들을 방문했던 기억이 난다. 소심했던 나는 몇 번이나 거리를 오르락내리락 걸어 다니다 가까스로 용기를 내어 초인종을 눌렀다. 그러면 불안감에 얼굴빛이 해쓱해져서는 사람들이 가득해 공기가 탁한 방으로 안내되어 문단의 명사들에게 차례로 소개되었다. 내 책에 대해 다정하게 평을 해주니 오히려 나는 몸둘 바를 몰랐다. 그들은 뭔가 재기 넘치는 답변을 기다렸지만 파티가 끝날 때까지 아무것도 생각나지 않았다. 나는 어색한 마음을 감추려고 찻잔과 서툴게 자른 버터 바른 빵을 사람들에게 돌리기도 했다. 나는 어느 누구도 나를 주의 깊게 보지 않기를 바랐다. 마음 편히 그들을 관찰하고 멋진 말을 귀담아듣고 싶었던 것이다.

  커다란 코에 눈이 탐욕스러운, 체구가 크고 고집 센 여인들이 생각난다. 그들은 마치 갑옷 같은 옷을 입고 있었다. 특히 목소리는 부드러우나 눈초리가 날카로운 생쥐 같은 노처녀들을 잊을 수가 없다. 나는 장갑 낀 손으로 버터를 바른 토스트를 먹고 있는 그 여인네들의 고집스러움에 마음을 빼앗기지 않을 수 없었다. 나는 그들이 보는 사람이 없다고 생각되면 아주 태연하게 버터 묻은 손가락을 의자에 닦는 모습을 보고 감탄을 금치 못했다. 당연히 가구가 더러워지겠지만 그 집의 여주인 역시 때가 되면 그들의 집을 방문해 똑같은 짓을 했으리라. 그중 몇몇은 유행에 따라 멋지게 옷을 차려입었는데, 소설을 쓴다고 해서 촌스러운 옷을 입고 다녀야 할 이유가 어디 있느냐고 말하곤 했다. 몸매가 예쁘면 그 매력을 최대한 드러내야 하지 않더냐, 작은 발에 맵시 있는 구두를 신었다고 해서 편집자가 '작품'을 거절한 예가 있더냐. 그러나 그런 것이 경박하다고 생각하는 여자들도 있었는데, 그들은 '예술적인 옷감'과 야성적인 보석으로 몸을 치장했다. 반면 별난 옷차림을 한 남자들은 드물었다. 그들은 되도록 작가처럼 보이지 않으려고 애를 썼다. 그저 평범한 사람으로 보이길 원했던 것이다. 그런 까닭에 어딜 가든 흔히 스쳐 지나가는 평범한 회사원으로 보일 법도 했다. 그들은 늘 약간은 지쳐 보였다. 그전에는 작가들을 본 적이 없었고, 처음 본 작가들은 아주 이상해 보였다. 그들은 전혀 작가처럼 보이지 않았던 것 같다.

 그들의 대화는 재기 발랄했다고 기억한다. 동료 작가가 자리를 뜨는 순간 그를 헐뜯던 날카로운 유머에 놀라서 나는 귀를 기울이곤 했다. 예술가는 동료들의 외모나 성격뿐 아니라 작품까지도 풍자할 수 있다는 점에서 일반 사회인들보다 유리했다. 나는 그들처럼 적절하고 유창하게 내 견해를 표현할 엄두를 내지 못했다. 당시만 해도 대화는 마치 하나의 기예처럼 갈고닦아야 하는 것이었다. 그렇다 보니 재치 있는 답변은 가시나무로 불을 때서 솥에 요리를 하는 것보다 훨씬 높은 평가를 받았다. 경구(警句)는 아직 우둔한 자가 재치 있는 사람처럼 기계적으로 갖다 붙일 수 있는 것은 아니었기 때문에 교양인의 짤막한 대화에 활기를 불어넣었다. 그럼에도 지금 내가 그 재기 발랄한 대화를 하나도 기억할 수 없다는 것은 애석한 일이 아닐 수 없다. 내 기억으로는 우리가 몰두하는 예술의 반대편에 있는 시시콜콜한 사업 이야기로 돌아갈 때 오히려 어느 때보다 대화가 편안해졌다. 최근작들의 가치를 논하고 나면 우리는 기계적으로 그 책이 몇 부나 팔렸는지, 저자가 선인세는 얼마나 받았는지, 그리고 앞으로 얼마나 더 벌어들일 수 있을지를 이야기했던 것이다. 그러고는 이런저런 출판사를 언급하며 어느 출판사는 후한데 어느 출판사는 인색하다고 비교했다. 인세를 많이 주는 출판사로 가는 것이 좋은지 책의 가치야 어떻든 '많이 팔아주는' 출판사로 가는 것이 좋은지에 대해서도 논란을 벌였다. 또 어느 출판사는 광고가 형편없는데 어느 출판사는 훌륭하다거나, 어느 출판사는 현대적이고 어느 출판사는 구식이라는 이야기도 나왔다. 그다음에는 중개인들이 어떻고, 그들이 우리 저자들을 위해 해준 출판 계약 조건이 어떻고 하는 이야기를 했다. 편집자들이 어떠한지, 그들이 어떤 스타일의 원고를 좋아하는지, 1000자당 원고료를 얼마나 주는지, 원고료는 즉시 지불하는지 그렇지 않은지를 이야기하기도 했다. 내게는 이런 것들이 아주 낭만적으로 느껴졌다. 그들 사이에 끼어 그런 이야기를 듣고 있으면 마치 내가 신비스러운 단체의 일원이 된 듯한 기분이 들었던 것이다.

4

 당시 로즈 워터퍼드보다 내게 친절했던 사람도 없었다. 그녀에게는 남성적 지성과 여성적 고집스러움이 뒤섞여 있었는데, 독창적이고 읽는 이의 허를 찌르는 소설을 썼다. 어느 날 그녀의 집에서 찰스 스트릭랜드의 부인을 만났다. 미스 워터퍼드가 다과회를 열어서 그녀의 작은 방은 여느 때보다 많은 사람들로 붐볐다. 모두들 한마디씩 하고 있었는데 나만 말없이 앉아 있으니 혼자 어색한 기분이 들었다. 그러나 수줍음이 많았던 나는 이야기에 몰두하고 있는 사람들 사이에 낄 수가 없었다. 주인 노릇에 충실했던 미스 워터퍼드가 어색해하는 내게 다가와 말했다.
 "스트릭랜드 부인과 얘기를 나눠보세요. 그녀는 지금 선생님 소설을 극찬하고 있답니다."

"뭘 하는 분이죠?"

워낙 아는 것이 없던 터라 스트릭랜드 부인이 유명한 작가라면 말을 걸기 전에 미리 알아두는 것이 좋겠다는 생각이 들었다.

로즈 워터퍼드는 대답을 좀 더 효과적으로 하려는 듯 눈을 얌전하게 내리깔았다.

"종종 오찬 파티를 여는 분이에요. 조금만 더 큰 소리로 떠들어주면 당신도 초대할 거예요."

로즈 워터퍼드는 냉소적인 사람이었다. 그녀는 인생을 소설을 쓰기 위한 기회로 보았고, 대중도 소설의 소재일 뿐이라고 생각했다. 그녀는 자신의 재능을 알아봐 주는 사람이 있으면 때때로 그들을 집으로 초대하여 아낌없이 대접하곤 했다. 유명 인사라면 사족을 못쓰는 그들의 면모를 경멸하기도 했지만, 그들 앞에서는 유명한 여류 작가로서 제 역할을 점잖게 해냈다.

나는 스트릭랜드 부인에게 안내되어 10여 분 동안 이야기를 나눴다. 목소리가 듣기 좋다는 것 말고는 별다를 것이 없었다. 웨스트민스터에 있는 그녀의 아파트에서는 아직 건축 중인 성당이 내려다보였다. 같은 동네에 살았던 까닭에 우리는 서로 쉽게 친해졌다. 육해군 백화점은 템스 강과 세인트 제임스 공원 사이에 거주하는 주민들에게 일체감을 심어 주었다. 스트릭랜드 부인은 내게 집 주소를 물었는데, 며칠 뒤 그녀에게서 오찬회에 와달라는 초대장이 왔다.

별 약속이 없었으므로 나는 기꺼이 초대에 응했다. 너무 일찍 노착할까봐 성당 주위를 세 바퀴나 돌다 보니 조금 늦게 도착했는데, 파티는 벌써 한창이었다. 미스 워터퍼드와 제이 부인, 리처드 트위닝, 조지 로드도 와 있었다. 모두가 문인이었다. 이른 봄 화창한 날씨로 모두들 유쾌한 기분이었다. 우리는 많은 이야기를 나눴다. 미스 워터퍼드는 샐비어 색 옷을 입고 수선화를 들고 파티에 즐겨 나왔던 젊은 시절의 탐미적 취향과 굽 높은 하이힐과 파리풍 프록코트를 입게 된 성숙한 시절의 가벼운 멋 사이에서 갈팡질팡했는지 엉뚱하게도 새 모자를 쓰고 있었다. 그 모자 때문인지 그녀는 아주 활기 차 보였다. 나는 그때만큼 그녀가 친구에 대해 험담하는 것을 들어본 일이 없었다. 부도덕한 말이 재치의 생명이라는 것을 알고 있었던 제이 부인은, 눈처럼 하얀 테이블보마저 장미꽃 같은 붉은색으로 물들일 이야기를 귓속말로 소곤거렸다. 리처드 트위닝은 이상하리만치 엉터리 같은 화제에 열을 올리고 있었으며, 조지 로드는 대개 비웃음거리로밖에 여겨지지 않을 하찮은 총명함을 드러내 보일 필요가 없다고 생각한 듯 음식을 먹을 때만 입을 열었다. 스트릭랜드 부인은 말을 많이 하지는 않았지만 화제가 끊이지 않게 하는 유쾌한 재주가 있었다. 그녀는 어쩌다 대화가 끊기면 분위기에 걸맞은 화제를 제시하며 대화를 이어나갔다. 당시 그녀는 서른일곱 살이었는데, 키가 큰 편이었으며 살은 찌지 않았으나 몸매가 풍만했다. 예쁜 얼굴은 아니었지만 특히 그녀의 갈색 눈동자 때문인지 호감이 가는 인상이었다. 피부는 약간 창백한 편이었으며 까만 머리는 정성 들여 곱게 손질되어 있었다. 세 여성 가운데 그녀만 화장을 하지 않았는데, 소박하고 꾸밈없어 보였다.

식당은 당시의 취향에 걸맞게 훌륭했고, 꽤 수수했다. 벽 아래쪽은 하얀색 나무로 높다랗게 장식되어 있었으며, 초록색 벽지를 바른 벽 위에는 깔끔한 검은 액자에 넣은 휘슬러의 동판화가 몇 점 걸려 있었다. 공작 무늬가 찍힌 초록색 커튼이 일직선으로 가지런하게 늘어져 있었다. 우거진 나무 사이를 장난치며 뛰노는 흰토끼들이 수놓인 초록색 카펫은 윌리엄 모리스 벽지의 영향을 받은 듯했다. 벽난로 위 선반에는 네덜란드 델프 산 푸른 자기가 놓여 있었다. 그 무렵 런던에는 그와 똑같이 장식된 식당이 적어도 500개는 넘었을 것이다. 소박하고 예술적이었지만 어딘지 단조로운 느낌이 들었다.

파티가 끝나고 나는 미스 워터퍼드와 함께 걸어 나왔다. 날씨가 화창한 데다 새 모자를 쓰기도 해서였는지 우리는 자연스레 공원을 산책하게 되었다.

"정말 멋진 파티였습니다."

내가 말했다.

"음식 맛은 괜찮았어요? 제가 그 부인에게 문인들과 접촉하고 싶으면 음식에 신경을 써야 한다고 했답니다."

"훌륭한 조언이었군요. 그런데 그 부인은 왜 문인들과 접촉하려는 거죠?"

미스 워터퍼드는 어깨를 으쓱해 보였다.

"문인들은 재미있다고 생각하니까요. 시류에 뒤처지고 싶지도 않을 테고요. 가엾게도 조금은 단순한 사람이 아닌가 생각되기도 해요. 그녀는 우리를 대단한 인물로 생각하고 있죠. 아무튼 그녀는 우리를 오찬에 초대해서 즐겁고, 우리에게도 뭐 나쁠 건 없잖아요. 전 그래서 그녀가 마음에 들어요."

돌이켜 생각해보면, 품격 높은 햄스테드에서부터 체이니 워크의 저 밑바닥 스튜디오에 이르기까지 명사들의 뒤를 쫓아다니는 사람들 중에서 스트릭랜드 부인이야말로 가장 악의 없는 사람이었다. 그녀는 시골에서 조용하게 젊은 시절을 보냈다.

당시 뮤디 순회 문고에서 보내온 책은 책 자체의 낭만뿐 아니라 런던의 낭만까지 가지고 왔다. 그녀는 독서에 대단한 열의를 가지고 있었으며(이것은 그녀와 같은 사람들에게는 드문 일이었다. 그런 부류의 여자들은 대개 책보다는 저자에게, 그림보다는 화가에게 더 관심이 많았다), 책을 읽으며 상상의 세계를 만들어내고는 일상의 생활에서 얻을 수 없는 자유를 누리며 살았다.

정작 작가들을 알게 되자 그녀는 그때까지 객석에서만 보아오던 무대 위에 직접 올라서서 모험을 하고 있는 듯한 기분을 느꼈다. 그녀는 작가들을 극적으로 보았으며, 그들을 접대하기도 하고 그들만의 요새 속으로 뛰어들기도 했으니 자신이 진정 대단한 삶을 살고 있는 것 같았다. 하지만 그녀는 그들이 인생이라는 게임을 영위하고 있는 법칙이 그들에게는 온당하다고 받아들이면서도 정작 자신은 그 법칙에 맞춰 행동할 생각은 단 한순간도 해본 일이 없었다. 그들의 별난 옷차림, 터무니없는 이론이나 역설이 그렇듯, 도덕적 기행도 그녀를 즐겁게 해주기는 했지만 그녀의 신념에는 조금도 영향을 미치지 못했다.

"부인에게 남편은 있습니까?"

내가 물었다.

"오, 그럼요. 이 시(市)에서는 대단한 인물이래요. 주식중개인이라던가, 제가 보기에는 재미라곤 도통 없는 사람이던데."

"부부 사이는 좋은 편입니까?"

"서로 존경하고 있지요. 만찬에 초대되면 한 번쯤 만날 수 있을 거예요. 하지만 만찬에 초대하는 사람은 별로 없어요. 남편이라는 사람은 말이 거의 없는 데다 문학이나 예술에도 전혀 관심이 없거든요."

"그렇게 교양 있는 부인들이 어떻게 그렇게 재미없는 남자들과 결혼하는지 모르겠습니다."

"지적인 남자들은 교양 있는 여인과 결혼하려 하지 않으니까요."

딱히 반박할 말이 생각나지 않아 스트릭랜드 부인에게 아이가 있느냐고 물었다.

"네, 아들 하나, 딸 하나요. 둘 다 학교에 다닌답니다."

스트릭랜드 부인에 대해 더 할 말이 없어 우리는 다른 이야기로 화제를 돌렸다.

5

그해 여름 스트릭랜드 부인을 드물지 않게 만났다. 그녀의 아파트에서 소규모로 열리는 흥겨운 오찬 파티에 이따금 참석했고, 제법 규모가 큰 다과회에도 참석했다. 우리는 꽤 친해졌다. 나는 매우 젊었고, 부인은 문학이라는 험로에 첫발을 내디딘 내게 도움을 주고 싶어 하는 듯했다. 사소한 문제가 생겼을 때 찾아가 이야기하면 주의 깊게 들어주고 이치에 맞는 충고를 해줄 사람이 있다는 것은 즐거운 일이었다.

스트릭랜드 부인은 천성적으로 동정심이 많았다. 동정심은 매력적인 능력이지만, 때로는 자신이 동정심을 지니고 있다고 의식하는 사람들이 그것을 남용하기도 한다. 친구들의 불행을 물고늘어져 자신들의 재능을 발휘하고픈 잔인한 욕망 때문이다. 동정심이란 마치 유정(油井)의 석유처럼 쏟아져 나오기 때문에 동정을 베푸는 사람들은 상대방이 당혹스러울 정도로 마구 동정심을 쏟아붓는다. 세상에는 이미 너무나 많은 눈물에 젖어서 내 눈물을 더는 받아들일 수 없는 마음도 있는 법이다. 스트릭랜드 부인은 자신의 장점을 요령 있게 이용하는 여자였다. 잠자코 그녀의 동정을 받으면서 오히려 은혜를 베푸는 쪽은 내가 아닌가 하는 생각이 들었다. 한번은 내가 젊은 혈기에 로즈 워터퍼드에게 이런 생각을 말했는데, 그녀는 이렇게 대답했다.

"우유가 맛있기는 하지요. 더구나 브랜디라도 한 방울 타보세요. 하지만 젖소로서도 누가 젖을 짜주기를 바랄 거예요. 젖통이 불어 오르면 여간 불편한 게 아닐 테니까요."

로즈 워터퍼드는 독설가였다. 그녀만큼 쓴소리를 잘하는 사람도 없을 것이다. 하지만 그녀보다 듣기 좋은 말을 잘하는 사람 역시 없을 것이다.

내가 스트릭랜드 부인을 좋아한 이유는 또 있었다. 그녀는 언제나 주변을 우아하게 꾸며놓았다. 그녀의 아파트는 언제나 깔끔하고 생기가 넘쳤다. 꽃도 화려하고 멋진 분위기에 한몫했다. 응접실의 사라사 무명 커튼은 수수한 디자인에도 밝고 아름다워 보였다. 예술적 취향이 드러나는 조그만 식당에서 하는 식사는 유쾌했다. 식탁은 훌륭했고, 두 하녀는 단정하고 아름다웠으며 음식은 입에 맞았다. 누가 보아도 스트릭랜드 부인은 훌륭한 주부라고 인정하지 않을 수 없었다. 틀림없이 어머니로서도 흠잡을 데가 없었을 것이다. 응접실에는 아들과 딸의 사진이 있었다. 열여섯 살이었던 아들 로버트는 럭비 학교에 다녔는데, 플란넬 운동복에 크리켓 모자를 쓰고 찍은 사진과 깃을 빳빳하게 세운 셔츠에 연미복 차림으로 찍은 사진이 나란히 걸려 있었다. 그는 어머니의 시원한 앞이마, 생각에 잠긴 듯한 아름다운 눈동자를 물려받았다. 깔끔하고 건강하고 반듯한 소년 같았다.
 어느 날 내가 그 아이의 사진을 바라보고 있을 때 스트릭랜드 부인이 말했다.
 "그다지 똑똑하지는 않은 것 같아요. 하지만 착하긴 해요. 성격이 참 좋아요."
 딸은 열네 살이었다. 어머니처럼 숱 많은 까만 머리카락이 어깨 위로 풍성하게 늘어져 있었고, 어머니처럼 상냥한 표정에 차분한 눈동자를 지니고 있었다.
 "아이들이 모두 부인을 꼭 닮았네요."
 내가 말했다.
 "네. 아이들 아버지보다는 저를 더 닮은 것 같아요."
 "그런데 왜 한 번도 남편을 소개해주지 않습니까?"
 "그이를 만나보고 싶으세요?"
 그녀는 미소를 지었다. 정말 감미로운 미소였다. 그녀는 살짝 얼굴을 붉히고 있었다. 그 나이의 여자가 그처럼 쉽게 얼굴을 붉힌다는 것은 정말 보기 드문 일이었다. 아마도 그러한 순진함이 그녀의 가장 큰 매력이었을 것이다.
 "하지만 그이는 문학에는 문외한이에요. 그쪽으로는 아는 게 아무것도 없답니다."

 흉을 보려 한다기보다는 오히려 애정이 담긴 것으로 보였다. 마치 남편의 가장 큰 결점을 스스로 인정해 친구들의 비방을 차단하려는 듯했다.

 "그이는 증권거래소에서 일해요. 전형적인 중개인이죠. 만나면 지루할 거예요."

 "부인도 지루하게 하나요?"

 "그렇지만 우리는 부부인걸요. 저는 그이를 아주 좋아한답니다."

 그녀는 수줍음을 감추기 위해 미소를 지어 보였다. 그런 그녀를 보고 있자니, 이런 식으로 고백을 하고 대개는 놀림을 당했는지 내게도 놀림을 받을까봐 두려워하고 있는 건 아닐까 하는 생각이 들었다. 그녀는 잠시 머뭇거리다가 한층 상냥한 눈빛으로 말했다.

 "그이는 자기가 특별하다고 생각하지는 않아요. 증권거래소에 다니지만 돈도 별로 벌지 못하고요. 하지만 아주 선량하고 친절한 사람이에요."

 "저도 무척 좋아하게 될 것 같군요."

 "언제 조용히 우리와 식사를 나눌 수 있도록 선생님을 초대하겠어요. 하지만 단단히 각오하셔야 해요. 아주 지루한 저녁을 보냈다고 저를 탓하지는 마시고요."

6

 마침내 찰스 스트릭랜드를 만나기는 했지만 그저 인사만 주고받는 정도에 그쳤다. 어느 날 아침 스트릭랜드 부인에게서 연락이 왔다. 손님 한 분이 갑자기 못 오게 되었으니 내게 대신 와달라며 그녀는 다음과 같이 덧붙였다.

 먼저, 지루한 자리가 되리라는 것을 양해해주세요. 원래부터 워낙에 재미없는 파티이지만 선생님께서 와주신다면 정말 고맙겠습니다. 그렇게 되면 저는 잠깐이나마 선생님과 둘이서 따로 이야기를 나눌 수도 있을 거고요.

 나는 즐거운 마음으로 초대를 받아들였다.

스트릭랜드 부인이 나를 소개하자 남편은 무심하게 손을 내밀고 악수를 청했다. 부인은 그를 향해 고개를 돌리고 명랑하게 가벼운 농담을 건넸다.

"제게 남편이 정말 있다는 것을 보여드리려고 이분을 초대했어요. 믿지 않는 것 같았거든요."

스트릭랜드는 우습지도 않은 농담을 알아들었다는 뜻으로, 흔히 그러듯 의례적으로 잠깐 웃었을 뿐 아무 말도 하지 않았다. 새로이 손님들이 도착했고, 주인 부부의 관심이 그쪽으로 쏠리자 나는 혼자가 되었다. 이윽고 손님들이 다 모여 만찬의 시작을 기다리는 동안 내가 '상대'하기로 되어 있는 어떤 부인과 잡담을 나누면서, 문득 문명인은 이토록 지루한 행위로 그 짧은 인생을 허비하는 데 이상야릇한 창의력을 발휘한다는 생각이 들었다. 그 파티 역시 마찬가지여서 왜 안주인은 손님들을 청하는 수고를 해야 하며, 손님들은 무슨 연유로 애써 찾아오는지 궁금해졌다. 손님은 모두 열 명이었는데, 서로 무심하게 만나 헤어질 때는 안도감을 느꼈다. 그러한 것이 두말할 나위도 없이 순수한 사교적 모임의 기능이었다. 스트릭랜드 부부는 자신들이 아무런 흥미도 느끼지 못하는 사람들에게 만찬의 '빚'을 져왔다. 그래서 그들을 초대했던 것이고, 그들도 부부의 초대를 받아들였다. 왜? 부부가 단둘이 마주앉아 저녁을 먹기가 지루하니까. 하인들에게도 쉴 시간을 주어야 하니까. 더구나 초대를 거절할 이유도 없는 데다 만찬의 '빚'을 지고 있었으니까.

식당은 손님으로 꽉 들어차 불편했다. 왕실 변호사와 그의 부인,

공무원과 그의 부인, 스트릭랜드 부인의 언니와 남편 매캔드루 대령, 그리고 하원의원의 부인이 와 있었다. 나는 그 하원의원이 하원에 가 봐야 할 일이 생겨 초대된 것이었다. 파티에 참석한 손님들의 지위는 실로 대단했다. 부인들은 품위를 지키느라 화려하게 옷을 차려입을 수도 없었고, 체면 때문에 마음껏 웃지도 못했다. 남자들은 시종일관 자세는 뻣뻣했다. 이들 주위로는 자신들의 성공에 만족하는 듯한 분위기가 감돌았다.

파티를 잘 진행시켜 보려는 마음 때문이지 모두들 평상시보다 더 크게 말했기 때문에 실내는 몹시 시끄러웠다. 그러나 전체가 함께할 공통의 화제는 찾아볼 수 없었다. 각자 자기 옆에 앉아 있는 사람하고만 이야기했다. 수프와 생선 요리, 앙트레 요리를 먹는 동안은 각자 오른쪽 사람과 이야기를 나눴다. 구운 고기와 달달한 디저트, 짭짤한 과자를 먹는 동안은 왼쪽에 앉아 있는 사람과 이야기를 나눴다. 정치 상황, 골프, 자녀 문제, 최근 상연한 연극, 왕립 미술원에 출품된 그림, 날씨, 휴가 계획 등이 화제로 떠올랐다. 이야기가 잠시도 끊기지 않아 실내는 더욱 소란스러웠다. 스트릭랜드 부인은 이 파티가 성공적이라 생각하고 내심으로는 기뻐했을지도 모르겠다. 그녀의 남편 역시 점잖게 제 역할을 했다. 다만 말수가 적은 탓인지 파티가 끝날 무렵 그의 양옆에 앉아 있는 부인들의 얼굴에는 피곤한 기색이 엿보였다. 그 부인들은 스트릭랜드 씨가 답답한 사람이라고 생각하는 모양이었다. 한두 번 스트릭랜드 부인의 시선이 근심스러운 듯 남편의 얼굴에 머물렀다.

마침내 스트릭랜드 부인은 자리에서 일어나 부인들을 몰고 방을 나갔다. 스트릭랜드는 문을 닫고는 테이블 맞은편 끝으로 가서 왕실 변호사와 관리 사이에 자리를 잡고 앉았다. 그는 다시 포트와인을 돌린 뒤 우리에게 담배를 건네주었다. 왕실 변호사가 와인이 아주 맛있다고 칭찬하자 스트릭랜드는 그 술을 어디에서 구했는지 우리에게 이야기했다. 우리는 빈티지 와인과 담배에 대해서도 이야기했다. 왕실 변호사는 자신이 변론한 사건에 대해 이야기했고, 대령은 폴로 경기 이야기를 했다. 별달리 할 이야기가 없었던 나는 조용히 앉아 그들의 대화에 흥미를 보이려고 애썼다. 내게 관심을 두는 사람이 없어 마음 놓고 스트릭랜드를 관찰했다.

그는 내가 예상했던 것보다 키가 컸다. 무엇 때문에 그가 호리호리하고 볼품없는 사람일 거라고 상상했는지 알 수 없지만, 막상 만나보니 손과 발이 큼지막하고 어깨가 떡 벌어졌다. 그 무거워 보이는 몸집에 걸쳐 입은 야회복이 어색해 보였다. 그 모습은 어쩐지 모처럼 정장을 차리고 나선 마부를 떠올리게 했다. 나이는 마흔으로, 잘생긴 얼굴은 아니지만 그렇다고 추남도 아니었다. 이목구비는 제법 훌륭한 편이었지만 필요 이상으로 커서 볼품없어 보였다. 수염을 깨끗이 깎아 오히려 그의 커다란 얼굴을 불쾌하게 발가벗겨 놓은 것 같았다. 짧게 깎은 머리는 붉은색이 감돌았고 눈은 작은 편으로 푸른색 같기도 하고 회색 같기도 했다. 어쨌든 매우 평범해 보였다. 스트릭랜드 부인이 그에 대해 왜 당혹스러운 감성을 느끼는지를 알 만했다. 그는 예술과 문학의 세계에 참여하고 싶은 여성에게는 자랑거리가 되기 힘든 남자였다. 그는 분명히 사교적 재능은 없었지만 그러한 재능 없이도 살아갈 수 있는 남자였다. 그에게는 평범함을 벗어난 뭔가가 없었기 때문이다. 말하자면 선량하고 감정이 무디고 정직하고 평범한 사람이었다. 사람들은 이런 인물의 장점을 칭찬하면서도 친구로 사귀려 하지는 않는다. 그는 아무런 특징이 없었다. 그는 가치 있는 사회의 일원으로 훌륭한 남편이자 아버지이고 정직한 중개인일지는 모르지만, 그렇다고 시간을 낭비하며 상대할 이유는 전혀 없어 보이는 사람이었다.

7

 계절이 먼지 많은 여름의 막바지에 이르자 내가 아는 모든 사람들이 피서 떠날 준비를 하고 있었다. 스트릭랜드 부인도 가족들을 데리고 노퍽 해안으로 떠날 예정이었다. 그곳에 가면 아이들은 수영을 하고 남편은 골프를 즐길 수 있었다. 우리는 서로 작별 인사를 하며 가을에 만나기로 약속했다. 그러나 내가 런던을 떠나려고 하던 그날, 백화점에서 나오다 아들과 딸을 데리고 나온 부인을 만났다. 나처럼 그녀도 런던을 떠나기 전에 마지막으로 물건을 사러 나왔던 것이다. 우리는 모두 더위에 지쳐 있었으므로 나는 공원에 가서 아이스크림을 먹자고 제의했다. 스트릭랜드 부인은 아이들을 자랑하고 싶은 마음에 내 제안을 기꺼이 받아들인 것 같았다. 아이들은 사신으로 보았을 때보다 더 귀여워 보였다. 그녀가 아이들을 자랑스러워하는 것도 무리는 아니었다. 내가 젊은 사람이어서였는지 아이들은 수줍어하지 않고 이것저것 즐겁게 지껄여댔다. 더할 나위 없이 착하고 건강한 아이들이었다. 공원의 나무 그늘 아래 있으니 무척이나 시원했다.

한 시간쯤 지나 그들이 마차를 타고 집으로 돌아간 뒤, 나는 느릿느릿 평소 다니던 클럽을 향해 걸어갔다. 잠깐 들여다본 즐거운 가정 생활이 부러워졌던 것은 아마도 그때 내가 조금은 외로웠기 때문이었을 것이다. 그들은 서로에게 헌신하며 사는 듯했다. 남들은 이해할 수 없는 그들만의 농담을 주고받으며 몹시 즐거워했다. 찰스 스트릭랜드는 그저 재치 있는 말재주라는 기준에서 보면 따분한 사람일 수도 있겠지만, 그의 지능은 그를 둘러싼 환경에는 적합했다. 그것이야말로 상당한 성공과 더 나아가 행복을 얻을 수 있는 요건이었다. 스트릭랜드 부인은 매력적인 여인이었고, 남편을 사랑했다. 나는 그들의 생활을 머릿속에 그려보았다. 그것은 뜻밖의 모험이라곤 없는 정직하고 남부끄럽지 않은 생활, 의젓하고 유쾌한 아이들이 그들의 올바른 혈통과 신분의 전통을 훌륭하게 이어갈 것이 분명한 생활이었다. 그들 부부는 별다른 의식 없이 늙어갈 것이고, 아들딸이 때가 되면 결혼하는 것을 지켜보게 될 것이다. 예쁜 소녀는 장차 건강한 아이들의 어머니가 될 것이고, 잘생긴 소년은 남자다운 사내가 되어 틀림없이 군인이 될 것이다. 그리고 마침내 두 부부는 점잖게 사회의 일선에서 물러나 자손들의 사랑을 받으며 풍족한 생활을 하다 행복하고 헛되지 않은 삶을 마친 뒤 무덤 속에 묻힐 것이다.

분명히 수많은 부부들이 이렇게 살고 있다. 또한 그러한 삶의 양식에는 소박한 우아함이 있다. 그러한 생활은 푸른 초원을 뚫고 부드럽게 굽이쳐 흐르며 숲속의 유쾌한 나무 그늘을 지나 마침내 광대한 바다로 들어가는 조용한 시냇물을 연상시킨다. 그러나 바다는 너무나 조용하고 말이 없으며 무심한 것이어서 우리는 갑자기 막연한 불안감에 사로잡힌다. 어쩌면 절대 다수의 사람들이 향유하는 그러한 생활에 뭔가 잘못된 점이 있다고 느꼈던 것은 그 시절에조차 내 마음속에 강렬히 자리잡고 있던 괴팍함 때문이었으리라. 나는 그러한 생활이 가져다주는 사회적 가치를 인식했다. 그리고 그 생활이 가져다주는 행복을 실제로 보았다. 그러나 내 핏속의 뜨거운 열기는 좀 더 험한 인생 항로를 원했다. 그런 안이한 즐거움 속에는 무엇인가 경계해야 할 것이 있으리라는 생각이 들었다. 내 가슴속에는 좀 더 위험한 생활에 대한 갈망이 숨어 있었다. 그저 어떤 변화, 그리고 그 변화 외에도 전혀 예상치 못했던 흥분만 얻을 수 있다면 나는 인생의 항로에서 울퉁불퉁하게 돌출한 암초와 위험한 모래톱도 겁내지 않을 각오가 되어 있었다.

8

스트릭랜드 가족에 대해 지금까지 써온 내용을 읽어보니 그 가족의 모습이 어딘지 불분명해 보인다. 작품 속 인물들이 자신의 삶을 살아가는 모습을 생생하게 보여줄 특성을 나는 그들에게 부여하지 못했다. 그것이 내 문제가 아닐까 하는 생각이 들어 나는 그들을 마치 눈에 보이듯 생생하게 표현할 수 있는 뭔가를 찾아내려고 머리를 쥐어짜본다. 특이한 말투나 기이한 버릇을 곱씹어보면 그들만의 특유한 점을 표현할 수 있지 않을까. 현재로서는 마치 태피스트리에 그려진 인물들 같다. 그들은 배경에서 뚜렷하게 분리되어 보이지 않고, 조금 뒤로 물러나서 보면 형체마저 희미해 그저 만족스러운 색으로만 보인다. 변명을 하자면, 그들이 내게 보여준 인상이 바로 그러했다. 사회라는 유기체의 일부를 이루며 살아가는 사람들이 흔히 그렇듯 그들 역시 마치 그림자처럼 희미했다. 그러한 사람들은 마치 우리 몸의 세포와 같은 것으로 없어서는 안 되지만, 건강한 상태로 존재하는 동안에는 중요한 전체 속에 휩쓸려 있는 일부로서 역할을 하고 있는 것이다. 스트릭랜드 가족은 바로 이 평범한 중류 계급에 속했다. 상냥하고, 손님 접대를 잘하며, 문단의 평범한 문인들에게 아무런 해를 끼치지 않고 열중하는 부인, 자비로운 하느님에게서 부여받은 생활수준을 바탕으로 의무를 다하고 있는 남편, 잘생기고 건강한 두 아이, 이보다 더 평범한 것은 있을 수 없을 것이다. 호기심을 느끼는 사람들의 관심을 끌 만한 점이 그들에게 있었다고는 조금도 생각되지 않는다.

그 후에 일어난 모든 일을 돌이켜보면 내 머리가 둔하여 찰스 스트릭랜드에게서 특이한 점을 발견하지 못한 것이 아닌가, 스스로에게 묻게 된다. 어쩌면 그랬을지도 모른다. 그 후 긴 세월이 흘렀으니 제법 사람 보는 눈이 생겼을 수도 있지만, 스트릭랜드 가족을 처음 만났을 당시로 지금의 내가 돌아간다고 해도 나는 그들을 조금도 다르게 평가하지는 않았을 것이다. 그러나 나는 인간이란 어림할 수 없는 존재라는 것을 배워왔기에 오늘 이 순간 같으면, 그해 초가을 내가 런던으로 돌아와서 들었던 소식을 듣고도 그렇게 놀라지는 않았을 것이다.

런던에 돌아온 지 채 스물네 시간도 되지 않아 나는 저민 가(街)에서 로즈 워터퍼드를 우연히 만났다.

"아주 유쾌하고 활기차 보이는군요. 무슨 좋은 일이라도 있습니까?"

그녀는 미소를 지었는데, 그녀의 눈에는 익히 느껴왔던 악의가 엿보였다. 그 눈빛은 그녀가 친구들 가운데 누군가의 추문을 들었고, 여류 작가의 본능이 발동했다는 것을 의미했다.
"찰스 스트릭랜드 씨를 만나보신 적이 있죠?"
그녀는 얼굴뿐만 아니라 온몸에 생기가 넘쳐흘렀다. 나는 고개를 끄덕였다. 그가 혹여 증권거래소에서 제명당하지나 않았는지, 아니면 버스에 치이지나 않았는지 궁금했다.
"정말 놀라운 일이 아니겠어요? 그 사람이 부인 곁을 떠나버렸다잖아요."
미스 워터퍼드는 저민 가의 한 모퉁이에서는 그러한 이야기의 진가를 제대로 드러낼 수 없다고 느낀 듯 그야말로 예술가답게 간단한 사실만을 알려주고는 자기도 자세한 내용을 모른다고 했다. 아무리 길에서 마주쳤다고 해도 자세한 내용을 이야기하지 못할까 싶었지만, 그녀는 끝내 고집을 부렸다.
"정말 아무것도 모른다니까요."
떨리는 내 물음에 그녀는 그같이 대답했다. 그리고 한 차례 어깨를 들썩인 다음 덧붙였다.
"시내 어느 찻집의 젊은 여자 하나가 일자리를 그만두고 떠났다잖아요, 글쎄."
미스 워터퍼드는 살짝 한 번 웃어 보이더니 치과 예약이 잡혀 있다면서 경쾌한 걸음걸이로 가버렸다. 나는 걱정보다는 호기심이 앞섰다. 당시 인생 경험이 그다지 많지 않았던 나는 책에서나 접했던 사건이 친구들에게 일어나면 자연스레 흥분이 되었다. 솔직히 고백하면 지금이야 친구들 사이에서 그런 일이 일어나도 그러려니 하지만, 그 무렵에는 그 소식에 적잖은 충격을 받았다. 그때 스트릭랜드는 분명 마흔 여름이었을 터인데, 그 연배의 남자가 연애 사건에 휩쓸린다는 것은 역겨운 일이라는 생각이 들었다. 젊은 혈기에 빠져 있던 나는 남자가 망신을 당하지 않으면서 사랑에 빠질 수 있는 나이의 한계를 서른다섯으로 보고 있었다. 게다가 내가 시골에서 스트릭랜드 부인에게 편지를 써서 런던으로 돌아온다는 내용을 전하고, 거절의 소식이 없다면 부인의 댁을 찾아가 차를 마시고 싶다고 덧붙여 말했던 터라 개인적으로 더 당황스러웠다.

 약속한 날이 바로 그날이었지만 나는 스트릭랜드 부인에게서 아무런 답장도 받지 못했다. 나를 만나고 싶다는 뜻일까, 아니면 만나고 싶지 않다는 뜻일까? 남편에게 버림받은 충격으로 부인은 내 편지의 내용을 잊어버렸을 것 같았다. 그녀를 찾아가지 않는 것이 현명한 일일 것이다. 어쩌면 부인은 남편과 자신의 관계를 비밀에 부치고 싶을지도 모른다. 그렇다면 이런 이상한 소문이 내 귀에 전달되었다는 반응을 보이는 것이 오히려 아주 분별없는 일이 될 것이다. 나는 그토록 착한 부인의 감정을 상하게 하지나 않을까 하는 두려움과 그녀에게 방해가 되지 않을까 하는 두려움 사이에서 괴로웠다. 부인은 틀림없이 괴로워하고 있을 것이라고 느꼈다. 나 자신이 덜어줄 수 없는 그녀의 고통을 직접 보고 싶지는 않았다. 그러나 약간 부끄럽게도 내 마음 한구석에서는 그 부인이 이 고통을 어떻게 받아들이고 있는

달과 6펜스 47

지 보고 싶다는 욕망이 일어났다. 어떻게 해야 할지 알 수가 없었다.

결국 나는 아무것도 모른다는 듯 찾아가 하녀를 통해 스트릭랜드 부인에게 나를 만나도 괜찮겠느냐고 물어보기로 마음먹었다. 부인이 내켜 하지 않을 경우 내 방문을 거절할 기회를 줄 수 있는 방법이기도 했다. 그러나 막상 하녀에게 준비해 온 말을 전했을 때는 몹시 거북해 몸둘 바를 몰랐다. 어두운 복도에 서서 답을 기다리는 동안 도망치고 싶은 충동을 억누르기 위해 안간힘을 썼다. 잠시 후 하녀가 돌아왔다. 이 생각 저 생각을 하며 긴장해 있던 터라 그 하녀의 행동만 보아도 이 집안에 재난이 닥쳤다는 생각이 자연스럽게 들었다.

"이쪽으로 오시지요, 선생님."

하녀가 말했다.

나는 그녀를 따라 응접실로 들어갔다. 반쯤 블라인드를 내려 어두웠는데, 스트릭랜드 부인은 햇빛을 등지고 앉아 있었다. 그녀의 형부인 매캔드루 대령은 불도 없는 벽난로 앞에 등을 쬐는 자세로 서 있었다. 이런 데 들어와 있으니 어색하기 짝이 없었다. 그 순간 내 방문이 그들에게는 전혀 예기치 못한 사건이며, 스트릭랜드 부인이 미리 거절한다는 것을 잊고 있다가 나를 들어오게 한 것이 아닌가 하는 생각이 들었다. 그리고 대령 역시 자기들 사이에 내가 끼어든 것을 마뜩찮아할 거라고 상상했다.

"찾아뵙겠다고 했는데, 잊으신 건 아닌가 걱정했습니다."

나는 애써 태연하게 말했다.

"아니에요, 잘 오셨어요. 앤이 곧 차를 가져올 거예요."

실내가 어둡긴 했지만 스트릭랜드 부인의 얼굴이 울어서 부어올랐다는 것을 금방 알 수 있었다. 평소에도 그리 좋지 않았던 그녀의 안색은 흙빛이었다.

"제 형부 기억하시죠? 휴가 직전에 저희 집 만찬에서 보셨잖아요."

우리는 악수를 나눴다. 나는 너무나 수줍어 뭐라 할 말이 생각나지 않았지만 다행히도 스트릭랜드 부인이 도와주었다. 그녀가 내게 여름 동안 어떻게 지냈느냐고 물었던 것이다. 그녀의 도움 덕분에 차가 올 때까지 겨우 이야기를 이어갈 수 있었다. 대령은 위스키 소다를 청했다.

"에이미, 당신도 한 잔 마시는 게 어떻소?"

"아니에요, 전 홍차로 하겠어요."

이것은 뭔가 불운한 사태가 벌어졌다는 최초의 암시였다. 나는 아무것도 모른다는 듯 되도록 스트릭랜드 부인을 내 이야기에 끌어들이려 애썼다. 대령은 벽난로 앞에 서 있었지만 입도 뻥끗하지 않았다. 나는 어떻게 하면 예의를 잃지 않고 한시라도 빨리 이 자리를 떠날 수 있을지를 궁리하면서도, 한편으로는 도대체 스트릭랜드 부인은 이런 때 왜 나를 맞아들였나 하는 의문에 잠겼다. 실내에는 꽃 한 송이 보이지 않았고 휴가 기간 치워둔 이런저런 장식들도 제자리로 돌아와 있지 않았다. 언제나 푸근하게 느껴졌던 그 방에 생기 없고 딱딱한 분위기가 감돌았다. 마치 벽 건너편에 누군가가 죽어 누워 있는 듯한 묘한 느낌을 풍기고 있었다. 나는 차를 다 마셨다.

"담배 피우시겠어요, 선생님?"

스트릭랜드 부인이 물으며 담뱃갑을 찾았지만 보이지 않았다.

"담배가 하나도 없는 것 같군요."

이 말을 하더니 그녀는 갑자기 울음을 터뜨리며 방을 뛰쳐나갔다.

나는 놀랐다. 지금 생각해보면 평소에 남편이 사오던 담배가 눈에 띄지 않자 갑자기 남편 생각이 떠올랐던 것이며, 그러면서 그동안 익숙했던 하찮은 즐거움들이 사라져버렸다는 느낌 때문에 새삼스레 갑작스러운 통증을 느꼈던 것 같다. 예전의 생활은 사라지고 모든 것이 영원히 끝장났다는 것을 깨달았을 것이다. 이제 더는 체면을 차리기 위해 그 자리를 버티고 있을 수만은 없었다.

"분위기를 보니 저는 이만 돌아가는 게 낫겠군요."

나는 일어서며 대령에게 말했다.

"그 불한당이 아내를 버리고 도망가버렸다는 이야기를 당신도 들었겠죠."

그는 감정을 억제하지 못하고 외쳤다.

나는 멈칫거리며 서 있었다.

"세상 사람들이 남의 일을 두고 수군거리는 것은 새삼스러운 일은 아니죠. 뭔가 좋지 않은 일이 있었다는 이야기는 어렴풋이 들었습니다."

내가 대답했다.

"도망을 쳤어요. 그놈이 여자와 파리로 내뺀 겁니다. 에이미에게는 땡전 한 푼 남겨주지 않았습니다."

"매우 유감스러운 일이군요."

달리 무슨 말을 해야 할지 몰라 나는 그렇게 대답했다.

대령은 위스키를 꿀꺽 삼켰다. 그는 키가 크고 야위었으며, 나이는 쉰 살 정도 되어 보였다. 축 처진 콧수염에 머리는 반백이었다. 눈동자는 옅은 파란색을 띠었고, 입가에는 기운이 없어 보였다. 지난번 만났을 때는 그가 바보스런 얼굴로 퇴역하기 전 10년 동안 매주 사흘씩 폴로 경기를 했다고 자랑했던 것이 생각났다.

"스트릭랜드 부인은 지금 제게 신경 쓸 겨를이 없을 듯싶습니다. 저도 진심으로 마음 아파한다고 전해주십시오. 제가 도울 일이 있다면 기꺼이 돕겠습니다."

내가 말했지만 대령은 내 말에 신경 쓰고 있지 않았다.

"처제의 장래가 어찌 될지 모르겠군요. 게다가 자식들까지 있으니, 뭐든 먹고 살아야 할 게 아니냐고. 17년이나 되었는데……."

"17년이라니요?"

"그들이 결혼한 지가 그렇게 되었단 말이오. 난 본래 그자를 좋아하지 않았습니다. 그저 동서간이니까 되도록 내색하지 않았을 뿐이지. 당신에게는 그자가 도대체 신사 같아 보입디까? 처제는 그자와 결혼하지 말았어야 했어요."

그가 무뚝뚝하게 말했다.

"이제는 두 분 사이가 완전히 끝났다는 말씀입니까?"

"처제가 할 수 있는 일은 하나밖에 없지. 그자와 이혼하는 것 말이오. 아까 당신이 들어왔을 때도 난 처제에게 그 얘기를 하고 있었소. 당장 소송을 하라고. 아이들을 위해서도 그렇게 하라고. 내 눈앞에 나타나지 않는 게 좋을걸……. 반쯤 죽여놓을 테니까."

나는 스트릭랜드를 보았을 때 뼈대가 억센 사람이라는 인상을 받았다. 그래서 매캔드루 대령이 자신의 말처럼 행동하기란 어려울 것이라는 생각이 들었지만, 그런 말을 입 밖에 내지는 않았다. 격분한 도덕가가 도덕상의 죄인을 직접 응징할 힘이 없을 때, 그것은 괴로운 일일 수밖에 없다. 이제는 정말 그 자리를 떠야겠다고 다시 마음을 굳히고 있을 때, 스트릭랜드 부인이 들어왔다. 눈물을 닦고 코 언저리에 다시 분을 바른 흔적이 엿보였다.

"눈물을 보여 죄송해요. 다행히 가지 않으셨군요."

그녀가 말하면서 자리에 앉았다. 나는 무슨 말을 해야 할지 알 수 없었다. 나와는 전혀 관련이 없는 일에 입을 연다는 것이 좀 쑥스러웠다. 그때만 해도 나는 여성들에게 그들이 빠지기 쉬운 유혹, 즉 누구든 들어주려고만 하면 자기 사생활까지도 상의하고 싶어 하는 열정이 있다는 것을 알지 못했다. 스트릭랜드 부인은 마음을 진정시키느라 무척이나 애쓰는 기색이 역력했다.

"사람들이 이 문제로 떠들어대고 있죠?"

그녀가 물었다.

자신의 불행한 가정사를 내가 모두 알고 있다고 짐작하는 듯한 그녀의 태도에 나는 깜짝 놀랐다.

"저는 지금 시골에서 올라오는 길입니다. 제가 만난 사람은 로즈 워터퍼드뿐입니다."

스트릭랜드 부인은 자신의 두 손을 꼭 맞잡았다.

"그녀가 선생님에게 했던 이야기를 그대로 해주세요."

내가 망설이자 그녀가 다시 졸랐다.

"어서요. 정말 듣고 싶어요."

"사람들이 하는 이야기란 다 그렇고 그런 게 아닙니까. 그 여자의 말을 그대로 믿을 수는 없겠지만, 남편이 부인 곁을 떠났다고 하더군요."

"그게 전부인가요?"

나는 로즈 워터퍼드가 나와 헤어지면서 들려준 찻집 여자에 관한 이야기를 되풀이하고 싶지 않아 거짓말로 둘러댔다.

"그이가 누구와 함께 떠났다는 이야기는 없었나요?"

"없었습니다."

"그걸 알고 싶었을 뿐이에요."

그 말을 듣고 약간 당황했지만, 이제는 어찌됐든 돌아가야겠다고 생각했다. 스트릭랜드 부인과 악수를 하면서 조금이라도 도움이 되는 일이 있다면 기꺼이 응하겠다고 말했다.

"정말 고맙습니다. 하지만 아무도 저를 도울 수는 없을 거예요."

나는 너무나 수줍은 성격인지라 차마 동정의 말도 건네지 못하고 돌아서서 대령에게 작별 인사를 했다. 그는 내가 내민 손을 잡지도 않고 말했다.

"나도 가려던 참이오. 빅토리아 가(街) 쪽으로 가신다면 같이 갑시다."

"좋습니다. 자, 가시죠."

9

"너무도 끔직한 일이오."

거리로 나서자마자 대령이 말했다.

나는 그때 대령이 처제와 몇 시간이나 이야기했던 것을 다시 한번 의논해보려고 동행했다는 것을 알 수 있었다.

"우리는 그자와 함께 달아난 여자가 누군지도 모르고 있소. 아는 것은 다만 그 불한당이 파리로 갔다는 사실뿐이오."

대령이 말했다.

"스트릭랜드 씨 부부가 금실이 좋은 것으로 알고 있었습니다."

"사이야 좋았지. 아까 당신이 들어오기 바로 전에도 처제는 결혼 생활 중 단 한 번도 말다툼을 해본 적이 없다고 말했다오. 당신도 그녀를 알지 않소. 세상에 그보다 착한 여자는 없을 거요."

이처럼 나를 믿고 말을 하니 나 역시 몇 가지 질문을 해도 괜찮을 것 같았다.

"그런데 부인께서는 사전에 전혀 눈치채지 못했다는 말입니까?"

"전혀. 그자는 가족과 함께 노퍽에서 8월을 보냈소. 당시만 해도 그자는 여느 때와 조금도 다름이 없었소. 우리 내외가 그곳에서 그들을 만나 이삼 일을 함께 지내는 동안 난 그자와 함께 골프까지 쳤소. 9월이 되자 그는 동업자와 휴가를 교대해야 한다면서 런던으로 돌아갔고, 에이미는 시골에 그냥 남았소. 그들은 당시 그곳의 집을 6주 동안 빌려 사용했는데, 처제는 계약 기간이 끝나갈 무렵 그에게 편지를 보냈지. 어느 날짜에 런던에 도착하겠다는 내용을 적어서 말이오. 그런데 파리에서 그자의 답장이 오지 않았겠소. 이제 더는 처제와 함께 살 생각이 없다고."

"이유가 뭐랍니까?"

"특별한 이유가 있겠소? 편지를 직접 읽어봤는데, 내용은 채 열 줄도 안 되었소."

"이상한 일이군요."

그때 우리는 길을 건너야 하는 데다 교통도 혼잡하여 대화를 계속할 수 없었다. 매캔드루 대령이 내게 들려준 이야기는 도저히 있을 수 없는 일처럼 느껴졌다. 그러므로 나는 스트릭랜드 부인이 뭔가 사정이 있어 일부 사실을 형부에게 감추고 있는 것이 아닌가 하고 의심해보았다. 17년 동안이나 결혼 생활을 해온 남자가 아내를 버렸는데, 아내로서 결혼 생활이 잘못되었다는 의심을 품을 만한 사건이 없었다는 건 있을 수 없는 일이었다. 대령은 뒤에서 나를 따라왔다.

"다른 여자와 떠난다는 것 외에 무슨 이유를 붙일 수 있겠소. 아마 그자는 에이미가 그 이유를 스스로 알게 될 거라고 생각했던 모양이오. 그자가 원래 그런 인간이라니까."

"스트릭랜드 부인은 앞으로 어떻게 하실 작정이랍니까?"

"글쎄, 먼저 증거부터 잡아야겠지. 그래서 내가 직접 파리로 가볼 생각이오."

"그분의 사업은 이제 어떻게 되죠?"

"그 점 때문에 그자가 더욱 교활하다는 거요. 작년 한 해 동안 사업을 조금씩 줄이고 있었다지 뭐요."

"동업자에게는 그만둔다는 이야기를 했답니까?"

"한마디도 없었다고 합디다."

매캔드루 대령이나 나나 사업상의 문제에 대해 아는 바가 별로 없는 터라 나는 스트릭랜드가 어떤 식으로 사업을 접었는지 도무지 이해할 방도가 없었다. 대령에게서는 그저 배신당한 동업자가 몹시 분개하여 그를 고소하겠다고 위협했다는 사실만을 알아낼 수 있었다. 사업이 모두 정리되려면 오히려 그 동업자에게 4, 5백 파운드를 지불해야 할 처지인 듯했다.

"집 안의 가구가 에이미의 명의로 되어 있다는 것이 그나마 다행이라오. 어쨌든 그것만은 갖게 될 테니 말이오."

"그 말은 부인께서 무일푼이 되었다는 뜻입니까?"

"두말할 게 있겠소? 처제가 가진 것이라곤 고작 2, 3백 파운드의 현금과 가구뿐이오."

"그렇다면 부인은 어떻게 살아가죠?"

"그걸 누군들 알겠소."

문제가 더욱 복잡해지는 것 같았다. 게다가 대령이 욕설과 분노를 터뜨리는 통에 나는 자세한 내막을 알게 되기는커녕 오히려 머릿속만 혼란스러워졌다. 육해군 백화점의 시계를 쳐다보던 대령이 클럽에서 카드놀이를 하기로 약속했던 것을 기억해내고는 나를 버려둔 채 세인트 제임스 공원을 가로질러 가버리자 비로소 마음이 홀가분해졌다.

10

하루 이틀쯤 지나고 스트릭랜드 부인에게서 저녁을 먹은 뒤 잠깐 와줄 수 있겠느냐는 편지가 왔다. 찾아가 보니 그녀는 혼자 있었다. 금욕적이리만치 수수해 보이는 검은 드레스가 남편을 잃은 그녀의 처지를 말해주고 있었다. 나는 감정을 추스르고 예의를 갖춰 옷을 차려입은 부인의 모습에 사실 좀 놀랐다.

"선생님께선 무슨 일이든지 제가 부탁만 하면 도와주시겠다고 말씀하셨죠?"

그녀가 말했다.

"사실입니다."

"파리에 가셔서 찰리를 만나주시지 않겠어요?"

"제가 말입니까?"

나는 당황했다. 그를 만난 건 단 한 번뿐이었다. 이런 내게 그녀가 도대체 무엇을 어떻게 해달라는 것인지 알 수 없었다.

"프레드는 자기가 가겠다고 그래요. 그렇지만 그가 가서는 안 될 자리예요. 그렇게 되면 상황만 더 안 좋아질 거예요. 달리 부탁드릴 사람이 없군요."

프레드란 매캔드루 대령을 두고 하는 말이었다.

부인의 목소리가 살짝 떨렸다. 이런 상황에서 더 머뭇거리면 너무 몰인정한 짓이라는 생각이 들었다.

"그러나 저는 바깥어른과 한두 마디밖에 얘기해보지 않았습니다. 그분이 저를 알아보실 수나 있을지 모르겠습니다. 어쩌면 저를 보는 순간 당장 나가라고 호통을 칠 수도 있고요."

"그쯤은 참아주시리라고 믿어요."

스트릭랜드 부인이 미소를 지으며 말했다.

"제가 부인을 위해 할 수 있는 일이 정확히 뭡니까?"

그녀는 내 물음에 직접 대답하지는 않았다.

"저는 그이가 선생님과 잘 모르는 사이여서 오히려 다행이라고 생각해요. 아시겠지만, 그이는 프레드를 진정으로 좋아해본 적이 없었어요. 형부를 바보라고 생각했죠. 원래 군인들을 이해하지 못했거든요. 게다가 프레드는 곧잘 화를 내니까 두 사람이 만나면 결국 싸움이 벌어질 거예요. 사태가 호전되기보다는 더욱 악화되고 말겠죠. 선생님께서 제 부탁을 받고 왔다고 하면 설마 이야기를 들어보려고도 하진 않을 거예요."

"제가 부인과 알게 된 것도 그리 오래되지는 않았습니다. 자세한 내막도 모르는 제가 어떻게 이런 사건을 처리할 수 있겠습니까. 저와 관계도 없는 일에 주제넘게 파고들고 싶지는 않습니다. 부인께서 직접 가셔서 만나보시는 것이……."

"그곳에 그이 혼자 있지 않다는 점을 잊고 계시는군요."

나는 입을 다물었다. 찰스 스트릭랜드를 찾아가 명함을 내놓는 나를 머릿속에 그려보았다. 그는 내 명함을 엄지와 검지 사이에 쥐고 방 안으로 들어갈 것이다.

"무슨 일로 오시었소?"

"부인의 부탁으로 이렇게 찾아왔습니다."

"그렇군. 당신도 좀 더 나이가 들면 남의 일에 참견하지 않는 편이 이롭다는 걸 분명히 깨닫게 될 것이오. 고개를 왼쪽으로 조금만 돌려보면 문이 보일 것이오. 자, 그럼 이만 돌아가시오."

위엄을 잃지 않고 출구를 빠져나오기란 어려울 것이다. 나는 스트릭랜드 부인이 자기 문제를 수습할 때까지 런던에 돌아오지 않았더라면 좋았을 거라고 생각했다. 흘끗 바라보니 그녀는 깊은 생각에 잠겨 있었다. 그러나 이내 고개를 들어 나를 쳐다보며 길게 한숨을 내쉬고는 미소를 지어 보였다.

"이번 일은 너무나 뜻밖이었어요. 결혼하고 17년을 함께 살아왔지만, 저는 그이가 이성을 잃어가면서까지 다른 여자에게 열중하리라고는 꿈에도 생각지 못했어요. 우리는 늘 사이가 좋았거든요. 물론 제 취미 중에는 그이의 관심 밖인 것들도 많았지만 말이에요."

부인이 말했다.

"어떤 사람인지는 알아내셨습니까?"

나는 어떻게 표현해야 할지 몰라 망설이다가 계속 말했다.

"바깥어른이 데리고 간 여자 말입니다."

"아녜요. 아는 사람이 아무도 없더군요. 이상하죠. 보통은 남자들이 어떤 여자와 사랑에 빠지게 되면 점심을 먹느니 뭐니 하며 함께 돌아다니다가 사람들 눈에 자주 띄게 되고, 그러다 보면 그 남자 부인의 친구들이 부인에게 찾아와서 그러한 것들을 다 털어놓게 마련이거든요. 그런데 나는 정말 한 번도 그런 경고를 받지 못했어요. 전혀. 그이의 편지는 제게는 청천벽력 같았어요. 그이가 가정 생활에 더할 나위 없이 만족한다고 생각했으니까요."

부인은 흐느껴 울기 시작했다. 측은한 여자라고 느껴졌다. 그러나 잠시 후 부인은 냉정을 되찾았다.

"이제 와서 저를 비웃어본들 무슨 소용이 있겠어요."

그녀는 눈물을 닦으며 말했다.

"남은 일은 어떻게 하는 것이 최선인가를 판단하는 것뿐이에요."

부인은 최근에 있었던 일, 그들 두 사람이 처음 만났을 때의 일, 그리고 결혼 생활을 하며 생겼던 일 등을 되는대로 들려주었다. 그 이야기를 듣다 보니 곧 그들 부부 생활의 윤곽이 어느 정도 잡혔다. 그러고 보니 내 추측이 틀리지 않았다. 스트릭랜드 부인의 아버지는 인도에서 근무하는 공무원이었는데, 공직에서 은퇴한 뒤에는 외딴 시골로 들어가 살았다. 다만 해마다 8월이 되면 가족들과 함께 이스트본으로 요양을 가곤 했다. 그녀가 스무 살 때 찰스 스트릭랜드와 만난 곳도 바로 거기였다. 찰스는 그때 스물세 살이었다. 그들은 함께 테니스를 치고 해변을 산책하기도 했으며, 흑인으로 분장해 흑인 노래를 부르는 순회 극단의 노래에 귀를 기울이기도 했다. 그녀는 찰스가 정식으로 구혼을 하기 일주일 전에 이미 그를 맞아들이기로 결심했다. 그들은 처음에는 런던의 햄스테드에서 살다가 생활이 조금씩 나아지면서 도심지로 옮겨 왔다. 그동안 두 아이가 태어났다.

"그이는 아이들을 몹시 귀여워했어요. 비록 제게 염증을 느꼈다고 해도 아이들을 두고 떠날 생각을 했다니 이해할 수가 없어요. 지금도 실감이 나질 않아요."

마침내 부인은 남편이 보내온 편지를 보여주었다. 나는 그 편지를 보고 싶은 호기심에 차 있었지만 차마 보여달라고 부탁할 용기가 없던 참이었다.

에이미 보시오,

집에는 별 탈이 없으리라 생각하오.

앤에게 당신이 시킨 대로 말해놓았으니 당신이 도착하면 당신과 아이들의 저녁 식사가 준비되어 있을 것이오. 하지만 나는 거기 없을 거요. 나는 당신과 헤어져 살기로 결심했기 때문에 오전에 파리로 떠날 예정이오. 이 편지는 파리에 도착하는 즉시 당신에게 부치겠소. 이 결심은 절대로 변하지 않을 것이오.

찰스 스트릭랜드

본으로 요양을 가곤 했다. 그녀가 스무 살 때 찰스 스트릭랜드와 만난 곳도 바로 거기였다. 찰스는 그때 스물세 살이었다. 그들은 함께 테니스를 치고 해변을 산책하기도 했으며, 흑인으로 분장해 흑인 노래를 부르는 순회 극단의 노래에 귀를 기울이기도 했다. 그녀는 찰스가 정식으로 구혼을 하기 일주일 전에 이미 그를 맞아들이기로 결심했다. 그들은 처음에는 런던의 햄스테드에서 살다가 생활이 조금씩 나아지면서 도심지로 옮겨 왔다. 그동안 두 아이가 태어났다.

"그이는 아이들을 몹시 귀여워했어요. 비록 제게 염증을 느꼈다고 해도 아이들을 두고 떠날 생각을 했다니 이해할 수가 없어요. 지금도 실감이 나질 않아요."

마침내 부인은 남편이 보내온 편지를 보여주었다. 나는 그 편지를 보고 싶은 호기심에 차 있었지만 차마 보여달라고 부탁할 용기가 없던 참이었다.

에이미 보시오,

집에는 별 탈이 없으리라 생각하오.

앤에게 당신이 시킨 대로 말해놓았으니 당신이 도착하면 당신과 아이들의 저녁 식사가 준비되어 있을 것이오. 하지만 나는 거기 없을 거요. 나는 당신과 헤어져 살기로 결심했기 때문에 오전에 파리로 떠날 예정이오. 이 편지는 파리에 도착하는 즉시 당신에게 부치겠소. 이 결심은 절대로 변하지 않을 것이오.

찰스 스트릭랜드

부인이 말했다.

"어떤 사람인지는 알아내셨습니까?"

나는 어떻게 표현해야 할지 몰라 망설이다가 계속 말했다.

"바깥어른이 데리고 간 여자 말입니다."

"아녜요. 아는 사람이 아무도 없더군요. 이상하죠. 보통은 남자들이 어떤 여자와 사랑에 빠지게 되면 점심을 먹느니 뭐니 하며 함께 돌아다니다가 사람들 눈에 자주 띄게 되고, 그러다 보면 그 남자 부인의 친구들이 부인에게 찾아와서 그러한 것들을 다 털어놓게 마련이거든요. 그런데 나는 정말 한 번도 그런 경고를 받지 못했어요. 전혀. 그이의 편지는 제게는 청천벽력 같았어요. 그이가 가정 생활에 더할 나위 없이 만족한다고 생각했으니까요."

부인은 흐느껴 울기 시작했다. 측은한 여자라고 느껴졌다. 그러나 잠시 후 부인은 냉정을 되찾았다.

"이제 와서 저를 비웃어본들 무슨 소용이 있겠어요."

그녀는 눈물을 닦으며 말했다.

"남은 일은 어떻게 하는 것이 최선인가를 판단하는 것뿐이에요."

부인은 최근에 있었던 일, 그들 두 사람이 처음 만났을 때의 일, 그리고 결혼 생활을 하며 생겼던 일 등을 되는대로 들려주었다. 그 이야기를 듣다 보니 곧 그들 부부 생활의 윤곽이 어느 정도 잡혔다. 그러고 보니 내 추측이 틀리지 않았다. 스트릭랜드 부인의 아버지는 인도에서 근무하는 공무원이었는데, 공직에서 은퇴한 뒤에는 외딴 시골로 들어가 살았다. 다만 해마다 8월이 되면 가족들과 함께 이스트

"한마디 설명도, 유감스럽다는 말도 없어요. 세상에 이처럼 무정한 처사가 또 어디에 있겠어요?"

"이런 상황에 쓴 편지치고는 정말 이상하군요."

내가 대답했다.

"한 가지 설명이 있을 수 있다면 이제 그이가 완전히 딴 사람이 되었다는 거예요. 그이를 손아귀에 넣은 그 여자가 누군지 모르지만 그 여자가 남편을 완전히 다른 사람으로 만들어버린 거예요. 오랫동안 사귀어온 것이 틀림없어요."

"무엇 때문에 그런 생각을 하셨죠?"

"프레드가 내막을 알아냈거든요. 남편은 제게 일주일에 사나흘씩 저녁 시간에 클럽에 가서 브리지를 한다고 말했어요. 프레드가 클럽의 회원 한 사람을 알고 있어서, 그 사람에게 찰스도 브리지를 자주 한다고 말했대요. 그러니까 그 사람이 깜짝 놀라며 찰스가 카드실에 있는 것을 한번도 본 적이 없다고 그러더래요. 그이는 제가 클럽에 있을 거라고 생각하고 있는 동안, 여자와 함께 있었던 게 틀림없어요."

나는 한동안 입을 다물고 있었다. 문득 아이들 생각이 났다.

"로버트에게 설명하느라 힘이 드셨겠군요."

내가 말했다.

"오, 아이들에게는 한마디도 하지 않았어요. 선생님도 아시다시피, 우리가 돌아온 것은 아이들 학교가 개학하기 바로 전날이었잖아요. 저는 침착하게 아버지가 사업차 어디 가셨다고만 얘기했어요."

그처럼 갑작스러운 비밀을 가슴에 간직한 채 평소처럼 아무렇지도 않은 모습을 보인다거나, 아이들의 준비물을 챙겨 학교로 보낸다는 것은 쉬운 일이 아니었을 것이다. 스트릭랜드 부인의 목소리가 갑자기 떨리기 시작했다.

"그 가련한 것들은 어떻게 될까요? 우린 이제 어떻게 살아가죠?"

부인은 진정하려고 애를 썼다. 경련이라도 난 듯 두 손을 쥐었다 폈다 했다. 비참하도록 애절한 모습이었다.

"제가 뭔가 도움을 줄 수 있다고 생각하신다면 물론 파리에 가보겠습니다만, 제가 거기 가서 어떻게 해야 할지를 정확히 말씀해 주십시오."

"저는 그이가 돌아오기를 원해요."

"매캔드루 대령의 말씀을 빌리면 부인께서는 그분과 이혼하기로 결심하셨다고 하던데요?"

"이혼은 절대로 하지 않겠어요."

그녀가 갑자기 거칠게 소리쳤다.

"제 말을 그이에게 전해주세요. 그이는 그 여자와는 절대로 결혼할 수 없어요. 저도 그이만큼 고집이 있어요. 결코 이혼은 안 해요. 아이들을 생각해서라도 말이에요."

부인은 자신의 태도를 확고히 하기 위해 이 마지막 말을 덧붙인 것 같았으나, 그것은 모성애에서 비롯한 열망이라기보다는 차라리 자연스러운 질투심에서 나온 것이라고 생각되었다.

"부인께서는 아직도 남편을 사랑하십니까?"

"저도 모르겠어요. 아무튼 그이가 돌아오기만을 바라요. 돌아와 주기만 하면 이번 일은 과거사로 흘려보낼 거예요. 어쨌든 우리는 17년이나 같이 살아왔으니까요. 저도 그렇게 속이 좁은 여자는 아니에요. 그이가 무슨 짓을 하든 저만 모르면 상관하지 않겠어요. 그이도 자신의 바람기가 오래 지속되지 않을 거라는 점을 잘 알고 있을 거예요. 지금이라도 돌아와준다면 만사가 순조롭게 해결될 것이고, 어느 누구도 눈치를 채지 못할 거예요."

스트릭랜드 부인이 세상의 소문에 그토록 마음을 쓰고 있는 사실에 다소 놀라지 않을 수 없었다. 그것은 내가 당시 타인의 평판이 여자의 일생에 얼마나 커다란 역할을 하는지 몰랐기 때문이다. 세상의 평판은 그들의 가장 깊은 감정에 위선의 그림자를 드리우는 법이다.

스트릭랜드가 머물고 있는 곳이 알려졌다. 동업자가 그의 거래 은행 앞으로 보낸 강경한 어조의 편지에서 그가 거처를 숨기고 있다는 욕설을 퍼붓자, 스트릭랜드는 동업자에게 냉소적이고 익살맞은 답장을 보내 자신을 찾을 수 있는 곳을 분명히 알렸던 것이다. 그는 어느 호텔에 묵고 있었다.

"그런 호텔 이름은 들어본 적도 없어요. 그렇지만 프레드는 잘 알고 있어요. 아주 비싼 호텔이라더군요."

스트릭랜드 부인이 말했다.

어둡던 부인의 표정이 갑자기 밝아졌다. 그녀는 자기 남편이 방이 여러 개 딸린 호화로운 호텔 방에 묵으며, 끼니 때마다 근사한 레스토랑만을 찾아 식사를 하고, 낮에는 경마로, 밤에는 극장을 찾아다니면서 시간을 보내는 모습을 그려보는 것 같았다.
"그런 일이 그 나이에 오래 지속될 수는 없어요. 누가 뭐래도 그이 나이가 마흔인걸요. 젊은 사람이라면 이해할 수도 있지만 그 나이에, 내일 모레면 성인이 될 아이까지 있는 사람이······ 정말 끔찍한 일이에요. 게다가 그의 몸도 배겨나지 못할 거예요."

분노와 슬픔이 그녀의 가슴속에서 들끓고 있었다.

"그이에게 전해주세요. 식구들 모두가 그이를 기다리며 울고 있다고. 모든 것이 예전과 똑같건만 모두가 달라 보여요. 저는 그이 없인 살 수 없어요. 그이가 없으면 차라리 죽는 게 나아요. 그이에게 지난 일들, 그리고 우리가 같이 살아온 모든 것들을 이야기해 주세요. 아이들이 아버지에 대해 물으면 전 뭐라고 대답해야 하느냐고요. 그이의 방은 그이가 떠날 때와 조금도 다름없이 그이를 기다리고 있어요. 우리 모두가 기다리고 있다고 전해주세요."

그러고는 내가 할 말을 자세하게 가르쳐주었다. 또 그가 대꾸할 만한 모든 발언에 대해 답변할 말도 세밀하게 가르쳐주었다.

"저를 위해 최선을 다해주실 거죠? 지금 제 처지를 그이에게 말해주세요."

그녀가 처량한 모습으로 말했다.

부인은 내가 힘닿는 한 모든 수단을 발휘하여 남편의 동정심에 호소해주기를 바라는 것 같았다. 일단 한번 울음이 터져나오자 그녀는 내게 신경 쓰지 않고 흐느끼기 시작했다. 나는 그녀에게 심히 감동되어 스트릭랜드의 냉혹한 잔인성에 분노를 느꼈고, 이내 내가 그를 데려오기 위해 할 수 있는 것을 다하겠다고 약속했다.
 이틀 뒤에는 런던을 떠나, 뭔가 성과를 거둘 때까지 파리에 계속 머물러 있기로 합의를 보았다. 이미 밤이 깊은 데다 우리 두 사람 모두 지나친 감정 소모로 지쳐 있었기 때문에 나는 그 집을 나왔다.

11

 파리로 가는 길에 나는 불안한 마음으로 내가 떠맡은 일을 생각해보았다. 스트릭랜드 부인이 괴로워하는 모습을 눈앞에서 보고 있지 않으니 문제를 한결 냉정하게 바라볼 수 있었다. 나는 앞뒤가 맞지 않는 부인의 행동에 의혹을 느꼈다. 물론 부인의 처지가 불행하지 않다는 것은 아니었지만 내 동정심을 자극하려고 불행을 과장했을 수도 있었으리라. 사전에 손수건을 준비해둔 것으로 미루어볼 때 처음부터 울 작정을 하고 있었음이 분명했다. 나는 그녀의 용의주도함에 감탄했지만, 돌이켜 생각해보니 그래서 오히려 그녀의 눈물이 주는 감동은 반감되었다.
 남편이 돌아오기를 바라는 것이 남편을 사랑해서인지, 아니면 세상 사람들의 험담이 두려워서인지 나는 판단하기가 어려웠다. 그러자 그 부인의 비통한 가슴속에 들끓고 있는 버림받은 사랑에 대한 고뇌 역시 내가 천박하다고 여기는 상처받은 허영심에서 오는 고통과 뒤섞인 건 아닌가 하는 의혹으로 머릿속이 뒤죽박죽이 되었다.

나는 아직 인간의 본성이 얼마나 모순된 것인지를 모르고 있었다. 성실성의 이면에 얼마나 많은 위선이 들어 있고, 고상함 속에 얼마나 많은 비열함이, 그리고 패륜 속에 얼마나 많은 선량함이 내재해 있는지 아직 알지 못했던 것이다.

그러나 내 여행에는 모험적인 성격이 다분했기에 파리가 가까워지자 사기가 다시 올랐다. 나는 또한 나 자신을 극중 인물로 보았으며, 길을 잘못 들어선 남편을 용서해주려는 부인에게 그녀의 남편을 데려다주려는 성실한 친구 역할이 마음에 들었다. 본능적으로 스트릭랜드를 만날 시간을 신중하게 선택해야 한다고 느낀 나는 다음 날 저녁으로 시간을 잡았다. 감정에 호소해야 할 문제를 점심 시간 전에 이야기해서는 그다지 효과가 없을 것 같았다. 그 무렵 내 머릿속도 사랑에 대한 문제로 가득 차 있었지만, 부부간의 더없는 행복이라고 해도 저녁 다과 시간 전에 가능하리라는 생각은 결코 들지 않았다.

나는 내가 투숙한 호텔에서 찰스 스트릭랜드가 숙박하고 있다는 벨주라는 호텔을 물어보았다. 그런데 그런 이름의 호텔은 들어본 적도 없다는 호텔 안내인의 말에 다소 놀라지 않을 수 없었다. 스트릭랜드 부인은 리보리 가(街)의 뒤쪽에 있는 크고 호화로운 호텔이라고 했다. 나는 판리인과 함께 시내 호텔 명부를 살펴보았다. 그런 이름의 호텔은 단 하나 있었는데, 그것은 모앙 가(街)에 있었다. 그러나 그

일대는 상류 인사가 모이는 지역도, 심지어는 점잖은 사람이 찾는 지역도 아니었다. 나는 고개를 가로저었다.

"이곳은 분명히 아닐 겁니다."

내가 말했다.

관리인은 어깨를 으쓱했다. 파리에는 그런 이름의 호텔이 그곳밖에는 없었다. 불현듯 스트릭랜드가 자신의 거처를 숨기고 있다는 생각이 들었다. 동업자에게 지금 내가 알고 있는 이 호텔의 이름을 이야기할 때 스트릭랜드는 이미 그를 속일 마음을 먹고 있었을 것이다. 나는 어쩐지 스트릭랜드가 화난 동업자를 골려줄 마음에 더러운 거리의 평판 나쁜 호텔까지 끌어들여 허탕을 치게 하려 했을 거라는 예감이 들었다. 그러나 여기까지 온 이상 찾아가는 것이 낫겠다고 생각했다.

다음날 저녁 6시쯤, 마차를 잡아타고 모앙 가로 간 나는 길모퉁이에서 내렸다. 그곳에서 호텔까지 걸어가 안으로 들어가기 전에 주위를 살펴보고 싶었다. 거리에는 빈민층의 생필품을 파는 구멍가게가 즐비했다. 거리를 따라 아래쪽으로 걷다 보니 그 중간쯤에 왼편으로 호텔 벨주가 서 있었다. 내가 묵고 있는 호텔도 허름한 편이었지만 이 호텔에 비하면 대단히 훌륭했다. 높기만 한 우중충한 건물이 몇 해나 칠을 못했는지, 건물 전체의 더러운 모습 때문에 그 건물의 양편에 있는 주택들이 산뜻하고 깨끗해 보일 지경이었다. 먼지 낀 창문은 모두 닫혀 있었다. 찰스 스트릭랜드가 명예와 의무를 송두리째 버리고 그 미지의 여인과 죄악으로 가득 찬 쾌락의 나날을 보내고 있는 곳이 이런 곳이리라고는 믿어지지 않았다. 나는 나 자신이 조롱당하고 있다는 느낌에 화가 치밀어 올라 하마터면 물어보지도 않고 그냥 돌아설 뻔했다. 그래도 부인에게 최선을 다했다는 말은 해야겠기에 나는 어쩔 수 없이 건물 안으로 들어섰다.

출입구는 어떤 가게 옆으로 나 있었다. 문이 열려 있었는데, 문 바로 안쪽에 '사무실은 2층'이라는 팻말이 있었다. 좁은 계단을 올라가니 층계참에 유리로 둘러싸인 좁은 칸막이 방이 보였는데, 그 안에는 책상 하나와 의자 두 개가 놓여 있었다. 밖에는 벤치가 하나 있었다. 아마 그 위에서 야근 직원이 불편한 밤을 보내는 모양이었다. 초인종 밑에 '웨이터'라고 쓰여 있을 뿐, 주위에는 아무도 보이지 않았다. 벨을 누르자 곧 종업원이 나왔다. 사람을 흘끗흘끗 쳐다보는 버릇이 있는 퉁명스러운 얼굴의 젊은 녀석으로, 소매가 긴 셔츠를 입고 카펫용 슬리퍼를 신고 있었다. 왜 그랬는지 모르지만 나도 되도록 무심결에 생각난 듯이 물었다.

"여기 스트릭랜드라는 손님이 묵고 있나요?"

"네, 32호실입니다. 7층입니다."

나는 너무 놀라 한동안 말을 하지 못했다.

"지금 있나요?"

웨이터는 사무실 안의 게시판을 쳐다보았다.

"열쇠를 맡기지 않았으니, 올라가시면 만날 수 있을 겁니다."

나는 한마디 더 물었다.

"부인도 함께 있나요?"

"아닙니다. 남자분 혼자입니다."

계단 위로 올라가는 나를 웨이터는 의심스러운 눈초리로 쳐다봤다. 계단은 어둡고 환기가 되지 않아 퀴퀴한 곰팡이 냄새가 났다. 3층에 올라서니, 실내 가운을 걸치고 머리를 풀어헤친 웬 여자가 문을 열고는 내가 지나가는 것을 말없이 지켜보았다. 마침내 나는 7층에 이르러 '32호'라고 적힌 문을 두드렸다. 안에서 인기척이 나더니 문이 조금 열렸다. 찰스 스트릭랜드가 바로 내 앞에 서 있었다. 그는 입을 열지 않았고, 한마디도 하지 않았다. 분명히 나를 모르는 듯했다. 나는 그에게 내 이름을 대고는 태연하게 보이려고 무척 애를 썼다.

"저를 기억하지 못하시는군요. 작년 7월에 댁에서 같이 만찬을 즐긴 일이 있었습니다."

"들어오시오."

그가 쾌활한 어조로 말했다.

"만나서 반갑소. 그쪽 의자에 앉으시오."

나는 방 안에 들어섰다. 아주 작은 방으로 프랑스인들이 루이 필립 식이라고 부르는 가구로 빽빽이 들어 차 있었다. 커다란 나무침대가 놓여 있었는데, 그 위에는 마치 거대한 파도처럼 부풀어오른 붉은빛 오리털 이불이 있었다. 커다란 양복장과 둥근 탁자, 아주 작은 세면대가 하나씩 있었고, 붉은 천으로 덮인 의자 두 개가 눈에 띄었다. 모든 것이 더럽고 누추했다. 매캔드루 대령이 그토록 자신 있게 말했던 타락한 호화스러움의 면모는 전혀 찾아볼 수 없었다. 스트릭랜드가 의자에 걸쳐 있던 옷을 마룻바닥에 던진 다음에야 나는 겨우 그의자에 앉을 수 있었다.

"그런데, 내게 무슨 용건이 있습니까?"

정작 이처럼 작은 방에서 그를 대하자, 그는 내가 기억하고 있던 것보다 훨씬 커 보였다. 그는 낡은 노퍽 재킷을 입고 있었고, 수염은 며칠 깎지 않은 듯했다. 만찬회에서 만났을 때에는 맵시 있게 차려입고 있었지만 어딘지 모르게 불편한 기색이었는데, 단정치 못하고 머리가 흩어져 있는데도 지금은 아주 편해 보였다. 내가 준비한 말을 그가 어떻게 받아들일지 궁금했다.

"저는 부인 대신 선생님을 뵈러 왔습니다."

"실은 저녁을 먹기 전에 술이나 한잔하러 나가려던 참이었는데 같이 갑시다. 압생트 좋아하시오?"

"마시기는 합니다만."

"그렇다면 나갑시다."

그는 솔질도 하지 않은 중절모를 눌러 썼다.

"저녁 식사까지 함께 합시다. 전에는 내가 당신에게 식사를 대접한 일이 있으니까."

"그렇군요. 그런데 혼자 계신가요?"

나는 그토록 중요한 질문을 아주 자연스럽게 했다는 생각에 우쭐했다.

"물론이오. 사실 지난 사흘 동안 나는 누구와도 말 한마디 나누지 못했소. 프랑스어 실력이 워낙 보잘것없어서."

앞장서서 아래층으로 내려가던 나는 문득 찻집의 그 젊은 여자는 어찌되었는지 궁금했다. 벌써 둘이 다투고 헤어진 것일까, 아니면 남자의 열정이 식어버린 것일까? 그러나 소문처럼 그가 필사적으로 새로운 생활 속으로 뛰어들기 위해 1년 동안이나 조처를 취해온 것이 사실이라면 그런 일은 도무지 있을 것 같지 않았다. 우리는 클리시 가로 걸어가 어느 큰 카페의 노변 테이블에 자리를 잡았다.

12

그 시각의 클리시 가는 사람들로 붐볐다. 일시적인 기분에 젖어 주의 깊게 지켜보면, 그 사람들에게서 지저분한 로맨스의 주인공들을 수없이 식별해낼 수 있었다. 회사원에다 여점원들, 오노레 드 발자크의 소설 속에서나 걸어나올 법한 노인들, 인간의 약점을 이용하여 이익을 채우는 갖가지 직업의 남녀들이 거리를 메우고 있었다. 파리의 영세민들이 사는 거리는 사람들의 피를 끓어오르게 하고, 언제 무슨 일이 일어날지 모른다는 기대에 가슴 설레는 활력으로 가득 차 있었다.

"선생은 파리를 잘 아십니까?"

내가 물었다.

"아니요. 신혼 여행 때 한 번 왔을 뿐이오."

"그렇다면 도대체 지금 그 호텔은 어떻게 찾아내셨습니까?"

"누가 권해주었소. 싼 데를 찾고 있었거든."

그때 압생트가 나왔다. 우리는 다소 엄숙한 표정으로 녹고 있는 설탕 위에 물을 몇 방울 떨어뜨렸다.

"제가 선생을 찾아온 이유를 당장 말씀드릴까 했습니다만."

역시 곤혹스러움을 느끼며 내가 말을 꺼냈다.

그의 눈이 반짝 빛났다.

"조만간 누가 올 줄은 알았소. 에이미에게서 편지도 자주 오고 해서."

"그렇다면 무슨 이야기를 할지도 대강은 짐작하시겠군요."

"아직 편지를 읽어보지는 않았소."

나는 잠시 여유를 갖기 위해 담배에 불을 붙였다. 부탁받은 일을 어떻게 수행해야 할지 막막했다. 미리 준비한 웅변적인 어구들은 그 것이 감상적인 것이든, 분노에 찬 것이든 이곳 클리시 가에는 전혀 어울리지 않을 것 같았다. 별안간 그가 웃기 시작했다.

"당신에게는 불쾌한 심부름이겠군. 안 그렇소?"

"아니, 그렇다고 볼 수는 없습니다만." 내가 대답했다.

"자, 이봐요. 그렇다면 그 이야기를 먼저 끝냅시다. 그래야 유쾌한 저녁이 될 수 있을 테니까 말이오."

나는 잠시 머뭇거렸다.

"부인께서 몹시 불행하다는 생각은 하지 않았습니까?"

"그 사람은 극복할 수 있을 거요."

이 대답을 할 때 무표정한 그의 모습은 이루 다 말로 표현할 수 없었다. 나는 너무나 당황했지만 애써 내색하지 않으려 했다. 나는 목사로 계시는 헨리 삼촌이 친척들에게 특별목사보호협회에 기부금을 내라고 애걸할 때와 같은 어조로 말했다.

"제가 솔직히 말씀드려도 괜찮겠습니까?"

그는 미소를 지으며 고개를 끄덕였다.

"부인께서 이런 식의 대우를 받을 만큼 어떤 잘못을 저질렀습니까?"

"그런 일 없었소."

"그럼 부인에게 무슨 불만이라도 있습니까?"

"전혀 그렇지 않소."

"17년씩이나 결혼 생활을 하셨고 게다가 부인께는 아무런 흠이 없는데도 이런 식으로 아내를 버린다면 너무 어처구니없는 일이 아닐까요?"

"어처구니없지요."

나는 놀라서 그를 빤히 쳐다보았다. 내가 말한 모든 내용에 대해서 그가 진심으로 수긍하자 나는 나를 버텨주던 땅이 허물어지는 듯한 기분을 느꼈다. 내 입장이 우스꽝스러워진 것은 말할 것도 없고 일이 한없이 복잡해져버렸다. 나는 그를 설득하고, 감동시키고, 또는 충고나 간언을 하고, 필요하다면 그를 욕하고 분개하며 빈정대기라도 할 작정이었다. 그러나 죄인이 거리낌없이 자신의 죄를 고백하는 마당이니 충고하는 사람이 도대체 어찌해야 한단 말인가? 나 자신은 항상 모든 것을 일단 부정하는 버릇이 있었기 때문에 그러한 경험은 처음이었다.

"그래서요?"

스트릭랜드가 물었다.

나는 일부러 입술을 삐죽거렸다.

"글쎄요. 선생께서 그 점을 인정하신다면 더 말씀드릴 게 없을 것 같군요."

"내 생각도 그렇소."

나는 내게 맡겨진 일을 솜씨 있게 수행하지 못하고 있음을 느꼈다.

"아니, 여보세요! 돈 한 푼도 남겨주지 않고 아내를 버릴 수 있다는 겁니까?"

"왜, 그럴 수 없다는 거요?"

"당신 아내는 살아갈 수가 없답니다."

"난 17년 동안이나 그녀를 부양해왔소. 상황이 바뀌었다면 혼자 힘으로도 살아야 할 게 아니오?"

"혼자서는 살 수 없습니다."

"살 수 있도록 해야 하오."

물론 그의 말에 대응할 말은 많았다. 여성의 경제적 위치에 대해서, 남자가 자신의 결혼을 통해 인정하고 있는 무언의 또는 공공연한 계약들에 대해서. 그리고 그 밖에도 다른 많은 것을 언급할 수 있었다. 그러나 내게 정말 중요한 것은 꼭 한 가지 사실뿐이라고 느꼈다.

"그럼 선생께선 더는 부인을 돌보지 않겠다는 건가요?"

"절대 돌보지 않겠소."

그가 대답했다.

그것은 당사자들에게는 대단히 심각한 문제였다. 그러나 대답하는 그의 태도가 얼마나 거리낌없고 뻔뻔스러웠던지 나는 웃음을 참느라고 입술을 깨물지 않을 수 없는 지경이었다. 나는 그의 태도가 혐오스럽다고 나 자신에게 상기시키면서 스스로 도덕적 분노의 상태로 돌아가려고 애썼다.

"원 세상에, 아이들도 생각하셔야 할 것 아닙니까? 그 아이들에게 무슨 죄가 있단 말입니까? 그 애들이 이 땅에 태어나게 해달라고 선생에게 부탁이라도 했습니까? 모든 것을 이런 식으로 팽개치면 아이들은 길거리에 내버려진 몸이 됩니다."

"꽤 오랜 세월 편안한 생활을 해왔소. 대다수의 아이들보다 훨씬 호강을 누리며 자라왔소. 게다가 누군가가 그 애들을 돌봐줄 거요. 필요하다면 매캔드루 대령도 애들의 학비 정도는 대줄 거요."

"하지만 선생은 아이들을 사랑하지 않습니까? 훌륭한 아이들이 아닙니까? 선생 말씀은 아이들과도 영영 인연을 끊겠다는 건가요?"

"물론 어렸을 때는 나도 아이들을 진정으로 사랑했소. 하지만 이제는 다 커서 별로 특별한 감정을 느끼지 못하오."

"정말 인간도 아니군요!"

"그럴지도 모르지."

"조금도 부끄러워하지 않는군요."

"그렇소."

나는 방법을 달리해 보았다.

"선생 같은 사람을 세상 사람들이 바로 돼지 같은 인간이라고 말하는 겁니다."

"그렇게 생각하라고 해요."

"세상 사람들이 선생을 싫어하고 경멸한다 해도 아무렇지 않단 말씀인가요?"

"그렇소."

그의 이 짤막한 대답이 어찌나 멸시에 가득 찼던지 나의 그 당연한 질문이 오히려 어처구니없는 질문처럼 느껴졌다. 나는 일이 분 동안 곰곰이 생각해보았다.

"어떻게 사람이 남들의 비난을 의식하면서도 편안하게 살 수 있죠? 그러한 비난 때문에 괴로워하지 않으리라고 어떻게 확신하십니까? 누구나 일종의 양심을 가지고 있는 법입니다. 조만간 그 양심이 선생께도 되살아날 겁니다. 이를테면 부인께서 돌아가시기라도 한다면 선생은 양심의 가책으로 괴로워하지 않으시겠습니까?"

그는 대답하지 않았다. 잠시 그가 입을 열기를 기다렸으나 결국은 내 쪽에서 침묵을 깨지 않을 수 없었다.

"그 점에 대해 할 말이 있습니까?"

"할 말이, 있소. 당신이 참 바보라는 것."

"어쨌건, 선생은 부인과 아이들을 부양할 의무가 있습니다. 그들은 법률적으로 보호를 받을 수 있습니다."

나는 약간 불쾌한 어조로 반박했다.

"법률로도 내게서는 아무것도 끌어낼 수 없을 것이오. 난 이제 빈털터리요. 있다 해봤자 고작 100파운드나 있을까."

나는 더욱 당황했다. 하기야 그가 묵고 있는 호텔만 보아도 그가 극도로 궁핍한 상태임을 알 수 있었다.

"그 돈마저 다 쓰고 나면 어떻게 할 작정입니까?"

"벌 생각이오."

그는 너무나 냉정했다. 그의 두 눈에 어린 비웃는 듯한 웃음기에 내가 하는 모든 말이 우스꽝스러워졌다. 나는 잠시 입을 다물고 이제 무슨 말을 해야 좋을지를 생각해보았다. 그러나 먼저 입을 연 것은 그였다.

"에이미야 재혼하면 되지 않겠소? 아직 젊은 편이고 매력도 있어 보이니까. 아내로서는 나무랄 데 없는 여자라고 추천할 수도 있소. 그녀가 이혼하고 싶다면 난 필요한 이혼 사유를 거리낌없이 제공하겠소."

이번에는 내가 비웃을 차례였다. 그는 교활하게 머리를 굴리고 있으나 그의 속셈은 바로 이것이었다. 그에게는 자신이 다른 여자와 달아났다는 사실을 가릴 필요가 있었고, 그 여자가 있는 곳을 감추기 위해 만반의 예방책을 강구하고 있었던 것이다. 나는 단호하게 대답했다.

"부인께서는 선생이 무슨 수를 쓰든 이혼은 절대로 하지 않겠답니다. 그 생각은 아주 확고해 보였습니다. 선생께서는 이혼할 생각일랑 아예 않는 게 좋을 겁니다."

그는 아무런 가식도 없이 놀란 표정으로 나를 바라보았다. 그는 돌연 입가의 미소를 지우고 정색을 하고 말했다.

"어쨌든 난 관심이 없소. 그녀가 어느 쪽을 택하든 그건 내 문제가 아니오."

나는 큰 소리로 웃었다.

"이것 보세요, 우리를 그렇게 바보로 보지 마십시오. 우리는 선생께서 어떤 여자와 이곳으로 왔는지도 이미 알고 있습니다."

그는 약간 놀란 듯하더니 갑자기 소리내어 웃기 시작했다. 그가 얼마나 요란스레 웃어댔는지 우리 옆 자리의 사람들이 우리를 쳐다보았다. 그들 중 몇몇은 그를 따라 함께 웃음을 터뜨리기도 했다.

"제 말에 웃을 만한 게 있습니까?"

"가련한 에이미."

그는 웃는 듯하더니 매우 냉소적인 표정을 보였다.

"여자들 마음이란 딱하기 그지없군! 사랑, 언제나 사랑뿐이야. 왜 남자가 떠나면 다른 여자를 사랑하기 때문이라고만 생각하지. 당신은 내가 한 여자를 위해 바쳐온 일을 다른 여인을 위해 또다시 재현할 만큼 어리석은 인간으로 보이나?"

"그럼, 다른 여자 때문에 부인을 버린 게 아니었다는 겁니까?"

"물론이오."

"명예를 걸고 맹세할 수 있습니까?"

내가 왜 그렇게 물었는지는 나로서도 알 수 없는 일이었다. 그러나 나는 솔직히 그것이 궁금했다.

"물론 맹세하겠소, 명예를 걸고."

"그렇다면 도대체 무엇 때문에 아내를 버렸습니까?"

"그림을 그리기 위해서요."

나는 오랫동안 그를 바라보았다. 도저히 이해할 수 없었다. 그가 미쳤다는 생각이 들었다. 당시 너무 젊었던 터라 나는 그를 중년 남자라고만 여겼던 것이다. 그림을 그리기 위해 아내를 버렸다는 대답을 듣는 순간 내 머릿속에는 그저 놀랍다는 생각 말고는 아무것도 남지 않았다.

"하지만 선생의 나이가 마흔 아닙니까?"

"그러니까 지금이 그림을 시작하기에 꼭 알맞은 시기라고 생각했던 것이오."

"그림을 그려본 적은 있습니까?"

"소년 시절에는 오히려 화가가 되고 싶었던 사람이오. 그러나 아버지는 그림으로는 돈을 벌 수 없다면서 사업에 발을 들여놓으라고 강요했소. 1년 전부터 조금씩 그림에 손을 대기 시작했소. 지난 한 해 동안 야간 학교에도 다녔다오."

"그렇다면, 야간 학교란 부인께서 선생이 브리지를 하고 있을 거라고 생각했던 바로 그곳이었습니까?"

"그렇소."

"그럼 왜 부인께는 이야기하지 않았습니까?"

"나 혼자만 알고 있는 편이 낫다고 생각했소."

"그림은 그려집니까?"

"아직은 아니오. 그렇지만 앞으로는 그릴 수 있을 거요. 내가 이곳에 온 이유도 바로 그 점에 있소. 런던에서는 내가 원하는 것을 얻을 수 없지만, 이곳에서는 아마 얻을 수 있을 것이오."

"그렇지만 선생 나이에 시작해서 좋은 결과를 얻을 수 있을 거라고 생각하십니까? 대부분의 사람들은 열여덟 살에 그림을 그리기 시작합니다."

"나는 열여덟 무렵보다 지금 더 빨리 배울 수 있소."

"어쩌다 그림에 재능이 있다고 생각하게 됐나요?"

잠시 동안 그는 대답하지 않았다. 그의 시선은 행인들을 향해 있었지만, 그들을 보고 있는 것 같지는 않았다. 그가 곧 입을 열었지만 내 물음에 대한 답은 아니었다.

"난 그림을 그릴 수밖에 없소."

"너무 무모한 결정 아닌가요?"

그 말에 그는 나를 빤히 바라보았다. 그의 눈동자에는 어딘지 이상한 빛이 어려 있어 나는 어쩐지 불안해졌다.

"당신 몇 살이오? 스물셋?"

그 질문은 현재 진행되고 있는 대화의 요점에서 벗어나 있다고 느껴졌다. 내가 모험을 한다면, 그건 당연한 일이었다. 그러나 그는 이제 젊은 시절을 다 흘려보낸, 상당한 지위를 가진 주식중개인으로 아내와 두 자녀까지 딸려 있지 않은가. 그러니 내게는 자연스러울 수도 있을 그 길이 그에게는 터무니없는 것이었다. 나는 아주 공정해지고 싶었다.

"물론 기적이 일어나 선생이 위대한 화가가 될 수도 있습니다. 그러나 그럴 가능성은 100만 분의 1 정도에 불과하다는 사실을 인정해야 합니다. 선생이 자신의 삶을 망쳐버렸다는 사실을 인정해야 할 때가 온다 해도 그때는 이미 돌이키기에는 너무 늦었을 겁니다."

"난 그림을 그릴 수밖에 없소."

그는 자신의 말을 되풀이했다.

"결국 삼류 화가로 전전할 수도 있을 텐데, 그것이 모든 걸 포기할 만큼 값어치 있는 일이라고 생각하십니까? 다른 직업이라면 선생에게 뾰족한 재능이 없다 한들 크게 문제될 게 없습니다. 적당한 솜씨만 발휘해도 제법 편안하게 지낼 수 있을 겁니다. 그러나 예술가의 경우는 다릅니다."

"빌어먹을, 바보 같은 소리로군." 그가 말했다.

"바보 같다니요, 분명한 사실을 말하는 것이 바보란 말인가요?."

"난 당신에게 내가 그림을 그릴 수밖에 없다고 말했을 뿐이오. 그것은 나로서도 어쩔 수 없는 일이오. 사람이 물에 빠지면 헤엄을 잘 치느냐 못 치느냐는 문제가 아니오. 물 밖으로 빠져나와야만 하며, 그렇지 않으면 물에 빠져 죽게 되는 것이오."

그의 목소리에는 진실한 열정이 깃들어 있었다. 나는 나도 모르게 감명을 받았다. 그에게서는 마음속에서 싸우고 있는 어떤 격렬한 힘이 느껴졌다. 그 힘은 말하자면 그를 완전히 사로잡고 있어 그 자신의 의지로도 어쩔 수 없는 매우 강력하고 압도적인 것임을 나는 느낄 수 있었다. 나로서는 그것이 무엇인지 이해할 수가 없었다. 그는 정말 악마에 사로잡혀 있는 것 같았다. 그 악마가 갑자기 그에게 달려들어 그의 마음을 흔들어놓고 있다. 그럼에도 그는 정상인처럼 보였다. 호기심에 찬 눈초리로 쳐다보아도 그는 조금도 당황하지 않았다. 만약 그가 모르는 사람이었다면, 낡은 노퍽 재킷 차림에 솔질하지 않아 먼지가 낀 중절모 차림으로 여기 앉아 있는 그를 보고 어떤 생각이 들지 궁금했다. 바지는 자루처럼 불룩했고, 손은 씻지 않아 더러웠다. 면도를 하지 않은 턱에 거칠게 자란 붉은 수염, 조그만 두 눈, 공격적인 큰 코, 이러한 것들은 거칠고 야성적인 인상을 풍기고 있었다. 거기다 입은 크고 입술은 두툼하며 육감적이었다. 아니, 나는 사전에 그와 아는 사이였다 하더라도 그를 몰라보았을 것이다.

"부인에게는 돌아가지 않을 작정입니까?"

마침내 내가 물었다.

"절대로 안 가겠소."

"부인께서는 지금까지 있었던 모든 일을 잊고 기꺼이 새 출발을 하고자 하십니다. 선생을 조금도 원망하지 않으실 겁니다."

"그런 것은 내 알 바가 아니오."

"세상 사람들이 선생을 지독한 불한당이라고 생각해도 상관없다는 뜻입니까? 처자식이 구걸을 한다 해도?"

"조금도 상관없소."

나는 다음 말에 더욱 큰 힘을 싣기 위해 잠깐 말을 멈췄다. 그리고 될 수 있는 대로 천천히 힘주어 말했다.

"선생은 지독하게 비열한 인간이군요."

"자, 그만하면 심중에 있는 말도 다 털어놓았을 테니 어디 가서 저녁이나 먹읍시다."

13

확실히, 이 제안은 거절했어야 했다. 내가 진실로 느꼈던 분노를 표출했어야 했다. 그러한 인간성을 가진 사람과 같은 테이블에 앉기를 단호히 거절했다고 가서 이야기할 수 있었더라면, 적어도 매캔드루 대령은 나를 좋게 평가했을 것이다. 그러나 일을 끝까지 효과적으로 처리하지 못했다는 비난을 받지나 않을까 하는 두려움 때문에 나는 언제나처럼 도의적인 태도를 취하기를 꺼렸다. 그리고 이러한 경우에 내 기분쯤은 스트릭랜드에게 아무런 문제도 되지 않을 것이라는 확신이 섰다. 그래서 그러한 기분을 입 밖에 내는 것이 특히 어색하게 생각되었다. 백합이 필 거라는 기대감으로 자신 있게 아스팔트 위에 물을 줄 수 있는 사람이 있다면, 그는 아마도 시인이나 성인일 것이다.

내가 술값을 치른 다음, 우리는 손님들로 붐비는 떠들썩하고 값싼 음식점으로 걸어가 유쾌하게 저녁 식사를 했다. 나는 젊음에서 오는 식욕으로, 그는 딱딱하게 굳어버린 양심에서 오는 식욕으로 맛있게 먹었다. 식사를 마치고 우리는 선술집으로 가서 커피와 술을 마셨다.

나를 파리까지 오게 한 용건에 대해 할 말은 다 한 셈이었다. 내가 맡았던 일을 그 이상 하지 못했으니 왠지 부인을 배신한 느낌이었지만, 스트릭랜드의 냉담한 태도에는 나로서도 달리 어쩔 도리가 없었다. 여성들 특유의 끈질김이 없고서야 지치지 않는 열성으로 세 번씩이나 같은 말을 되풀이하기는 힘들었다. 그러니 지금은 스트릭랜드의 심경이 어떤지를 최대한 알아내는 편이 낫다는 생각으로 위안을 삼았다. 그것이 또한 나에게는 훨씬 흥미로운 일이기도 했다.

그러나 스트릭랜드도 말주변이 좋은 사람은 아니어서 이 또한 쉬운 일은 아니었다. 그는 말이라는 것이 자기 마음을 전하는 매개체가 되어주지는 못하는 듯 말로 자신의 의사를 전달하는 것을 몹시 힘들어했다. 그러므로 낡아빠진 관용구나 속어, 모호하고 어정쩡한 몸짓 따위로 그의 속내를 짐작할 수밖에 없었다. 중대한 말은 별로 하지 않았지만 그의 인간성에는 자신이 따분한 사람이 아니라는 것을 보여주는 그 무엇이 있었다. 아마도 그것은 진실성이었을 것이다. 그는 난생처음 보고 있는 파리(아내와 함께 신혼여행으로 방문했을 당시는 어땠는지 모르겠지만)에는 별로 관심이 없어 보였으며, 분명 낯설어 보였을 풍경을 바라보면서도 놀라워하는 표정이 조금도 없었다. 나는 파리에 자주 와보았지만, 그때마다 전율과도 같은 흥분을 느끼지 않은 적이 없었다. 파리의 거리를 걸을 때면 으레 무슨 모험 속으로 뛰어드는 듯한 기분에 사로잡히곤 했다. 그러나 스트릭랜드는 그저 평온한 표정이었다. 돌이켜 생각해보면 그는 다만 자신의 영혼을 뒤흔드는 어떤 영상 외에는 아무것도 볼 수 없었던 것 같았다.

  때마침 약간은 어처구니없는 일이 생겼다. 그 선술집에는 매춘부가 꽤 있었는데, 그중 일부는 남자들과 함께, 또 다른 일부는 자기네들끼리 앉아 있었다. 이내 나는 그들 중 하나가 우리를 쳐다보고 있다는 사실을 눈치챘다. 그 여자는 스트릭랜드와 눈이 마주치자 미소를 지어 보였다. 그러나 정작 그는 여자를 의식하지 못한 것 같았다. 잠시 후 밖으로 나갔던 그녀가 돌아왔다. 그러고는 우리가 앉아 있는 테이블 쪽으로 다가오더니 우리에게 마실 것을 사달라고 깍듯하게 청했다. 그녀가 자리에 앉자 나는 그녀와 잡담을 시작했다. 그러나 그녀의 관심은 분명 스트릭랜드에게 쏠려 있었다. 내가 그녀에게 그분은 프랑스어를 한두 마디 정도밖에 모른다고 설명했더니 반은 몸짓, 반은 엉터리 프랑스어로, 또 때로는 대여섯 마디의 영어로 그녀는 의사 전달을 시도했다. 아마 그녀로서는 그렇게 하면 그에게 자신을 쉽게 이해시킬 수 있다고 생각한 모양이었다. 그러고는 프랑스어로밖에 표현할 수 없는 것은 내게 통역을 부탁했고, 그가 뭐라고 대답했는지도 내게 진지하게 물었다. 그는 기분이 좋아져 다소 흥겨워하는 것도 같았으나 냉담하기는 마찬가지였다.

  "선생께서 그녀의 마음을 사로잡은 깃 같습니다."

  내가 웃으며 말했다.

"흥미 없소."

나였다면 훨씬 당황하여 어쩔 줄 몰라 했을 것이다. 그 여자는 눈가에 웃음을 띠고 있었으며, 입은 무척 매력 있어 보였다. 나이도 젊어 보였다. 나는 스트릭랜드의 어떤 점이 그녀의 관심을 끌었는지 궁금했다. 그녀는 마음속에 품은 생각을 감추지 않고 털어놓으며, 때로는 내게 통역까지 부탁했다.

"이 여자가 선생 댁으로 함께 가고 싶다는군요."

"나는 누구도 집에 데려가지 않소."

그가 대답했다.

나는 가능한 한 그녀의 감정이 다치지 않도록, 조심스럽게 그의 대답을 전했다. 그 같은 초대를 거절한다는 것은 무례한 일이라고 생각했기 때문에 나는 그가 돈이 없어 거절할 수밖에 없는 것이라고 둘러댔다.

"하지만 전 그분이 좋은걸요. 제가 저분에게 애걸하는 것은 사랑 때문이라고 말해주세요."

내가 이 말을 전하자 스트릭랜드는 짜증 난다는 듯이 어깨를 으쓱했다.

"꺼지라고 해요."

말투만으로도 내용을 짐작할 수 있었기에 여자는 갑작스럽게 고개를 뒤로 돌렸다. 화장이 짙어 확실하지는 않았지만 아마도 얼굴이 붉게 물들었을 것이다. 자리에서 벌떡 일어서며 그녀가 말했다.

"무슈 네 파 폴리!(신사답지 못해요!)"

그러고는 밖으로 휑하니 나가버렸다. 나는 약간 화가 나서 말했다.
"면전에서 그렇게까지 모욕 줄 필요는 없잖습니까. 어찌됐든 관심을 보였을 뿐인데."
"그런 짓거리는 구역질이 나오."
그가 거칠게 대답했다.
나는 그를 호기심에 차서 바라보았다. 진심으로 불쾌해하는 것으로 보였다. 그럼에도 그 얼굴은 거칠고 관능적인 인상을 주었다. 그 여자는 아마도 얼굴 속에 숨어 있는 그러한 야성적 면모에 매혹되었을 것이다.
"내가 원하는 여자들이라면 런던에서도 얼마든지 손에 넣을 수 있었소. 난 그러자고 여기 온 것이 아니오."

14

영국으로 돌아오는 길에 나는 스트릭랜드에 대해 많은 것을 생각해보았다. 특히, 그의 부인에게 전할 말을 정리해보려고 애썼지만 만족스럽지는 않았다. 부인이 내 말에 만족하기에는 뭔가 부족했다. 스트릭랜드는 나를 당혹스럽게 했다. 나는 그의 동기조차 이해하지 못했다. 어째서 화가가 될 생각을 품게 되었느냐고 물어봤을 때, 그는 내게 말할 수 없는 것처럼도 보였고 굳이 말하고 싶어 하지 않는 것처럼도 보였다. 그러므로 나는 아무것도 이해할 수 없었던 것이다. 나는 그의 우둔한 마음속에서도 일종의 희미한 반발이 서서히 움직이고 있었던 것이 아닐까 하는 생각을 스스로 믿어보려 애썼지만, 지금껏 그가 자신의 단조로운 생활에 한번도 초조한 기색을 보인 적이 없었다는 의심할 바 없는 사실을 생각하면 이러한 믿음을 끝까지 밀고 나갈 수는 없었다. 그가 견딜 수 없는 지루함에 사로잡혀 단순히 진절머리나는 인간관계를 끊어버리기 위해 화가가 되기로 결심했다면 그것은 이해할 수 있는 일이고, 또 흔히 있을 수 있는 일일 것이다. 그러나 내 느낌으로는 그는 그렇게 흔한 경우가 아니었다. 결국 나는 나 스스로도 무리라고 느끼면서 낭만적인 내 성향을 바탕으로 어떤 의미에서는 가장 납득이 간다고 여겨지는 유일한 설명 하나를 꾸며냈다. 그 설명이란 이러했다. 마치 암이 인간의 생체 조직 속에서 자라나서 마침내는 전 육체를 점유하여 저항할 수 없게 만들듯이, 스트릭랜드의 가슴속 깊이 뿌리 박힌 어떤 창조적 본능이 처음에는 그의 생활 환경에 가려 보이지 않다가 점차적으로 무자비하게 나타난 것이 아닐까. 뻐꾸기는 다른 새의 낯선 둥지에 알을 낳고, 그 알에서 깨어난 새끼 뻐꾸기는 함께 깨어난 다른 새끼 새들을 쫓아내고 마침내는 자기를 보호해준 그 둥지마저도 부숴버린다고 하지 않는가.

그러나 이 우둔한 주식중개인을 사로잡은 창작 본능이 그 자신의 파멸뿐만 아니라 그에게 의지하고 있는 여러 사람들의 불행까지 초래한다는 것은 너무도 기이한 일이었다. 하긴 생각해보면 성령이 권세와 부를 지닌 사람들을 사로잡아 엄격하게 눈여겨보며 그들 곁을 계속 쫓아다니다 결국 그들을 정복하여 세속의 즐거움과 여인의 사랑을 포기하고 수도원에서의 고통스럽고 준엄한 생활을 선택하게 하는 것보다야 기묘하겠는가.

인생의 방향 전환은 여러 형태로 일어나며, 또 여러 방법으로 이루어질 수 있다. 어떤 사람의 인생은 마치 돌덩이 하나가 격노한 급류에 산산이 부서지듯 돌발적으로 대격변을 일으키기도 하지만, 또 어떤 사람의 인생은 마치 그 돌덩이가 끊임없이 떨어지는 물방울에 닳아버리듯 점차적으로 바뀔 수도 있다. 스트릭랜드의 인생 전환은 광신자의 경우처럼 단숨에, 사도(使徒)의 경우처럼 격렬하게 찾아왔다.

그러나 현실적으로 생각하면, 그를 사로잡고 있는 열정이 작품으로 정당화될 것인지는 앞으로 두고 볼 일이었다. 내가 그에게 런던의 야간 학교에 함께 다녔던 동료들이 그의 그림에 대해 어떻게 생각하더냐고 묻자 그는 역겨운 듯 웃으며 대답했다.

"그들은 내 그림을 일종의 장난으로만 생각했소."

"이곳에서도 화실에 나가고 계십니까?"

"그렇소. 오늘 아침에도 그 반갑지 않은 친구가 죽 둘러보았는데, 그 선생이란 작자 말이오, 내 그림을 보고는 눈만 한 번 치켜뜨더니 그냥 지나쳐버렸소."

스트릭랜드는 낄낄대며 웃었다. 조금도 낙심한 것 같지 않았다. 그는 타인의 의견쯤은 조금도 개의치 않는 것 같았다.

그와 상대하면서 가장 당황스러웠던 것이 바로 그의 그러한 면이었다. 타인이 자기를 어떻게 생각하든 전혀 신경 쓰지 않는다고 말하면서 자신을 기만하는 사람이 많다. 그런 사람은 보통 자기의 그런 엉뚱한 생각을 어느 누구도 알지 못할 것이라고 확신하면서 자기가 원하는 대로 행동할 뿐이다. 특히 그런 사람이 대다수의 의견에 반대되는 행동을 기꺼이 하려고 하는 것은 그가 이웃의 지지를 등에 업고 있다고 믿기 때문이다. 세상의 인습을 타파하는 것이 곧 그 자신의 인습이 될 때, 세상의 이목에 인습을 타파하는 것처럼 보이게 하는 것쯤은 그다지 어려운 일이 아니다. 이런 경우 터무니없을 정도의 자존심을 갖게 마련이다. 불편한 위험을 감수하지 않고서도 용기라는 자기 만족을 얻게 된다. 타인의 칭찬을 얻고자 하는 욕망은 아마 문명인의 가장 뿌리 깊은 본능일 것이다. 따라서 격분한 사회의 도덕적 화살이나 공격에 자신을 노출할 만큼 대담하게 인습을 타파하려는 사람일수록 사실은 다른 누구보다 서둘러 체면이라는 껍질을 뒤집어쓴다. 그러므로 나는 세간의 평판에 조금도 개의치 않는다고 큰소리치는 인간일수록 신뢰하지 않는다. 그것은 무지에서 비롯된 허세에 불과하다. 그들이 자기들의 조그만 실수에 대한 세상 사람들의 비난을 조금도 두려워하지 않는다고 하는 것은 단지 아무도 그들의 실수를 모를 것이라고 확신하기 때문이다.

그러나 세상 사람들이 자기를 어떻게 생각하든 전혀 문제 삼지 않는 사람이 여기에 있었다. 어떤 인습도 그의 행동을 좌우하지 못했다. 마치 온몸에 기름을 바른 레슬링 선수 같아서 어느 누구도 그를 잡을 수가 없었다. 오히려 그는 그래서 무서운 자유를 얻었다. 내가 그에게 했던 말이 생각난다.

"생각해보십시오. 모두가 선생처럼 행동한다면 이 세상은 엉망이 될 겁니다."

"어리석은 말일랑 하지 마시오. 그들 모두가 내 흉내를 내고 싶어 하지는 않을 테니. 인간들은 대부분 평범한 일을 하면서도 극히 만족하고 있소."

나는 또 한 번 빈정대며 말했다.

"선생은 분명 '늘 보편 법칙에 부합하게 행동하라'는 격언을 믿지 않겠군요."

"결코 들어본 적도 없소. 그건 쓸데없는 잠꼬대 같군."

"그러나 그 말을 한 사람은 칸트였습니다."

"누가 말했든 그건 내 알 바가 아니오. 어쨌든 쓸데없는 잠꼬대 같은 소리요."

그런 남자를 상대하며 양심에 호소해본들 어떤 효과도 기대할 수는 없는 노릇이다. 차라리 거울 없이 자신의 모습을 보려고 하는 편이 나을 것이다. 나는 양심이란 각 개인의 마음속에서 사회가 그 자체를 보존하기 위해 만들어낸 여러 규칙을 지켜보는 감시자라고 생각하고 있다. 양심이란 또한 우리 마음속에서 근무하는 경찰관과 같은 것이어서 우리가 사회의 법률을 깨뜨리지 않나 지켜보고 있다. 그것은 자아의 저 깊숙한 본거지에 자리한 정찰병이다. 인간은 동료에게 인정을 받으려는 욕망이 너무나 강하고, 또 동료의 비난을 두려워하는 마음이 너무나 크기 때문에 그의 적을 스스로 자신의 영역으로 불러들이고 만다. 양심은 자신의 주인을 감시하며 사실상 그 주인을 지켜주기 위해 주인이 집단에서 이탈하려는 어떠한 욕망의 싹이라도 보일라치면 꺾어놓으려는 경계의 눈을 게을리 하지 않는다.

양심은 주인에게 자신의 이익보다 사회의 이익을 먼저 생각하라고 강요한다. 그것은 개인을 그 사회와 묶어주는 강력한 사슬이다. 그리하여 인간은 스스로 자신의 이익보다 중요하다고 받아들인 집단의 이익을 따름으로써 의지의 노예가 되는 것이다. 그리하여 그는 자신을 영예로운 자리에 앉혀 놓는다. 그는 마침내 자신의 어깨 위에 얹혀진 왕의 지팡이에 아첨하는 신하처럼 자신의 예민한 양심을 자랑스러워할 따름이다. 그리고 양심의 지배를 인정하려 들지 않는 인간에 대해서는 온갖 욕설을 퍼붓는다. 왜냐하면 이제 사회의 일원이 된 자신이 양심의 지배를 인정하려 하지 않는 사람에게는 무력하다는 사실을 알고 있기 때문이다.

스트릭랜드가 자신의 행동이 야기하는 비난에 전혀 개의치 않는다는 것을 본 나는 거의 인간의 형체라고는 없는 괴물을 대한 듯한 깊은 두려움에 멈칫 물러설 수밖에 없었다.

내가 그에게 작별을 고할 때 그는 내게 마지막으로 이렇게 말했다.

"아무리 내 뒤를 쫓아오더라도 소용없다고 에이미에게 전해요. 어쨌든 호텔을 옮길 작정이니까. 그녀는 나를 찾을 수 없을 거요."

"제가 느낀 바로는 헤어지는 것이 유리한 쪽은 오히려 부인인 것 같군요."

"옳은 말이오. 아내가 납득할 수 있게 애써주시오. 여자들이란 이해력이 부족하니 딱한 노릇이오."

15

런던에 돌아와 보니 스트릭랜드 부인에게서 급한 전갈이 와 있었다. 저녁 식사를 마치는 대로 곧 와달라는 내용이었다. 부인의 집에는 매캔드루 대령 부부도 와 있었다. 스트릭랜드 부인의 언니는 부인과 비슷한 데도 있었지만 부인에 비해 나이 들어 보였다. 그리고 고위 장교의 아내는 상류계급에 속한다는 우월감이 몸에 배었는지 마치 대영제국을 자신의 주머니에 넣고 다니기라도 하는 듯 여유 만만했다. 행동이 활달하고 예의 범절도 훌륭했지만, 인간으로 태어나 군인이 되지 않을 바에야 차라리 가게의 점원 노릇이나 하는 것이 나을 거라는 신념을 조금도 감추지 못하고 있었다. 그녀는 근위병들은 건방져서 싫다고 하면서, 그들의 아내들에 대해 언급하는 것조차 불쾌해하는 이유는 그들의 아내가 문안을 오지 않기 때문이라고 했다. 값비싼 옷차림에도 그녀는 천박해 보였다.
스트릭랜드 부인은 완연히 초조한 기색이었다.
"어서 경과를 들려주세요."
부인이 말했다.
"바깥어른을 만나뵈었습니다. 제 판단으로는 돌아오지 않기로 결심한 것 같았습니다." 나는 잠시 말을 멈췄다. "그분은 그림을 그리고 싶어 하셨습니다."
"도대체 무슨 말씀이시죠?"
스트릭랜드 부인은 아연 실색하며 소리쳤다.
"그런 일에 열중하셨던 것을 전혀 모르고 계셨습니까?"
"완전히 미친 사람이군."
대령이 소리쳤다.
스트릭랜드 부인은 살짝 이맛살을 찌푸리며 기억을 더듬었다.
"말씀을 듣고 보니, 결혼하기 전 그이가 물감통을 가지고 빈둥거리던 기억이 나요. 하지만 그이의 그림은 여간 서툰 게 아니었어요. 우리는 곧잘 놀려대곤 했죠. '당신은 그 방면에 털끝만큼도 재능이 없어요'라고."
"물론, 그림을 그린다는 건 핑계에 지나지 않을 거예요."
매캔드루 부인이 옆에서 말했다.
스트릭랜드 부인은 한참 동안 깊은 생각에 잠겨 있었다. 그녀는 내가 전한 말의 의미를 전혀 이해하지 못하는 것이 분명했다. 그녀가 주부의 본능에 충실하며 괴로움을 극복했던 모양인지 응접실도 어느 정도 정리된 상태였다. 그 불행한 사건이 있은 뒤 내가 처음 찾아갔을 때 보았던, 오랫동안 세를 놓기 위해 내놓은 집처럼 황폐한 모습은 찾아볼 수 없었다. 그러나 파리에서 스트릭랜드를 만나고 온 나는 좀처럼 그를 이런 환경 속에 두고 상상할 수 없었다. 내 생각으로는 그에게 이곳에 어울리지 않는 뭔가가 있다는 사실을 그들이 전혀 눈치채지 못하기도 어려웠다.

"하지만 그이가 화가가 되고 싶어 했다면 제게는 왜 말하지 않았을까요? 누구보다도 이해해줄 사람은 저였을 텐데. 그이에게 정말 그런 열망이 있었다면 말예요."

이윽고 스트릭랜드 부인이 물었다.

매캔드루 부인은 입을 열지 않았다. 내 판단으로는 그녀는 자기 동생이 예술을 한다는 자들과 어울리는 것을 두고 볼 사람이 아니었다. 그녀는 '예술'이라는 말을 할 때에도 빈정거리는 어조를 사용했다.

스트릭랜드 부인이 말을 이었다.

"그이에게 뭔가 재능이 있었다면 제가 먼저 격려해주었을 거예요. 그 때문에 희생되는 것은 염두에도 두지 않았을 거예요. 저도 주식중개인보다는 화가와 결혼하는 편이 나았을 테니까요. 애들만 아니라면 저는 아무래도 상관없어요. 저는 첼시의 초라한 화실에서도 이 집에서만큼 행복할 수 있어요."

"오, 에이미! 정말 더는 네 말을 듣고 있을 수가 없구나. 그따위 허튼소리를 정말 믿고서 하는 소리는 아니겠지?"

매캔드루 부인이 소리쳤다.

"그러나 전 그분의 이야기가 정말이라고 생각하고 있습니다."

나는 부드러운 어조로 그들 사이에 끼어들었다.

매캔드루 부인은 나를 악의 없이 멸시하는 눈초리로 바라보았다.

"여자가 끼지 않았다면 마흔이나 된 나이에 처자식과 사업을 팽개치고 환쟁이가 되겠다고 하겠어요? 제부는 당신네 예술가들 중 한 여자를 만났을 테고, 그 여자가 혼을 쏙 빼놓은 거라고요."

이 말에 스트릭랜드 부인의 창백한 양볼에 갑자기 핏기가 올랐다.

"그 여자는 어떻게 생겼던가요?"

나는 잠시 머뭇거렸다. 내가 할 말이 일종의 폭탄선언과도 같다는 것을 잘 알고 있었기 때문이다.

"여자는 없었습니다."

매캔드루 대령 부부는 믿을 수 없다고 소리쳤으며, 스트릭랜드 부인은 자리에서 벌떡 일어섰다.

"그 여자를 만나보지 못했다는 말씀인가요?"

"만나볼 사람이라곤 없었습니다. 그분은 혼자였으니까요."

"터무니없는 소리!"

매캔드루 부인이 큰 소리로 말했다.

"내가 갔어야 했어. 그랬더라면 그 자리에서 찾아냈을 거야."

대령이 말했다.

"저도 대령님이 가셨더라면 좋았을 거라고 생각했습니다. 그랬더라면 대령님 추측이 모두 빗나갔다는 것을 알았을 테니까요. 그분은 화려한 호텔에 묵고 있지도 않았습니다. 좁은 단칸방에서 비참하게 살고 있었습니다. 호화로운 생활을 바라고 집을 뛰쳐나간 건 아니었습니다. 돈도 거의 가지고 있지 않았고요."

나는 다소 기분이 상해 말했다.

"그렇다면 뭔가 우리가 알지 못하는 일을 저질러놓고 경찰의 눈을 피해 숨어 살고 있는 건 아닐까?"

이 말에 모두들 한 줄기 희망의 빛을 찾는 듯한 눈빛이었으나 나만은 정반대였다.

"그런 경우였다면 동업자에게 자기 주소를 알려주는 바보 짓은 하지 않았을 겁니다. 어쨌거나 분명한 것은 그분이 누구와도 함께 떠나지 않았다는 사실입니다. 그분은 지금 사랑에 빠진 게 아닙니다. 그런 생각은 염두에도 없었습니다."

나는 날카롭게 반박했다.

그들은 잠시 침묵을 지키며 내가 한 말을 곰곰이 생각했다. 이윽고 매캔드루 부인이 말했다.

"그 말씀대로라면 사태는 당초 내가 생각했던 것보다 악화된 건 아니군요."

스트릭랜드 부인은 언니를 힐끗 쳐다보았으나 아무 말도 하지 않았다. 부인의 얼굴은 아주 창백했으며, 아름다운 이마에는 어두운 그늘이 지고 기운이 없어 보였다. 나는 그녀의 표정이 무엇을 의미하는지 이해할 수 없었다. 매캔드루 부인이 말을 이었다.

"일시적인 기분으로 그랬다면 곧 깨어나겠지."

"에이미, 당신이 가보는 것이 어떻겠소? 파리에 가서 1년쯤 같이 못 살 것도 없지 않소? 아이들은 우리가 돌보고. 아무래도 그가 생활에 염증을 느낀 모양이오. 조만간 런던으로 돌아오게 될 거요. 그리되면 결국 별일 없이 정리되겠지."

결단을 내린 듯 대령이 말했다.

"나 같으면 그런 짓은 하지 않겠어요. 그 사람이 하고 싶은 대로 내버려두는 거예요. 결국 기가 죽어 돌아와 아주 안락한 기분을 느끼며 정착하겠죠." 매캔드루 부인은 동생을 냉정하게 바라보면서 말을 이었다. "네가 그 사람에게 때때로 지혜롭게 굴지 못해 이런 꼴을 당하는 거야. 남자들이란 기이한 동물이라서 다루는 법을 알아야 한다고."

매캔드루 부인이 말했다.

매캔드루 부인은 남자들이란 언제나 자기에게 애정을 품고 대하는 여자를 버리는 잔인한 습성이 있는데, 그러한 상황에서 남자가 여자를 버렸다면 그 책임은 여자 쪽에 있다는, 여성들의 공통적인 견해를 공유하고 있었다(감정은 이성과는 관계없는 특별한 동기를 가지고 있는 것이다).

스트릭랜드 부인은 천천히 우리를 번갈아 바라보며 말했다.

"그이는 결코 돌아오지 않을 거예요."

"에이미, 방금 들은 이야기를 잘 생각해봐. 그 사람은 누군가 곁에서 보살펴주는 안락한 생활에 익숙해져 있어. 그처럼 누추한 호텔의 지저분한 방에서 얼마나 견딜 수 있겠니? 게다가 땡전 한 푼 없는 처지야. 돌아올 수밖에 없어."

"그이가 어떤 여자와 함께 달아났다고 생각했을 땐 아직 희망이 있다고 생각했어요. 그런 일이 일찍이 마음먹은 대로 성공한 예는 없다고 믿었으니까요. 석 달도 못 되어 그 여자에게 싫증을 느낄 거라고 생각했어요. 하지만 그이가 떠난 것이 사랑 때문이 아니라면 이제 모든 것은 끝나고 만 거예요."

"정말 일이 묘하게 되어가는군. 그렇게 생각할 필요는 없어. 돌아올 거야. 도로시 말처럼 자기가 하고 싶은 대로 좀 내버려둬도 별일은 없을 거야."

대령은 자기네 직업의 관례와는 전혀 다른 사고방식에 멸시를 느끼는 듯한 어조로 말했다.

"이제 저는 그이가 돌아오기를 바라지 않아요."

스트릭랜드 부인이 말했다.

"에이미!"

노여움이 스트릭랜드 부인을 사로잡았다. 차갑고 갑작스러운 분노로 그녀의 얼굴은 창백해졌다. 그녀는 숨을 약간 가쁘게 몰아쉬며 말했다.

"어떤 여자와 사랑에 빠져 함께 달아났다면 용서할 수 있을지 몰라요. 그런 일이야 흔히 있는 일로 치부할 수도 있으니까 그이를 나무랄 생각은 없어요. 그이가 유혹에 빠져 잠시 제 곁을 떠났다고 생각할 수도 있죠. 남자들은 유혹에 약하고 여자들은 때때로 무모하게 처신하기도 하니까요. 그렇지만 이젠 달라요. 그이가 증오스러워요. 절대 용서하지 않을 거예요."

매캔드루 대령 부부는 그녀를 타이르기 시작했다. 그녀의 말에 너무 놀란 것이다. 그녀가 미쳤다고까지 말했다. 그들로서는 그녀를 이해할 수 없었다. 스트릭랜드 부인은 절망적인 눈빛으로 나를 바라보며 물었다.

"선생님은 아시겠죠?"

"글쎄요, 여자 때문에 부인 곁을 떠났다면 용서할 수 있어도 이상을 위해 그랬다면 용서할 수 없다는 말씀 아닌가요? 전자의 경우에는 재결합할 길이 있지만 후자의 경우라면 가망이 없다고 생각하시는 건가요?"

스트릭랜드 부인은 나를 바라보고 있었지만 그 눈빛 속에 친밀감이라곤 없었다. 아마도 내 말이 정곡을 찌른 모양이었다. 그녀는 나지막이 떨리는 목소리로 말을 이었다.

"지금 그이를 미워하는 만큼 사람을 미워할 수 있으리라고는 생각도 못해봤어요. 전 여태껏 이 상태가 아무리 오래 계속된다 하더라도 결국 그이가 저를 원하게 될 거라고 생각하고 스스로를 위로해왔어요. 그이가 죽을 때는 사람을 보내어 저를 부를 것이며, 그렇게 되면 전 기꺼이 달려가 어머니처럼 간호해 주리라고 생각했어요. 그리고 마지막 순간에는 난 아무렇지도 않았다고, 언제나 당신을 사랑해왔다고, 그리고 모든 것을 용서해 주겠다고 말하려고 했어요."

사랑하는 사람이 죽어가는 자리에서 그토록 아름답게 행동할 수 있는 여자들의 정열에 나는 지금도 당혹감을 감출 길이 없다. 때때로 그들은 그토록 극적인 장면을 연기할 기회를 미루고 있는 남편의 장수(長壽)를 불평하고 있는 건 아닐까 하는 기분마저 들기도 했다.

"하지만 이젠 끝났어요. 전 이제 그이가 남같이 느껴져요. 전 그이가 단 한 명의 친구도 없이 굶주리며 살다가 끝내는 비참하게 죽어버렸으면 좋겠어요. 몹쓸 병에 걸려 온몸이 썩어버렸으면 좋겠어요. 이제 그이와는 완전히 끝났어요."

나는 이때 스트릭랜드 쪽에서 꺼낸 제안을 말하는 것이 좋겠다고 생각했다.

"부인께서 이혼하고 싶다면, 거기에 필요한 것은 무엇이든지 기꺼이 해주겠다고 하시더군요."

"제가 왜 그이에게 자유까지 주어야 하죠?"

"제가 보기에 그분은 굳이 이혼을 원하는 것 같지도 않았습니다. 단지 이혼하는 편이 부인에게 더 좋을 거라고 생각할 뿐이죠."

스트릭랜드 부인은 참을 수 없다는 듯 어깨를 들먹거렸다. 그런 부인에게 나는 조금 실망했던 것 같다. 그때만 해도 지금과는 달리 인간이란 단순하다는 생각을 가지고 있었기 때문에 그토록 아름다운 여인의 마음속에 그런 앙심이 숨어 있다는 것을 발견하고 괴로움을 느끼지 않을 수 없었다. 나는 인간을 구성하고 있는 요소들이 얼마나 잡다한 것인지를 미처 깨닫지 못했던 것이다. 이제 나는 비열함과 숭고함, 악의와 자비, 증오와 사랑, 이 모든 것들이 동일한 인간의 마음속에 나란히 존재하고 있음을 알게 되었다.

나는 스트릭랜드 부인을 괴롭히고 있는 그 비참한 굴욕감을 조금이라도 덜어줄 수 있는 말이 없을까, 생각하다가 일단 시도해보기로 작정했다.

"바깥어른은 지금 자신의 행동에 대해 책임을 질 수 있는 상태가 아닙니다. 제가 보기에 그분은 제정신이 아닙니다. 다시 말씀드리면 그분은 어떤 종류의 힘에 사로잡혀 그것이 시키는 대로 하고 있는 것 같습니다. 마치 거미줄에 걸린 파리처럼 꼼짝도 못하는 것이죠. 누군가가 그에게 마법을 건 것 같습니다. 다른 인격체가 한 인간 속에 들어가 본래의 인격을 내쫓았다는 이야기가 그분을 보는 제 머릿속에 떠올랐습니다. 영혼은 육체 속에서 불안정하게 거주하는 법이어서 기묘하게 바뀔 수도 있습니다. 옛날이었다면 찰스 스트릭랜드가 신 들렸다고 말했을 겁니다."

매캔드루 부인이 옷깃을 매만지자 순금 팔찌가 손목 위로 흘러내렸다. 그녀는 언짢은 표정을 지으며 말했다.

"그건 말도 안 되는 소리예요. 에이미가 남편을 너무 믿은 게 잘못이에요. 동생이 자기 일에 그토록 정신이 팔리지만 않았어도 뭔가 수상쩍은 낌새를 알아차릴 수 있었을 거예요. 내 남편 알렉이 1년쯤 뭔가 다른 생각을 품고 있는데도 내가 그 비밀을 알아차리지 못하는 일은 결코 있을 수 없을 거예요."

대령은 아내의 말을 들으면서 허공을 물끄러미 바라보았다. 겉보기에는 그처럼 순진한 사람이 또 어디에 있을까 하는 생각이 들었다.

"그러나 찰스 스트릭랜드가 냉혹하기 이를 데 없는 짐승 같은 인간이라는 사실에는 조금도 변함이 없어요."

대령 부인은 날카로운 눈초리로 나를 쏘아보며 계속 말을 이었다.

"난 당신에게 그자가 왜 자기 아내를 버렸는지를 분명히 말할 수 있어요. 순전히 이기심 때문이지, 그것 말고는 다른 이유가 조금도 없어요."

"그게 분명히 가장 간단한 설명일 겁니다."

내가 대답했다. 그러나 난 그것이 아무런 설명도 될 수 없다는 것을 알았다. 내가 피곤하다고 말하고는 마침내 자리에서 일어났을 때, 스트릭랜드 부인도 나를 더는 붙들어 놓으려고 하지 않았다.

16

 그 후에 벌어진 일을 보면 스트릭랜드 부인은 심지가 굳은 사람이었다. 어떠한 심신의 고통을 겪더라도 그녀는 내색을 하지 않았다. 세상은 남들의 넋두리에 금방 싫증을 느끼며, 타인의 고생을 기꺼이 외면하려 한다는 점을 그녀는 금세 알아차렸다. 그녀는 어디를 가더라도 흠잡을 데 없이 품행이 단정했다. 사실 그녀의 친구들은 그녀의 불행을 동정하여 그녀를 열렬히 초대하려 했다. 그녀는 대담했지만 결코 눈에 띌 정도로 티를 내지는 않았으며, 명랑하기는 했지만 뻔뻔스러워 보일 정도는 아니었다. 그리고 그녀는 자신의 불행을 이야기하기보다는 오히려 다른 사람의 불행에 더 귀를 기울이는 듯했다. 또한 남편 이야기를 할 때는 늘 연민을 보이며 말했다. 나는 남편에 대한 그런 태도에 처음에는 어리둥절했다. 어느 날 스트릭랜드 부인이 이런 말을 한 적이 있다.

"아무래도 찰스가 혼자 있다는 선생님의 판단은 잘못된 것 같아요. 출처는 말씀드릴 수 없지만, 그이가 영국을 떠날 때 혼자가 아니었다는 거예요."

"그런 식으로 본다면 그분은 자신의 행적을 감추는 데 확실히 천재적인 재능을 가지고 있군요."

그녀는 나를 외면하며 약간 얼굴을 붉혔다.

"제가 이렇게 말씀드리는 건 만일 누가 선생님에게 그런 이야기를 하더라도 반박하지 마시라는 거예요."

"그렇게 하겠습니다."

그리고 부인은 그 일이 자신에게 별로 대수롭지 않다는 양 화제를 바꿨다. 그리고 얼마 뒤에 나는 그녀의 친구들 사이에 이상한 얘기가 나돌고 있다는 걸 알았다. 찰스 스트릭랜드가 엠파이어 극장의 발레 공연에서 처음 보았던 프랑스인 댄서에게 홀려, 그 여자를 따라 파리로 갔다는 것이었다. 도대체 이런 이야기가 어떻게 나왔는지 알 수는 없었지만, 이상하게도 이 이야기로 말미암아 스트릭랜드 부인은 대단한 동정을 받게 되었고, 동시에 적잖게 위신을 회복했다. 게다가 부인이 새로 갖기로 작정한 직업에도 상당한 도움이 되었다.

그녀가 곧 무일푼이 될 거라고 했던 매캔드루 대령의 말은 결코 과장이 아니었다. 그녀는 얼마 지나지 않아 생계를 위해 돈을 벌지 않으면 안 될 처지가 되었다. 그래서 그녀는 자신과 문인들의 넓은 인맥을 이용하기로 결심하고, 잠시도 쉬지 않고 속기와 타이핑을 배우기 시작했다. 그녀는 원래 교육을 받은 여성이었기 때문에 어렵지 않게 보통 타이피스트보다 더 우수한 타이피스트가 되어갔으며, 또한 불행한 사연이 그녀의 요구에 더욱 힘을 실어주었다. 친구들은 그녀에게 직장을 구해주겠다고 약속했으며, 제 친구들에게도 그녀를 추천해주려고 노력했다.

 원래 자녀가 없는 데다 생활에 여유가 있었던 매캔드루 부부는 부인의 아이들을 돌봐주겠다고 나섰다. 그러므로 스트릭랜드 부인은 제 한 몸만 이끌어나가면 되었다. 아파트는 세를 놓고 가구들은 팔아버렸다. 그러고는 웨스트민스터에 조그만 방 두 칸을 얻어 새 출발을 하게 되었다. 워낙 재주가 뛰어났던 터라 새 생활에서도 틀림없이 성공을 거두리라 여겨졌다.

17

그 사건이 있은 지 5년쯤 지나고 나는 한동안 파리에서 생활하기로 결심했다. 런던에 싫증을 느끼고 있었던 것이다. 같은 일만 되풀이되는 생활에 진력이 났다. 친구들은 평온무사한 일만을 계속 추구할 뿐 더는 내게 아무런 자극도 주지 못했고, 만나도 뻔한 이야기만 했다. 심지어는 그들의 애정 문제까지도 지루하고 진부했다. 우리는 마치 종점에서 종점으로 끝도 없이 왔다 갔다 하는 전차와도 같아서 실어 나르는 승객들의 수가 몇 명인지까지 정확하게 맞힐 수 있었다. 생활은 너무나도 편안하리만큼 정연했다. 나는 갑자기 공포에 사로잡혔다. 그리하여 마침내 작은 아파트를 버리고 몇 안 되는 소유물을 처분한 뒤 새 출발을 하기로 결심했다.

런던을 떠나기에 앞서 스트릭랜드 부인을 찾았다. 얼마 동안 부인을 만나보지 못했더니 여러모로 변해 있었다. 나이가 좀 더 들어 보였고, 수척했다. 주름살이 늘었고, 성격까지 변한 듯했다. 그녀는 사업에 성공하여 이제는 챈서리 가에 사무실까지 차려놓고 있었다. 본인은 이제 거의 타이프를 치지 않고, 고용한 타이피스트 넷이 쳐놓은 원고를 교정하며 시간을 보내고 있었다. 그녀는 자기 원고에 뭔가 우아한 느낌을 주고 싶었는지 붉은 잉크와 푸른 잉크를 많이 썼다. 그리고 희미한 물결 무늬 명주처럼 보이는, 결이 거친 갖가지 옅은 빛 원지를 사본(寫本)으로 제본했다. 따라서 그녀는 작업을 산뜻하고 꼼꼼하게 해낸다는 평판을 얻고 있었다. 당연히 돈도 잘 벌어들이고 있었다.

그러나 생계를 위해 돈을 번다는 것이 어쩐지 고상하지 않다는 생각을 배제할 수 없었는지 언제나 자신은 태어날 때부터 귀부인이었다는 사실을 남들에게 상기시키려 했다. 그녀는 대화 중에 자신이 알고 있는 유명인들의 이름을 인용함으로써 자신의 사회적 위치가 결코 퇴락하지 않았음을 상대에게 납득시키려고 노력했다. 그녀는 자신의 용기와 사업 수완은 약간 부끄러워하는 반면 다음 날 밤 사우드 캔싱턴에 살고 있는 왕실 변호사와 만찬 약속이 있다는 사실은 매우 기쁘게 생각했다. 또 아들이 케임브리지 대학에 다닌다는 사실을 매우 자랑스럽게 이야기했으며, 사교계에 진출한 지 얼마 되지 않은 딸에게 무도회 초대가 쇄도한다고 이야기할 때는 살짝 큰 소리로 웃기까지 했다. 그 순간, 나는 무척 바보스러운 질문을 했던 것으로 기억난다.

"부인께선 따님에게 사업을 물려줄 생각입니까?"

"그럴 리가요. 제가 왜 그 애를 이런 일에 끌어들이겠어요. 딸아인 정말 예뻐요. 틀림없이 훌륭한 가문에 시집갈 거예요."

스트릭랜드 부인이 대답했다.

"그렇게 될 수만 있다면 부인에게도 큰 도움이 되겠군요."

"그 애를 연극 무대에 데뷔시키라는 사람들도 있지만, 당연히 그럴 수는 없지요. 일류 극작가들을 거의 모두 알고 있으니 당장 내일이라도 훌륭한 배역을 얻어줄 수는 있지만, 그 애가 어중이떠중이들과 어울리는 건 원치 않아요."

나는 스트릭랜드 부인의 독선적인 태도에 살짝 가슴이 선득해졌다.

"바깥어른 소식은 들으셨습니까?"

"아뇨, 한마디도. 이미 죽었을지도 모르죠."

"제가 이번 파리 방문 길에 우연히 그분을 만날지도 모르겠군요. 혹 만나뵈면 부인께 소식 전해드릴까요?"

그녀는 잠시 망설였다.

"그이가 정말 어려운 처지에 빠져 있다면 미력하나마 도움이 되고 싶군요. 나중에 선생님께 적은 액수나마 송금해드릴 테니, 그이가 꼭 필요할 때 약간씩 전해주시면 고맙겠어요."

"부인은 정말 선하십니다."

그러나 나는 결코 호의에서 나온 제의가 아니라는 것을 잘 알고 있었다. 고생이 사람의 인격을 고상하게 만들어준다는 말은 결코 진실이 아니다. 행복이 그렇게 만들 가능성은 있겠지만, 대체로 고생은 사람을 옹졸하고 표독스럽게 만든다.

18

파리 생활을 시작한 지 채 이 주일도 지나지 않아 스트릭랜드를 만났다.

파리에 도착하자마자 나는 즉시 뤼 데 담므 가에 있는 어느 집 5층에 조그만 셋방을 얻어놓고, 고물상에 가서 우선 생활에 꼭 필요한 가구만 200프랑에 구입했다. 그리고 아침이면 커피를 가져다주고 방을 청소해주기로 그 집의 관리인과 타협을 보았다. 그러고 나서 더크 스트로브를 만나보기 위해 집을 나섰다.

더크 스트로브는, 사람에 따라 다르겠지만, 생각만 해도 조소가 삐져나오거나 당황한 표정을 지으면서 어깨를 한 번 으쓱하지 않을 수 없는 인간이었다. 간단히 말해 그는 천부적으로 타고난 어릿광대였다. 화가이긴 했지만 그가 그린 작품은 정말 허무맹랑하기 짝이 없었다. 그래서인지 오래전 로마에서 한 번 보았을 뿐이지만 그의 그림들을 아직도 생생하게 기억하고 있었다. 그는 평범한 사물에 대해 진정한 열성을 가지고 있었다. 더크 스트로브의 영혼은 예술에 대한 사랑으로 충만하여 고동치고 있었다. 스파냐 광장의 베르니니 계단 주위를 배회하는 모델들을 그릴 때에도 고풍스러운 풍경에 전혀 기가 꺾이지 않았다. 그의 화실은 덥수룩한 수염에 눈이 크고 고깔모자를 쓴 시골 농부, 누덕누덕 기운 옷을 입은 천진스러운 장난꾸러기들, 밝은 색 스커트를 입은 여인들의 그림으로 가득 차 있었다. 그림 속 주인공들은 가끔 교회의 계단을 배회하거나, 때로는 구름 한 점 없는 푸른 하늘을 배경 삼아 끝없이 펼쳐진 사이프러스 녹음 속에서 여가를 즐기기도 했으며, 르네상스식 우물가에서 사랑의 밀어를 속삭이기도 하고 우마차를 따라 캄파냐 공원을 산책하기도 했다. 그 그림은 모두 정성을 다해 그려지고 채색되어 있었다. 어떤 사진도 그 그림보다 더 정확하게 사물을 표현할 수는 없었을 것이다. 빌라 메디치의 어떤 화가는 그를 가리켜 '초콜릿 상자의 대가'라고 부르기도 했다. 그의 그림을 보고 있노라면, 모네나 마네, 그 밖의 인상파 화가들은 존재한 적도 없다는 생각이 들 정도였다. 그는 이렇게 말한 적이 있다.

"내가 대단한 화가인 척하지는 않겠네. 미켈란젤로 같은 거장은 절대로 될 수 없다는 말일세. 그렇지만 조그마한 솜씨는 가지고 있는 편이야. 그러니까 내 그림이 팔리는 거고. 내가 그린 것들은 각양각색의 가정에 로맨스를 배달해주고 있지. 자네, 내 그림이 네덜란드,

노르웨이뿐만 아니라 스웨덴, 덴마크 등지로도 팔려나가고 있다는 걸 알고 있나? 내 작품을 사 가는 사람들은 대체로 상인들과 돈 많은 장사꾼들이라네. 자네는 그런 나라의 겨울철이 얼마나 길고 어둡고 추운지 상상도 못할걸세. 그래서 그들은 이탈리아의 모습이 마치 내 그림 속의 풍경과 같다고 상상하고 싶어 하지. 그네들이 기대하는 건 바로 그거야. 나도 여기 오기 전에는 이탈리아가 그런 곳일 거라고 기대했다네."

지금 생각해보면, 바로 그러한 환상이 언제나 그의 마음속에서 눈을 현혹하여 그로 하여금 진실한 면모를 보지 못하게 방해한 것 같다. 그래서 그는 냉혹한 현실에도 아랑곳없이 계속 마음의 눈으로 이탈리아를 낭만적인 도적들과 그림처럼 아름다운 유적이 있는 나라로 바라보았던 것이다. 그가 화폭에 옮긴 것은 이상이었다. 보잘것없고 평범하여 생활에 찌든 것이었지만 그것도 이상이었다. 그리고 그것은 마침내 그의 개성에 독특한 매력을 가져다주었다.

이러한 사실을 피부로 실감할 수 있었기 때문에 나는 더크 스트로브를 다른 사람들과는 달리 결코 단순한 우롱의 대상으로 보지 않았다. 동료 화가들은 그의 작품을 보고 경멸감을 감추려 하지 않으면서도 그가 제법 많은 돈을 벌었기 때문에 거리낌 없이 그의 돈주머니를 이용했다. 그는 매우 관대한 인간이었으므로, 가난에 찌든 동료 화가들은 곤란한 사정을 말하면 순진하게 받아들이는 그의 어리석음을 비웃으면서도 파렴치하게 그에게서 돈을 빌려 갔다. 그는 또한 매우 정이 깊은 사람이었지만 인정이 너무 쉽게 유발되는 탓에 터무니없는 사정에도 감동했고, 친구들은 호의에 찬 친절을 받아들이면서도 절대로 감사하지 않았다. 그에게서 돈을 얻어내는 행위는 마치 어린 아이에게서 돈을 빼앗는 것처럼 손쉬웠기 때문에 사람들은 그가 어리석기 짝이 없다고 경멸했다. 재빠른 손놀림을 자랑삼는 소매치기가 보석이 가득 든 핸드백을 마차에 두고 내리는 정신 빠진 마님들에게서 오히려 분노를 느끼는 식이랄까. 그는 타고나길 희롱거리로 태어나기는 했지만, 결코 감정이 무딘 사람은 아니었다. 그는 늘 자신을 괴롭히는 수많은 농담에 고통을 받고 있었지만 마치 자신을 일부러 그러한 농담 속에 내던지고 있는 것처럼 보였다. 그는 쉴 새 없이 마음의 상처를 입었지만 천성적으로 남에게 악의를 품지 않았다. 독사가 그를 물어뜯어도 그는 그 경험을 통해 독사가 무서운 동물이라는 사실을 깨닫지 못했다. 고통이 사라지면 그는 금세 마음속에 그 독사를 두렵지 않은 존재로 포용했다. 그의 인생은 한마디로 소란한 해학극의 대본으로 쓰인 비극이었다. 나는 어떤 경우에도 그를 조롱하지 않았기 때문에 그는 내게 고마워했으며, 동정심 많은 내게 끝도 없이 자신의 불행을 털어놓곤 했다. 그런데 무엇보다 유감스러운 것은 그 이야기들이 너무나 기괴하다는 점과 그 이야기가 슬퍼질수록 듣는 편에서는 더욱더 웃음을 참을 수 없는 지경에 이르게 된다는 사실이었다.

비록 그는 위대한 화가는 아니었지만, 예술에 관한 한 무척 섬세한 안목이 있었기 때문에 그와 함께 화랑에 가는 기회는 매우 얻기 힘든 기쁨이었다. 예술에 대한 그의 열정은 진지하기 이를 데 없었고, 비평은 칼날같이 예리했다. 그의 예술에 대한 관심은 실로 다양했다. 그는 옛 대가들을 평가하는 진정한 안목을 소유하고 있었을 뿐 아니라 현대 화가들에게도 상당한 공감을 느끼고 있었다. 그는 화가들의 재능을 재빨리 알아차리고, 그때마다 찬사를 아끼지 않았다. 나는 지금까지 판단력이 그처럼 정확한 사람은 결코 겪어본 적이 없다. 그리고 그는 대부분의 화가들보다 지식이 훨씬 풍부했다. 대다수의 화가들과는 달리 그는 회화와 인접한 예술에 대해서도 제법 알고 있었으며, 음악과 문학에 대한 취미 덕분에 미술 이해에는 깊이와 다양성이 있었다. 나처럼 젊은 사람에게 그의 충고와 지도는 그야말로 그 어떤 것과도 비교할 수 없는 귀중한 가치가 있었다.

로마를 떠나온 뒤에도 나는 그와 계속 편지를 주고받았는데, 두 달에 한 번쯤은 그에게서 이상야릇한 영어로 쓴 장문의 편지를 받곤 했다. 나는 그 편지를 받아볼 때마다 열렬한 제스처와 함께 침을 튀기며 이야기하는 그의 모습이 생생하게 떠오르곤 했다. 내가 파리로 떠나기 얼마 전에 그는 어떤 영국 여인과 결혼하여 지금은 몽마르트르에 화실을 가지고 살고 있었다. 나는 4년 동안이나 그를 만나보지 못했고, 그의 부인은 한 번도 본 적이 없었다.

19

스트로브에게 파리로 온다는 소식을 전하지 않았기 때문에 내가 화실의 초인종을 누르자 몸소 문을 열어주고도 그는 잠시 나를 알아보지 못했다. 그러나 곧 나를 알아보고는 반가움에 비명을 지르며 안으로 안내했다. 그 정도로 대단한 환영을 받는다는 것은 기쁜 일이 아닐 수 없었다. 그의 부인은 난로 옆 의자에 앉아 바느질을 하고 있다가 내가 실내로 들어서자 얼른 자리에서 일어섰다. 스트로브는 그의 부인에게 나를 소개했다.

"기억나지 않소? 내가 종종 이야기하던 그 사람이오."

그러고는 나를 향해 돌아서며 말했다.

"어째서 파리에 온다고 미리 연락하지 않았나? 이곳에 도착한 지는 얼마나 됐지? 파리에서는 얼마나 머물 작정인가? 한 시간만 더 일찍 왔더라면 같이 식사라도 할 수 있었을 것 아닌가."
그는 내게 끊임없이 질문 공세를 퍼부었다. 그는 의자를 권한 뒤에 마치 내가 무슨 쿠션이라도 되는 듯 내 어깨를 툭툭 치며 담배, 과자, 포도주 등을 열심히 권했다. 한순간도 나를 그냥 내버려두지 않았다. 위스키가 바닥나자 그는 몹시 낙담했고, 위스키 대신 내게 커피를 끓여주고 싶어 했으며, 그 밖에도 나를 위해 할 수 있는 일이 무엇일까 찾아내려고 애썼다. 그러고는 기쁨에 넘쳐 크게 떠들어대며 잠시도 웃음을 멈추지 않았다. 마치 그의 땀구멍에서 솟아나는 땀 속에도 기쁨이 섞여 있을 것 같았다.
"자넨 조금도 변한 게 없군."
나는 그를 바라보며 부드러운 미소를 머금은 채 말했다.
그는 내가 기억하고 있는 약간 우스꽝스러운 모습 그대로였다. 작은 체구에 비대했으며, 짧은 다리에 여전히 젊어 보여 겨우 서른 살 정도로 보였다. 그러나 머리는 벌써 대머리가 되어 있었다. 얼굴은 완전히 동그랗고 안색은 매우 좋았으며, 새하얀 피부와 붉은 뺨, 붉은 입술이 퍽 인상적이었다. 그의 눈도 역시 동그랗고 푸른색을 띠고 있었으며 커다란 금테로 장식된 안경을 쓰고 있었다. 눈썹은 옅은 금발이었기 때문에 거의 눈에 띄지 않았다. 그의 모습에서 루벤스가 그렸던 쾌활하고 비대한 상인들을 떠올렸다.
내가 그에게 얼마간 파리에 머물 것이고 벌써 셋방까지 얻어놓았다고 말하자, 그는 자기에게 미리 알리지 않은 점이 섭섭하다면서 나를 심하게 나무랐다. 만일 내가 미리 알려주었더라면 그가 직접 내

방을 구해주고 필요한 가구도 빌려주었을 것이며 짐을 옮기는 것도 도와주었을 것이다. 그는 정말 돈을 들여 가구를 산 거냐고 내게 물었다. 그에게 나를 도울 기회를 주지 않은 것은 내가 자기를 친구로 여기지 않는 처사라며, 몹시 섭섭해했다. 그동안 스트로브 부인은 말없이 앉아 양말을 꿰매고 있었다. 그리고 가끔 입가에 가벼운 미소를 띠면서 남편의 말을 듣고 있었다.

"여보게, 보다시피 난 장가를 들었네."

그가 갑작스레 화제를 돌렸다.

"내 아내 어떤가?"

그는 활짝 웃는 얼굴로 아내를 쳐다보며 안경을 콧마루로 밀어 올렸다. 비 오듯 흘러내리는 땀방울 때문에 그의 안경은 자꾸 미끄러져 내렸다.

"그래, 자네는 내가 도대체 무슨 대답을 할 것 같은가?"

내가 웃으며 말했다.

"그래요, 더크."

스트로브 부인이 미소를 지으며 우리의 대화에 끼어들었다.

"어때, 정말 멋진 여자 아닌가? 이제 시간 낭비 그만하고 빨리 장가를 들게. 나는 이 세상 어느 누구보다 행복한 남자라네. 저기 앉아 있는 내 아내를 좀 자세히 보게. 어때, 한 폭의 그림 같지 않나? 샤르댕 작품 속의 여인이라고나 할까. 난 지금껏 아름다운 여인은 한 명도 빼놓지 않고 모두 보아왔네. 그렇지만 그중 어느 누가 내 아내만큼 아름다울 수 있겠나."

"더크, 제발 그만 좀 하셔요. 정 그렇게 놀리시면 전 나가버릴 거예요."

"몽 프티 슈(귀여운 것)."

이번에는 그가 프랑스어로 말했다.

그녀는 남편의 정열적인 어조에 당황한 빛을 감추지 못하고 얼굴이 살짝 붉어졌다. 그는 내게 보낸 편지에서 자기 아내를 이 세상에서 가장 사랑한다고 말했고, 지금 이 순간에도 그는 잠시도 아내에게서 눈길을 떼지 못했다. 그러나 나는 그녀도 남편을 사랑하고 있는지는 알 수 없었다. 불쌍한 어릿광대인 그는 결코 여성들에게도 사랑을 받을 만한 대상이 못 되었다. 그러나 그녀의 눈에 담긴 미소는 온화하고 다정했으며, 그녀의 침묵 속에는 깊은 애정이 숨겨져 있는 것 같기도 했다. 그녀는 사랑에 눈먼 남편이 생각하는 것처럼 절세의 미인은 아니었지만 정숙해 보였다. 약간 키가 컸으며, 소박하고 세련된 회색 드레스는 아름다운 그녀의 자태를 유감없이 드러내주었다. 의상 디자이너보다는 오히려 조각가에게 더 호소력이 있을 것 같은 몸매였다. 숱이 풍성한 갈색 머리는 단아하게 손질되어 있었고, 안색은 몹시 창백했다. 이목구비는 특별히 예쁘지는 않았지만 대체로 잘 조화되어 있는 편이었다. 그리고 그녀의 잿빛 눈동자는 매우 조용한 빛을 띠고 있었다. 다시 말해서, 미인이 되다가 만 듯한 용모 때문에 그 자체로 정말 아름답다고 표현할 수는 없는 정도였다. 그러나 스트로브가 샤르댕의 그림을 거론한 것이 근거가 전혀 없었던 것은 아니었다. 사실 나는 그의 부인을 바라보면서 그 위대한 화가가 남긴 불후의 작품 속의 머리에 수건을 쓰고 앞치마를 허리에 두른 상냥한 주부를 떠올렸다.

그녀가 조용히 솥과 냄비 사이를 바쁘게 오가며 집안일을 하나의 의식처럼 행하고 있는 모습을 본 나는 그러한 집안일에 무슨 도덕적인 의미가 있는 건 아닐까 하는 기분까지 들었다. 내겐 그녀가 특별히 영리하다거나 재미있는 여인으로 보이지는 않았다. 그러나 묵묵히 일에만 열중하는 한결같은 태도에는 나의 흥미를 자극하는 뭔가가 숨어 있었다. 사실 그녀의 과묵한 태도에는 신비스러운 면이 내포되어 있었다. 왜 그녀가 더크 스트로브 같은 사내와 결혼했을까 하는 의구심이 들기도 했다. 그녀는 나와 같은 영국 사람이기는 했지만, 그녀가 어느 지방 출신이며, 어떤 계층 출신이고, 성장 환경은 어떠했는지, 또 결혼을 하기 전에는 어떤 생활을 했는지 분명하게 판단할 수 없었다. 그녀는 말이 거의 없는 편이었지만 한번 이야기를 시작하면 목소리가 무척 명랑했으며, 태도가 자연스러웠다.

나는 스트로브에게 그림은 그리고 있느냐고 물었다.

"그림을 그리고 있냐고? 물론 난 그 어느 때보다도 훨씬 잘 그리고 있다네."

함께 화실에 앉아 있었는데, 그는 손을 들어 이젤 위에 놓여 있는 한 폭의 미완성 그림을 가리켰다. 그 그림을 본 순간 나는 약간의 전율을 느끼지 않을 수 없었다. 그는 아직까지도 캉파냐풍 의상을 입은 한 무리의 이탈리아 농부들이 토마 교회의 계단 위를 천천히 배회하는 풍경을 그리고 있었던 것이다.

"요즘도 자네는 저런 스타일의 그림을 그리고 있나?"

"그렇다네. 로마에서와 똑같이 이곳 파리에서도 내 모델들은 마음대로 구할 수 있지."

"그 그림 정말 아름답다는 생각이 들지 않으세요?"

스트로브의 부인이 내게 물었다.

"바보 같은 아내는 나를 정말 위대한 화가로 생각하고 있다네."

스트로브가 내게 말했다.

그러나 변명하는 듯한 그의 웃음소리에는 기쁨이 담겨 있었다. 그의 눈은 자신의 그림 위에 머물러 있었다. 다른 화가들의 작품을 평할 때는 그토록 정확하고 관습을 벗어나 자유분방한 그의 비평 감각이 그 자신의 작품에 한해서는 믿을 수 없을 만큼 진부하고 세속적이었다. 어느 면으로 생각해보아도 기이한 일이 아닐 수 없었다.

"그분에게 당신 작품을 좀 더 보여드리지 그래요."

부인이 말했다.

"그럴까?"

더크 스트로브는 친구들에게 그토록 수없이 조롱을 받아왔으면서도, 이 순간만은 나의 칭찬을 기대하는 마음이 열렬했을 뿐 아니라 자기만족에 깊이 빠져 있었기 때문에 그림을 내게 보여주지 않고는 견딜 수 없었던 것이다. 그는 곱슬머리를 한 이탈리아 개구쟁이 둘이 공기놀이를 하는 모습이 그려진 그림 한 장을 꺼내 왔다.

"어때요? 멋있지 않아요?"

스트로브 부인이 물었다.

그는 내게 더 많은 그림을 보여주었다. 파리로 건너온 뒤에도 수년간의 로마 시절에 그러했듯 천편일률적으로 진부하고 낡아빠진, 겉으로 보기에만 아름다운 그림을 그려왔다는 사실을 알 수 있었다. 그의 그림은 하나같이 거짓투성이에 불성실하고 가식적이었다. 그럼에도 더크 스트로브의 인간성만은 세상 누구보다도 올바르고 성실했으며 솔직 담백했다. 그의 작품과 인격의 상반된 모순을 그 누가 설명할 수 있을까.

그때 나는, 왠지 나도 모르게 이런 질문을 하고 말았다.

"자네 혹시 찰스 스트릭랜드라는 화가를 만난 일이 있는가?"

"설마 자네가 그와 알고 지낸다는 말은 아니겠지?"

스트로브가 깜짝 놀라며 외쳤다.

"그 사람은 짐승처럼 야만적인 인간이에요."

그의 부인이 말했다.

스트로브는 큰 소리로 웃음을 터뜨렸다.

"오, 내 사랑!"

그는 아내에게로 다가가서 그녀의 두 손에 입을 맞췄다.

"아내는 그를 그다지 탐탁지 않아 한다네. 그런데 자네가 스트릭랜드를 알고 있다니 정말 신기한 일이군."

"저는 그처럼 무례한 사람은 정말 질색이에요."

부인이 말했다.

더크는 여전히 큰 소리로 웃으며, 그 이유를 설명하기 위해 내게로 돌아섰다.

"글쎄, 언젠가 그 친구에게 우리 화실에 와서 내 그림을 봐달라고 초청을 한 적이 있다네. 그가 우리 화실에 왔길래 내가 소장하고 있는 그림을 몽땅 보여주었지."

스트로브는 말하기가 쑥스러운지 잠시 머뭇거렸다. 나는 지금도 스트로브가 무슨 이유로 그때 자신에게 득이 되지 않을 이야기를 내 앞에서 거론했는지 이해할 수 없다. 이야기를 마칠 때까지 그는 계속 어색한 표정이었다.

"그가 내 그림을 그저 물끄러미 바라보더라고. 아무 말 없이. 처음에 나는 그가 그림을 다 보고 난 뒤에 평가를 내리기 위해 비평을 삼가고 있는 줄 알았지. 기다리다가 결국 내가 먼저 말했다네. '이것이 제가 가지고 있는 그림 전부입니다.' 그랬더니 그가 말하더군. '나는 단지 당신에게 20프랑을 빌려달라고 왔을 뿐이오.'"

그 말에 부인이 옆에서 화난 음성으로 소리쳤다.

"그런데도, 더크는 그에게 돈을 빌려주었지 뭐예요."

그러자 그가 다시 입을 열었다.

"난 그때 그의 뜻밖의 행동에 정말 당황했네. 그러나 거절하고 싶진 않더군. 그는 돈을 받아 호주머니에 넣자마자 가볍게 고개를 끄덕이더니 '고맙소'라는 한마디를 남기고는 나가버리더군."

더크 스트로브가 이 말을 하면서 자신의 둥글고 얼빠진 얼굴에 불의의 습격을 받은 듯한 당황한 표정을 짓고 있었기 때문에, 나는 웃음을 터뜨리고 말았다.

"그가 내 그림이 형편없다고 혹평을 했더라도 나는 태연했을 거야. 그런데 그는 한마디도 평을 하지 않더군, 단 한마디도."

"그런데도 더크, 당신은 그 이야기를 아무에게나 자랑스럽게 떠들어대고 있어요."

그의 아내가 빈정거리듯 말했다.

한심스럽게도 나는 스트릭랜드가 그를 철저히 멸시한 처사에 분노를 느끼기보다는 그 네덜란드인의 얼빠진 모습에 재미를 느끼고 있었다.

"저는 두 번 다시 그 사람을 보고 싶지 않아요."

스트로브 부인이 분연히 말했다.

스트로브는 희미하게 미소를 지으며 어깨를 으쓱해 보였다. 그는 이미 선량한 성품의 제 모습으로 돌아와 있었다.

"하지만 그가 위대한 화가라는 생각에는 변함이 없네. 정말 대단한 인간이야."

"스트릭랜드가 말인가? 그렇다면 그 사람은 내가 알고 있는 스트릭랜드와는 다른 사람이군."

내가 소리쳤다.

"붉은 수염을 기르고 몸집이 커다란 사람일세. 찰스 스트릭랜드라는 이름의 영국인이지."

"그 사람은 내가 알고 있을 당시엔 수염을 기르지 않았다네. 그러나 그가 수염을 길렀다면 아마 붉은색이었을 거야. 내가 말하는 사람은 겨우 5년 전에 그림을 그리기 시작했네."

"맞아. 바로 그 사람이야. 그가 위대한 화가라니까."

"그럴 리가 없어."

"내가 언제 틀린 말 하는 거 봤나?"

더크가 내게 따지듯 물었다.

"분명히 말하지만, 그는 천재일세. 난 확신할 수 있네. 100년이 지난 뒤에도 자네와 내 존재가 세상 사람들의 기억 속에 살아남을 수 있다면, 그것은 우리가 찰스 스트릭랜드를 알고 있었다는 사실 때문일 걸세."

나는 정말 놀라지 않을 수 없었다. 그리고 동시에 몹시 흥분했다. 갑자기 그와 한 마지막 대화가 떠올랐다.

"어디에 가면 그의 작품을 볼 수 있나? 그가 성공을 한 건가? 지금 어디에 살고 있지?"

내가 물었다.

"아냐, 아냐, 성공하지 못했지. 내 생각에 그는 자기 그림을 한 장도 팔지 못했을걸. 세상 사람들에게 그 사람 이야기를 꺼낸다면 비웃기나 하겠지. 하지만 난 그가 위대한 화가라는 사실을 분명히 알고 있네. 요컨대 마네도 생존 시에는 세상 사람들에게 조소를 받기만 했고, 코로 역시 그림 한 장 팔지 못했네. 어디에 살고 있는지는 몰라도 그를 만날 수 있게 안내할 수는 있네. 그는 매일 저녁 7시에 클리시가의 카페에 들른다네. 괜찮다면, 내일 저녁 나와 함께 그곳에 가보지 않겠나?"

"날 만나고 싶어 할지 모르겠군. 나를 만나면 잊고 싶은 과거가 생각날지도 모르니까. 하지만 어쨌든 만나보지. 그런데 그 사람 그림을

야. 그런데 그는 한마디도 평을 하지 않더군, 단 한마디도."

"그런데도 더크, 당신은 그 이야기를 아무에게나 자랑스럽게 떠들어대고 있어요."

그의 아내가 빈정거리듯 말했다.

한심스럽게도 나는 스트릭랜드가 그를 철저히 멸시한 처사에 분노를 느끼기보다는 그 네덜란드인의 얼빠진 모습에 재미를 느끼고 있었다.

"저는 두 번 다시 그 사람을 보고 싶지 않아요."

스트로브 부인이 분연히 말했다.

스트로브는 희미하게 미소를 지으며 어깨를 으쓱해 보였다. 그는 이미 선량한 성품의 제 모습으로 돌아와 있었다.

"하지만 그가 위대한 화가라는 생각에는 변함이 없네. 정말 대단한 인간이야."

"스트릭랜드가 말인가? 그렇다면 그 사람은 내가 알고 있는 스트릭랜드와는 다른 사람이군."

내가 소리쳤다.

"붉은 수염을 기르고 몸집이 커다란 사람일세. 찰스 스트릭랜드라는 이름의 영국인이지."

"그 사람은 내가 알고 있을 당시엔 수염을 기르지 않았다네. 그러나 그가 수염을 길렀다면 아마 붉은색이었을 거야. 내가 말하는 사람은 겨우 5년 전에 그림을 그리기 시작했네."

"맞아. 바로 그 사람이야. 그가 위대한 화가라니까."

"그럴 리가 없어."

"내가 언제 틀린 말 하는 거 봤나?"

더크가 내게 따지듯 물었다.

"분명히 말하지만, 그는 천재일세. 난 확신할 수 있네. 100년이 지난 뒤에도 자네와 내 존재가 세상 사람들의 기억 속에 살아남을 수 있다면, 그것은 우리가 찰스 스트릭랜드를 알고 있었다는 사실 때문일 걸세."

나는 정말 놀라지 않을 수 없었다. 그리고 동시에 몹시 흥분했다. 갑자기 그와 한 마지막 대화가 떠올랐다.

"어디에 가면 그의 작품을 볼 수 있나? 그가 성공을 한 건가? 지금 어디에 살고 있지?"

내가 물었다.

"아냐, 아냐, 성공하지 못했지. 내 생각에 그는 자기 그림을 한 장도 팔지 못했을걸. 세상 사람들에게 그 사람 이야기를 꺼낸다면 비웃기나 하겠지. 하지만 난 그가 위대한 화가라는 사실을 분명히 알고 있네. 요컨대 마네도 생존 시에는 세상 사람들에게 조소를 받기만 했고, 코로 역시 그림 한 장 팔지 못했네. 어디에 살고 있는지는 몰라도 그를 만날 수 있게 안내할 수는 있네. 그는 매일 저녁 7시에 클리시 가의 카페에 들른다네. 괜찮다면, 내일 저녁 나와 함께 그곳에 가보지 않겠나?"

"날 만나고 싶어 할지 모르겠군. 나를 만나면 잊고 싶은 과거가 생각날지도 모르니까. 하지만 어쨌든 만나보지. 그런데 그 사람 그림을 어떻게 좀 볼 수는 없을까?"

"본인에게 부탁해서는 소용이 없을 거야. 그는 자네에게 단 한 점도 보여주지 않을걸. 하지만 내가 아는 화상(畵商) 가운데 별로 대단치 않은 사람이 하나 있는데, 그가 스트릭랜드의 그림을 서너 점 가지고 있다네. 하지만 혼자 가서는 안 돼. 자네가 이해할 수 있는 성질의 그림이 아니니까. 내가 직접 자네에게 보여주며 설명을 해야 될 걸세."

"더크, 당신은 정말 답답하기 짝이 없는 사람이에요. 당신에게 그토록 지독하게 대한 사람의 그림에 대해 어떻게 그렇게 말할 수 있어요?"

스트로브 부인이 짜증스럽게 말했다.

그녀는 이번엔 나를 향해 입을 열었다.

"글쎄, 제 말 좀 들어보세요. 언젠가 네덜란드 사람들이 더크의 그림을 사러 이곳에 들른 일이 있었어요. 그때 이 양반이 그들에게 스트릭랜드의 그림을 사라고 권하지 않겠어요. 그러고는 끝내 그 사람의 그림을 이곳으로 가져와 보여주겠다는 거예요."

"부인께서 보시기엔 그 그림이 어땠습니까?"

나는 미소를 지으면서 그녀에게 물었다.

"불쾌하기 짝이 없었어요."

"아, 당신은 잘 모르고 하는 소리요."

"어쨌든 당신의 고객인 네덜란드 사람들이 결국 당신에게 화를 내고 말았잖아요? 자기들을 조롱하고 있다고 생각한 거예요."

더크 스트로브는 안경을 벗어 닦았다. 불그스름한 그의 얼굴이 흥분으로 빛나고 있었다.

"당신은 이 세상에서 가장 존귀한 아름다움이 해변가의 조약돌처럼 흔하게 널려 있어 그 곁을 무심코 지나가는 사람이 손쉽게 그것을 집어들 수 있을 거라고 생각하오? 아름다움이란 예술가가 영혼의 고뇌를 겪은 후 이 세상의 혼란 가운데서 창조해낸 놀랍고도 신비로운 그 어떤 결정체란 말이오. 예술가가 그것을 창조했을 때 세상 모두가 그것을 이해할 수 있는 건 아니오. 그 아름다움을 인식하기 위해서는 자기 자신 역시 그 예술가가 경험한 시련의 아픔을 반드시 겪어야만 하는 거요. 존귀한 아름다움은 예술가가 들려주는 하나의 멜로디라오. 그것을 다시 우리 자신이 마음의 소리로 듣기 위해서는 지식과 감수성, 그리고 상상력이 필요한 거요."

"하지만 여보, 어째서 저는 언제나 당신의 그림만이 아름답다고 생각될까요? 나는 당신의 그림을 처음 본 바로 그 순간부터 감탄했어요."

스트로브의 입술이 약간 떨렸다.

"자, 여보, 그만 가서 자도록 해요. 나는 이 친구와 함께 산책 좀 해야겠소. 곧 돌아오리다."

20

 더크 스트로브는 다음 날 저녁 나를 스트릭랜드가 단골로 다닌다는 카페에 데려다주기로 약속했다. 재미있게도, 그 카페는 내가 그를 만나러 파리로 건너왔을 때 그와 함께 압생트를 마셨던 바로 그곳이었다. 그가 단골 카페 하나 바꾸지 않은 것을 보면 게으른 성격은 여전한 듯했다.
 "보게, 저기 있네."
 카페에 도착했을 때 스트로브가 말했다.
 10월이라지만 날이 따뜻해 야외 테이블은 모두 사람들이 차지하고 있었다. 한 번 둘러보았지만 스트릭랜드는 눈에 띄지 않았다.
 "이봐, 저쪽 구석이야. 체스를 두고 있군."
 스트로브가 가리키는 쪽을 보니 체스판 위를 거의 덮다시피 몸을 구부리고 앉아 있는 사람이 보였지만 커다란 중절모와 붉은 수염 말고는 아무것도 보이지 않았다. 우리는 테이블 사이를 헤치고 마침내 그에게 가까이 다가갔다.

"스트릭랜드!"

그러자 그가 고개를 들고 말했다.

"여어, 뚱보! 무슨 일이 있소?"

"당신을 만나고 싶어 하는 옛 친구를 데리고 왔습니다."

스트릭랜드는 내 얼굴을 힐끗 쳐다보더니 나를 알아보지 못한 듯, 체스판을 날카롭게 노려보았다.

"거기 좀 앉게. 그리고 좀 조용히 해줘."

스트릭랜드가 말했다.

그는 체스 말 하나를 옮겨놓더니, 게임에 빠져들었다. 불쌍한 스트로브는 내게 매우 딱하다는 표정을 지어 보였으나 나는 전혀 당황하지 않았다. 나는 마실 것을 주문하고 스트릭랜드가 체스를 끝낼 때까지 조용히 기다렸다. 사실 나는 내심 그를 마음놓고 차분히 살펴볼 기회를 갖게 된 것을 기쁘게 생각하고 있었다. 나 역시 어디에서 우연히 그를 만났다 하더라도 알아보지 못했을 것이다. 우선 얼굴의 대부분을 가리고 있는 텁수룩하게 자란 붉은 수염 때문이었고, 머리칼도 길었기 때문이다. 그러나 그의 가장 놀라운 변화는 무엇보다도 매우 수척해져 있다는 점이었다. 그래서인지 커다란 코가 더욱더 오만하게 우뚝 튀어나온 것처럼 보였고, 광대뼈는 더욱 불거져 있었으며, 눈도 한층 더 커 보였다. 그리고 관자놀이는 움푹 패여 있었고, 몸 전체가 마치 시체처럼 비쩍 여위어 있었다. 옷은 5년 전 그를 처음 만났을 때 입고 있던 그대로였다. 그 옷은 군데군데 찢어지고 더럽고 때에 절어 있었고, 마치 남의 옷을 입은 것처럼 몹시 헐렁했다. 손톱이 길게 자란 손은 불결하기 이를 데 없었고, 뼈와 힘줄만 남아 있었지만 지독하게 크고 강인해 보였다. 그의 손이 과거에는 꽤 볼품이 있었다는 사실은 떠올릴 수도 없었다. 그가 체스판에 온 정신을 집중하고 앉아 있었을 때, 나는 그에게서 특이한 인상을 받았다. 그의 모습은 어떤 커다란 힘을 지니고 있는 것처럼 보였다. 나는 그토록 허약한 몸에서 어떻게 이토록 강력한 인상이 풍겨 나올 수 있는지 도무지 이해할 수 없었다.

이윽고 그는 또 하나의 말을 움직인 뒤, 곧 몸을 뒤로 젖히고는 이상야릇한 표정으로 상대를 가만히 응시했다. 상대는 수염이 텁수룩한 뚱뚱한 프랑스인이었다. 그 프랑스인은 한동안 체스판을 응시하며 곰곰이 생각해보더니 갑자기 유쾌한 듯 악의 없는 욕설을 퍼붓고는 짜증스럽다는 동작으로 말들을 긁어모아 상자 속에 집어던져 버렸다. 그는 잠시 동안 스트릭랜드에게 거리낌 없이 욕설을 퍼붓고 난 뒤, 웨이터를 불러 술값을 지불하고 그 자리를 떠났다. 스트로브는 의자를 테이블 가까이로 끌어당겼다.

"자, 이제 이야기 좀 합시다."

그가 제의하듯 말을 꺼냈다.

스트릭랜드의 시선은 스트로브를 향했다. 그의 눈동자에는 어떤 악의가 역력히 깃들어 있었다. 나는 그가 분명히 무슨 말을 해서라도 스트로브를 조롱하고 싶지만 언뜻 떠오르는 말이 없기에 어쩔 수 없이 침묵을 지키고 있음을 느낄 수 있었다.

"당신을 만나보고 싶어 하는 옛 친구를 데리고 왔습니다."

스트로브는 쾌활하게 웃으면서 똑같은 말을 반복했다.

스트릭랜드는 거의 1분 동안이나 나를 찬찬히 응시했다. 그동안 나는 입을 다물고 있었다.

"난 전혀 모르는 사람 같소."

그가 말했다.

나는 그때 그의 눈빛에서 확실히 나를 알아보는 표정을 읽을 수 있었는데, 그가 왜 그런 말을 했는지 지금도 알 수 없다. 나는 몇 해 전처럼 그렇게 쉽게 얼굴을 붉히지는 않았다.

"파리에 오기 전에 선생의 부인을 만나뵈었습니다만. 선생께서는 틀림없이 부인의 근황을 듣고 싶어 하시리라고 생각합니다."

내가 말하자 그는 갑자기 짧게 웃었다. 그 순간 그의 눈동자도 반짝 빛나 보였다.

"그러고 보니 언젠가 함께 하룻밤을 유쾌하게 보낸 적이 있는 사람이군. 언제 일이더라?"

"5년 전이지요."

그는 압생트를 한 잔 더 주문했다. 스트로브는 여느 때와 마찬가지로 수다를 떨며 우리 둘이 만난 경위와, 우리 둘 모두가 과거부터 스트릭랜드를 알고 있었다는 사실을 우연히 알아냈다는 등의 이야기를 장황하게 늘어놓았다. 나는 스트릭랜드가 그의 말을 귀담아듣고 있는지 어쩐지 전혀 알 수 없었다. 그는 한두 번 반사적으로 나를 쳐다보았을 뿐 대부분의 시간은 자신의 상념에 잠겨 있는 것 같았다. 정말이지 스트로브의 수다스러움이 없었던들 우리의 대화는 무척 힘들었을 것이다. 30분쯤 지난 뒤 스트로브는 시계를 들여다보며 이제 그만 집에 가봐야겠다고 말했다. 그가 같이 일어서겠느냐고 물었을 때, 나는 나 혼자서라면 스트릭랜드에게서 뭔가를 찾아낼 수 있을지도 모른다고 생각하면서 조금 더 남아 있겠노라고 대답했다.

그 뚱뚱한 사나이가 자리를 뜨자 내가 먼저 말을 꺼냈다.

"더크 스트로브는 위대한 화가라고 선생을 평가하고 있더군요."

"도대체 그게 어쨌다는 거요?"

"선생의 그림을 제게 좀 구경시켜주실 수 없을까요?"

"내가 왜 그래야 합니까?"

"마음에 들면 한 점 사고 싶어질지도 모르니까요."

"내가 안 팔고 싶어질지도 모르지 않소."

"생활은 윤택하십니까?"

미소를 지으며 내가 물었고 그는 큰 소리로 웃었다.

"내가 그렇게 보이오?"

"마치 아사 직전인 것 같군요."

"사실, 당신 말이 옳소."

"그럼 어디 가서 저녁 식사라도 함께 하실까요?"

"어째서 나를 대접하려고 하는 거요?"

"자선을 베풀려는 의도는 전혀 없습니다. 선생이 굶건 말건, 사실

저는 조금도 알 바가 아니니까요."

나는 약간 냉정하게 대답했다.

또다시 그의 눈동자가 반짝 빛났다.

"좋소, 갑시다. 정말 오랜만에 식사다운 식사를 할 수 있겠군."

그가 자리에서 일어나면서 말했다.

21

나는 그가 원하는 식당으로 안내하게 내맡기고 걸어가는 길에 신문을 한 장 사 들었다. 식당에 도착해 그가 식사를 주문하자 나는 신문을 생 갈미에 술병에 기대어놓고 읽기 시작했다. 침묵 속에서 음식을 먹는 사이에 나는 그가 이따금 나를 쳐다보는 것을 느꼈지만 모르는 척했다. 그가 먼저 입을 열기를 기다렸던 것이다.
"신문에 무슨 재미있는 기사라도 실렸소?"
말없는 식사가 거의 끝나갈 무렵 결국 그가 먼저 말을 꺼냈다.
나는 그의 어조에서 다소 화가 난 듯한 낌새를 느낄 수 있었다.
"저는 늘 문예면의 연극평을 즐겨 읽습니다."
내가 대답했다.
그러고는 신문을 접어 옆에 내려놓았다.

"덕분에 저녁을 맛있게 먹었소."

그가 말했다.

"그럼 여기서 커피까지 마실까요?"

"그럽시다."

우리는 담배에 불을 붙였다. 나는 아무 말도 하지 않고 담배 연기만 내뿜었다. 때때로 재미있다는 듯한 엷은 미소를 띤 그의 시선이 내게 쏠리고 있음을 느낄 수 있었지만 나는 참을성 있게 기다렸다.

"지난번 나와 만난 뒤로 뭘 하고 지냈소?"

마침내 그가 내게 물어왔다.

나는 딱히 이야기할 것이 없었다. 그동안 귀찮은 일이나 모험이라곤 거의 없는 단조로운 생활로 5년이라는 세월을 보냈다. 이런저런 방향으로 실험을 하거나, 책과 인간에 대해 지식을 조금씩 쌓으며 살아왔던 것이다. 나는 일부러 스트릭랜드에게 무엇을 하며 지냈는지 묻지 않았다. 나는 그에 대한 관심을 전혀 보이지 않았다. 그랬더니 마침내 보상이 돌아왔다. 그는 스스로 입을 열었다. 그러나 말주변이 없어 그동안 어떻게 지냈는지 대충대충 이야기했다. 그래서 자세한 내용은 상상력으로 보완할 수밖에 없었다. 내가 그토록 지대한 관심을 가지고 있는 인물에 대해 단지 어렴풋한 암시밖에 얻을 수 없다는 것은 매우 안타까운 노릇이었다. 그것은 마치 불완전한 원고를 어림잡아 읽어 내려가는 것과도 같았다.

나는 그에게서 갖은 풍파를 겪은 듯한 인상을 받았지만, 대부분의 사람들은 견딜 수 없었을 수많은 고난이 그에게는 전혀 영향을 미치지 못했다는 사실을 알 수 있었다. 스트릭랜드는 안락한 생활에는 관심이 전혀 없다는 점에서 대부분의 영국인들과는 확실히 달랐다. 그는 초라한 방에서 살았지만 전혀 지겨워하지 않았다. 주변을 아름답게 꾸밀 필요조차 느끼지 않았다. 내가 처음 그를 방문했을 때, 그는 자기 방의 벽지가 얼마나 지저분한지 생각조차 해보지 않았을 것이다. 그는 편안히 앉아 쉴 안락의자도 바라지 않았다. 식탁용 의자에 앉아서도 어느 때보다 안락했을 것이다. 그는 마치 걸신들린 사람처럼 먹기는 했지만, 자신이 무얼 먹고 있는지에 대해서는 전혀 무관심했다. 그는 단지 굶주림이라는 고통을 진정시킬 수 있을 만한 음식이라면 무엇이든지 닥치는 대로 탐식했다. 그리고 음식이 없을 때는 먹고 마시지 않고도 참고 견뎌낼 수 있는 것처럼 보였다. 나는 그가 여섯 달 동안을 하루에 한 덩어리의 빵과 한 병의 우유로 연명해왔다는 사실을 알게 되었다. 그는 매우 예민한 사람이었지만 사실상 그와 같은 감각적인 일에는 무관심했다. 그는 자신의 궁핍을 결코 고생으로 여기지 않았다. 그가 전적으로 정신적인 삶을 영위하고 있는 생활양식에는 분명히 다른 사람에게 감명을 주는 그 무엇이 들어 있었다.

런던에서 가지고 온 얼마 안 되는 돈이 거덜 나버렸을 때도 그는 전혀 낙심하지 않았다. 그런 와중에도 그림 한 점 팔지 않았다. 내 생각으로는 그림을 팔겠다는 시도조차 하지 않았으리라고 본다. 그는 약간의 돈을 마련하기 위해 뭔가 다른 길을 찾기 시작했다. 그는 내게 파리 밤 생활의 어두운 면을 구경하고자 하는 런던 토박이들에게 안내원 역할을 해주기도 했다면서 소름 끼칠 정도로 익살스럽게 덜어놓았다. 그것은 그의 냉소적 기질에 아주 걸맞은 직업이었으며, 어쨌든 그 덕에 파리의 고상하지 못한 생활상에 대해 많은 지식을 습득하게 되었다. 그는 법적으로 금지되어 있는 것을 보고 싶어 하는 영국인들, 그것도 되도록이면 술 취한 영국인들을 찾느라 마들렌 거리를 몇 시간이고 배회했다는 이야기도 했다. 계속된 그의 이야기에 따르면 운이 좋은 날에는 그런 식으로 몇 푼의 돈을 벌 수도 있었지만, 그것도 잠시뿐 그의 형편없는 옷차림에 기겁한 관광객들은 그 누구도 그를 믿고 안내를 부탁하는 위험한 행동은 하지 않더라는 것이었다. 그다음에 그는 우연히 특허 의약품을 영국 의사들에게 선전하는 광고문 번역 일을 얻기도 했다. 그리고 페인트공들이 파업을 하고 있는 동안에는 페인트공으로 일하기도 했다.

그러는 동안에도 그는 그림 작업은 한시도 중단하지 않았다. 화실에는 금세 싫증을 느끼고 완전히 혼자서 그림을 그리고 있었다. 그는 궁색한 생활을 하고 있었지만, 캔버스와 물감을 구입할 수 없을 정도는 아니었으며 실제로 그것 말고는 별로 필요한 것이 없었다. 내가 이해할 수 있는 한에서, 그는 아주 힘겹게 그림을 그리고 있었다. 남의 도움을 받지 않으려는 기질 때문에, 전 시대 사람들이 하나씩 이루어놓은 기술상의 갖가지 문제를 자신의 힘으로 해결하기 위해 많은 시간을 허비한 것 같았다. 그는 분명히 어떤 목표를 지향하고 있는 것처럼 보였지만, 그것이 무엇인지는 알 수 없었다. 아마 그 자신도 거의 알지 못하는 것 같았다. 나는 또다시 그가 뭔가에 홀린 사람이라는 인상을 더욱 강하게 받았다. 그가 제정신이라고는 도저히 생각되지 않았다.

그가 다른 사람에게 자신의 그림을 보여주는 것을 달가워하지 않는 것은 그 자신이 정말로 자기 그림에 흥미가 없어서라는 생각이 들었다. 그는 환상 속에서 살고 있었고, 현실이란 그에게 아무런 의미도 없었다. 그는 마음의 눈에 비친 그 모든 것을 추구하려 하는 노력 때문에 다른 것은 모두 망각한 채, 자신의 그 격렬한 개성에서 내뿜는 힘을 전부 발휘하여 화폭 위에 몰두하고 있는 것처럼 보였다. 그리고 그림을 그리고 나면, 아니 그보다는 다만 그를 불태웠던 열정을 다 쏟고 나면 그는 그림에는 전혀 신경을 쓰지 않았다. 왜냐하면 내 생각에는 그가 그림을 한 장도 제대로 완성한 적이 없는 것 같았기 때문이다. 그는 자기가 그린 것에 결코 만족한 적이 없었다. 그에게는 자신의 창작 결과가 마음을 사로잡고 있는 환상에 비하면 일고의 가치도 없는 것처럼 여겨졌다.

"어째서 작품을 전람회에 출품하지 않습니까? 선생은 자신의 작품에 대하여 다른 사람들이 뭐라고 평가하는지 궁금하지 않나요?"

내가 물었다.

"당신은 그렇소?"

그 한마디엔 도저히 필설로 표현할 수 없는 경멸감이 담겨 있었다.

"유명해지고 싶지 않은가요? 예술가라면 명성을 신경 쓰지 않을 수 없을 텐데요."

"어린애 같은 짓이오. 개인의 의견조차 조금도 아랑곳하지 않는데, 어떻게 군중의 견해에 관심을 기울일 수 있겠소?"

"하지만, 인간이 어디 그처럼 이치에 맞게만 행동할 수 있나요?"
내가 소리 내어 웃으며 말했다.
"명성이란 걸 누가 만들어준다고 생각하시오? 비평가, 작가, 증권 브로커, 여자, 이런 사람들이 만들어주는 거요."
"하지만, 선생께서 전혀 알지도 보지도 못한 사람들이 선생 손으로 그린 작품에서 미묘하고도 격렬한 감동을 받는다고 생각하면 기분이 좋지 않겠습니까? 인간이란 누구나 힘을 좋아합니다. 그 힘 중에서도 사람의 마음을 움직여 연민이나 전율을 안겨주는 것보다 더 멋진 힘은 없지요."
"멜로드라마로군."
"그럼 선생은 왜 그림이 잘 되고 못 되고에 신경을 쓰는 겁니까?"
"난 그런 것에는 신경을 쓰지 않소. 다만 내 눈에 보이는 것을 그려 보고 싶을 뿐이오."
"만일 어느 누가 외로운 무인도에 살면서 자신이 쓴 작품을 본인 외에는 읽어줄 사람이 없다고 확신하게 된 뒤에도, 과연 그는 작품을 계속 쓸 수 있을까요?"
스트릭랜드는 한참 동안 입을 열지 않았다. 그러나 그의 눈동자는 마치 자신의 영혼을 불태워 무아지경으로 몰고 가는 그 어떤 것을 발견한 듯, 이상하리만큼 광채를 띠고 있었다.
"나도 이따금씩 광대한 바다로 둘러싸인 고도(孤島)의 은밀한 계곡 속 낯선 나무들 사이에서 조용히 살고 싶다는 생각을 할 때가 있소. 그런 곳에서라면 내가 원하는 것을 찾아낼 수도 있을 것 같소."

그가 이런 식으로 자기 심정을 유창하게 표현한 것은 아니었다. 그는 형용사 대신 몸짓을 썼고 말을 자주 멈췄다. 그저 그가 말하고 싶어 하는 바를 나 자신의 말로 표현해보았을 뿐이다.

"지난 5년을 돌이켜보면 과연 보람 있는 세월이었다고 생각하십니까?"

그는 나를 물끄러미 쳐다보았다. 내 말을 잘 이해하지 못하는 것 같아 다시 설명했다.

"선생은 누구도 부럽지 않은 행복한 가정과 생활을 버리셨습니다. 그땐 생활이 꽤 부유한 편이었죠. 그런데 선생은 지금 이 순간 파리에서 굉장히 비참한 생활을 하고 계신 것으로 보이는군요. 선생이 예전의 그 생활로 돌아갈 수 있다면 또다시 이와 같은 길을 걸으시겠습니까?"

"그야 물론이지."

"선생은 부인과 자녀들에 대해서는 한마디도 묻지 않으시는군요. 그들 생각은 해본 적도 없나요?"

"그렇소."

"끔찍할 정도로 간단한 대답이군요. 부인과 자녀들을 불행하게 만든 점에 대해 조금도 양심의 가책을 느끼지 않으셨습니까?"

그가 입가에 미소를 지으며 고개를 가로저었다.

"저는 선생께서 때때로 과거를 떠올리지 않을 수 없을 거라고 생각합니다. 저는 지금 7, 8년 전의 이야기가 아니고, 그보다 훨씬 이전의 일, 그러니까 선생께서 부인을 처음 만나 사랑하고 결혼했을 때의 일을 말씀드리는 겁니다. 부인을 처음 품에 안았을 때의 희열조차 생각나지 않는단 말씀입니까?"

"난 과거 같은 것은 생각지 않는 사람이오. 중요한 것은, 영원히 지속되는 현재일 뿐이오."

잠시 동안 나는 이 대답을 곰곰이 생각해보았다. 모호한 점은 있었지만, 막연하게나마 그 뜻은 이해할 수 있을 것 같았다.

"선생은 행복하십니까?"

"행복하오."

나는 입을 다물었다. 그리고 반사적으로 그를 쳐다보았다. 그는 조용히 내 시선을 받고 있었으나, 이윽고 싸늘하게 냉소하는 듯한 빛이 그 눈에 떠올랐다.

"당신은 날 무척 좋지 않게 생각하고 있는 것 같군."

"천만의 말씀을. 저는 상대가 왕뱀과 같은 인간이라도 왈가왈부하지 않습니다. 오히려 저는 그의 심리 상태에 흥미를 느끼지요."

"당신은 순전히 내게 직업적 흥미를 느끼고 있다는 말이군."

나는 재빨리 대답했다.

"순전히 그렇습니다."

"내 행동을 나쁘다고만 생각하지 않는 건 다행이군. 당신이야말로 경멸을 받을 만한 인간성을 소유하고 있소."

"그래서 선생은 저와 함께 있으면 아마 마음이 편안하실 겁니다."

그는 덤덤히 미소를 지을 뿐 아무 말도 하지 않았다. 그의 미소를 독자들에게 표현할 수 있는 능력이 내게 있다면 얼마나 좋겠는가. 매혹적인 것은 못 되었지만 여느 때의 어두운 표정을 바꾸어 환하고 밝은 미소를 보여주었는데, 그 속에는 악의 없는 심술이 엿보이기도 했다. 그것은 그의 눈가에서 천천히 떠올랐다 사라지는, 잔인하지도 상냥스럽지도 않은 매우 감각적인 것이었지만 그 미소는 사티로스*의 비인간적인 희열을 보여주는 것 같았다. 그의 미소를 보고, 나는 슬그머니 물어보았다.

"파리에 오신 뒤로 연애를 하신 적은 없습니까?"

"나는 그런 어리석은 짓을 할 만큼 한가하지 않소. 인생은 사랑과 예술을 동시에 소유할 만큼 길지 않으니까."

"선생의 모습이 은자(隱者)를 연상시키지는 않는데요."

"이제 그런 일들은 생각하는 것조차 혐오스럽소."

"인간의 본성이란 게 원래 그렇게 귀찮은 것이 아니겠습니까?"

"무슨 이유로 나를 비웃는 거요?"

"선생의 말씀이 믿어지지 않기 때문이죠."

"그렇다면 당신은 형편없는 인간이군."

나는 잠시 말을 멈추고 그를 뚫어져라 노려보았다.

"저를 기만해서 무슨 이득이 있죠?"

내가 말했다.

"도무지 당신이 무슨 소리를 하고 있는지 알 수가 없군."

나는 가만히 미소를 지었다.

---

* 그리스 신화에 등장하는 반인반수(半人半獸)의 숲의 신

"말씀드리지요. 물론 몇 개월 동안이라면 그런 문제가 마음속에 떠오르지 않을 수도 있지요. 선생은 스스로 그런 모든 것과 영원히 깨끗하게 인연을 끊었다고 믿을 수도 있겠지요. 무한한 자유를 만끽하고 마침내 내 영혼은 완전히 나 자신의 것이 되었다고 외칠 수 있을 거란 말씀입니다. 마치 머리를 하늘의 별 사이에 처박고 걸어다니고 있는 기분을 느낄 겁니다. 그런데 어느 날 갑자기 더는 그런 행동을 인내할 수 없게 되는 것이죠. 그리고 드디어 자신의 발이 언제나 진흙 구덩이 속을 걷고 있다는 사실을 알아차리게 됩니다. 그리하여 천박하고 품위 없고 야비한 정욕으로 뭉쳐진 어떤 여자를 발견하고 마치 야수처럼 제정신을 잃고 미치광이 짓을 하고 마는 겁니다. 그러고는 그 욕정 때문에 모든 것을 완전히 잊을 때까지 미친 듯이 정욕에 도취되고 마는 것이죠."

그는 조금도 동요하지 않고 나를 응시했다. 나는 그의 시선을 피하지 않고 천천히 말을 계속했다.

"그런데 정말 이상한 것은 그렇게 격렬한 시간이 지나고 나면 이상하리만큼 순결해진 듯한 기분이 들고 만다는 사실일 겁니다. 육체와 영혼이 완전히 분리된 듯한 기분, 즉 영혼만 남아 있는 듯한 기분이 되는 것이죠. 그때는 아름다움이라는 것에 직접 접촉할 수 있을 것 같고, 산들바람이라든가 싹을 틔우기 시작하는 나뭇가지라든가 무지갯빛으로 영롱하게 빛나는 강물까지도 마음에 친밀하게 교류된다는 생각이 들게 되죠. 마치 자신이 신이 된 듯한 기분을 느낄 겁니다. 당신은 그런 기분을 제게 설명할 수 있습니까?"

그는 내가 말을 마칠 때까지 빤히 쳐다보다가 내 이야기가 끝나자 얼굴을 돌려버리고 말았다. 그의 얼굴에 기이한 표정이 떠올랐으나, 그것은 마치 고문을 당하다가 죽어가고 있는 어떤 강인한 인간의 표정을 떠올리게 했다. 그는 한마디 말도 하지 않았다. 나는 우리의 대화가 이것으로 끝났음을 알았다.

22

파리에 정착한 나는 희곡을 쓰기 시작했다. 매우 규칙적인 생활을 했는데, 오전에는 글을 쓰고 오후에는 룩셈부르크 공원을 산책하거나 거리를 돌아다녔다. 루브르에서 오랜 시간을 보냈던 이유는 그곳이 여러 미술관 중에서도 가장 친밀감이 드는 데다 사색하기에도 안성맞춤이었기 때문이다. 그리고 천천히 강변을 거닐면서 별로 사고 싶지도 않은 고서(古書)들을 뒤적거려 보기도 했다. 나는 여기저기 책장을 넘기다가 내가 알아두고 싶어 했던 수많은 위대한 작가들에 대해 어렴풋이 알게 되었다. 저녁에는 친구들을 만났다. 나는 가끔 스트로브 부부를 방문해 그들과 함께 소박한 저녁을 먹었다. 더크 스트로브는 이탈리아 요리 솜씨를 무척 자랑했는데, 그의 스파게티 요리가 그림보다 훨씬 훌륭하다는 것이 내 솔직한 심정이었다. 그가 토마

토 케첩을 듬뿍 넣은 커다란 스파게티 접시를 들고 들어올 때면 그야말로 왕의 수라상 같았다. 우리는 가정용 고급 식빵과 레드와인을 곁들여 스파게티를 먹었다. 나는 이제 블란치 스트로브와도 아주 가까워졌다. 아마도 이곳에는 아는 영국인이 거의 없었기 때문인지 그녀는 나를 만나는 것을 아주 좋아했다. 그녀는 매우 유쾌하고 순진한 성격이었지만 늘 과묵한 편이었다. 왜 그렇게 말수가 적은지는 알 수 없었지만, 어쩐지 그녀는 마음속에 뭔가를 숨기고 있다는 느낌을 받았다. 그렇지만 나는 그녀의 남편이 심하다 싶을 만큼 솔직한 수다를 떨기 때문에 그녀의 자연스러운 침묵이 도드라져 보였는지도 모른다는 생각을 했다.

더크는 무엇이고 숨기는 성격이 아니었기에, 아무리 개인적인 일이라도 아무런 거리낌 없이 무사태평하게 지껄여댔다. 그는 때때로 아내를 곤혹스럽게 했다. 한번은 그녀가 몹시 당황해서 안색이 변한 것을 목격한 적이 있는데, 스트로브가 관장약을 복용했던 사실을 그녀의 만류에도 내게 실감나게 자세히 설명했기 때문이다. 그가 얼마나 고통스러웠는지를 너무나도 진지하게 말하는 것을 보고 내가 웃음을 터뜨리자 부인은 더욱 당황하여 화를 냈다.

"당신은 정말 자신을 바보로 만들고 싶어 못 견디는 사람 같군요."
그녀가 소리쳤다.

아내가 화가 난 것을 알아챈 그는 동그란 눈을 더 동그랗게 뜨고, 자못 당황한 듯 이맛살을 찌푸렸다.

"여보, 정말 화난 거야? 이제 다시는 그 약을 복용하지 않겠소. 그러나 변비증이 있어서 그랬던 것뿐이오. 항상 앉아서 생활을 하니까 충분한 운동을 하지 못하잖소. 사흘 동안 한번도……."

"오, 제발 그만 좀 두세요."

그녀는 싫어서 견딜 수 없다는 듯이 눈물까지 글썽이며 남편의 말을 가로막았다. 그는 고개를 푹 숙이고 마치 꾸지람을 들은 아이처럼 입술을 뽀로통하게 내밀었다. 그가 상황을 어떻게 좀 무마해달라는 표정을 지어 보였기 때문에 나는 도저히 참을 수가 없어 또 한 번 웃음을 터뜨리고 말았다.

어느 날 우리는 스트로브가 내게 보여줄 수 있을 거라고 장담한 스트릭랜드의 그림을 최소한 두세 점가량 소장하고 있는 화상을 찾아갔다. 그러나 우리가 도착했을 때, 그 화상은 스트릭랜드가 이미 그림을 몽땅 찾아가버렸다고 말했다.

그 화상도 이유는 알지 못했다.

"별로 아쉽지는 않습니다. 솔직히, 저는 당시 스트로브 씨의 체면 때문에 그림을 인수했고, 가능하다면 팔아보겠다고 말씀드렸지요. 하지만 사실상……."

그는 어깨를 으쓱해 보였다.

"사실상…… 제가 신인들에게 꽤 신경을 쓰고 있는 편이기는 하지만, 스트로브 씨, 선생도 그분에게 뭔가 재능이 있다고는 생각지 않겠지요?"

"내 명예를 걸고 분명히 말하지만, 오늘날 그림을 그리고 있는 사람 중에서 재능 있는 사람은 그 사람뿐이오. 믿으라니까. 당신은 정말 좋은 돈벌이를 놓쳤어요. 언젠가 그 그림들이 이 상점에 있는 그림을 전부 합친 것보다 훨씬 값어치 있었다는 것을 알게 될 날이 올 겁니다. 모네를 생각해봐요. 당시에는 단돈 100프랑에도 그림을 팔지 못했지요. 하지만 지금은 그 값이 얼마나 되지요?"

"그야 그렇지만 당시에도 모네에게 뒤지지 않았던 화가이면서도 그림을 팔 수 없었던 화가가 수백 명이나 있었지만, 그들의 그림은 지금도 여전히 가치가 없지요. 누가 앞일을 알 수 있겠어요. 재능이 있다고 해서 반드시 성공하는 것은 아니잖습니까. 절대로 믿을 수 없지요. 게다가 선생의 친구분이 정말 재능이 있는지는 정작 두고봐야 알 일 아닙니까? 지금 그의 재능을 인정하는 사람은 스트로브 씨 당신 한 분밖에 없잖아요."

"그렇다면 당신은 재능이 있고 없고를 어떻게 알 수 있단 말이오?"

분노가 치밀어 얼굴이 홍당무가 된 더크가 큰 소리로 물었다.

"방법은 오로지 단 하나, 잘 팔리느냐 여부에 달려 있지요."

"에이, 속물 같으니라고!"

더크가 버럭 소리를 질렀다.

"하지만 과거의 위대한 화가들을 생각해 보십시오. 라파엘로, 미켈란젤로, 앵그르, 들라크루아, 모두 잘 팔렸잖습니까."

"가세. 여기 더 있다간 이 사내를 죽여버리고 말겠네."

스트로브가 내게 말했다.

23

나는 스트릭랜드를 자주 만났고, 때로는 체스를 함께 두기도 했다. 그는 기분이 내키는 대로 행동하는 사람이어서 어떤 때는 자기 곁에 누가 있건 전혀 개의치 않고 생각에 잠겨 멍청하니 있다가도, 기분이 좋을 때는 그 특유의 더듬는 듯한 어조로 지껄여대곤 했다. 그는 결코 재치 있는 표현은 하지 못했지만 매우 효과적이고 야성적인 풍자를 신랄하게 사용하는 기질 덕분에 자신의 생각을 정확하게 드러냈다. 그는 다른 사람들의 기질에 대해서는 전혀 관심이 없었으며, 오히려 남의 감정을 건드릴 때면 즐거워했다. 그가 끊임없이 더크 스트로브의 감정을 짓밟았기에, 스트로브는 '두 번 다시 말도 걸지 않겠다'고 맹세하며 자리를 박차고 나가곤 했다. 그러나 스트릭랜드에게는 그 뚱뚱한 네덜란드인의 의지로는 도저히 회피할 수 없는 강한 매력이 있었으므로, 스트로브는 자기가 받을 인사라고는 괴로운 공격뿐이라는 사실을 뻔히 알면서도 비굴한 개가 꼬리를 흔들듯 아양을 부리며 그에게 다시 돌아오곤 했다.

나는 스트릭랜드가 왜 내게는 그러한 태도를 삼가는지 이유를 알 수 없었다. 여하튼 우리 두 사람의 관계는 특이했다. 언젠가 그는 내게 50프랑만 빌려달라고 간청했다.

"이러리라고는 꿈에도 생각지 못했는데요."

내가 대답했다.

"어째서?"

"제겐 별로 기분 좋은 일이 아니니까요."

"난 지금 굉장히 곤란한 입장에 놓여 있소."

"그거야 제가 알 바 아니죠."

"당신은 그럼 내가 굶어 죽어도 상관없단 말이오?"

"도대체 그게 저와 무슨 상관이 있습니까?"

나는 그에게 반문했다.

그는 지저분하게 자란 턱수염을 쓸며 일이 분 동안 내 얼굴을 가만히 응시했다. 나는 빙긋이 웃어주었다.

"도대체 뭐가 그렇게 재미있소?"

그는 눈에 분노의 빛을 띤 채 말했다.

"정말 어리석고 단순하시군요. 선생은 모든 의리를 인정하지 않으시지요? 그런데 그 누기 선생에게 의리를 느낄 필요가 있겠습니까?"

"그럼 내가 방세를 못 내고 쫓겨나 목매달아 죽어도 전혀 언짢지 않단 말이오?"

"물론이죠."

그가 껄껄 웃었다.

"허세 부리지 마시오. 내가 그러기라도 하면 당신은 양심의 가책으로 안절부절못할 거요."

"그렇게 해보시죠. 일단 해보시면 알 테니까요."

그는 눈가에 잠깐 미소를 보이더니 말없이 압생트를 휘저었다.

"체스 한판 어때요?"

내가 물었다.

"싫을 것도 없지."

우리는 말을 세웠다. 체스판이 완전히 갖춰지자 그는 유쾌한 눈빛으로 게임에 몰입했다. 전투 태세를 갖춘 상대방을 지켜보면 왠지 모르게 만족감이 느껴지는 법이다.

"선생은 정말 제가 돈을 빌려드릴 거라고 생각하셨나요?"

내가 물었다.

"당신이 돈을 빌려주지 않으려는 의도를 이해할 수 없소."

"정말 뜻밖이었으니까요."

"그렇소?"

"저는 선생도 어쩔 수 없는 감상주의자라는 사실을 발견하고 약간 실망했습니다. 선생이 제게 그처럼 직선적으로 동정을 요구하지 않았더라면 차라리 더 현명했을 거라는 생각이 드는군요."

"나의 그러한 요구에 동요되었다면 난 당신을 경멸했을 거요."

그가 대답했다.

"그 편이 더 낫겠는데요."

내가 웃으며 말했다.

우리는 체스를 두기 시작했다. 두 사람 모두 승부에 열중했다. 체스가 끝났을 때, 나는 그에게 말했다.

"이거 보세요, 선생. 생활이 그렇게 궁핍하시다면 제게 그림을 좀 보여주시죠. 제 마음에 드는 그림이 있으면 사드리고 싶으니까요."

"어림없는 소리 마시오."

그가 대답했다.

그는 자리에서 일어나 나갈 채비를 했다. 나는 그를 제지했다.

"선생이 마신 압생트 값을 치르지 않았습니다."

나는 미소를 지으며 말했다.

그는 내게 한바탕 비난을 퍼부은 뒤 돈을 던지고는 자리를 떠나버렸다.

그 일이 있고 며칠 동안 그를 만나지 못했으나, 어느 날 저녁 내가 카페에 앉아 신문을 읽고 있을 때 그가 불쑥 나타나 내 옆에 다가와 앉았다.

"아직 목을 매달지는 않았군요."

"그렇소. 그림 청탁을 받았소. 은퇴한 배관공의 초상화*를 200프랑

---

* 이 그림은 한때 릴의 돈 많은 공장주가 소유하고 있었는데, 독일군이 침공하자 달아나버려 현재는 스톡홀름의 국립미술관에 소장되어 있다. 아무튼 스웨덴 사람들

에 그리고 있소."

"그 일을 어떻게 얻었습니까?"

"단골 빵가게 아주머니가 소개해주었소. 그 사람이 그녀에게 자기 초상화를 그려줄 사람을 구하고 있다고 말했던 거요. 그 대가로 난 아주머니에게 20프랑을 주기로 했소."

"그 사람은 어떻게 생겼던가요?"

"엄청난 사람이오. 붉고 커다란 얼굴이 양고기의 허벅지 살 같았소. 오른쪽 뺨에는 커다란 사마귀가 나 있었는데, 사마귀에는 길다란 털이 자라고 있었소."

스트릭랜드는 기분이 무척 좋아 보였다. 그때, 더크 스트로브가 다가와 합석하자 스트릭랜드는 그를 신랄하게 조롱하며 공격하기 시작했다. 그는 그 가련한 네덜란드인의 급소를 찾아내는 데, 그에게서 나오리라고는 전혀 상상할 수 없을 만큼 대단한 솜씨를 발휘하고 있었다. 스트릭랜드의 공격은 날카로운 풍자의 칼날이라기보다는 차라리 욕설의 몽둥이를 휘두르는 것 같았다. 그의 공격은 이유 없는 도발이었기 때문에, 불시의 기습을 당한 스트로브는 그 도발에 완전히 속수무책이었다. 마치 겁먹은 한 마리 양이 정신없이 갈팡질팡 피해 다니는 꼴이었다. 스트로브는 놀라고 당황해서 어쩔 줄을 몰라 했고, 나중에는 눈물마저 글썽거렸다. 그런데 가장 안타까운 노릇은 스트릭랜드가 얄밉고 그때의 상황이 지독하기 짝이 없었는데도 폭소

은 혼란한 틈을 타서 이익을 얻는 데 민첩한 사람들이다. _원주

를 터뜨리지 않고는 견딜 수 없었다는 점이었다. 더크 스트로브는 자신의 감정이 진실되면 진실될수록 조롱을 당하고 마는 불행한 사람이었다.

  그렇지만 지금 이 순간 파리에서의 그해 겨울을 회상할 때 가장 유쾌한 추억담은 더크 스트로브에 관한 것이다. 조촐한 그의 가정에는 뭔가 매력적인 것이 있었다. 그와 그의 아내의 생활상은 생각만 해도 유쾌했고 마치 한 폭의 그림 같았다. 아내에 대한 그의 순진한 애정에는 다정함이 담겨 있었다. 그는 여전히 우스꽝스러운 사람이었지만 그 애정의 진실함에는 누구나 연민을 느꼈다. 나는 그에 대한 부인의 감정이 어떤 것인지를 이해할 수 있었기 때문에, 그토록 은근하고 부드러운 그녀의 애정을 보는 것이 즐거웠다. 만일 그녀가 유머 감각을 지닌 여성이었다면 그가 아내를 높은 대좌 위에 앉혀놓고 마치 우상처럼 떠받드는 것이 우습게 느껴졌을 것이다. 그러나 그녀는 웃을지언정 마음속으로는 틀림없이 남편의 그런 행동에 기뻐하며 감동했을 것이다. 그는 그녀의 영원한 애인으로 보였다. 비록 그녀가 늙어가면서 균형잡힌 선과 아름다운 미모를 잃는다 해도 그의 눈에는 변함없는 여인으로 남아 있을 것이다. 그녀는 그의 가슴속에서 변함없이 세상에서 가장 사랑스러운 여인으로 자리잡고 있을 것이다. 소박하고 평화로운 그들의 생활에는 즐거운 아름다움이 머물렀다. 그들이 가진 것이라곤 화실과 침실, 조그만 부엌이 전부였다. 집안일은 스트로브 부인이 도맡았다. 더크가 시시한 그림을 그리는 동안 그녀는 시장을 다니고, 점심을 차려 내고, 바느질을 하는 등 마치 근면

한 개미처럼 바쁘게 움직였다. 그리고 저녁이 되면 그녀는 화실에 앉아 또다시 바느질을 했고, 그동안 더크는 내 짐작으로는 분명히 그녀가 이해할 수 없을 법한 음악을 연주하곤 했을 것이다. 그는 취미로 음악을 했지만 감정이 흘러넘쳐 자신의 정직하고 감상적이며 활기찬 영혼을 음악 속에 온통 쏟아부었다.

그들의 생활은 그 나름대로 하나의 목가였고, 기묘한 아름다움을 쌓아나가고 있었다. 더크 스트로브와 연관된 모든 일에 그림자처럼 수반되는 우스꽝스러움은 마치 불협화음처럼 그 생활에 이상한 아취(雅趣)를 부여했다. 그러나 오히려 그 우스꽝스러움 때문에 그들의 생활은 좀 더 현대적이고 인간적으로 보이기도 했다. 마치 진지한 장면 속에 느닷없이 던져진 농담처럼, 그것은 도리어 모든 아름다움이 지닌 애잔함을 한층 돋보이게 했다.

24

 크리스마스를 며칠 앞둔 어느 날, 더크 스트로브는 내게 크리스마스를 함께 보내자고 했다. 그는 크리스마스에 대해 유난히 감상적인 생각을 갖고 있었던 모양인지, 언제나 친구들과 함께 적절한 격식을 갖추고 그날을 보내고 싶어 했다. 그즈음 우리는 모두 스트릭랜드를 이삼 주 동안 만나보지 못했다. 나는 그동안 파리를 잠시 방문한 친구들을 만나기에 바빴고, 스트로브는 스트릭랜드와 그 어느 때보다 심한 말다툼 끝에 그와는 이제 상종하지 않겠다고 결심했다. 그는 스트릭랜드 같은 놈은 인간도 아니라고 선언하고는 앞으로는 말도 걸지 않겠다고 맹세했다. 그러나 굳게 결심한 마음도 크리스마스가 다가오고 보니 다소 누그러져 외톨이로 쓸쓸하게 크리스마스를 보낼 스트릭랜드를 생각하고는 기분이 매우 착잡한 모양이었다. 스트릭랜드에 대한 자기 감정을 제 불찰로 돌린 그는 선의의 우정을 돈독히 하기 위해 마련된 이 기회를 활용하지 못하고 그 고독한 화가를 울적하게 지내게 한다는 것은 도저히 견딜 수 없는 일이라고 생각했다. 스트로브의 화실에는 크리스마스 트리가 서 있었는데, 나는 그 나뭇가지에 스트릭랜드와 나를 위한 조그만 선물들이 매달려 있을 것이라고 예상했다.

그렇지만 아무리 선량한 스트로브일지라도 스트릭랜드를 다시 대면한다는 것은 쑥스러운 일이 아닐 수 없었다. 그토록 심한 모욕을 너무나도 쉽게 용서한다는 것은 약간 굴욕적인 느낌이었을 것이다. 그래서인지 그는 자신이 결심한 그 화해의 자리에 내가 꼭 동참해주기를 원했다.

우리는 클리시 가로 함께 갔다. 그러나 카페에서 스트릭랜드는 보이지 않았다. 바깥에 앉아 있기에는 너무 추웠기 때문에 우리는 실내로 들어가 가죽 의자에 자리를 잡고 앉았다. 실내는 무덥고 숨이 막힐 지경이었으며, 온통 뿌연 담배 연기로 가득 찼다. 스트릭랜드는 그곳에 와 있지 않았으나, 우리는 곧 이따금 그와 체스를 두곤 하던 프랑스인 화가를 발견했다. 그는 그동안 나와 몇 차례 면식이 있었던 터라 우리 테이블로 다가와 자리를 같이했다.

스트로브가 그에게 스트릭랜드를 봤느냐고 물었다.

"그는 앓고 있소. 아직 그것도 모르고 있었소?"

오히려 그가 물었다.

"심각한가요?"

"내가 알기로는 그렇습니다."

그 말을 듣고 스트로브의 안색이 창백하게 질렸다.

"그런데 그는 왜 내게 편지를 써서 알리지 않았지? 그와 싸움을 하다니, 내가 바보였군! 빨리 그에게 가봐야겠습니다. 그를 간호할 사람이 아무도 없어요. 그가 어디에 살고 있는지 아십니까?"

"모릅니다."

프랑스인 화가가 대답했다.

그가 살고 있는 곳을 찾아낼 방법을 알고 있는 사람이 우리들 가운데 아무도 없었다. 스트로브는 점점 더 불안한 표정을 지었다.

"그러다 죽을지도 모릅니다. 그렇다고 해도 아무도 알 수 없을 거예요. 정말 끔찍한 일이로군요. 생각만 해도 견딜 수 없는 일이에요. 무슨 수를 써서라도 즉시 찾아내야만 합니다."

나는 막연히 파리 시내를 뒤지고 다니는 것은 소용없는 일이라고 스트로브를 설득시키려 애를 썼다. 뭔가 계획을 세워야만 한다고 그를 달랬다.

"하긴 그래. 하지만 이러고 있는 사이에 그가 죽어가고 있을지도 모르잖아. 우리가 그곳에 도착할 때쯤이면 손을 쓰기에 너무 늦을지도 몰라."

"자, 차분히 앉아서 생각을 좀 해보자고."

나는 초조한 어조로 말했다.

내가 알고 있는 유인한 주소는 호텔 벨주뿐이었다. 하지만 스트릭랜드는 이미 오랜 옛날에 그곳에서 이사를 갔기 때문에 그를 기억하는 사람이 있을 리 만무했다. 자신의 거처를 비밀로 해두어야 한다는 이상한 생각을 가지고 있는 자여서 새 주소를 절대로 알려놓지는 않았을 것이다. 더구나 그것도 5년이 지난 먼 옛날의 일이었다. 다만 그가 거처를 먼 곳까지 옮기지는 않았을 거라는 점만은 확신할 수 있었다. 그가 그 호텔에 묵고 있을 때처럼 계속 같은 카페에 자주 나타난다는 것은 그곳이 다니기에 가장 편리해서일 것이다. 순간 한 가지 사실이 뇌리를 스쳐 지나갔다. 그가 빵을 사 먹는 집 아주머니를 통해 초상화 일을 받았다는 사실이었다. 그곳을 찾아낼 수 있다면 주소를 알 수 있을지도 모른다는 생각이 들었다. 나는 즉시 상점 안내도를 가져오게 하여 빵집을 샅샅이 살펴보았다. 그 인근 지역에 있는 다섯 개의 빵집을 한 집 한 집 찾아다니는 일만 남았다.

  스트로브는 마지못해 나를 따라나섰다. 그의 계획은 클리시 가로 통하는 모든 거리를 샅샅이 훑어가며 혹시 스트릭랜드라는 사람이 세 들어 살고 있는지 집집마다 물어보자는 것이었다. 그런데 결국 나의 이 지극히 평범한 계획이 적중하여 우리가 두 번째 빵집을 찾아갔을 때, 카운터 뒤에 앉아 있는 여자가 스트릭랜드를 안다고 대답했다. 그녀는 스트릭랜드가 살고 있는 집이 정확하게 어느 집인지는 모르지만, 틀림없이 맞은편에 있는 세 집 가운데 한 집일 거라고 믿었다. 운이 좋게도 우리가 처음으로 찾아간 집의 관리인이 우리의 물음에 맨 위층으로 올라가라고 말해주었다.

  "그가 몹시 앓고 있다고 들었는데요."

  스트로브가 말했다.

"그럴지도 모르죠. 그러고 보니 요 며칠 동안 그 사람을 보지 못한 것 같구려."

관리인은 흥미 없다는 듯한 어조로 말했다.

스트로브는 나보다 앞서 계단을 뛰어 올라갔다. 내가 맨 위층까지 올라갔을 때 스트로브는 노크 소리를 듣고 문을 열어준 셔츠 차림의 어느 노동자와 이야기를 나누고 있었다. 그 사내는 다른 방문을 가리켰다. 그는 그 방에 살고 있는 사람이 화가인 것 같은데, 일주일 동안 통 보이지 않는다고 말했다. 스트로브는 그가 가리킨 방문으로 다가가 노크를 하려다가 어쩌면 좋겠느냐는 태도로 나를 쳐다보았다. 완전히 공포에 질린 표정이었다.

"죽어 있으면 어쩌지?"

"그럴 리는 없네."

내가 말했다.

내가 방문을 노크했지만 안에서는 아무런 응답도 없었다. 손잡이를 돌려보았더니 문은 잠겨 있지 않았다. 내가 방으로 들어서자 스트로브가 뒤따라 들어왔다. 실내는 캄캄했다. 이 방에 경사진 천장이 있는 것으로 보아 다락방이 틀림없다는 사실 말고는 아무것도 알아낼 수 없었다. 한 줄기의 희미한 빛이라기보다는 차라리 어슴푸레한 어둠이라는 표현이 적절한 빛이 천장에 붙은 창을 통해 들어오고 있었다.

"스트릭랜드 씨!"

내가 소리 내어 불렀다.

여전히 아무런 대답이 없었다. 방 안은 뭔가 신비스러운 분위기에 휩싸여 있었다. 스트로브는 내 뒤에 바짝 붙어 오돌오돌 떨고 있는 것 같았다. 잠시 동안 나는 불을 켜기를 주저했다. 그때 한쪽 구석에 있는 침대가 희미하게 보였는데, 불을 켜면 그곳에 누워 있는 차디찬 시체가 드러나지 않을까 두려웠다.

"성냥도 없나? 바보 같으니라고."

나는 깜짝 놀랐다. 어둠 속에서 거칠게 들려온 목소리의 주인공은 분명히 스트릭랜드였다.

스트로브는 미친 사람처럼 소리쳤다.

"오, 하느님! 난 당신이 이미 죽은 줄 알았소."

나는 성냥을 그어 혹시 양초가 없을까 하고 주위를 둘러보았다. 얼른 보기에 그 작은 아파트의 절반은 거실이었고 절반은 화실이었다. 방 안에 있는 물건이라곤 고작 침대 하나와 벽면을 향해 세워 놓은 캔버스, 테이블, 의자 하나뿐이었다. 바닥에는 양탄자도 깔려 있지 않았고, 난로도 없었다. 그림물감과 팔레트, 나이프, 갖가지 잡동사니가 너저분하게 널려 있는 테이블에 타다 남은 양초 토막이 놓여 있었다. 나는 양초에 불을 붙였다. 스트릭랜드는 몸집에 비해 너무 작아 보이는 침대에 불편하게 누워서 실내가 너무 추웠는지 옷이란 옷은 전부 둘러쓰고 있었다. 몸에 고열이 있다는 것을 한눈에 알 수 있었다. 스트로브는 감정에 북받쳐 떨리는 목소리로 중얼거리며 그에게로 다가갔다.

"오, 가엾은 친구. 도대체 어떻게 된 일이오? 난 당신이 앓아 누워 있다는 사실을 까맣게 모르고 있었다오. 왜 알리지 않았소? 당신을 위해서라면 무슨 일이든 할 수 있었을 텐데. 내가 했던 말이 마음에 걸렸던 거요? 그것은 내 진심이 아니었소. 여하튼 내 잘못이지. 당신을 화나게 만들다니, 난 정말 어리석은 놈이오."

"집어치워."

스트릭랜드가 소리쳤다.

"자, 화는 이제 그만 내고 마음을 가라앉혀요. 내가 편안하게 해줄 테니. 간호할 사람이 아무도 없었나요?"

스트로브는 경악스러운 표정을 지으며 지저분한 다락방을 둘러보았다. 그는 스트릭랜드가 덮고 있는 이불을 고쳐 덮어주었다. 그동안 스트릭랜드는 괴로운 숨을 몰아쉬면서 화가 난 듯 침묵을 지키고 있었다. 그리고 내게는 적의의 눈빛을 던지고 있었다. 나는 그를 내려다보며 조용히 서 있었다.

"나를 위해 뭔가 해주고 싶다면 우유나 좀 사오시겠소? 벌써 이틀 동안이나 밖에 나갈 수 없었소."

마침내 그가 입을 열었다.

침대 곁에는 다 비워진 우윳병이 하나 놓여 있었고, 펼쳐진 신문지에는 빵 부스러기가 흩어져 있었다.

"그동안 뭘 좀 드셨습니까?"

내가 물었다.

"아무것도."

"언제부터죠? 그럼 이틀 동안이나 아무것도 먹고 마신 것이 없다는 말이오? 이건 정말 해도 해도 너무하는군."

스트로브가 소리쳤다.

"물은 마셨지."

손을 뻗으면 닿을 만한 곳에 놓인 커다란 통에 한동안 그의 시선이 머물러 있었다.

"즉시 다녀오지요. 그것 말고 또 생각나는 건 없나요?"

스트로브가 말했다.

나는 우선 체온계와 포도, 그리고 빵을 좀 사오는 게 좋겠다고 말했다. 스트로브는 그저 자신이 도움이 될 수 있다는 사실에 기쁨을 감추지 못하며 층계를 뛰어 내려갔다.

"바보 같은 친구."

스트릭랜드가 중얼거렸다.

맥을 짚어보니 빠르게 뛰고 있었지만 미약하게 느껴졌다. 서너 마디 질문을 던져보았으나 그는 대꾸조차 하지 않았다. 그래도 계속 대답을 강요하자 그는 신경질을 내면서 벽을 향해 돌아누워버렸다. 기다릴 수밖에 없었다.

10분쯤 지나자, 스트로브가 가쁜 숨을 내쉬며 돌아왔다. 그는 내가 부탁한 것 외에도 양초와 고기즙, 알코올 램프를 사 들고 왔다. 스트로브는 자그마했지만 솜씨는 좋은 사람이어서 돌아오자마자 빵과 우유를 준비하기 시작했다. 그동안 나는 스트릭랜드의 체온을 재어보았다. 화씨 104도, 꽤나 위급한 상태였다.

25

얼마 후 우리는 스트릭랜드를 남겨두고 밖으로 나왔다. 더크는 곧장 집으로 저녁을 먹으러 가겠다고 말했고, 나는 스트릭랜드를 진찰할 의사를 찾아보기로 했다. 그러나 우리가 거리로 나와 그 후텁지근한 다락방의 공기 대신 신선한 공기를 마시게 되자, 스트로브는 내게 곧장 자신의 화실로 함께 가자고 간청했다. 내게 말하고 싶지 않은 뭔가를 숨기고 있는 것 같았다. 그러나 자세한 말은 하지 않고 자기와 동행하자고 졸라대기만 했다. 그때, 나는 설령 당장 의사가 온다 해도 우리가 취했던 조처 이상으로는 아무것도 할 수 없을 거라는 생각이 들어 그의 요구에 응하고 말았다. 그의 화실에 도착했을 때, 블란치 스트로브는 저녁 식사를 준비하고 있었다. 더크는 아내에게로 다가가더니 그녀의 두 손을 꽉 움켜쥐었다.

"여보, 당신에게 청이 하나 있소."

그가 말했다.

부인은 그녀의 매력 가운데 하나인 근엄하면서도 쾌활한 표정을 지으며 그를 바라보았다. 땀에 젖어 번들거리는 그의 흥분한 얼굴은 우스꽝스러워 보였지만, 놀란 듯한 그의 동그란 눈동자에는 진지한 빛이 담겨 있었다.

"스트릭랜드가 중병을 앓고 있소. 죽을지도 몰라요. 그는 지금 누추한 다락방에 홀로 누워 있지만 돌봐줄 사람 하나 없다오. 우리 집으로 데려왔으면 하는데, 당신이 허락해 주었으면 하오."

부인은 그에게서 재빨리 손을 잡아 뺐다. 그녀가 그토록 민첩하게 움직이는 모습은 처음 보았다. 그녀는 얼굴이 새빨개졌다.

"아, 그건 안 돼요."

"여보, 제발 거절하지 마. 난 그를 거기에 내버려두고는 견딜 수가 없을 것 같소. 그 사람을 생각하면 한순간도 편히 잠을 이룰 수가 없을 것 같단 말이오."

"당신이 그를 간호하는 건 반대하지 않겠어요."

그녀의 목소리는 냉담하고 차가웠다.

"하지만 그는 죽고 말 거요."

"죽는다 해도 어쩔 수 없어요."

스트로브는 약간 헐떡거리며 얼굴에 흘러내리는 땀을 닦았다. 그가 도움을 청하듯 나를 돌아보았다. 나는 뭐라고 말을 해야 좋을지 몰랐다.

"위대한 예술가란 점을 참작해주구려."

"그건 저와 아무런 상관이 없어요. 저는 그 사내를 증오할 뿐이에요."

"오, 여보, 진심으로 하는 소리는 아니겠지? 내가 이렇게 애원할 테니, 제발 우리 집으로 오게 합시다. 우리는 그 사람을 편안하게 해줄 수 있고, 그렇게 되면 그의 생명도 건질 수 있소. 그 사람은 당신이 싫어할 짓은 절대 하지 않을 거야. 모든 일은 내가 알아서 처리하겠소. 화실에 침대만 하나 더 갖다놓으면 되는 거요. 그가 허무하게 비참한 죽음을 맞도록 모른 체할 수는 없지 않소? 그건 너무나 몰인정한 처사요."

"그럼 병원에 입원시키면 될 것 아니에요?"

"입원이라고? 지금 그에게 필요한 건 사랑의 손길이오. 사랑스러운 마음이 담긴 보살핌이 꼭 필요하단 말이오."

나는 그의 부인이 그토록 심하게 화를 내는 데 놀라지 않을 수 없었다. 그녀는 계속해서 저녁 식사를 준비했지만 손은 가늘게 떨리고 있었다.

"저는 당신 같은 사람을 더는 참을 수가 없어요. 당신이 병에 걸렸다면, 그 사람은 당신을 도와주기 위해 손 하나 까딱할 것 같아요?"

"그게 무슨 상관이오? 당신이 나를 간호해줄 테니, 그의 도움 같은 건 필요치 않소. 더군다나 내 경우는 그와 다르오. 난 그리 대수롭지 않은 인간이니까."

"당신은 정말 형편없는 사람이군요. 똥개처럼 바닥에 엎드려 사람들이 짓밟아주기를 바라는 것 같아요."

스트로브는 잠시 동안 미소를 짓고 있었다. 그는 자기 아내가 그런 태도를 보이는 이유를 이해하고 있는 것 같았다.

"오, 여보, 당신은 그가 내 그림을 보기 위해 이곳에 왔던 일을 담아두고 있었던 모양이구려. 설령 그 사람이 내 작품을 좋게 보지 않았다고 해도 그게 무슨 상관이오? 그걸 보여주었던 내가 어리석었던 거지. 솔직히 그 그림들은 그리 훌륭한 것도 못 되었으니까."

그는 슬픈 듯이 화실을 둘러보았다. 이젤 위에는 눈동자가 까만 소녀와 머리 위에 포도 한 송이를 얹어주고 있는 미소 띤 이탈리아 농부의 그림이 반쯤 완성된 채 놓여 있었다.

"설령 당신 그림이 마음에 들지 않았다 하더라도 예의는 지켰어야 하잖아요. 그렇게까지 경멸할 필요는 없었다고요. 그 사람은 분명히 당신을 무시했는데 당신은 그의 손을 핥고 있는 격이잖아요. 전 정말 그런 인간을 증오해요."

"여보, 그래도 그가 천재란 점은 엄연한 사실이오. 내가 나 자신을 천재로 믿고 있지 않는다는 건 당신도 알고 있을 거요. 내게도 그런 천재성이 있다면 얼마나 좋겠소마는, 그래도 난 그런 재능을 알아볼 수는 있다오. 나는 그의 재능을 진정으로 존경하고 있소. 그런 재능은 세상에서 가장 아름다운 존재라오. 그러면서도 그 재능을 소유한 당사자에게는 가혹한 짐이 되는 것이오. 그런 천재들에게는 최대한 너그럽고 참을성 있게 대해주어야만 하오."

나는 부부간의 이런 다툼이 당혹스러워 그들과 조금 떨어져 서서 스트로브가 나를 데려온 이유를 생각해보았다. 이제 그의 아내의 눈에서는 금방이라도 눈물이 흘러내릴 것만 같았다.

"하지만 그 사람을 우리 집으로 데려오려는 건 그가 천재이기 때문만은 아니오. 그는 지금은 그저 병들어 불쌍한 처지에 놓여 있는 인간일 뿐이오."

"저는 절대로 그 사람을 우리 집에 들여놓지 않겠어요. 절대로."

스트로브가 나를 돌아보았다.

"내 아내에게 자네가 말 좀 해주게. 이것은 생사가 달린 문제라고 말일세. 그처럼 누추한 집에 그냥 방치할 수는 없는 일이잖나."

"그를 이곳으로 데려온다면 분명 간호하기는 훨씬 수월하겠지. 하지만 그래도 무척 불편하기야 하겠지. 누군가가 밤낮없이 그의 곁에 붙어 있어야 할 테니까."

내가 말했다.

"오, 여보, 당신이 그 정도의 조그마한 수고쯤은 해주겠지?"

"그가 이 집에 온다면 제가 집을 나가버리겠어요."

스트로브 부인이 격한 어조로 말했다.

"난 도무지 당신 마음을 이해할 수 없군. 당신이 참 선량하고 친절한 사람이라고 믿고 있었소."

"오, 제발, 제가 그런 사람이 되게 해주세요. 당신은 지금 저를 미칠 지경으로 몰아가고 있어요."

결국 그녀는 눈물을 흘리고 말았다. 그녀는 의자에 털썩 주지앉더니 두 손으로 얼굴을 가리고 어깨를 들먹거렸다. 더크는 갑자기 아내

곁에 무릎을 꿇더니 그녀에게 키스를 하고, 그녀의 온갖 애칭을 부르면서 두 팔로 그녀를 감싸안았다. 그의 두 뺨 위에는 예의 그 흔한 눈물이 흘러내리고 있었다. 그녀는 이내 움츠린 몸을 펴면서 눈물을 닦았다.

"혼자 있게 해주세요."

그러나 별로 쌀쌀한 말투는 아니었다. 그녀는 미소를 지으려 애쓰며 내게 말했다.

"이런 모습을 보이다니, 선생께서 절 어떻게 생각하실지 모르겠네요."

스트로브는 당혹스러운 표정으로 그녀를 바라보며 머뭇거렸다. 이마에는 온통 주름이 잡히고, 둥근 입술은 뾰로통하게 튀어나와 있었다. 이상하게도 몹시 흥분되어 있는 모르모트가 연상되었다.

"그럼 절대로 안 된단 말이오?"

그가 마침내 입을 열었다.

그녀는 탈진한 듯한 몸짓을 보였다. 그녀는 정말 지쳐 있었다.

"화실도 당신 것이고, 모든 것이 다 당신 거예요. 당신이 그를 이곳으로 데려오고 싶다는데, 제가 어떻게 막을 수 있겠어요."

갑자기 그의 둥그런 얼굴에 미소가 스쳐 갔다.

"그럼 승낙한다는 거요? 그렇게 나올 줄 알았소. 오, 여보."

그 말에 그녀는 몸을 도사리며 사나운 눈초리로 남편을 응시했다. 그녀는 마치 심장의 박동을 참아낼 수 없다는 듯 두 손으로 자신의 가슴을 꼭 움켜쥐었다.

"오, 더크. 저는 당신과 만난 이래 지금껏 저를 위해 한 번이라도 어떻게 해달라고 부탁한 적이 없었어요."

"하지만 당신은 내가 당신을 위해서라면 못할 일이 없다는 걸 잘 알고 있지 않소."

"그래요. 전 지금 당신에게 스트릭랜드를 우리 집에 데려오지 말라고 애걸하는 거예요. 당신이 원한다면 누구든 좋아요. 도둑이든, 술 주정뱅이든, 아니 거리의 부랑자라도, 어떤 사람이라도 상관없어요. 저는 기꺼이 그들을 위해 정성을 다할 수 있다고 약속드릴 수 있어요. 애원해요, 제발 스트릭랜드만은 데려오지 마세요."

"대관절 그 이유가 무엇이오?"

"전 그 사람이 무서워요. 이유는 몰라요. 그 사람에겐 저를 두렵게 하는 뭔가가 있어요. 그 사람은 분명 우리에게 커다란 해를 끼칠 거예요. 전 알 수 있어요. 벌써 느끼고 있는걸요. 그를 이리 데려오면 불길한 결말을 맞을 거예요."

"하지만 그건 전혀 이치에 맞지 않는 생각이오."

"아니, 그렇지 않아요. 우리가 어쩌지 못할 사건이 벌어질 거라고요."

"우리가 선행을 베푼다는 이유로 그런 결과가 온다는 것이오?"

이제 그의 아내는 숨을 헐떡거리고 있었으며, 얼굴에는 형언할 수 없는 공포의 빛이 어려 있었다. 그때 그녀가 무슨 생각을 했는지 나는 지금도 알 수가 없다. 그녀는 마치 어떤 형체 없는 두려움에 사로잡혀 자제력을 빼앗겨버린 것 같았다. 늘 침착한 편이었던 그녀에게는 놀라운 모습이 아닐 수 없었다. 스트로브는 잠시 당황스러운 표정으로 아내를 물끄러미 쳐다보았다.

"당신은 내 아내요. 그리고 내게 당신은 그 누구보다 소중한 사람이오. 당신의 동의 없이는 아무도 이 집에 들어올 수 없소."

그녀는 잠시 눈을 감았다. 나는 그녀가 현기증을 느끼고 있다고 생각했다. 나는 그녀에게 살짝 연민을 느꼈다. 그녀에게 그처럼 신경질적인 면이 있으리라고는 꿈에도 생각하지 못했다. 그때, 또다시 스트로브의 목소리가 어색한 침묵을 깨뜨렸다.

"당신도 언젠가 매우 비참한 처지에 놓인 적이 있었지. 그때 마침 구원의 손길이 뻗치지 않았소. 당신은 그것이 얼마나 큰 의미를 지니고 있었는지 잘 알고 있을 거요. 다른 사람을 도와줄 수 있는 지금, 이제 당신이 누군가에게 구원의 손길을 펼치고 싶지 않소?"

별다를 것 없는 말이었지만, 내 귀에는 너무나 설교조로 들려서 하마터면 웃음을 터뜨릴 뻔했다. 그러나 그 말이 블란치 스트로브에게 미친 효과를 보고서는 경악을 금치 못했다. 그녀는 남편의 말에 흠칫하더니 오랫동안 그의 얼굴을 쳐다보았다. 그러나 그의 눈길은 마룻바닥에 그대로 머물러 있었다. 나는 어째서 그녀가 그토록 당황한 기색을 보이는지 알 수 없었다. 그녀의 뺨에 희미한 혈색이 비치다가 다시 창백해져서는 시체보다 더 새하얗게 보였다. 마치 그녀의 온몸에서 한 방울의 피도 빠짐없이 빠져나가버린 듯했다. 그녀의 손마저 하얗게 변해 있었고, 온몸에 희미한 전율이 일었다. 화실 안의 정적이 마치 형체를 이룬 듯하더니, 급기야 손으로 만져질 듯한 실체가 되는 것 같았다. 나는 당황했다.

"더크, 스트릭랜드 씨를 데려오세요. 그를 위해 최선을 다해보겠어요."

"오, 여보!"

그는 싱긋 미소를 지었다. 그가 아내를 껴안으려 했지만 그녀는 슬쩍 몸을 피했다.

"손님 앞에서 살갑게 굴지 마세요, 더크. 제가 바보같이 느껴지니까요."

그녀가 말했다.

그녀의 태도는 완전히 정상적인 상태로 되돌아왔다. 그런 모습을 보고 그녀가 조금 전까지 격렬한 감정에 흔들리고 있었다고 말할 사람은 아무도 없을 정도였다.

26

이튿날 우리는 스트릭랜드를 데려왔다. 스트로브의 화실로 가자고 설득하는 데는 상당한 의지와 그 이상의 인내심이 필요했다. 사실 그는 너무나 심각한 상태였기 때문에 스트로브의 간청과 나의 결심에 효과적으로 저항을 하지도 못했다. 우리는 그가 힘없는 목소리로 우리를 저주하는 동안 그에게 옷을 입혀 아래층으로 부축하고 가 마차에 태운 뒤, 스트로브의 화실까지 데려오고 말았다. 화실에 도착했을 때 그는 너무나 지친 나머지 한마디 말도 없이 우리가 침대에 눕히는 대로 몸을 내맡겼다. 그는 6주 동안을 계속 앓아 누워 있었다. 어떤 때는 두어 시간밖에 살 수 없을 것처럼 보이기도 했다. 그가 목숨을 지탱한 것은 오로지 그 네덜란드인의 끊임없는 정성 덕분이었다. 나는 그처럼 다루기 힘든 환자는 처음 보았다. 그가 까다롭다거나 시끄럽게 떠들어서가 아니라, 오히려 불평도 요구도 한마디 하지 않고 벙어리처럼 그저 누워 있기만 했기 때문이다. 그는 자신이 보살핌을 받고 있다는 사실 자체에 화를 내고 있는 것으로 보였다. 그는 기분은 어떤지, 필요한 것은 없는지 물을 때마다 비웃음이나 욕설로 대꾸했다. 나는 그런 그가 밉살스러워 위험한 고비를 넘기자마자 그의 태도를 나무랐다.

"집어치워."

그의 대답은 간결했다.

자기 일을 완전히 포기하다시피 한 더크 스트로브는 열성적으로 스트릭랜드를 간호했다. 스트로브에게는 그를 안락하게 해주는 기묘한 재주가 있었다. 그를 설득해 의사가 처방해준 약을 먹이는 데에도 그는 전혀 생각지도 못한 교묘한 방법을 썼다. 어떤 일도 그에게는 괴로운 일이 아니었다. 경제적으로 두 부부가 살기에는 불편함이 없었지만 그에게는 낭비할 돈이 거의 없었다. 그럼에도 그는 스트릭랜드의 변덕스러운 구미를 당기는 값비싼 먹을거리를 구입하는 데 돈을 아끼지 않았다. 나는 환자를 달래어 영양분을 섭취하게 할 때의 그의 재치와 참을성을 결코 잊지 못할 것이다. 그는 스트릭랜드의 무례한 언동에도 화를 낸 일이 없었다. 스트릭랜드의 마음이 뒤틀려 있을 때는 보고도 못 본 체했고, 그가 시비조로 나오면 킬킬거리며 웃어넘기곤 했다. 어느 정도 회복되면서 기분이 좋아진 스트릭랜드가 그를 조롱하면서 즐거워할 때면, 그는 일부러 스트릭랜드의 조롱을 자극하는 어리석은 짓을 해 보였다. 그러고는 순간적으로 내게 행복한 눈길을 보내곤 했다. 마치 환자가 얼마나 좋아졌는지 좀 보라는 듯이. 스트로브는 정말 숭고한 사내였다.

그러나 무엇보다 놀라웠던 것은 바로 블란치 부인이었다. 그녀는 능숙하게 시중을 들었을 뿐 아니라 매우 헌신적인 간호사 역할을 해냈다. 그녀에게서 스트릭랜드를 데려오고 싶다는 남편의 부탁을 그렇게도 강경하게 거절하던 모습은 찾아볼 수 없었다. 그녀는 환자를 돌보는 데 필요한 일이라면 무엇이든 하겠다고 자진해서 말했다. 그녀는 환자에게 불편을 주지 않고서도 시트를 교환할 수 있도록 침대를 개조했고, 그의 얼굴도 씻겨주었다. 내가 그런 능숙한 솜씨에 대해 언급하자 그녀는 특유의 명랑한 미소를 지으면서 한때 병원에서 근무한 적이 있노라고 말했다. 그녀는 스트릭랜드를 필사적으로 미워했던 흔적을 전혀 보이지 않았다. 그녀가 스트릭랜드와 이야기하는 일은 별로 없었지만, 그에게 필요한 것은 재빨리 알아차렸다. 처음 이 주일 동안은 밤새도록 누군가가 곁에서 그를 지켜봐야 했기 때문에 그녀는 남편과 교대로 불침번을 맡았다. 나는 그녀가 그의 곁에 앉아 기나긴 어둠 속에서 무슨 생각을 하고 있었는지 자못 궁금했다. 자리에 누워 투병 생활을 하는 스트릭랜드는 이 세상 사람 같지 않은 무시무시한 몰골이었다. 예전보다 훨씬 더 수척했으며, 붉은 수염은 텁수룩하게 자라 있었고, 고열에 시달리는 눈동자는 초점을 잃고 허공을 응시했다. 병으로 두 눈은 더욱 커 보였지만 이상한 광채를 띠고 있었다.

"밤중에 그분이 부인께 무슨 말이라도 걸어오던가요?"

언젠가 내가 그녀에게 물었다.
"전혀요."
"아직도 그 사람이 싫으신가요?"
"네, 예전보다 훨씬 더……."
그녀는 유순한 잿빛 눈동자로 나를 쳐다보았다. 그 표정이 어찌나 온화해 보이던지, 언젠가 보았던 그 격한 감정이 숨겨져 있는 여인이라고는 도저히 믿기지 않았다.
"자기를 돌봐주어 고맙다는 말은 하던가요?"
"아뇨."
그녀는 미소를 지었다.
"인간도 아니군요."
"정말 지겨운 사람이에요."
스트로브는 아내의 노고에 만족했다. 그는 자기가 지워준 짐을 받아들여 정성껏 헌신하는 그녀에게 어떻게 감사해야 좋을지 몰라 안타까워했다. 그러나 그는 아내와 스트릭랜드 사이의 행동에서 왠지 모를 불안을 느끼는 듯했다.
"여보게, 난 그들 두 사람이 한마디 말도 없이 몇 시간이고 함께 앉아 있는 걸 보았다네."
스트릭랜드의 병세가 많이 호전되어 하루 이틀 뒤면 자리를 털고 일어날 거라고 생각될 무렵이었다. 나는 그때 그들과 함께 화실에 앉아 있었다. 더크와 내가 이야기를 나누고 있는 사이에 스트로브 부인은 바느질을 하고 있었다. 나는 그녀가 꿰매고 있는 셔츠가 스트릭랜드의 것이라는 것을 알았다. 스트릭랜드는 말없이 등을 대고 누워 있었다. 한번은 스트릭랜드의 눈길이 블란치 스트로브를 응시하는 것을 보았는데, 거기에는 이상한 냉소가 숨겨져 있었다. 그의 시선을 느낀 그녀도 눈을 치켜뜨고 그를 바라보았고, 한동안 둘은 그렇게 서로를 빤히 쳐다보았다. 나는 그때의 그녀의 표정을 전혀 이해할 수가 없었다. 그녀의 두 눈은 이상한 당혹감과 이유를 알 수 없는 공포의 빛을 띠고 있었다. 순간 스트릭랜드는 눈길을 돌려 멍하니 천장을 둘러보았다. 그러나 그녀는 계속 그를 응시했는데, 그 표정은 형용하기가 어려웠다.

며칠 후 스트릭랜드는 자리에서 겨우 일어날 수 있었다. 피골이 상접해 마치 허수아비에 넝마 조각을 걸쳐놓은 것 같았다. 지저분한 수염과 기다란 머리칼 탓에, 그리고 원래부터 보통 사람보다 커 보였던 이목구비가 병을 앓고 난 뒤라 더욱 도드라져 보여 그는 실로 괴상한 몰골이었다. 그러나 그러한 몰골이 어찌나 이상하게 생겼던지 전혀 추해 보이지가 않았다. 오히려 그의 볼품없는 모습에는 뭔가 비상한 것이 깃들어 있는 듯했다. 그에게서 느낀 인상을 어떻게 더 정확히 묘사할 수 있을지 모르겠다. 비록 그의 육체라는 칸막이가 거의 투명할 정도로 없어진다고 해도 그곳에 뚜렷이 나타나는 것이 반드시 정신적인 것만은 아니었다. 그의 얼굴에는 터무니없는 관능이 역력하게 나타나 있었기 때문이다.

우스갯소리로 들릴지 모르겠지만, 그의 관능은 묘하게도 정신적인 것처럼 보였다. 그에게는 원시적인 그 무엇이 깃들어 있었다. 그는 마치 그리스 사람들이 신화 속의 반인반수인 사티로스나 목신(牧神)*을 여러 형체로 인격화할 수 있었던 그러한 불가해한 자연의 힘을 지니고 있는 듯했다. 나는 그를 보면서 감히 노래로 신과 맞섰다는 이유로 신에게 산 채로 가죽이 벗겨지는 형벌을 받은 마르시아스를 떠올렸다. 스트릭랜드는 가슴속에 불가사의한 조화와 모험해본 적 없는 양식을 지니고 있는 것 같아, 나는 그가 고난과 좌절의 종말을 맞을 거라는 생각이 들었다. 나는 또 그가 어떤 악마에게 홀렸다는 느낌이 들었다. 그러나 그것을 반드시 악마라고 단정할 수는 없었다. 왜냐하면 그것은 선악 이전에 존재했던 하나의 원시적인 힘이었기 때문이다.

그는 기운을 차렸지만 그림을 그릴 정도는 아니었다. 대신 그는 화실에 말없이 앉아서 뭔지 모를 환상에 사로잡혀 있거나 책을 읽곤 했다. 나는 그가 책을 즐겨 읽을 때마다 기묘한 모습을 발견하곤 했는데, 그는 입술로 단어를 만들어가며 어린아이처럼 읽었다. 나는 그 미묘한 운율과 모호한 시구에서 과연 그가 어떤 묘한 감정을 경험하고 있을지 생각해보았다. 그런가 하면 언젠가 그는 가보리오의 탐정 소설을 탐독하기도 했다. 나는 그가 책을 선택하는 데에도 자신의 환상적인 본성의 조화될 수 없는 측면을 드러낸다는 생각에 즐거움을 느꼈다.

또 하나 기묘한 것은 그렇게 몸이 쇠약한데도 그가 육체적 안락을

* 반은 사람, 반은 양의 모습을 한 신으로 음탕한 기질을 지녔다.

전혀 염두에 두지 않는다는 점이었다. 스트로브는 언제나 안락함을 좋아했기 때문에 화실에 쿠션이 좋은 안락의자 두 개와 커다란 소파 하나가 있었다. 그렇지만 스트릭랜드는 그 의자나 소파에 접근조차 하지 않았다. 그가 금욕주의자(어느 날 나는 그가 혼자 있는 화실에 들어갔는데, 그때도 그는 다리가 세 개 달린 걸상에 앉아 있었다)를 자처해서 그런 것은 아니고, 단지 그런 것들을 좋아하지 않았기 때문이다. 그는 이처럼 팔걸이가 없는 식탁용 의자를 좋아했다. 그러한 그의 태도에서 가끔 나는 솟구치는 분노를 느꼈다. 나는 그렇게까지 주위 환경에 전혀 관심을 두지 않는 사람을 본 적이 없었다.

27

 이삼 주일이 지났다. 그동안 작품을 쓰고 있던 나는 어느 날 아침 틈을 내어 하루쯤 쉬기로 하고 루브르 박물관을 찾았다. 거기서 나는 내가 익히 아는 이런저런 그림을 돌아보면서 그림이 주는 감동에 마음을 빼앗긴 채 한가로이 공상에 잠겨 있었다. 천천히 긴 화랑 안을 어슬렁거리다 우연히 스트로브를 발견했다. 뚱보이면서도 무언가에 겁을 먹은 듯한 그의 모습이 언제나 웃음을 자아낸다는 생각에 나는 미소를 지었다. 그러나 정작 그에게 가까이 다가가 보니 이상하게도 그는 기분이 몹시 울적해 보였다. 시름에 잠긴 듯하면서도 여전히 우스꽝스러운 모습이었다. 그는 마치 옷을 입은 채 물에 빠졌다가 간신히 구조되었지만 여전히 공포에 사로잡혀 사신을 바보라고 생각하는 사람 같았다. 그는 돌아서서 나를 바라보았지만 나를 알아보지는 못하는 것 같았다. 그의 둥글고 푸른 눈은 안경 뒤에서 초점을 찾지 못했다.

"스트로브!"

내가 그를 부르자 그제야 깜짝 놀라더니 미소를 지었다. 그러나 그 미소는 어쩐지 쓸쓸해 보였다.

"왜 이렇게 꼴사납게 서성거리고 있어?"

내가 유쾌한 목소리로 물었다.

"루브르에 와본 지가 하도 오래돼서. 뭐 새로운 거라도 있나 하고 들렀네."

"하지만 이번 주 안으로 완성해야 할 그림이 하나 있다고 하지 않았나?"

"내 화실에서 스트릭랜드가 그림을 그리고 있어."

"그래?"

"내가 권했지. 아직 자기 집으로 돌아갈 만큼 회복되지 않았거든. 나는 둘이서 화실을 같이 쓸 수 있으리라 생각했네. 이 부근에는 화실을 공동으로 사용하는 사람들이 꽤 있거든. 그 편이 더 재미있으리라 생각했지. 일을 하다가 싫증을 느낄 때, 이야기할 상대가 있으면 재미있을 거라고 늘 생각했으니까."

그는 한마디 한마디를 어색하게 끊어가면서 천천히 이야기했다. 그렇게 이야기하는 중에도 부드럽고 친절하면서도 한편으로는 바보스러운 눈길을 내 눈에서 뗄 줄 몰랐다. 그의 눈에는 눈물이 가득 고여 있었다.

"도대체 자네 말뜻을 이해할 수가 없군."

"스트릭랜드는 혼자가 아니면 화실에서 그림을 그릴 수 없다는 거야."

"뭐라고? 그건 자네 화실이 아닌가. 그래, 그자는 그것도 모른단 말인가?"

그는 처량한 모습으로 나를 쳐다보았다. 입술이 파르르 떨렸다.

"무슨 일이 있었나?"

내가 약간 날카로운 목소리로 물었다.

그는 얼굴이 새빨개지면서 머뭇거렸다. 그는 울적한 표정으로 벽에 걸려 있는 그림 쪽을 힐끗 바라보았다.

"그는 내가 그림을 그리지 못하게 하네. 나가달라더군."

"왜 그에게 나가달라고 요구하지 않았나?"

"그가 나를 몰아냈네. 내가 그와 싸울 수는 없지 않나. 내가 나오자 등뒤로 모자를 집어던지고는 문을 잠가버렸네."

나는 스트릭랜드에게 심한 분노를 느꼈다. 그리고 그런 상황에서도 스트로브의 우스꽝스러운 모습에 웃음을 터뜨리지 않을 수 없었기 때문에, 동시에 그런 나 자신에게도 분노를 느꼈다.

"자네 아내는 뭐라고 말하던가?"

"시장에 가고 없었지."

"그자가 자네 아내는 집 안에 들어오게 할까?"

"글쎄, 모르겠군."

나는 당혹감을 느끼며 스트로브를 응시했다. 그는 마치 선생님에

달과 6펜스 187

게 꾸중을 듣는 학생처럼 서 있었다.

"내가 자네 대신 스트릭랜드를 몰아내 줄까?"

내가 물었다.

그는 적이 놀라는 빛을 보였는데, 번지르르한 얼굴이 새빨개졌다.

"아닐세. 자네는 가만히 있는 게 나아."

그는 내게 고개를 끄덕이더니 그냥 걸어가버렸다. 필경 무슨 까닭이 있겠지만, 그 문제는 이야기하고 싶지 않은 것이다. 나는 이해할 수가 없는 일이었다.

28

 일주일이 지난 뒤에야 겨우 진상이 밝혀졌다. 밤 10시쯤, 나는 레스토랑에서 혼자 식사를 마치고는 아파트로 돌아와 응접실에 앉아 책을 읽고 있었다. 갑자기 초인종 소리가 요란하게 울렸다. 문을 열었더니 스트로브가 서 있었다.
 "들어가도 괜찮겠나?"
 그가 물었다.
 층계가 어두워서 그의 모습이 잘 보이지 않았지만 그의 목소리에는 나를 놀라게 하는 기묘한 뭔가가 묻어 있었다. 그가 원래 술을 즐기지 않는다는 사실을 잘 알고 있었기에 망정이지 그렇지 않았다면 그가 술에 잔뜩 취한 것이 아닌가 생각했을 것이다. 나는 그를 서실로 안내한 뒤 앉으라고 권했다.

"자네를 만나서 다행이군!"

그가 말했다.

"도대체 무슨 일인가?" 나는 그의 음성이 격한 데 놀라 물었다.

그제야 나는 그를 자세히 볼 수 있었다. 대체로 그는 차림새가 깔끔한 편이었는데, 그날은 옷차림이 말이 아니었다. 옷이 온통 흙투성이였다. 나는 그가 술을 마셨다는 사실을 깨닫고 미소를 지었다. 하마터면 나는 꼴이 그게 뭐냐고 빈정댈 뻔했다.

"갈 데가 있어야 말이지. 조금 전에 들렀더니 집에 없더군."

그가 불쑥 말을 꺼냈다.

"저녁을 늦게 먹었네."

내가 대답했다.

그때 나는 생각을 달리했다. 그가 이토록 절망하여 자포자기한 상태에 빠진 것은 술 때문만은 아닐 것이다. 여느 때라면 장밋빛으로 불그레했을 얼굴이 이상하게도 얼룩져 있었고, 두 손도 벌벌 떨고 있었다.

"무슨 일이 있었나?"

내가 물었다.

"아내가 날 버렸네."

그는 이 말을 가까스로 내뱉었다. 숨을 약간 거칠게 쉬었고, 둥그런 두 뺨 위로 눈물이 주르르 흘러내렸다. 무슨 말을 해야 좋을지 알 수 없었다. 처음 내가 생각했던 것은 마침내 그녀가 스트릭랜드에 대한 그의 열성을 더는 참을 수 없었거나, 스트릭랜드의 냉소적인 행동에 화가 나서 그를 쫓아내라고 주장했으리라는 것이었다. 그녀가 매우 얌전하고 침착한 성품이긴 하지만, 스트로브가 끝까지 자신의 요구를 들어주지 않으면 다시는 돌아오지 않겠다고 맹세하며 화실을 뛰쳐나가고도 남았을 것이다. 그러나 이 작은 사내가 너무나 비통해하는 모습을 보고 나는 웃을 수가 없었다.

"여보게, 너무 낙심하지 말게. 부인은 곧 돌아올 걸세. 여자들이 홧김에 하는 소리를 너무 심각하게 받아들여서는 안 되지."

"자넨 잘 몰라. 아내는 지금 스트릭랜드에게 홀딱 빠져버렸다네."

"뭐라고?"

그 말에는 나도 깜짝 놀라지 않을 수 없었다. 그러나 다시 생각해 볼 것도 없이 그것은 도무지 납득이 가지 않는 일이었다.

"자네는 어찌 그리도 어리석은가? 설마 스트릭랜드를 시기하고 있는 건 아니겠지? 자네는 그녀가 그 사내를 꼴도 보기 싫어한다는 사실을 잘 알고 있지 않나?"

하마터면 나는 웃음을 터뜨릴 뻔했다.

"그건 자네가 잘 모르니까 하는 소리지."

그가 신음하듯 말했다.

"자네, 정신이 좀 이상해지지 않았나? 자, 위스키 소다 한 잔 마시게나. 기분이 한결 나아질 걸세."

나는 약간 신경질적으로 말했다.

사실 인간이란 굳이 온갖 술수를 다 써가며 자기 자신을 스스로 괴롭히기도 하는 법이다. 나는 더크가 이런저런 이유로 자기 아내가 스트릭랜드를 좋아하고 있다고 오해하고 실수하는 데 천부적인 재능을 타고난 터에 아내의 화를 지나치게 돋워, 그의 아내 역시 그의 화를 돋울 생각에 애써 의혹을 조장한 것은 아닐까 하는 생각을 해보았다.

"여보게. 같이 화실에 가보세. 만일 자네가 바보 같은 오해를 했다면 자네는 백배 사죄해야 하네. 자네 부인도 내가 보기엔 그렇게 악의를 품을 여자는 아니더군."

내가 말했다.

"어떻게 화실로 돌아간단 말인가? 두 사람이 그곳에 있다네. 난 화실을 그들에게 넘겨줘버렸네."

그는 피로에 지친 모습으로 말했다.

"그렇다면 버린 쪽은 자네 부인이 아니고 자네였군."

"오, 제발 그렇게 말하지 말게."

그래도 나는 여전히 그의 말을 농담으로 받아들일 수밖에 없었다. 그의 말이 조금도 믿기지 않았다. 그러나 그는 정말로 심각하게 고민하고 있었다.

"아무튼 그 이야기를 하러 이곳에 왔단 말이지? 그렇다면 처음부터 차근차근 말하는 편이 낫지 않겠나."

"오늘 오후 더는 참을 수가 없어 스트릭랜드에게 갔다네. 그리고 이제 집으로 돌아갈 만큼 충분히 회복되었다고 말했지. 그리고 내겐 화실이 필요하다고 말했네."

"스트릭랜드가 아닌 다른 사람이었다면 자네가 그런 말을 꺼낼 필요조차 없었겠지. 그래, 그자가 뭐라고 하던가?"
　내가 말했다.
　"그는 잠깐 소리 내어 웃더군. 그의 웃음은 자네도 잘 알지 않나. 즐거워서가 아니라 상대방을 조롱하려는 듯한 웃음 말이야. 그러고는 당장 나가겠다고 말하더군. 그리고 짐을 꾸리기 시작했네. 그의 집에서 필요하다고 생각되는 물건들을 가져온 것을 자네도 기억하고 있을 걸세. 그는 블란치에게 짐을 꾸릴 종이와 끈을 달라고 하더군."
　스트로브는 거기서 잠깐 말을 멈추고 가쁜 숨을 몰아쉬었다. 그는 금방이라도 쓰러질 것만 같았다. 그에게서 들으리라고는 전혀 상상하지도 못한 이야기이고 반응이었다.
　"그러자 아내의 안색이 하얗게 질리더군. 하지만 그녀는 종이와 끈을 가져왔지. 그 작자가 아무 말도 하지 않더니 짐을 꾸리며 휘파람을 불지 않겠나. 우리 두 사람 따위는 안중에도 없는 듯한 태도였네. 눈에는 비꼬는 듯한 미소를 머금고 말일세. 난 당장 가슴이 납덩이처럼 무거워지더군. 금방이라도 무슨 일이 벌어질 것 같아 두려웠네. 괜히 나가라고 했나 싶더군. 그자는 주위를 두리번거리며 모자를 찾고 있었네. 그 순간 아내가 갑자기 입을 열었지. '더크, 저도 스트릭랜드 씨와 같이 가겠어요. 더는 당신과 살 수 없어요'라고. 뭐라고 말을 하려 했지만 입이 열리지 않더군. 스트릭랜드는 자기와는 아무 상관이 없다는 듯 일언반구도 없이 그저 휘파람만 불어대더군."
　스트로브는 다시 말을 멈추고 인상을 찌푸렸다. 나는 비통도 할 수 없었다. 비로소 그의 말이 믿어졌는데, 놀라움을 금치 못했다. 그러나 어찌된 일인지 나는 이 사건을 도저히 이해할 수가 없었다.

잠시 후 그는 눈물을 흘리면서 떨리는 목소리로, 아내에게 다가가 껴안으려 하자 그녀가 몸을 피하며 자기를 붙들지 말라고 애원을 하더라고 말했다. 그는 그녀에게 자기를 버리지 말아달라고 애걸했고, 그녀를 정열적으로 사랑한다는 말도 했으며, 그동안 그녀에게 온갖 헌신적인 사랑을 베풀었음을 환기하기도 했다고 했다. 그는 아내에게 자신들이 얼마나 행복하게 살아왔는지도 들려주었으며, 그녀에게 화를 내지도 원망하지도 않았다고 했다.

"제발, 저를 조용히 떠나가게 해주세요. 당신은 제가 스트릭랜드 씨를 사랑하고 있다는 사실을 모르세요? 저분이 가는 곳이라면 저는 어디든지 따라가겠어요."

마침내 그의 아내가 말했다.

"하지만 저 사람은 당신을 결코 행복하게 해주지 못한다는 사실을 알아야 하오. 당신 자신을 위해서라도 가선 안 되오. 당신 앞에 어떤 운명이 닥쳐올지 정말 모르겠소?"

"모두가 당신 잘못이에요. 당신이 저이를 집으로 데려오겠다고 고집을 부렸잖아요."

그는 스트릭랜드에게로 돌아섰다.

"제발, 이 여자를 불쌍하게 생각해주시오. 내 아내가 저처럼 미친 짓을 하지 않도록 해주오."

그는 스트릭랜드에게 애원했다.

"그야 자기가 하고 싶은 대로 하는 거지. 강요를 받고 하는 행동이 아니잖나."

스트릭랜드가 말했다.

"제 선택은 바뀌지 않을 거예요."

무뚝뚝한 목소리로 그녀가 말했다.

속이 메스꺼울 정도로 냉정한 스트릭랜드의 거동에 스트로브는 그만 모든 자제력을 잃고 말았다. 맹목적인 분노에 휩싸인 그는 자신이 어떤 행동을 하고 있는지 의식하지도 못하고 스트릭랜드에게 달려들었다. 불의의 습격을 받은 스트릭랜드는 처음에는 비틀거렸으나, 순간 상황을 알아차리고 스트로브를 마룻바닥에 내동댕이쳤다. 그는 본래 강인한 사람이었다.

"웃기는 녀석이군!"

스트릭랜드가 말했다.

스트로브는 겨우 몸을 일으켜 세웠다. 아내가 조금도 움직이지 않은 채 그 자리에 서 있는 것을 알고는, 그녀 앞에서 웃음거리가 되었다는 생각에 더욱 굴욕감을 느꼈다. 격투를 하는 바람에 안경이 어디론가 날아가버렸지만, 그는 당장 그것을 찾을 수도 없었다. 아내가 안경을 주워 말없이 건네주었다. 그는 갑자기 자신의 불행을 뼈저리게 느꼈으며, 자신의 행동이 자신의 모습을 더욱 우스꽝스럽게 만들고 있다는 것을 의식하면서도 어쩔 수 없이 울음을 터뜨리고 말았다. 그는 두 손으로 얼굴을 가렸다. 두 사람은 한마디 말도 없이 꼼짝도 하지 않고 서서 그를 내려다보았다.

"오, 여보! 당신은 어쩌면 이리도 잔인할 수가 있단 말이오?"

달과 6펜스 195

그가 이윽고 신음하듯 입을 열었다.

"저도 어쩔 수가 없어요, 더크."

그녀가 대답했다.

"나는 이 세상 어느 여자 못지않게 당신을 숭배해왔소. 당신을 불쾌하게 한 것이 있다면 왜 내게 말하지 않았소? 그러면 당장 그 점을 고쳤을 게 아니오. 난 당신을 위한 일이라면 뭐든 다 해왔소."

그녀는 대꾸하지 않았다. 그녀의 굳은 얼굴 표정에서 그는 단지 자신이 그녀를 괴롭히고 있을 뿐이라는 사실만을 알아차렸다. 그녀는 외투를 입고 모자를 썼다. 그녀가 문 쪽으로 걸어나가자, 순간적으로 그는 아내가 자신의 곁을 영원히 떠나버리려 한다는 느낌이 들었다. 그는 재빨리 그녀에게 다가가 그녀 앞에 무릎을 꿇고 두 손을 움켜쥐었다. 자존심은 이미 사라진 지 오래였다.

"여보, 제발 가지 마오. 당신 없이 난 살 수 없소. 난 자살하고 말 거요. 만일 내가 당신의 감정을 상하게 했다면 용서하구려. 나에게 한 번만 더 기회를 줄 수 없겠소? 그렇다면 당신을 행복하게 하기 위해 더욱 힘껏 노력하겠소."

"일어나요, 더크. 이럴수록 더우스워질 뿐이에요."

그는 비틀거리며 일어났다. 그러나 그는 결코 그녀를 놓치고 싶지 않았다.

"도대체 어디로 가겠다는 거요? 당신은 스트릭랜드가 사는 곳이 어떤 곳인지 모로오. 당신은 그런 곳에선 살 수가 없소. 정말 구역질 나는 곳이란 말이오."

그가 다급하게 물었다.

"제가 상관 않는데, 당신이 걱정하실 필요가 없잖아요."

"잠깐만 기다려요. 들려줄 이야기가 있소. 설마 이것까지도 싫다고 거절하진 않겠지."

"이젠 아무 소용 없는 일이에요. 전 이미 결심이 섰어요. 당신이 무슨 말을 하든 제 마음은 변하지 않아요."

그는 침을 꿀꺽 삼키고 고통스럽게 뛰고 있는 심장을 진정시키려는 듯 가슴 위에 손을 얹었다.

"난 지금 당신 마음을 돌려놓으려는 게 아니오. 잠깐 동안 내 말을 들어달라는 것뿐이오. 마지막 부탁이니, 제발."

그녀는 잠시 발길을 멈추고 깊은 생각에 잠긴 듯한 눈빛으로 남편을 바라보았다. 그러나 이제 그것은 너무나 냉담한 시선이었다. 그녀는 다시 화실 안으로 들어가 테이블에 몸을 기댔다.

"하고 싶은 말이란 게 뭐죠?"

스트로브는 정신을 가다듬기 위해 무척 애를 썼다.

"조금만 더 이성을 찾도록 합시다. 당신도 알다시피 사람은 공기만으론 살 수가 없소. 스트릭랜드는 완전히 빈털터리요."

"저도 알아요."

"당신은 이제부터 지독한 궁핍에 고통받게 될 거요. 저 작자가 왜 그토록 회복이 늦어졌는지 그 이유를 알고 있잖소. 거의 굶어 죽을 지경에 이르렀기 때문이라는 걸."

"난 저분을 위해 돈을 벌 거예요."

"어떻게 번단 말이오?"

"그건 저도 몰라요. 뭔가 방법이 있겠죠."

무서운 생각이 네덜란드인의 뇌리를 스치자, 그는 몸을 부르르 떨었다.

"당신은 분명 제정신이 아니구려. 도대체 왜 그런 생각을 한단 말이오?"

그녀는 어깨를 으쓱했다.

"이젠 가도 되는 거죠?"

"아니, 조금만 더 기다려주오."

그는 몹시 지친 눈으로 화실 안을 한 번 빙 둘러보았다. 그가 이 방을 좋아했던 것은 즐겁고 가정적인 곳으로 만들어준 아내가 있었기 때문이다. 그는 잠시 동안 눈을 감았다. 그러고는 그녀의 모습을 가슴속 깊이 새겨두려는 듯 오랫동안 아내를 쳐다보았다. 그는 자리에서 일어나 모자를 집어들었다.

"아니요, 내가 나가겠소."

"당신이?"

그녀는 깜짝 놀랐다. 그의 말뜻을 이해할 수 없었다.

"난 당신이 그처럼 끔찍하고 불결한 다락방에서 산다는 걸 생각만 해도 견딜 수가 없소. 결국, 이곳은 내 집이지만 당신 집이기도 하오. 이곳이라면 편안하게 살아갈 수 있을 거요. 최소한 최악의 궁핍은 면할 수 있겠지."

그는 돈을 넣어둔 서랍 쪽으로 가더니 지폐를 몇 장 꺼냈다.

"이 집에 간직해두었던 돈의 절반을 당신에게 주고 싶소."

그는 그 돈을 테이블 위에 올려놓았다. 스트릭랜드도, 그의 아내도 아무 말이 없었다.

순간 그는 또 다른 몇 가지 생각을 머릿속에 떠올렸다.

"내 옷가지들은 한데 싸서 관리인에게 맡겨주시오. 내일 와서 찾아 가겠소. 그럼 잘 있어요, 여보. 그동안 당신이 내게 베풀어준 모든 행복에 대해 정말 고맙게 생각하오."

그는 억지로 웃어 보이려 했다.

그는 밖으로 나와 문을 닫았다. 내 눈에는 스트릭랜드가 테이블에 모자를 휙 던지고 주저앉아 담배를 피우는 모습이 선하게 떠올랐다.

29

나는 스트로브가 들려준 이야기를 생각하며 잠시 침묵을 지켰다. 그의 유약한 성격을 참을 수가 없었다. 그도 내 불만을 눈치채고 있는 것 같았다.

"자네도 스트릭랜드가 어떻게 사는지 잘 알고 있지 않나. 난 그녀를 그런 환경에서 살게 할 수는 없었네. 정말 그렇게는 할 수 없었네."

그가 떨리는 목소리로 말했다.

"그야 자네 마음먹기에 달려 있지."

내가 대답했다.

"자네 같으면 이 일을 어떻게 처리했겠나?"

그가 물었다.

"자네 부인은 이런저런 사정을 모두 알면서도 자네 곁을 떠나겠다는 게 아닌가. 어느 정도의 불편쯤은 참고 살겠다고 했다면 그건 그녀의 사정이 아니겠나."

"그건 그래. 그렇지만, 여보게, 그건 자네가 그녀를 사랑하지 않기 때문에 하는 말일세."

"그럼 자네는 아직도 그녀를 사랑하나?"

"그야 물론이지. 전보다 더. 스트릭랜드는 여자를 행복하게 해줄 만한 인간이 못 되네. 이 일은 오래 지속될 수도 없는 일이야. 내가 그녀를 결코 버리지 않을 거라는 사실만이라도 아내가 알아주었으면 좋겠네."

"그럼, 그녀가 다시 돌아온다면 언제라도 다시 받아들일 용의가 있단 말인가?"

"서슴지 않고 받아들일 거야. 물론 그녀에게는 내가 더욱더 필요해질 걸세. 그녀가 버림받고 혼자가 되어 굴욕을 느끼며 상심하고 있을 때, 어느 한곳 갈 데가 없다고 해보게나. 그 얼마나 애처로운 일인가?"

그는 전혀 분노를 느끼지 않았다. 쓸개 빠진 인간이라는 생각에 살짝 화가 났는데, 그건 누구라도 마찬가지였을 것이다. 내 마음을 알아차린 듯 그가 말했다.

"나 역시, 내가 그녀를 사랑하는 만큼 그녀가 나를 사랑하리라고 기대하지는 않네. 나는 한낱 어릿광대일 뿐이니까. 여성들의 사랑을 받을 만한 인간은 못 되지. 항상 그 점을 알고 있었네. 그러니 그녀가 스트릭랜드와 사랑에 빠졌다고 해도 조금이라도 그녀를 책망할 수는 없는 일이 아닌가."

"자네는 내가 지금까지 겪어온 수많은 사람 중에서 그 누구보다도 자존심이 없는 사람이군."

"나는 나 자신보다도 그녀를 훨씬 더 사랑하네. 사랑에 자존심이 개입되는 것은 자신을 더 사랑하고 있기 때문 아닌가. 흔히 있는 일이지만 결혼한 남자가 다른 여자와 사랑에 빠졌다가 그 기분이 식으면 다시 아내에게로 돌아오고, 그러면 아내 역시 그를 받아들이게 되지. 그리고 모두들 그것을 당연한 일로 생각하지. 그렇다면 여자는 왜 그럴 수 없단 말인가?"

"논리적으로 따진다면 일리 있는 말이군. 하지만 남자들은 대부분 그런 식으로 생각하지 않아. 그들은 그럴 수 없어."

나는 미소를 지으며 말했다.

이렇게 스트로브와 이야기를 나누고 있으면서도 이번 일 전체가 갑작스럽게 발생한 데 대하여 나는 어리둥절해하고 있었다. 그가 이제까지 그러한 조짐을 눈치채지 못했으리라고는 상상할 수 없었다. 언젠가 블란치 스트로브의 눈가에 비친 기묘한 표정이 떠올랐다.

다시 생각해보니, 그녀는 마음속에 싹트고 있던 어떤 감정을 막연하게나마 의식하고 그러한 감정을 지닌 자신이 놀랍고 두려웠던 것 같았다.

"지금까지 두 사람 사이에서 수상한 낌새를 전혀 눈치채지 못했단 말인가?"

내가 물었다.

그는 한동안 대답이 없더니, 이내 테이블 위에 놓여 있던 연필을 집어들고 압지(押紙) 위에 무의식적으로 사람의 머리를 그렸다.

"내 질문이 듣기 싫다면 그렇다고 말하게나."

"아니야. 몽땅 털어놓는 편이 속 시원하겠지. 내 마음속에 간직하고 있는 이 엄청난 고민을 알아만 준다면."

이렇게 말하며 그는 연필을 팽개쳤다.

"사실은, 이 주일 전부터 알고 있었네. 아내보다 내가 먼저 알았을 거야."

"그럼, 도대체 왜 스트릭랜드를 당장 몰아내지 않았나?"

"믿을 수가 없었지. 설마 그런 일이 있을 수 있을까, 생각한 거라네. 그녀는 그자를 꼴도 보기 싫어했으니까. 설마가 아니라 도저히 있을 수 없는 일이 아니겠나. 나는 그 감정을 단순히 질투라고 생각했지. 난 항상 질투심을 느끼고 있었으니까. 그것을 겉으로 드러내지 않으려 무진 애를 썼을 뿐이야. 솔직히 말하면 아내가 아는 사내들 모두에게 질투를 느꼈네. 심지어 자네에게조차. 내가 아내를 사랑하는 만큼 아내가 나를 사랑하지 않는다는 사실을 나는 분명히 알고 있었지. 물론 그것은 당연한 일이겠지. 하지만 아내는 내 사랑을 받아주었고, 난 그것만으로도 충분히 행복할 수 있었네. 난 두 사람이 함께 있으라고 의도적으로 몇 시간씩 밖으로 나돌아다녔지. 비열한 인간이 품을 법한 의혹을 품은 나 스스로를 처벌하고 싶었던 것이네. 그러다가 돌아와보면 그들은 내가 나타나는 것을 꺼리는 것 같더군. 물론 블란치 쪽이지, 스트릭랜드는 아니었어. 그자는 내가 그곳에 있든 없든 전혀 신경쓰지 않는 인간이었으니까. 내가 그녀에게 키스를 하러 다가가면 진저리를 치더군. 마침내 그 사실을 확실히 알게 되었을 때 난 어찌해야 좋을지 몰랐네. 하지만 내가 소동을 벌이면 그들에게 비웃음만 사게 될 것은 뻔한 이치가 아닌가. 그래서 내가 입을 다물고 그들의 행동을 보고도 못 본 척 눈감아주면 만사가 순조롭게 해결될 거라고 생각했지. 난 그자와 다투지 않고 조용히 보내주기로 작정했네. 휴…… 내가 그동안 겪었던 고통을 누가 이해할 수 있겠나."

그리고 나서 그는 스트릭랜드에게 나가달라고 요구했다는 이야기를 반복했다. 시기를 신중하게 선택하여 지나가는 말처럼 꺼내려고 애를 썼지만 자신도 모르게 목소리가 떨리는 것을 숨기지 못했으며, 유쾌하고 정답게 들리기를 바라면서 낸 목소리에는 어쩔 수 없이 질투의 쓰라림이 도사리고 있었음을 느낄 수 있었다고 했다. 또한 스트릭랜드가 그의 말을 받아들여 그 자리에서 당장 떠날 채비를 하리라고는 꿈에도 생각지 못했으며, 무엇보다도 그의 아내가 그와 함께 나갈 결심을 하고 있으리라고는 상상조차 할 수 없었다고 했다.

나는 그가 그때 차라리 입을 꾹 다물고 있지 못한 것을 진심으로 후회하고 있다고 생각했다. 그에게는 아내와 갈라서는 처절한 고통보다는 차라리 질투의 고통을 안고 사는 편이 더 나았을 것이다.

"그를 죽여버리고 싶었는데, 오히려 나만 바보가 되고 말았다네."

그는 오랫동안 침묵을 지켰다. 그러고는 이윽고 입을 열었는데, 추측컨대 그것은 그가 마음에 품고 있던 생각 그대로였으리라.

"조용히 기다리고만 있었으면 만사가 좋게 해결되었을지도 모르는걸. 그렇게 조급하게 굴지 말았어야 했는데. 오, 불쌍한 사람. 그녀를 이 꼴로 만든 사람은 바로 날세."

나는 어깨를 으쓱해 보이고는 아무 말도 하지 않았다. 블란치 스트로브에게는 조금도 동정이 가지 않았으나, 그러한 생각을 그대로 이야기한다면 오히려 불행한 더크에게 더 큰 고통만 안겨준다는 사실을 잘 알고 있었기 때문이다.

그는 지칠 대로 지쳐 있었지만 잠시도 멈추지 않고 이야기를 계속했다. 그는 그때의 상황을 되풀이하여 설명했다. 뭔가 내게 이야기하지 못한 것이 생각난 듯, 이렇게 말하지 말고 저렇게 말했어야 했다는 듯, 그렇고 그런 이야기를 반복하다가 결국에는 무분별했던 자신의 행동을 떠올리고 또 슬퍼했다. 그는 자신이 이렇게 처신한 것을 후회하며, 해야 할 말을 빠뜨렸다고 자신을 힐책했다.

밤은 점점 더 깊어갔고, 이윽고 나 역시 지쳐버리고 말았다.

"이제부터 어떻게 할 작정인가?"

마침내 내가 물었다.

"달리 뾰족한 수가 있겠나? 그녀가 나를 부를 때까지 기다릴 수밖에."

"잠시 어디로 멀리 떠나 있는 건 어떻겠나?"

"아니, 그건 안 돼. 아내가 나를 필요로 할 때 가까이 있어야 하지 않겠나."

그때 그는 정신이 나간 것 같았다. 어떤 계획도 없었다. 그만 잠자리에 들면 어떻겠느냐고 물었더니, 그는 잠을 이룰 수 없다고 대답했다. 그는 밖으로 나가 날이 샐 때까지 거리를 쏘다니고 싶어 했다. 하지만 그때는 분명 그를 혼자 내버려둘 수 없는 상황이었다. 나는 하룻밤을 함께 보내자고 설득하고 그를 내 침대에 눕혔다. 거실에 소파가 하나 있었기 때문에, 나는 거실에서도 충분히 잘 수 있었다. 그는 그때쯤에는 지칠 대로 지쳐서 내 권유를 더 거절할 수도 없었다. 나는 그가 몇 시간이나마 푹 잘 수 있도록 베로날 수면제를 몇 알 먹였다. 그것만이 그에게 해줄 수 있는 최선의 배려인 것 같았다.

30

그런데 막상 거실에 마련한 잠자리가 어찌나 불편했던지, 나는 그 날 밤을 거의 뜬눈으로 지새우며 비참한 네덜란드인이 들려준 이야기를 곰곰이 되새겼다. 이제 블란치 스트로브의 행동에 대해서는 그다지 놀랍지 않았는데, 그것은 그녀의 행동이 육체적 매력에 끌린 단순한 결과라고 여겨졌기 때문이다. 사실 그녀는 지금까지 남편을 진심으로 사랑했다고는 볼 수 없었다. 그리고 사랑이라는 것이 대다수 여성들의 마음속에 사랑이라는 개념으로 통용되고 있는, 단순한 애무와 안락에 대한 여성적 반응 그 이상이라고는 생각하지 않았다. 그것은 마치 덩굴식물이 어떤 나무에 의지해서라도 자랄 수 있듯이, 어떤 대상에 대해서도 발생할 수 있는 수동적인 감정이라고 생각했다. 그러므로 자기를 소유하고 싶어 하는 남자가 사랑이란 감정은 저절로 생기게 마련이라는 확신으로 유혹의 손길을 뻗치면 젊은 여성은 결국 그와 결혼하게 되는데, 그것은 그러한 감정의 위력을 알고 있는 세상의 현자들이 그리 할 것을 부추기기 때문이다. 사랑이란 안정에서 오는 만족감, 소유에 대한 긍지, 상대방에게 갈망의 대상이 되고 있다는 쾌감, 가정에서 느끼는 희열감 등으로 성립된다. 그것은 또한 들뜬 허영심으로 이루어지기도 하는데, 여성들은 그것에 정신적 가치를 부여하곤 한다. 사랑은 정열에 부딪히면 방어력이 없어지는 감정이다. 나는 스트릭랜드에 대한 블란치 스트로브의 격렬한 증오감 자체에 처음부터 막연하나마 어떤 성적 매력과 요소가 내포되어 있지 않았을까 하고 의심했다. 지금 여기서 무모하게도 성의 신비하고 복잡 미묘한 실마리를 풀어보려는 것은 아니지만, 여하튼 스트로브의 열정은 그녀의 본성에서 그런 부분을 자극만 했을 뿐 만족시켜 주지는 못했을 것이다. 그녀가 스트릭랜드를 증오했던 것은 그녀가 필요로 하는 것을 제공해줄 힘을 그에게서 느꼈기 때문이었을 것이다. 스트릭랜드를 화실로 데려오겠다는 남편의 요구에 그녀가 한사코 반대했던 것은 진심에서 나온 행동이었다고 본다. 그녀는 자신도 모르는 사이에 그가 두려웠던 것이다. 뭔지 모를 불행을 미리 예견하고 있었을 그녀의 모습도 떠올랐다. 약간 이상한 논리이지만 그녀가 느꼈던 두려움은, 그가 기묘하게도 그녀의 마음을 뒤흔들어 놓았기 때문에 그녀 자신에 대하여 느꼈던 두려움이 다만 형태를 바꾸어 나타났던 것일 뿐이다. 그의 외모는 거칠고 야성적이었다. 눈에는 냉정함이, 입가에는 관능이 흐르고 있었으며, 몸집은 크고 건장해서 마치 억제할 수 없는 정열의 덩어리라는 인상을 풍겼으리라. 물질이 대지와 태곳적 연관성을 유지하고 있을 당시 그 자체의 영혼을 지니고 있었던 것으로 느껴지던 선사시대의 야생인들을 떠올리게 하는 그 불길한 요소를 그녀 역시 그에게서 느꼈을 것이다. 그래서 만일 그가 그녀의 감정에 어떤 영향을 미쳤다면, 그녀는 필연적으로 그를 사랑하거나 아니면 미워할 수밖에 없었던 것이다. 그리하여 그녀는 그를 미워하는 감정에 사로잡혔다.

그러던 차에 앓아 누워 있는 그의 곁에 날마다 붙어 있었으니 그녀는 이상한 감동을 받았던 것이라고 상상해본다. 그녀는 음식을 먹이기 위해서 그의 머리를 치켜올렸고, 묵직한 중량감을 손으로 느꼈을 것이다. 음식을 먹이고 나면 그녀는 관능적인 그의 입술과 붉은 수염을 닦아주었다. 그녀는 무성한 털로 덮여 있는 그의 손발도 씻겨주었다. 그의 손은 쇠약해져 있긴 해도 튼튼하고 힘이 있어 보였고, 손가락은 길었다. 항상 뭔가를 창조해내는 예술가의 솜씨 있는 손가락이었다. 그 모든 신체 조건이, 그것이 무엇인지는 몰라도 이 여인의 마음을 흔들어 놓았는지도 모른다. 스트릭랜드는 꼼짝도 하지 않고 조용히 잠을 잤기 때문에 마치 죽은 사람 같았다. 잠들어 있는 그의 모습은 먹이를 쫓아 오랜 시간을 뛰어다니다가 피로에 지쳐 잠든 숲속의 야생 동물처럼 보였다. 그리고 그녀는 그의 꿈속에 어떤 공상들이 오갈까 궁금해했을 것이다. 사티로스의 집요한 추적을 받으며 그리스의 숲속을 날고 있는 요정의 꿈을 꾸고 있는 것일까? 재빠른 발놀림으로 사력을 다해 달아나지만 사티로스가 한 걸음 한 걸음 다가와 요정은 자꾸만 그 뜨거운 숨결을 자신의 뺨에 느끼게 되고 만다. 그래도 그녀는 여전히 소리없이 도망 치기만 하고, 사티로스는 말없이 그 뒤를 쫓는다. 그러다가 마침내 그가 그녀의 몸을 붙잡았을 때 그녀의 가슴을 전율케 한 것은 과연 공포였을까, 아니면 황홀이었을까?

블란치 스트로브는 잔인한 정욕의 포로였다. 어쩌면 그녀는 여전히 스트릭랜드를 증오하고 있을지도 모르지만, 그를 갈망하고 있었고 따라서 지금까지 그녀의 생활을 이루어온 모든 것은 이제 무의미해져버렸다. 그녀는 이제 복잡하거나, 상냥하거나, 당돌하거나, 사려 깊은 여인이 아니었다. 그녀는 이제 마이나데스*였고, 정욕의 포로였다.

이것은 지나친 억측일 수도 있다. 어쩌면 그녀는 다만 남편에게 염증을 느낀 나머지 호기심으로 스트릭랜드에게 달려갔을지도 모른다. 그에게 특별한 감정도 없이 그저 가까이 지내다 보니, 아니면 삶이 무료해서 그의 요구에 넘어가게 되었고, 일단 그렇게 되자 자기가 판 함정에 빠져 자신도 어찌할 수 없는 처지에 놓였음을 뒤늦게 알게 되었는지도 모른다. 어쨌든 그녀의 침착한 이마와 차가운 회색 눈동자 뒤에 어떤 생각과 감정이 숨어 있는지 내가 어찌 알 수 있겠는가.

그러나 인간처럼 예측할 수 없는 동물을 상대할 때는 그 무엇도

---

* 그리스 신화에서 디오니소스 신을 섬기는 여자들로, 흔히 광기에 사로잡힌 여자들을 일컫는다.

확신할 수 없는 일이지만, 블란치 스트로브의 행동에 대해서는 그럴 듯한 설명을 할 수 있었다. 반면에 나는 스트릭랜드라는 인간만은 전혀 이해할 수가 없었다. 아무리 머리를 쥐어짜보아도 그에 대한 내 관념과는 그토록 상반되는 행동을 어떤 식으로도 설명할 수가 없었다. 친구의 신의를 그토록 무자비하게 배반하거나 조금도 주저하지 않고 다른 사람의 불행의 대가로 일시적으로 기분을 만족시키는 행위가 그에게는 전혀 이상할 것이 없었다. 그것은 그의 천성에서 비롯된 것이었다. 그에게는 감사하는 마음이라고는 전혀 없었으며, 연민도 마찬가지였다. 대부분의 인간이 가지고 있는 공통적인 감정이 그에게는 전혀 존재하지 않았다. 따라서 그러한 감정을 느끼지 않는다는 이유로 그를 책망한다는 것은 난폭하고 잔인하다는 이유로 호랑이를 나무라는 것처럼 터무니없는 일이다. 그러나 내가 납득할 수 없었던 것은 바로 그의 변덕이었다.

나는 스트릭랜드가 블란치 스트로브와 사랑에 빠졌다고는 믿을 수 없었다. 도대체 그가 사랑할 수 있으리라는 것 자체가 믿기지 않았다. 사랑이란 다정다감한 마음이 필수적인 감정인데 스트릭랜드는 자신이나 타인에게 그러한 감정을 전혀 품지 않았다. 사랑에는 나약한 감정, 상대방을 보호해주고 싶은 욕망, 또한 선을 베풀고 즐겁게 해주려는 열망 등이 내포되어 있다. 사랑은 비록 사심이 없는 것은 못 될지라도 놀랍도록 이기심을 숨겨두어야 하는 감정이다. 사랑에는 분명히 어떤 겸양의 마음이 숨겨져 있다. 이 모든 것들을 스트릭랜드가 가지고 있었다? 그것은 상상조차 할 수 없는 일이다.

사랑이란 마음을 한곳에 몰두하는 것이다. 사랑에 빠진 사람은 자아의식을 상실하고 만다. 아무리 총명한 인간이라도 자기가 현재 빠져 있는 사랑이 결국은 끝나고 말 것이라는 사실을 관념적으로는 몰라도 현실적으로는 결코 느낄 수 없는 것이다. 사랑이란 그 자체가 환상인 것을 알고 있으면서도 실체가 있는 것처럼 보이게 한다. 그리고 그것이 아무런 의미도 없는 환상에 불과하다는 것을 알면서도 실체보다 그 환상을 더 사랑한다. 사랑이란 한 인간을 그 자신보다 약간 크게 만들면서 동시에 약간 작게도 만든다. 사랑하는 사람은 이미 그 자신이 아니다. 그는 이제 한 개인이 아니고, 하나의 물건 또는 자기 자아와는 관련이 없는 어떤 목적을 위한 도구에 지나지 않는다. 사랑이란 결코 감상적인 면을 벗어날 수 없다. 그러나 스트릭랜드는 내가 알고 있는 어떤 남자보다도 그와 같은 나약한 감정에 마음을 쏟을 사람이 절대로 아니었다. 그가 사랑의 속성인 구속을 받아들였다고는 믿을 수 없다. 그는 그 낯선 멍에를 결코 짊어지지 않을 것이다. 그에게는 자기 자신과, 자신도 무엇인지 모르는 것을 향해 그를 끊임없이 몰아대는 그 이해할 수 없는 갈망 사이에 끼어드는 것이면 무엇이든 다 마음속에서 뿌리째 뽑아버릴 능력이 있다고 나는 믿었다. 비록 그렇게 하는 데 극심한 고통이 따른다 해도, 그래서 결국 만신창이가 되어 피투성이로 남게 된다 해도 그는 전혀 개의치 않을 사람이었다. 만약 스트릭랜드가 풍긴 그 복잡한 인상을 내가 조금이나마 성공적으로 전달할 수 있다면, 그는 사랑을 하기에는 지나치게 큰 동시에 지나치게 작은 남자라고 해도 터무니없는 말은 아닐 것이다.

그러나 애정에 대한 개념이란 그 사람 본연의 특성에 따라 형성되는 것이기에 사람마다 차이가 있을 수 있다. 따라서 스트릭랜드 같은 인간은 자기 나름의 방식대로 사랑을 할지도 모른다. 여하튼 그의 감정을 분석하려는 시도는 끝내 허사로 돌아갈 수밖에 없었다.

31

 다음 날, 더 묵고 가라는 만류에도 스트로브는 끝내 돌아가버렸다. 내가 그의 화실에 가서 짐을 가지고 오겠다고 했는데도, 그는 직접 가겠다고 고집을 부렸다. 그는 그들 두 사람이 자기 짐을 꾸려놓지 않았기를 은근히 기대하고 있는 눈치였다. 그렇게 되면 아내를 다시 만나 그의 품으로 돌아오라고 설득할 기회를 갖게 될지도 모른다고 생각했을 것이다.
 그러나 그가 막상 가보니 그의 짐은 모두 꾸려져서 관리실에 놓인 채 그를 기다리고 있었고, 블란치는 외출 중이라고 관리인이 전해주었다. 그는 분명히 자신의 충동을 억제하지 못하고 그 관리인에게 자신의 괴로움을 털어놓았을 것이다. 나는 그가 아는 사람에게는 무턱대고 자기 괴로움을 털어놓는다는 것을 알고 있었다. 그는 동정을 기대하지만 돌아오는 것은 늘 비웃음뿐이었다.

 그는 가장 보기 흉한 행동만 하고 다녔다. 그는 아내를 만나보지 않고는 더는 견딜 수가 없어서, 어느 날 그녀가 장을 보러 가는 시간을 알아내어 길거리에서 기다리고 있다가 그녀를 불러 세웠다. 그녀는 그에게 말을 붙이려고도 하지 않았지만 그는 집요하게 말을 걸었다. 자기가 범했던 잘못을 사과하겠다고 부지런히 지껄여대기도 했고, 그녀를 충심으로 사랑하고 있다고 역설하기도 했으며, 제발 돌아와달라고 애원하기도 했다. 그러나 그녀는 대답조차 않고 외면한 채 황급히 걸어가버렸다. 그가 통통하고 짧은 다리로 그녀를 따라가기 위해 안간힘을 쓰고 걸어가는 모습은 가히 상상해볼 만한 것이었다. 그는 급하게 따라가느라 숨을 헐떡거리며 그녀에게 현재 자신이 처한 불행한 처지에 대해 말했다. 자기에게 연민의 정을 베풀어줄 것을 간청했으며, 용서만 해준다면 원하는 것은 무엇이든 다하겠다고 약속했다. 그녀에게 함께 여행을 떠나자는 제안도 했다. 또 그는 스트릭랜드가 머지않아 그녀에게 싫증을 내게 될 것이라는 말까지 했다.

 그가 그때의 치사스러운 장면을 빠짐없이 내게 전했을 때 나는 분노가 치밀어 올랐다. 그에게는 분별력이나 위엄이라고는 전혀 없었다. 아내가 경멸할 짓은 하나도 빠짐없이 하고 다닌 것이다. 자기는 사랑받고 있지만 자기 쪽에서는 사랑하지 않는 남자에 대한 여자의 잔인성보다 더 잔혹한 것은 이 세상에 없을 것이다. 그런 여자에게는 어떠한 친절도 관용도 기대할 수 없고, 남아 있는 것이라곤 발광적인 분노뿐이다. 블란치 스트로브는 갑자기 걸음을 멈추더니 남편의 뺨을 힘껏 후려쳤다. 그녀는 그가 놀라 어리둥절해하는 틈을 타서 계단을 뛰어올라가 화실로 사라져버렸다. 결국 그녀의 입에서는 한마디의 말도 나오지 않았던 것이다.

내게 이런 이야기를 하면서 그는 아직도 맞은 부위가 얼얼하다는 듯 손으로 뺨을 어루만졌다. 그의 눈에는 가슴이 찢겨나가는 듯한 고통과 우직한 경악의 빛이 담겨 있었다. 그는 심하게 매를 얻어맞은 초등학생처럼 보여서 나는 그를 가엾게 생각했지만, 한편으로는 터져 나오려는 웃음을 참느라고 애를 먹었다.

그 후부터 그는 아내가 상점에 가려면 반드시 지나가야 할 거리를 배회하다가, 그녀가 지나갈 때면 건너편 모퉁이에 서 있곤 했다. 두 번 다시 그녀에게 말을 걸어볼 용기도 내지 못하고 가슴속에 간직된 애틋한 마음을 자신의 둥그런 두 눈동자에 담은 채 그저 하염없이 바라만 보았다. 내 생각에는 그토록 비참한 그의 모습을 보고 그녀가 어느 정도 감동할 거라는 기대를 가졌던 것 같았다. 그러나 그녀는 그를 보았다는 내색을 하지 않았으며, 시장에 가는 시간을 바꾸거나 다른 길로 가는 일조차 없었다. 그녀의 그처럼 냉담한 태도에는 어떤 잔인함이 숨겨져 있는 것이 아닌가 싶었다. 그녀는 남편에게 가한 고통에서 일종의 즐거움을 맛보고 있을지도 몰랐다. 어째서 그녀가 남편을 그토록 증오하는지 도저히 이해가 되지 않았다.

나는 스트로브에게 좀 더 현명하게 행동하라고 충고했다. 그의 쓸개빠진 행동을 생각하면 나는 화가 치밀어 올랐다.

"계속 그런 식으로 접근해서는 아무 소용도 없다네. 차라리 지팡이로 그녀의 머리통을 후려치는 게 훨씬 훌륭한 처사였다고 생각하네. 그렇게 했으면 그녀가 지금처럼 자네를 경멸하지는 않았을 걸세."

내가 말했다.

나는 잠시 고향에 가 있는 것이 어떻겠느냐고 제안했다. 전부터 그는 내게 양친이 아직도 생존해 계신 네덜란드 북부의 조용한 마을 이야기를 종종 들려주곤 했다. 그들은 가난했다. 부친은 목수였으며, 잔잔히 흐르는 운하 옆의 아담하고 깨끗한, 그러나 약간은 낡은 붉은색 벽돌집에서 살고 있었다. 거리는 넓고 한적했다. 그곳은 200년 동안이나 하향세를 보이고 있었지만, 그래도 주택들은 여전히 전성기의 소박한 품위를 간직하고 있었다. 한때 멀리 인도 제국까지 상품을 수출했던 부유한 상인들은 그들의 저택에서 평온하고 번영된 삶을 누리고 있었으며, 사업은 점점 쇠락해갔지만 찬란했던 과거의 품위를 그대로 간직하고 있었다. 운하를 따라 걷노라면 여기저기에 풍차가 서 있는 광활한 푸른 초원에 다다르게 되고, 한가로이 풀을 뜯고 있는 얼룩소들이 눈에 띄었다. 나는 더크 스트로브가 그런 환경에서 소년 시절을 회상하며 지내다 보면 지금의 불행을 잊으리라 생각했다. 그러나 그는 도무지 그곳으로 돌아가려 하지 않았다.

"그녀가 찾을 때를 대비해서 난 이곳에 있어야 해. 뭔가 큰일이 벌어졌을 때 내가 가까운 곳에 없다면 얼마나 불행한 일인가."

그는 여전히 같은 말을 되풀이할 뿐이었다.

"도대체 무슨 일이 벌어진다는 건가?"

"낸들 알 수 있겠나. 하지만 마음이 놓이지 않네."

나는 어깨를 으쓱해 보였다.

그렇게 괴로워하고 있는데도 더크 스트로브는 여전히 우스꽝스러운 존재였다. 이럴 때 만일 그의 몸이 지치고 수척해졌다면 그래도 동정을 샀을지 모른다. 그러나 그런 기색은 전혀 없었다. 여전히 몸은 비대했고, 둥글둥글 붉은 두 뺨은 잘 익은 사과처럼 윤기가 흘렀다. 그는 단정한 옷차림을 하고 있었으며, 맵시 있는 검정 코트에 언제나 조금 작아 보이는 중절모를 깔끔하게 쓰고 있었다. 배는 점점 튀어나와 올챙이를 닮아갔다. 어쨌든 그의 슬픔은 아무리 깊어진다 한들 그렇게 슬퍼 보이지가 않았다. 처량해 보이기는커녕 오히려 잘 나가는 외판원처럼 보였다. 인간의 외모가 때때로 그의 본심과 그처럼 정반대가 된다는 것은 정말 힘든 일일 것이다. 더크 스트로브는 이를테면 토비 벨치 경*의 육체에 로미오의 정열을 지닌 인물이었다. 그는 상냥하고 관대했지만 행동은 언제나 실수투성이였다. 그는 아름다움을 간파하는 예리한 감성을 소유하고 있으면서도 그가 만들어내는 것은 진부한 것뿐이었다. 유별나게 섬세한 감정을 지녔지만 행동은 상스러워 보였고, 타인의 문제에 대해서는 빛나는 재치가 있었지만 정작 자신의 문제 앞에서는 전혀 그렇지 못했다. 자연의 여신이 그토록 수많은 모순된 요소를 인간에게 부여해주고는 그 인간을 냉혹하고 복잡한 우주에 맞서게끔 방치한다는 것은 얼마나 잔인한 장난인가.

---

* 셰익스피어의 희극 〈십이야〉에 나오는 뚱뚱한 기사를 말한다.

32

몇 주 동안 스트릭랜드를 보지 않았다. 이제 그에게는 넌더리가 났고, 기회가 있었다면 기꺼이 면전에 대고 그렇게 말했을 것이다. 그러나 구태여 그런 말을 하려고 그를 찾아 나설 생각은 없었다. 더구나 그의 행동에 도덕적 분노를 느끼고 있는 듯이 행동하는 것이 조금은 쑥스럽기도 했다. 그런 일에는 일종의 자기만족 같은 요소가 있어 조금이라도 유머 감각이 있는 사람이라면 어색한 기분이 들게 마련이다. 단단히 마음먹지 않고서야 제 자신의 어리석음은 외면하고 남을 탓하기는 힘든 법이다. 스트릭랜드에게는 냉소적인 진지함이 있었다. 그렇기 때문에 그 앞에서 허세처럼 보일 법한 언동을 하려면 그러한 진지함을 의식히지 않을 수가 없었다.

그러나 어느 날 저녁, 그즈음 스트릭랜드와 마주칠까 의식적으로 피하고 있던 클리시 가의 카페 앞을 지나치다가 나는 그와 정면으로 마주쳤다. 그는 블란치 스트로브를 동반하고 평소에 즐겨 앉던 구석 자리로 들어가려던 참이었다.

"도대체 당신 요즈음 어디에 있었소? 난 당신이 멀리 떠난 줄 알았다오."

그가 말했다.

나를 대하는 태도가 친절한 걸 보니 아마도 내가 그와 이야기할 기분이 아니라는 것을 알고 있는 듯했다. 그는 굳이 예의를 갖춰 대할 만한 인물이 못 되었다.

"글쎄요. 전 아무 데도 가지 않았습니다."

내가 대꾸했다.

"그렇다면 이곳에는 왜 들르지 않았소?"

"파리에 한가하게 시간을 보낼 카페가 여기뿐인 것은 아니잖습니까?"

그제야 블란치는 손을 내밀며 내게 인사를 했다. 내가 왜 그녀가 다소 변했을 거라고 기대했는지 모르겠다. 그녀는 늘 입고 다니던 깔끔하고 몸에 잘 어울리는 회색 드레스 차림이었으며, 자연스럽게 드러낸 이마와 침착한 눈매는 화실에서 집안일에 열중하던 옛날 그대로였다.

"자, 이리 와서 체스나 한 판 두세."

스트릭랜드가 말했다.

그 순간 왜 딱히 거절할 구실이 떠오르지 않았는지 모를 일이다.

나는 시무룩한 표정으로 그들 둘을 따라 스트릭랜드가 늘 앉곤 했던 테이블 쪽으로 걸어갔다. 그가 체스판과 말을 가져다달라고 청했다. 그들 둘이 현재의 상황을 너무나 자연스럽게 받아들였으므로 그들과 다른 태도를 취한다는 것이 오히려 어색할 정도였다.

　스트로브 부인은 불가사의한 표정으로 말없이 게임을 지켜보았다. 전에도 그녀는 말이 없는 여자였다. 나는 그녀의 감정에 대한 실마리라도 얻어낼 수 있을까 하여 그녀의 입을 바라보았고, 표정을 자주 살폈다. 뭔가 고통이나 실망을 암시하는 은밀한 기미라도 찾아낼 수 있을까 하여 눈을 바라보았다. 그리고 혹시나 주름살 하나에도 심중의 감정이 드러나지 않을까 하는 기대감으로 이마를 주의 깊게 관찰했다. 그녀의 얼굴은 아무것도 읽을 수 없는 가면과도 같았다. 두 손을 조용히 무릎 위에 올려놓은 채 한 손으로 다른 손을 살며시 쥐고 있었다. 지금까지 내가 들어온 바로는 그녀는 격한 감정의 여인이었다. 일찍이 자기를 그토록 헌신적으로 사랑해주던 더크에게 그녀가 가한 상처는 분명 그녀의 격렬한 기질과 무서운 잔인성에서 비롯된 것이었다. 그녀는 남편의 보호 속의 안전한 은신처와 남부럽지 않은 안락한 생활을 버리고 스스로 생각해도 지극히 위험스러운 모험을 택했던 것이다. 이러한 성향은 모험에 대한 열망과 하루살이 같은 생활에 대한 각오를 보여주고는 있지만, 그동안 그녀가 집안일을 보살피고 착한 주부의 생활을 무척 사랑했다는 사실을 고려해볼 때 그같은 자세는 적잖이 놀라운 일일 수밖에 없었다. 그녀는 복잡한 성격의 여인임이 틀림없다. 그 같은 성격과 그녀의 침착한 외모를 대조해

보면 뭔가 극적인 것이 있었다.

　그들을 만난 데 흥분해 있던 터라 게임에 온 정신을 집중하려고 노력하면서도 나의 상상은 끝날 줄을 몰랐다. 스트릭랜드는 자기에게 진 상대를 멸시하는 사람이었기 때문에, 나는 스트릭랜드와 체스를 둘 때는 언제나 최선을 다했다. 승리의 환희에 날뛰는 그의 모습을 대하면 패배를 견디는 쓴맛은 더욱 심해졌다. 그에 반해 게임에서 지면 그는 그 결과를 더없이 좋은 기분으로 받아들였다. 그는 고약한 승리자이며 신사적인 패배자였다. 내기를 할 때만큼 사람의 성격이 잘 드러나는 경우는 없다고 생각하는 사람들은 이런 상황에서 미묘한 추론을 하게 될 것이다.

　체스가 끝나자 나는 웨이터를 불러 찻값을 지불하고는 그들과 헤어졌다. 결국 그 만남에서는 아무 일도 일어나지 않았다. 그들은 내가 생각할 만한 내용에 대해서는 단 한마디도 언급하지 않았으며, 내가 상상한 여러 추측도 근거가 전혀 없었다. 호기심만 더 커졌을 뿐 나는 그들이 어떻게 지내고 있는지 전혀 알 길이 없었다. 나는 내 영혼이 육신에서 빠져나와 그 화실 안의 사생활을 살피고 그들의 대화를 엿들을 수 있었으면 하는 간절한 마음을 품게 되었다. 그들의 숨겨진 생활에 관한 상상을 전개할 만한 어떤 암시도 찾아내지 못한 것이다.

33

이삼 일이나 지났을까, 더크 스트로브가 나를 찾아왔다.
"블란치와 만났다면서?"
"도대체 그건 또 어떻게 알았나?"
"자네가 그들과 함께 있는 걸 본 사람들이 전해주더군. 왜 말해주지 않았나?"
"얘기해봐야 자네만 괴로울 거라고 생각했네."
"좀 괴롭힌들 무슨 상관이 있나. 내가 그녀에 관한 일이라면 아무리 사소한 내용이라도 듣고 싶어 한다는 걸 자네도 알고 있잖은가."
나는 이제 그가 질문을 던져오기를 기다렸다.
"그래, 그녀는 어떻던가?"
"변한 것이 전혀 없더군."

"행복해 보이던가?"

나는 어깨를 으쓱해 보였다.

"그걸 내가 어떻게 알 수 있겠나. 우린 카페 안에 있었고, 더군다나 체스를 두고 있었네. 자네 아내에게 말 붙일 기회라곤 전혀 없었다네."

"여보게, 그래도 표정만 봐도 알 수 있지 않은가?"

나는 고개를 가로저었다. 말로든, 몸짓으로든 자신의 감정을 나타내는 기색이 전혀 없었다고 거듭 말해줄 수밖에 없었다. 그녀가 얼마나 자제력이 강한지는 나보다도 그가 더 잘 알고 있을 것이다. 그는 감정이 북받쳐 오르는 듯 두 손을 꽉 움켜잡았다.

"오, 나는 너무 두렵다네. 분명 어떤 일이 일어날 것만 같아. 무서운 일 말일세. 그런데도 나는 손 놓고 있을 수밖에 없는 처지가 아닌가."

"도대체 무슨 일이 일어난다는 건가?"

내가 물었다.

"그건 나도 모르겠네. 그렇지만 뭔가 무서운 재앙이 닥쳐올 것만 같네."

그는 두 손으로 머리를 감싸쥐고 신음하듯 말했다.

언제나 흥분을 잘하는 친구였지만, 지금의 스트로브는 완전히 제정신이 아니었다. 그에게는 이미 이성이란 것이 없었다. 물론 나도 블란치 스트로브가 스트릭랜드와 함께하는 생활을 오래 견디지 못하리라고 충분히 생각했다. 그러나 인과응보는 가장 거짓된 격언 가운데 하나였다. 인생의 경험에 비추어 본다면, 사람들은 끊임없이 재앙을 불러일으키는 일을 하고 있지만 그로 인해 빚어지는 불행한 결과를 우연한 기회에 모면하기도 한다. 블란치가 스트릭랜드와 언쟁이라도 벌이게 된다면 그녀는 그의 곁을 그냥 떠나기만 하면 된다. 그녀의 남편은 그런 아내를 겸허한 마음으로 기다리고 있다가 그녀를 용서하고 지난 일을 잊어버리면 된다. 따라서 나는 그녀를 동정할 생각이 전혀 없었다.

"자네가 그녀를 사랑하지 않기 때문에 그런 생각을 하는 걸세."
스트로브가 말했다.

"그렇지만 결국 그녀가 불행하다는 증거는 하나도 없더군. 어쩌면 그들은 아주 가정적인 부부로 정착했는지도 모를 일일세."

스트로브가 애처로운 눈으로 나를 쳐다보았다.

"그건 자네에게야 대수롭지 않은 일이겠지. 그러나 내게는 중대한 문제일세. 너무나도 중대한 문제야."

내가 그에게 성급하게 굴고 경솔한 태도를 보였다면, 그것은 유감스러운 노릇이었다.

"자네, 부탁 하나 들어주겠나?"
"무슨 일이건 기꺼이 하겠네."
"나 대신 블란치에게 편지를 써줄 수 있겠나?"
"왜 직접 쓰지 않고?"
"사실은 여러 차례 편지를 보냈네. 답장을 기대한 건 아니었지만, 때로는 내 편지를 읽지도 않을 거라는 생각이 들더군."
"자네는 여자들의 호기심을 고려하지 않는 것 같군. 자네 아내가 그런 호기심을 견뎌낼 수 있을 것 같은가?"

"견뎌내겠지. 내 편지니까."

나는 재빨리 그를 쳐다보았다. 그는 시선을 아래로 떨구고 있었다. 그의 말이 내게는 이상하게도 굴욕적으로 들렸다. 그는 제 아내가 자기를 그토록 냉담하게 대하고 있으니 자신의 필체를 보아도 눈도 깜짝하지 않으리라는 걸 잘 알고 있었다.

"돌아올 거라고 진심으로 믿는 건가?"

"난 그녀에게 최악의 불행이 겹치더라도 내게 의지할 수 있다는 사실을 알려주고 싶은 것일세. 자네가 그 점을 알려주었으면 좋겠네."

나는 종이를 한 장 꺼냈다.

"자네가 꼭 전하고 싶은 게 뭔가?"

그의 말을 듣고 나는 다음과 같은 내용의 편지를 썼다.

친애하는 스트로브 부인.

더크는 제가 다음과 같은 사연을 당신에게 전해주기를 원하고 있습니다. 부인께서 필요로 한다면 언제든 그는 부인을 도울 기회를 기꺼이 받아들이겠답니다. 그는 지금까지 있었던 어떤 일에 대해서도 부인에게는 아무런 유감이 없으며, 부인에게로 향하는 사랑 역시 변함이 없다고 합니다. 필요하시면 다음 주소로 오세요. 그럼 언제나 그를 만날 수 있습니다.

34

스트로브의 예감 못지않게, 스트릭랜드와 블란치의 관계가 비참하게 끝나리라고 나 역시 믿고 있었지만, 사태가 그처럼 비극적인 양상을 띠리라고는 전혀 예상하지 못했다.

숨이 막힐 정도로 무더운 여름이 왔다. 심지어 밤이 되어도 낮에 지친 신경을 진정시켜줄 만한 시원한 바람 한 점 불지 않았다. 오히려 낮 동안 데워진 거리가 그 열기를 다시 뿜는 것 같았고, 거리를 지나는 행인들도 그 열기에 지쳐 발을 질질 끌고 있었다. 나는 몇 주일 동안 스트릭랜드를 만나보지 못했다. 나는 다른 일에 정신을 쏟고 있어서 그와 그의 주변 문제를 생각할 겨를이 없었다. 더크는 아무 보람도 없는 한탄만 늘어놓았으므로 나는 싫증이 나서 만남을 피하고 있었다. 이제 그 일은 그저 지저분한 일로만 여겨졌고 나는 그런 일로 더는 나 자신을 괴롭히고 싶지 않았다.

어느 날 아침, 나는 잠옷을 입은 채 뭔가를 쓰고 있었다. 내 생각은 이리저리 방황하며 태양이 내리쬐는 브르타뉴 해변과 신선한 내음이 풍기는 바다 위를 헤매었다. 옆에는 관리인 아주머니가 갖다준 빈 카페오레 잔과 식욕이 없어 먹다 남긴 크루아상 조각이 남아 있었다. 옆방에서는 관리인 아주머니가 내 목욕물을 쏟아버리는 소리가 들려왔다. 그때 초인종 소리가 들렸으나 나는 아주머니가 문을 열 거라 생각하고 내버려두었다. 그러나 이내 나를 찾는 스트로브의 목소리가 들려왔다. 나는 가만히 앉아 어서 들어오라고 큰 소리로 그를 불렀다. 그는 재빨리 방으로 들어오더니 내가 앉아 있는 테이블 옆으로 왔다.

"그녀가 자살했어!"

목쉰 음성으로 그가 소리쳤다.

"뭐가 어째?"

나는 깜짝 놀라 외쳤다.

무슨 말을 할 것처럼 입술을 달싹였지만 그의 입에서는 아무 소리도 나오지 않았다. 그는 천치처럼 알아들을 수 없는 말을 재빨리 지껄이고 있었다. 내 가슴은 격렬하게 두근거렸으며, 나도 모르게 울화가 치밀어 올랐다.

"여보게, 제발 정신 좀 차려보게. 대체 무슨 말을 하고 있는 건가?"

그는 두 손으로 절망적인 몸짓을 해 보였다. 그러나 여전히 그의 입에서는 아무 소리도 나오지 않았다. 충격을 받아 벙어리가 되어버린 것 같았다. 나 역시 어떤 감정에 압도된 듯 그의 어깨를 붙잡고 마구 흔들어댔다. 그때 일을 돌이켜보면, 내가 그 같은 바보짓을 했다는 데 화가 날 뿐이다. 아마도 당시 초조하게 보냈던 며칠 밤이 내가 생각했던 것 이상으로 내 신경을 지치게 한 모양이었다.

"좀 앉고 보세."

마침내 그가 헐떡이며 말했다.

나는 유리잔에 생 갈미에를 따라 권했다. 마치 어린애를 다루듯 잔을 그의 입술에 대주었다. 그는 한 모금 꿀꺽 삼키다가 일부를 셔츠 앞자락에 흘렸다.

"누가 자살을 했다는 거야?"

자살했다는 사람이 누구라는 것을 알고 있으면서도 나도 모르게 그렇게 물었다. 그는 마음을 가라앉히려고 애를 쓰고 있었다.

"간밤에 두 사람이 심한 언쟁을 하고 그자가 집을 나가버린 모양이야."

"그녀는 죽었나?"

"아니, 사람들이 병원으로 옮겼다네."

"그럼, 도대체 자네는 무슨 말을 하고 있는 건가? 자살했다고 하지 않았나?"

나는 화가 나서 소리를 질렀다.

"그렇게 화내지 말게. 그런 식으로 윽박지르면 내가 무슨 말을 하겠나."

나는 초조함을 억누르기 위해 두 손을 꽉 움켜쥐고 애써 미소를 지었다.

"미안, 미안하네. 천천히 말해주게. 자, 서두르지 말고."

안경 뒤의 동그란 푸른 눈은 공포로 가득 차 있었다. 그가 쓰고 있는 돋보기 안경이 그의 눈동자를 일그러뜨리고 있었다.

"오늘 아침 관리인 아주머니가 편지를 전하려고 올라갔는데, 아무리 초인종을 눌러도 대답이 없더란 걸세. 그리고 신음소리가 들렸다는 거야. 마침 문이 잠겨 있지 않아 방으로 들어가 보니, 블란치가 침대 위에서 몹시 괴로워하더라는 거야. 그리고 테이블 위에는 수산(蓚酸) 병이 놓여 있었다지 않나."

스트로브는 두 손으로 얼굴을 가리더니 몸을 앞뒤로 흔들며 신음소리를 냈다.

"의식은 있었다던가?"

"그렇다네. 그녀가 얼마나 고통스러워했는지 자네는 짐작도 못할 걸세. 난 도저히 못 견디겠네. 정말 못 견디겠어."

그의 목소리가 비명으로 변했다.

"제기랄! 자네가 못 견딜 게 뭐가 있나. 못 견딜 사람은 자네 부인이지."

"자넨 어쩌면 그리도 잔인한가?"

"그래, 자넨 어떻게 했나?"

"사람들이 의사와 나를 부르러 보내고, 경찰에도 연락을 했다네. 전에 내가 관리인 아주머니에게 20프랑을 주면서, 무슨 일이 있으면 곧 알려달라고 부탁해 놓았거든."

그는 잠시 말을 멈췄다. 그가 내게 하려는 말이 얼마나 힘겹게 전해지고 있는지 짐작이 갔다.

"내가 달려갔지만 아내는 나와는 이야기를 하려 하지 않았네. 옆에 있는 사람들에게 나를 내보내 달라고만 말하더군. 모든 것을 용서한다고 맹세를 해 보였지만, 내 말은 들으려고도 하지 않아. 벽에다 머리를 들이박기까지 했어. 의사도 내가 곁에 있어서는 안 되겠다고 하더군. 계속해서 나를 내보내라고 소릴 지르는 거야. 나는 할 수 없이 그곳에서 나와 화실에서 기다렸네. 잠시 후 구급차가 도착해 그녀를 들것에 옮기는 동안 사람들은 그녀가 보면 안 되니 나보고 부엌으로 들어가 있으라고 하더군."

내가 옷을 갈아입고 있는 동안(스트로브는 내가 당장 자신과 함께 병원에 가줬으면 했다) 스트로브는 아내가 적어도 더럽고 혼잡한 공동 병실만은 면할 수 있도록 독방을 잡은 이야기를 했다. 병원으로 가는 길에 내게 동행을 청한 이유를 설명했다. 그녀가 자신을 만나기를 거절한다 해도, 나만은 만나줄 거라고 생각한 것이다. 그는 아직도 그녀를 사랑하고 있다는 사실을 다시 한번 전해달라고 애걸했다. 어떤 일에도 그녀를 책망하지 않을 것이며 다만 돕겠다는 생각뿐 그녀에게는 아무 요구 조건도 없다는 이야기, 그녀가 회복한 뒤에도 자기에게 돌아와달라고 구걸하지 않을 것이니 그녀는 완전히 자유로운 몸이 될 것이라는 이야기를 함께 전해달라고도 했다.

그러나 우리가 믹싱 병원에 도착하고 보니, 섬뜩하고 우울한 건물에 보기만 해도 가슴이 답답해졌다. 이 직원 저 직원을 따라 끝없이 이어지는 계단과 긴 복도를 거쳐 마침내 담당 의사를 만났다. 의사는 환자의 상태가 심각해 그날은 면회가 불가능하다고 했다. 하얀 옷에 수염을 짧게 기른 의사는 무뚝뚝하기 이를 데 없었다. 그는 분명히 이번 사건을 흔히 있을 수 있는 사건으로 생각했고, 환자를 염려하는 친척들은 매우 성가신 존재이니 강경하게 대해야 한다고 생각하는 것 같았다. 게다가 그에게는 그러한 사건은 아주 흔한 일이었다. 히스테릭한 부인이 정부와 입씨름 끝에 음독하는 사건은 끊임없이 일어나는 그렇고 그런 일이었다. 처음에 그는 더크가 이 불행의 원인이라고 생각했는지 그에게 필요 이상으로 퉁명스럽게 대했다. 내가 나서서 그는 그녀의 남편이며 아내의 모든 잘못을 용서해주려 한다고 말하자, 의사는 호기심 어린 눈빛으로 더크를 보았다. 그의 눈에는 조소의 빛이 엿보였다. 사실 스트로브는 영락없이 쉽게 속을 남편 상이었다. 의사는 어깨를 살짝 으쓱했다.

"당장 큰 위험은 없습니다. 부인이 얼마나 마셨는지는 알 수 없습니다. 두려움을 떨쳐버리기 위해 약을 먹었을 수도 있습니다. 여자들은 흔히 사랑 때문에 자살을 기도합니다만 일반적으로 치사량은 피해야 한다는 의식을 지니고 있습니다. 대체로 그런 행위는 연인의 동정이나 공포를 유발하기 위한 제스처라고 할 수 있지요."

우리의 질문에 의사가 대답했다.

의사의 말투에는 차디찬 경멸의 빛이 숨겨져 있었다. 그에게 블란치 스트로브는 틀림없이 그해 파리의 자살 기도 통계 숫자에 추가되는 하나의 단위에 불과했으리라. 의사는 바빠서 우리에게 더 시간을 내줄 수 없었다. 그는 이튿날 블란치의 증세가 호전된다면 특정한 시간에 남편에게만은 면회가 허용될 거라고 말했다.

35

우리가 그날 하루를 어떻게 보냈는지는 기억에 남아 있지 않다. 스트로브가 혼자 있는 것을 견디지 못했으므로 그의 마음을 달래주려 애쓰다 나는 결국 지쳐버리고 말았다. 그를 루브르 박물관으로 데리고 갔지만, 그림을 보는 척하면서도 그의 마음은 줄곧 아내에게 가 있었다. 먹기 싫다는 점심을 억지로 권한 뒤 그에게 자리에 누우라고 종용했지만, 그는 잠을 이루지 못했다. 그는 내 아파트에서 며칠간이라도 같이 지내보자는 제안을 기꺼이 받아들였다. 책을 몇 권 주었지만, 그는 한두 페이지를 들여다보다가 옆에 내려놓고 서글픈 눈빛으로 허공을 응시했다. 우리는 저녁에 피케트 게임*을 여러 차례 해보

---

* 둘이서 하는 카드 놀이의 일종이다.

았지만, 기분 전환을 시키려는 나의 노력을 실망시키지 않으려는 듯 흥미로운 척할 뿐이었다. 결국 내가 술 한잔을 주었더니, 그는 그제야 겨우 불안스럽게 잠이 들었다.

다음 날 우리는 다시 병원에 가서 간호사를 만났다. 그녀는 블란치가 좀 회복되었다고 전해주었다. 그러고는 그녀에게 남편을 만나보고 싶은지 묻기 위해 다시 병실로 들어갔다. 부인이 누워 있는 병실에서 말소리가 들리더니 이내 간호사가 나왔다. 그리고 어느 누구와도 만나고 싶지 않다는 환자의 뜻을 전했다. 우리는 그 간호사에게 만일 그녀가 더크를 만나고 싶지 않다면 나는 어떻겠느냐고 물어봐 달라고 부탁했다. 그러나 부인은 그것도 거절했다. 더크의 입술이 부르르 떨렸다.

"환자에게 강요할 수는 없어요. 그분은 지금 중태입니다. 아마 이삼 일쯤 지나면 생각이 달라지실 거예요."

간호사가 말했다.

"그럼 다른 사람 중에서 만나보고 싶은 사람이 있답디까?"

더크의 목소리는 너무 낮아서 속삭임처럼 들렸다.

"그분은 그저 혼자 조용히 있게 해달라고 말씀하셨어요."

더크의 손이 묘하게도 마치 몸과 분리된 듯 제멋대로 움직였다.

"다른 사람 중에서 보고 싶은 사람이 있다면 데려다 주겠다고 좀 전해 주시겠습니까? 저는 단지 아내가 행복해지길 바랄 뿐입니다."

간호사는 차분하고 친절한 눈으로 그를 쳐다보았다. 그것은 이 세상의 모든 공포와 괴로움을 보아왔지만, 아직도 범죄가 없고 평화로운 세상에 대한 꿈으로 넘쳐 흐르는 듯한 눈이었다.

"부인께서 마음이 좀 더 안정되면 말씀드릴게요."

측은한 마음으로 가득 찬 더크는 당장 그 말을 꼭 좀 전해달라고 애원했다.

"치료에도 도움이 될 겁니다. 제발, 지금 물어봐주십시오."

간호사는 동정 어린 미소를 희미하게 지으며 다시 병실로 들어갔다. 간호사의 나직한 음성이 들리고 뒤이어 곧 누구의 목소리인지 알 수 없는 소리가 들려왔다.

"없어요! 없어요!"

간호사는 다시 나와 고개를 가로저었다.

"방금 말한 사람이 부인이었나요? 목소리가 좀 이상하군요."

내가 물었다.

"부인의 성대가 산(酸) 때문에 탔나 봐요."

더크는 나지막이 고통스러운 비명을 질렀다. 나는 그에게 간호사와 할 이야기가 있으니, 먼저 현관에 나가 기다리고 있으라고 말했다. 그는 이유도 묻지 않고 묵묵히 현관 쪽으로 걸어갔다. 말 잘 듣는 어린아이처럼. 그는 모든 의지를 상실한 것 같았다.

"약을 먹은 이유를 부인에게 들었습니까?"

내가 물었다.

"아뇨. 그분은 전혀 입을 열려고 하지 않아요. 조용히 침대 위에 누워서 몇 시간이고 몸 한 번 뒤척이지도 않아요. 계속 울고만 있어요. 그래서 베개가 온통 젖어 있어요. 손수건으로 닦을 기운조차 없어 눈물이 흐르는 대로 내버려두는 거예요."

그녀의 말에 나는 가슴이 조여드는 듯했다. 그때 같은 기분이라면 스트릭랜드를 죽여버리고도 남았을 것이다. 간호사에게 작별 인사를 할 때 내 목소리가 떨리는 것이 느껴졌다.

더크는 현관 앞 층계에서 나를 기다리고 있었다. 그는 아무것도 보이지 않는 듯 내가 가까이 다가가도 의식하지 못했다. 팔을 건드리자 비로소 나를 알아보았다. 우리는 묵묵히 걸었다. 나는 도대체 무슨 일이 있었기에 그 불쌍한 인간이 그토록 무서운 짓을 저질렀을까 하는 상상을 해보았다. 스트릭랜드도 무슨 일이 일어났다는 것쯤은 알고 있으리라 추측했다. 경찰이 찾아갔을 것이고, 그렇게 되면 그는 경찰 심문에 모든 것을 진술했을 테니까. 그가 어디에 있는지는 알 수 없지만, 아마 화실로 쓰고 있었던 지저분한 다락방으로 돌아갔을지도 모른다고 생각했다. 그런데 그녀가 스트릭랜드를 만나고 싶어 하지 않는다는 것이 이상했다. 아마 그가 오지 않으리라는 것을 이미 알고 거절한 것인지도 몰랐다. 도대체 얼마나 잔인한 심연을 들여다보았기에 두려움에 떨며 목숨까지 끊어버리려 한 것일까.

36

 그다음 일주일은 고통스럽기 짝이 없는 나날이었다. 스트로브는 하루에 두 차례씩 병원을 찾아가 문병을 청했지만 그녀는 여전히 만나려 하지 않았다. 그는 처음에는 그녀의 병세가 점차 호전되는 것 같다는 말을 듣고 안심하고 희망찬 마음으로 돌아왔으나, 의사가 두려워했던 합병증이 발병해 회생이 불가능하다는 말을 듣고는 또다시 깊은 절망에 빠져버렸다. 간호사는 비탄에 빠져 있는 그의 불행을 동정하긴 했지만 위로해줄 만한 말은 전혀 할 수 없었다. 그 불쌍한 여인은 조용히 누운 채 답변을 일절 거절하고 마치 다가오고 있는 죽음을 응시하는 듯 한곳만을 바라보고 있었다. 이제 겨우 하루 이틀이나 남았을까.
 그러던 어느 날 저녁 늦게 스트로브가 나를 찾아왔을 때, 나는 그녀의 부음을 전해주기 위해 왔다는 것을 직감했다. 그는 지칠 대로 지쳐 있었다. 이제는 수다스럽던 모습도 보이지 않았다. 그는 힘없이 소파에 주저앉았다. 나는 이제 어떤 위로의 말도 그에게 소용 없다는 것을 깨닫고, 그를 조용히 소파 위에 눕혔다. 나는 책을 읽으면 매정한 사람으로 여겨질까봐, 그저 창가에 앉아서 파이프를 문 채 그가 이야기를 꺼내고 싶어질 때까지 기다렸다.

"자네는 내게 대단히 친절하군. 모두들 정말 친절했어."

마침내 그가 입을 열었다.

"쓸데없는 소릴랑 하지 말게."

나는 약간 난처한 표정을 지으며 말했다.

"병원에 갔더니 좀 기다려보라고 하더군. 의자를 내다 주기에 문밖에 앉아 있었지. 그녀가 혼수상태에 빠지자 잠시 나더러 들어오라고 하더군. 그녀의 입술과 턱은 산으로 온통 타버렸고, 그토록 사랑스럽던 피부가 상처를 입어 정말 흉측했네. 결국 그녀는 너무나 평화스럽게 떠나버리고 만 것일세. 너무나 조용히 누워 있어서 간호사가 말할 때까지 난 죽은 줄도 몰랐다네."

그는 지쳐서 울 기력조차 없었다. 온몸의 힘이 다 빠져버린 듯 축 늘어진 자세로 누워 있더니 곧 깊은 잠 속으로 들어가버렸다. 실로 일주일 만에 처음 든 자연스러운 잠이었다. 자연의 여신은 때때로 감당할 수 없을 만큼 잔인하고, 때로는 자비롭기도 했다. 나는 그에게 이불을 덮어주고 불을 꺼주었다. 아침에 눈을 떠보니 그는 여전히 깊은 잠에 빠져 있었다. 그의 금테 안경도 여전히 코 위에 얹혀 있었다.

37

블란치 스트로브의 죽음은 상황이 복잡했으므로 여러 가지 수속 절차가 필요했지만, 결국 우리는 매장 허가를 얻어냈다. 더크와 나만 영구차를 따라 묘지까지 갔다. 갈 때는 보통 걸음의 속도를 냈으나 돌아올 때는 빨리 달렸다. 말을 채찍질하는 영구차 마부의 모습에서 나는 이상하게도 두려움이 느껴졌다. 어깨를 으쓱해 보이는 자세가 마치 죽은 사람의 생각을 떨쳐버리기 위해서인 것 같았다. 앞의 영구차가 이따금 흔들리며 달리는 것이 보이면 우리를 태운 마부도 뒤처지지 않으려고 했다. 나 역시 모든 일을 마음속에서 지워버리고 싶은 생각뿐이었다. 나와는 아무런 관계도 없는 비극에 나는 염증을 느끼고 있었다. 그래서 스트로브를 위로한다는 핑계로 화제를 돌렸다.

"잠시 파리를 떠나 있는 편이 낫지 않겠나? 이제 자네가 굳이 파리에 머물러 있을 이유도 없고."

내가 말했다.

그가 아무런 대답도 하지 않자 나는 매정하게 말을 이었다.

"이제 무얼 할지, 무슨 계획이라도 세워두었나?"

"아니."

"산 사람은 어떻게든 살아야지. 이탈리아로 가서 일을 시작하는 건 어떤가?"

이번에도 그는 대답하지 않았다. 때마침 우리 마차의 마부가 뭐라고 소리를 질러 어색한 분위기를 덜어주었다. 마부는 잠시 마차의 속도를 늦추며 몸을 뒤로 젖히고 무슨 말인가를 했지만 나는 무슨 말인지 알아들을 수가 없어서 창 밖으로 고개를 내밀었다. 마부는 어디에 내려줄지 묻고 있었다. 나는 그에게 잠깐만 기다리라고 말했다.

"어디 가서 점심이나 함께 하세. 피갈 광장에서 내려달라고 부탁하겠네."

더크에게 내가 말했다.

"아니야. 난 그럴 생각이 없어. 그냥 화실로 가겠네."

나는 잠시 망설였다.

"함께 가줄까?"

"아닐세. 그냥 혼자 있고 싶네."

"그럼 그렇게 하게나."

나는 마부에게 가야 할 방향을 알려주었다. 우리는 또다시 찾아온 침묵 속에서 달리고 있었다. 더크는 사람들이 블란치를 병원으로 옮겨갔던 그 불행한 아침 이후로 여태껏 화실에 발을 들여놓지 않았다. 그가 동행을 요구하지 않아 내심 기뻤다. 화실 문 앞에서 그와 헤어진 뒤, 나는 홀가분한 기분으로 발걸음을 옮겼다. 나는 파리의 거리에서 새로운 기쁨을 맛보았고, 이리저리 분주하게 움직이는 사람들을 미소 띤 얼굴로 바라보았다. 날씨는 화창했으며 내리비치는 햇빛에 눈이 부셨다. 나는 마음속에서 끓어오르는 격렬한 생의 기쁨을 느꼈다. 나는 자신도 모르게 스트로브와 그의 슬픔을 마음속에서 깨끗이 떨쳐버렸다. 내 생활을 즐기고 싶은 마음으로 가득 차 있었다.

38

 그 후 거의 일주일이나 스트로브를 만나지 못했다. 그러던 어느 날 저녁 7시가 조금 지나서 그가 갑자기 찾아와 저녁 식사를 하자고 나를 끌고 나갔다. 그는 머리부터 발끝까지 상복 차림이었다. 중절모에는 넓적한 검은 띠가 둘러져 있었고 심지어 손수건의 가장자리에까지 검은 테를 입혀 놓았다. 그 슬픈 차림새를 보면 그는 단 한 번의 재앙으로 모든 친척들을, 심지어 처가 쪽의 사촌들까지 잃어버렸다는 인상을 주었다. 그러나 그의 뚱뚱한 몸집과 혈색 좋은 통통한 뺨은 상복과는 조금도 어울리지 않았다. 그의 한없는 불행이 그 자체 속에 우스꽝스러움을 지니고 있다는 것은 차라리 잔인한 일이었다.
 그는 내게 파리를 떠나기로 결심했다고 말했다. 그러나 행선지는 내가 제안했던 이탈리아가 아니라 네덜란드였다.

"내일 출발하네. 자네와 만나는 것도 오늘로 마지막이 될지 모르겠군."
내가 적당히 대답하자, 그는 쓸쓸한 미소를 지었다.
"고향에 가보지 못한 지도 어느덧 5년이나 되었네. 그동안 나는 그곳을 까맣게 잊고 있었던 것 같아. 아버님이 계신 집에서 너무나 멀리 떨어져 지내다가 이제 새삼 찾아가려니 쑥스럽네만, 지금은 그곳만이 유일한 피난처가 될 것 같아."
마음에 멍이 들고 상처받은 그는 이제 어머니의 부드러운 사랑 속으로 되돌아갈 생각뿐이었다. 오랜 세월 참고 견뎌왔던 조롱이 이제는 너무도 힘겹게 그를 짓누르고 있는 것이었다. 결국은 블란치의 배신행위로 받은 마지막 충격이 지금껏 조롱을 유쾌하게 받아들일 수 있었던 그의 마음의 탄성을 완전히 빼앗아버리고 만 것이다. 그는 이제 더는 자기를 비웃는 사람들을 향해 웃음을 보여줄 수가 없었다. 그는 이 세상에서 버림받은 완전히 외로운 인간이었다. 그는 내게 아담한 벽돌집에서 보낸 어린 시절과 어머니의 절도 있는 생활에 대해 이야기했다. 어머니의 부엌은 놀랍도록 깨끗이 닦여 있었다. 모든 것이 한결같이 제자리에 놓여 있었고, 어디에서도 티끌 한 점 눈에 띄지 않았다. 그의 어머니는 광적일 만큼 청결을 생활 신조로 삼았다. 양 볼이 사과처럼 붉은, 단정한 차림의 키 작은 노부인이 집 안을 말쑥하고 청결하게 지키기 위해 긴 세월에 걸쳐 새벽부터 부지런히 일하는 모습이 눈앞에 보이듯 선하게 떠올랐다. 그의 아버지는 마른 노인으로 일생 동안 일을 하여 손에는 못이 박여 있었고, 말수가 적은 정직한 사람이었다. 저녁이 되면 그는 아내와 딸(지금은 작은 어선의 선장과 결혼했다)이 시간을 아껴가며 바느질에 여념이 없는 동안 큰 소리로 신문을 읽곤 했다. 문명의 진보에서 뒤떨어진 이 작은 마을에서는 어떤 사건도 일어나지 않고 한해 한해 세월이 흘러가고, 죽음이 친구처럼 찾아와 그동안 아무 잡념 없이 오로지 일만 해온 사람들에게 영원한 휴식을 안겨주곤 했다.

"아버지는 나도 당신처럼 목수가 되길 바라셨다네. 오 대째 같은 직업을 이어온 집안일세. 어쩌면 조상들의 발자취를 따라 곁눈질하지 않고 오로지 외길 인생을 살아가는 것이 지혜로운 일인지도 모르겠네. 소년 시절에 나는 이웃집에 사는 마구(馬具)쟁이 집 딸과 결혼하겠다고 말하곤 했지. 파란 눈에 노란 머리를 땋아 늘인 귀여운 소녀였지. 그 소녀와 결혼했더라면 나의 집을 항상 산뜻하게 가꿔놓았을 것이고, 내게는 내 뒤를 이어받을 아들도 생겼을 테지."

스트로브는 가볍게 한숨을 내쉬더니 입을 다물었다. 그의 생각은 어쩌면 그가 걸어갔을지도 모를 여러 삶 속을 헤매고 있었다. 과거에 거절했던 안정된 생활이 이제는 그의 온몸을 동경으로 가득 채우고 있었다.

"세상은 고통스럽고 잔인한 곳이야. 우리는 이유도 모르고 이곳에 왔다가 어딘지도 모르는 곳으로 훌훌 떠나야 한다네. 겸허해야겠지. 고요 속의 아름다움을 찾아야 한다네. 운명의 신이 알아차리지 못하게 조용하게 살아야 해. 소박하고 무지한 사람들의 사랑을 중하게 여겨야 하는 것일세. 그들의 무지는 우리의 어떤 식식보다 귀중한 것일세. 우리는 왜 우리의 작고 사소한 것에 만족하지 못하고, 그들처럼 순진하고 온화한 사람이 되려고 노력하지 않을까? 그게 바로 인생의 지혜라는 생각이 들지 않나?"

그의 이야기는 단지 그의 지친 마음을 드러내는 것일 뿐이라는 생각이 들었다. 나는 그의 체념에 반박하고 싶은 마음이 들었지만 그런 생각을 차마 입 밖으로 낼 수는 없었다.

"자네는 무엇 때문에 화가가 되고 싶어 했나?"

내가 물었다.

그는 어깨를 으쓱해 보였다.

"우연한 기회에. 나는 그림에 소질이 있었네. 학교에서 상도 여러 번 탔지. 가엾은 어머니가 내 재능을 무척 자랑스럽게 생각하고 그림물감 한 상자를 선물로 사주셨다네. 그리고 내가 그린 스케치를 목사와 의사, 판사 등에게 자랑삼아 보이곤 했지. 후에 그들의 권유로 암스테르담의 장학금 시험에 응시하여 합격을 했네. 불쌍한 어머니는 정말 자랑스러웠나 봐. 나를 떠나보내는 것을 가슴 아파하면서도 미소를 지어 보이시더군. 아들이 화가가 된다는 생각에 얼마나 마음이 흐뭇하셨겠나. 찌든 생활에 돈을 모아 내게 보내왔다네. 덕분에 나는 부족함을 모르고 지냈지. 내 첫 작품이 전시되던 날 그들 모두가 암스테르담으로 와주었다네. 아버지와 어머니, 여동생이 말일세. 어머니는 그림을 보자마자 울음을 터뜨리시더군. 그리고 말이야. 지금도 나의 옛집 벽은 온통 그때의 내 그림으로 가득하다네. 아름답게 금테 두른 액자 속에 넣어져서 말이야."

그의 부드러운 눈동자가 눈물 속에서 빛나고 있었다.

그는 행복한 자랑으로 얼굴이 빛나는 듯했다. 그림 같은 농부들과 삼나무, 그리고 올리브나무들이 그려진 그림 속의 차가운 풍경이 떠올랐다. 그 그림들이 반짝이는 액자에 끼워져 농가의 벽 이곳저곳에 걸려 있으면 참으로 신기해 보일 거라는 생각이 들었다.

"사랑하는 어머니는 나를 화가로 키우는 동안 나를 위해 보람 있는 일을 하고 있다고 생각하셨겠지. 하지만 말이야, 내가 아버지의 뜻을 좇아 지금 정직한 목수가 되어 있었다면 결국 내게는 그게 더 낫지 않았을까?"

"하지만 예술이 주는 끝없는 묘미를 알게 된 자네가 이제 와서 인생의 진로를 바꿀 수 있겠는가? 지금까지 예술에서 받았던 모든 기쁨, 그것을 다 잃어도 괜찮다는 말인가?"

"알고 있네. 예술은 이 세상에서 가장 위대한 것이지."

잠시 후 그가 대답했다.

그러고는 한동안 나를 물끄러미 바라보았다. 뭔가를 망설이는 것 같았다. 그러나 드디어 입을 열었다.

"내가 스트릭랜드를 만나러 간 사실은 알고 있나?"

"자네가?"

나는 깜짝 놀랐다. 나는 그가 스트릭랜드를 만나는 것조차 견딜 수 없을 거라고 생각했다. 그는 힘없이 미소를 지었다.

"내가 자존심 없는 인간이라는 건 자네도 잘 알고 있지 않나."

"도대체 무슨 이야기를 하는 건가?"

그는 내게 기이한 이야기를 들려주었다.

39

불행한 아내 블란치를 묻고 돌아와 내가 떠나자 스트로브는 무거운 마음으로 집으로 들어갔다. 뭔가 알 수 없는 힘이 그를 화실로 이끌었다. 고통스러울 것이 뻔했지만, 알 수 없는 자책의 욕망에 이끌린 듯했다. 그는 발을 질질 끌며 계단으로 올라갔다. 다리에 힘이 빠졌기 때문이다. 그는 안으로 들어갈 용기를 내려 애쓰면서 문 밖에서 서성거렸다. 그러나 극심한 메스꺼움에 당장이라도 계단을 뛰어내려가 나를 불러 함께 들어가자고 부탁하고 싶은 충동을 느꼈다고 한다. 누군가가 화실 안에 있는 것 같은 기분이 들었다. 얼마나 자주 계단을 올라와 층계참에 서서 가쁜 숨을 돌리곤 했는지, 그러다가도 블란치를 빨리 보고 싶은 조급함에 가쁜 숨을 다 내쉬지도 못하고 얼마나 서둘러 뛰어들곤 했는지가 떠올랐다. 그녀를 본다는 것은 언제나 삶에 활력을 주는 기쁨이었다. 단 한 시간이라도 밖에 나갔다가 돌아오면 그는 마치 한 달은 헤어져 있었던 것처럼 흥분되었다. 갑자기 그는 아내가 죽었다는 사실이 믿기지 않았다. 지금까지 일어난 일들이 그저 하룻밤의 악몽일 뿐이었다는 착각이 들었다. 열쇠를 돌려서 문을 열면 블란치가 예전처럼 우아한 모습으로 샤르댕의 〈식전의 기도〉속 여인처럼 테이블 앞에 몸을 약간 구부리고 앉아 있을 것만 같았다. 그는 서둘러 주머니에서 열쇠를 꺼내 문을 열고 안으로 들어갔다.

비워 두었던 방 같지가 않았다. 아내의 깔끔한 성격은 그를 무엇보다 즐겁게 해주었다. 워낙 그런 환경에서 자라왔기 때문인지, 그는 이렇듯 정돈된 것을 좋아하는 아내와 마음이 잘 맞았던 것이다. 본능적으로 모든 것을 제자리에 두려는 모습을 볼 때마다 그는 마음이 훈훈해졌다. 침실은 방금 그녀가 일어난 뒤와 같아 보였다. 화장대 위에는 빗을 사이에 두고 두 개의 솔이 단정히 놓여 있었고, 그녀가 화실 안에서 마지막 밤을 누워 지냈던 침대는 누군가가 깨끗이 매만진 상태였다. 그녀의 잠옷도 작은 상자에 넣어져 머리맡에 놓여 있었다. 그녀가 이제 다시는 방으로 돌아오지 않으리라는 사실이 도무지 믿기지 않았다.

그러다 갑자기 갈증을 느끼고 물을 마시러 부엌으로 갔다. 그곳 역시 깨끗이 치워져 있었다. 선반 위에는 스트릭랜드와 싸움을 하던 날 저녁 그녀가 식사를 준비하기 위해 사용했던 접시가 깨끗이 씻긴 채 놓여 있었다. 나이프와 포크는 서랍 속에 나란히 들어 있었으며, 테이블보 밑에는 치즈 한 쪽이 남아 있고 깡통 속에는 먹다 남은 굳은 빵 조각이 들어 있었다. 그녀는 날마다 장을 보며 꼭 필요한 물건만 샀기 때문에 다음 날까지 음식이 남는 일이 없었다. 경찰 조사를 받으며 스트릭랜드가 저녁 식사를 마친 직후 집을 나갔다는 이야기를 들었던 스트로브는, 블란치가 그 같은 상황에서도 여느 때처럼 식기를 깨끗이 씻어놓았다는 것을 알고 소름 끼치는 두려움을 느끼고 말았다. 이렇게 침착했던 것으로 보아 그녀의 자살은 더욱더 의도적인 것으로 느껴졌다. 그 침착성에는 사람을 놀라게 하는 뭔가가 있었다. 갑작스러운 고뇌가 엄습하자 두 무릎의 힘이 다 빠져나가 자칫 넘어질 것만 같았다. 그는 침실로 돌아가 침대 위에 몸을 던지고 큰 소리로 그녀의 이름을 불렀다.

"블란치! 블란치!"

그녀가 받았을 고통을 생각하니 견딜 수가 없었다. 그때 그는 갑자기 아내가 부엌에, 비록 찬장 하나 겨우 들어갈 정도로 좁았지만 그곳에 서 있는 듯한 환상에 사로잡혔다. 환상 속에서 그녀는 접시와 유리컵, 포크, 스푼 등을 씻고 숫돌에 칼을 재빨리 갈았다. 그러고는 모든 것을 제자리에 정돈한 뒤 싱크대를 한 번 훔쳐내고 행주를 빨아 꼭 짜 줄에 걸어놓았다. 회색 천 조각이 여전히 그대로 걸려 있었다. 그녀는 잠시 후 모든 것이 깔끔하게 정돈되었는지 주위를 둘러보았다. 걷어올린 소매를 내리고 앞치마를 벗었다. 실제로 앞치마는 문 뒤의 못에 걸려 있었다. 그리고 수산 병을 집어들고 침실로 들어가버렸다 그 환상이 너무나 고통스러워 그는 침대에서 벌떡 일어나 방을 뛰쳐나가 화실로 들어갔다. 커튼이 커다란 창문을 가리고 있었기 때문에 화실은 무척 어두웠다. 그는 재빨리 커튼을 열어젖혔다. 그토록 행복했던 그곳을 한눈에 둘러본 순간 왈칵 울음이 터져 나왔다. 이곳 역시 변한 게 없었다. 스트릭랜드는 원래 주변 환경에 무관심한 사람이었으므로 화실에 들어와 살면서도 무엇 하나 옮겨놓을 생각을 하지 않았을 것이다. 이곳은 예술가에게 적합한 환경을 마련하고자 하는 스트로브의 의도가 반영되어 예술적인 분위기가 엿보였다. 벽 여기저기에는 아름다운 무늬가 수놓인 비단 천이 걸려 있었으며, 피아노에는 아름답지만 약간 색이 바랜 비단 천이 덮여 있었다. 한쪽 구석에는 밀로의 비너스, 다른 한쪽 구석에는 메디치의 비너스의 모조품이 놓여 있었다. 이탈리아제 캐비닛에는 델프트 산 도자기가 놓여 있고, 얕게 부조한 조각품이 여기저기 눈에 띄었다. 아름다운 금테 액자 속에는 스트로브가 로마에서 구한 벨라스케스의 〈교황 이노센트 10세의 초상〉의 복제화가 들어 있었고, 스트로브 본인이 그린 그림도 여러 장 화려한 액자에 끼워져 장식 효과를 극대화했다. 스트로브는 언제나 자신의 취향을 자랑했으며, 화실 안은 낭만적인 분위기가 나야 한다는 지론을 잊지 않았다. 지금은 가슴을 찌르는 아픈 풍경이었지만, 그는 자신이 지금 어디에 있는지도 의식하지 못하고 그의 가보 중의 하나인 루이 15세 시대의 테이블 위치를 살짝 바꾸어 볼 생각을 했다.

그때 갑자기 전면이 벽 쪽으로 놓인 캔버스가 눈에 띄었다. 그가 늘 사용하던 것보다 훨씬 큰 캔버스였다. 그는 거기에 무엇이 그려져 있을지 궁금했다. 가까이 다가가 몸을 숙이고 화폭 위의 그림을 보았다. 그것은 나체였다. 순간 스트릭랜드의 그림이라는 것을 직감했기 때문에 그의 가슴은 빠르게 뛰기 시작했다. 그는 그림을 벽 쪽으로 거칠게 밀어붙였다. 무엇 때문에 이런 그림을 이곳에 남겨놓았단 말인가? 그 바람에 그림은 마루 위로 엎어지며 쓰러져버렸다. 그림이 누구의 것이든 간에 먼지 속에 내버려둘 수는 없었던 스트로브는 그것을 집어들었다. 무엇보다도 호기심이 앞섰던 터라 자세히 들여다봐야겠다는 생각도 들었던 것이다. 그는 그림을 이젤 위에 올려놓았다. 그리고 좀 더 찬찬히 보기 위해 뒤로 약간 물러났다.

숨이 막혔다. 한 여자가 소파에 누워 있는 그림이었다. 한쪽 팔을 베개 삼고 다른 쪽 팔은 몸 위로 두고 있었다. 한쪽 무릎은 세우고 한쪽 다리는 곧바로 뻗고 있었다. 고전적인 포즈였다. 그는 현기증을 느꼈다. 그것은 바로 블란치였다. 순간 걷잡을 수 없는 슬픔과 질투와 분노가 그를 사로잡았다. 그는 쉰 목소리로 소리쳤다. 그러나 그 소리는 입 밖으로 나오지 않았다. 그는 두 주먹을 불끈 쥐고 보이지 않는 적을 향해 위협적인 자세로 휘둘렀다. 그는 있는 힘을 다해 소리를 질렀다. 이미 제정신이 아니었다. 더는 견딜 수 없었다. 감당하기에는 너무나도 벅찬 충격이었다. 그는 사나운 눈초리로 연장이 될 만한 것을 찾았다. 그림을 갈기갈기 찢고 싶었다. 도저히, 단 일 분이라도 그대로 놔둘 수가 없었다. 하지만 적당한 것이 눈에 띄지 않아 그림 도구들을 들춰보았지만 무엇 하나 마땅한 것을 찾을 수 없었다.

그는 이제 완전히 미치광이가 되어버렸다. 마침내 찾고 있던 것이 눈에 띄었다. 그림주걱이었다. 그는 승리의 부르짖음과 함께 와락 달려들어 그것을 움켜쥐었다. 그리고 그것이 단검이라도 되는 양 그림을 향해 돌진했다.

내게 이러한 이야기를 들려주면서 스트로브는 그 일이 발생했던 당시처럼 흥분해 있었다. 그는 우리 둘 사이의 테이블 위에 놓여 있는 칼을 움켜쥐고 마구 휘저었다. 그러고는 뭔가를 후려칠 것처럼 팔을 치켜들더니 갑자기 손바닥을 펴고 칼을 마룻바닥 위에 떨어뜨렸다. 그는 희열에 넘쳐 전율하는 듯한 미소를 띠고 나를 바라보더니 입을 다물었다.

"계속하게나."

내가 말했다.

"그다음엔 어떻게 되었는지 모르겠네. 당장 그 그림에 커다란 구멍을 뚫어놓으려고 했었지. 팔을 들어 막 뚫으려는 순간 나는 갑자기 뭔가를 본 듯했다네."

"봤다니, 뭘?"

"그 그림이었지. 그것은 예술품이었네. 나는 손을 댈 수가 없었어. 두려웠던 것일세."

스트로브는 또다시 입을 다물고 말았다. 그는 나를 응시하고 있었다 입은 크게 벌어져 있었고, 둥그런 푸른 두 눈알은 당장 얼굴에서 튀어나올 것만 같았다.

"정말 위대하고 훌륭했어. 나는 알 수 없는 경외감에 사로잡히고 말았지. 그 작품에 손을 댔더라면 얼마나 무서운 죄를 저지를 뻔했나. 좀 더 자세히 보려고 살짝 움직이는 순간 한쪽 발에 뭔가가 걸려서 봤더니 조금 전의 그 그림주걱이었네. 간담이 서늘해지더군.”

스트로브를 사로잡았던 감정을 나도 어느 정도 느낄 수 있었다. 기묘한 감동이었다. 마치 가치관이 완전히 변한 세계로 옮겨온 듯한 기분을 느꼈다. 익숙한 사물에 대한 인간의 반응이 지금까지와는 전혀 다른 낯선 지역에 발을 들여놓는 이방인처럼 나는 갈피를 잡지 못했다. 스트로브는 그림에 대해 설명하려고 애를 썼지만, 그의 이야기에는 일관성이 없었기 때문에 나는 그가 무슨 말을 하려고 하는지 짐작으로 알아낼 수밖에 없었다. 스트릭랜드가 지금까지 그를 구속하고 있었던 속박을 깨트려버렸다는 것이었다. 자기 자신이 아닌, 말하자면 새로운 영혼을 발견한 것이다. 그것은 누구도 부인할 수 없는 강력한 힘을 소유한 영혼이었다. 풍부하고 독특한 개성을 보여주었는데, 그렇다고 스케치의 대담한 단순화에 그치지 않았다. 살결은 그 안에 뭔가 기적적인 것을 담고 있는 격정적 관능으로 채색되었지만, 채색에 그친 것도 아니었다. 육체의 무게에 압도당하지만, 견고함에 머물지도 않았다. 거기에는 또한 영적인 것, 마음을 뒤흔드는 뭔가 새로운 것이 담겨 있었다. 그 영적인 것은 우리의 상상력을 예상치 못한 길로 안내하여, 오로지 영원한 별빛의 빛만을 받는 희미하고 텅 빈 공간으로 들어가고 있었다. 그리하여 결국 그 별빛 비치는 희미한 공간에서는 완전히 발가벗고 있는 영혼이 두려운 마음으로 새로운 신비를 발견하기 위해 모험을 하고 있었다.

만일 나의 표현이 수사적(修辭的)이라면, 그것은 당사자인 스트로브가 수사적으로 표현했기 때문일 것이다(인간이란 강한 감정에 몰입된 순간 자연히 자기 생각을 소설적으로 표현하게 되는 것이 아닐까?). 한 번도 겪어보지 못한 감정을 표현하려고 애썼으나 그것을 일상적인 용어로는 어떻게 표현해야 할지 모르고 있었다. 그는 마치 말로 형언할 수 없는 것을 묘사하려고 애쓰는 신비주의자와도 같았다. 그러나 한 가지 분명한 사실은 사람들이 아름다움이란 말을 너무 가볍게 쓴다는 점이었다. 언어에 아무런 감정도 싣지 않고 아름다움이라는 이 말을 경솔하게 사용하기 때문에, 그 자체의 힘을 상실하고 마는 것이다. 또한 사소한 사물에도 아름다움이란 표현을 사용하니 그 말의 존엄성이 사라지고 마는 것이다. 옷이 아름답다, 개가 아름답다, 또는 설교가 아름답다는 식으로 아무렇게나 사용하고 있으므로 막상 진정한 아름다움을 대하게 되면 그것을 알아보지 못한다. 자신들의 쓸모없는 생각을 강조하기 위해 그릇되게 꾸미다 보니 감수성은 둔화되고 만다. 어쩌다 느낀 영적인 힘으로 남을 속이는 협잡꾼처럼 사람들은 아름다움이라는 말을 남용하여 그 말의 힘을 상실시키고 마는 것이다. 그러나 스트로브는 그 누구도 능가할 수 없는 어릿광대이기는 했지만 그 자신의 영혼이 성실하고 정직한 만큼 정직하고 성실한 아름다움에 대해서는 사랑과 이해를 가지고 있었다. 그에게 아름다움의 의미는 신(神)을 믿는 자들의 신 그 자체와도 같았기 때문에, 막상 아름다움을 대하게 되었을 때에는 두려움에 사로잡혔던 깃이다.

"그래, 스트릭랜드를 만나서 무슨 말을 했나?"

"나와 함께 네덜란드로 가자고 권했네."

나는 어이가 없어 말도 못하고 바보처럼 스트로브의 얼굴만 바라보았다.

"우리 두 사람은 똑같이 블란치를 사랑했네. 내 어머니 집에는 그 사람이 묵을 만한 방이 있을 거야. 내 생각이지만, 가난하고 소박한 내 고향 사람들과 어울리면 그의 영혼에도 득이 되겠지. 그들에게서 그에게 도움이 될 만한 것을 배울 수도 있지 않겠나."

"그래, 그는 뭐라고 하던가?"

"피식 웃더군. 나를 굉장히 어리석은 자라고 생각했던 모양일세. 자기에게는 더 중요한 일이 남아 있다고 하더군."

바라기는 힘들지만, 거절을 하더라도 완곡하게 말을 돌려 했더라면 좋지 않았을까, 하는 생각을 하지 않을 수 없었다.

"그리고 블란치의 그림을 내게 주더군."

나는 스트릭랜드의 저의가 자못 의심스러웠지만, 그런 속내를 입 밖에 내지 않았으므로 우리 둘 사이에는 잠시 침묵이 흘렀다.

"자네가 쓰던 물건들은 어떻게 처분했나?"

마침내 내가 물었다.

"유대인 한 명을 불러 처분했더니 꽤 많은 목돈을 주더군. 내 그림은 고향집으로 가지고 갈 작정이네. 남은 건 옷 상자 하나와 책 몇 권뿐이라네."

"자네가 고향으로 돌아간다니 내겐 반가운 소식이군."

나는 그가 이번 기회에 과거를 다 흘러간 옛일로 묻어두기를 바랐다. 비록 지금은 견딜 수 없는 슬픔일지라도 세월이 흐르면 부드럽게 누그러져 마침내는 다시 인생이라는 무거운 짐을 지고 살아갈 때 힘이 되어주기를 바랐다. 그는 아직도 청춘이었다. 몇 년이 흐르면 지나간 모든 불행을 일종의 즐거움이 깃든 서글픔으로 돌이켜볼 것이다. 그리고 언젠가는 그곳 네덜란드의 어떤 선량한 여자와 결혼하여 행복하게 살아갈 것이다. 나는 그가 죽을 때까지 끝도 없이 그려댈 형편없는 그림들을 상상하며 빙긋이 웃었다.

다음 날 나는 암스테르담으로 떠나는 그를 전송했다.

40

 그 후 한 달 동안, 나는 일에 쫓겨 이 비극적인 사건에 관계되었던 사람들을 만날 수 없었고, 내 마음도 어느 결에 그 일에서 멀어졌다. 그러나 어느 날 볼일을 보러 가다가 우연히 찰스 스트릭랜드와 마주쳤다. 그를 보는 순간 잊고 싶었던 끔찍한 일들이 떠올랐기 때문에 나는 불행의 원인이었던 그에게 새삼 반감을 느꼈다. 그렇다고 그를 모르는 체하는 것도 어른스럽지 못한 처신이었기 때문에 그냥 고개만 끄덕이고는 빠른 걸음으로 지나쳤다. 그러나 다음 순간 내 어깨에 와 닿는 그의 손길이 느껴졌다.
 "아주 바쁜 모양이군."
 그가 친근하게 말을 걸어왔다.
 원래 피하려는 기색을 보이는 사람에게는 친근한 태도를 취하는 것이 그의 성격이었다. 나의 쌀쌀한 인사가 그 성격을 자극한 모양이었다.

"보시다시피 좀."

한마디로 잘라 말했다.

"그렇다면 당신과 함께 걷겠소."

"그럴 만한 이유라도 있습니까?"

"당신과 함께 있으면 즐거우니까."

나는 아무 대답도 하지 않았다. 그는 말없이 내 옆에 붙어 걸었다. 그렇게 우리는 400미터쯤 함께 걸었다. 이 상황이 우스꽝스럽다는 생각이 들었다. 문방구 앞을 지나다 그곳에서 종이를 좀 사두는 편이 좋겠다는 생각이 들었다. 어쩌면 그를 따돌릴 구실이 될 것도 같았다.

"저는 이곳에 잠깐 들렀다 가겠습니다. 그럼 안녕히 가십시오."

내가 말했다.

"밖에서 기다리겠소."

그 말에 나는 어깨를 으쓱해 보이고는 가게 안으로 들어갔다. 하지만 이내 프랑스 종이가 질이 나쁘다는 사실을 떠올리고는 의도가 빗나간 이상 필요치도 않은 물건을 사서 일부러 짐을 만들 필요는 없다고 생각했다. 그래서 나는 그곳에는 없을 듯한 물건을, 있냐고 물어보고는 곧바로 거리로 나왔다.

"필요한 물건은 샀소?"

그가 물었다.

"사지 못했습니다."

우리는 다시 말없이 걸었다. 이윽고 여러 갈래로 길이 나뉘는 곳에 이르자, 나는 그곳의 연석(緣石) 앞에서 걸음을 멈추고 그에게 어느 쪽으로 가겠느냐고 물었다.

"당신이 가는 방향으로 가겠소."

그가 웃으며 대답했다.

"전 집으로 가는 중입니다."

"그럼, 같이 가서 담배라도 한 대 피움시다."

"초대를 받을 때까지 기다리는 편이 낫지 않을까요?"

나는 쌀쌀한 어조로 쏘아주었다.

"초대를 받을 기회가 있다면야 그렇게 하지."

"앞에 벽이 보입니까?"

나는 앞쪽에 있는 벽을 가리키며 물었다.

"그렇소, 보이오."

"그렇다면 지금 제가 당신과 동행하고 싶어 하지 않는다는 것도 보일 텐데요?"

"솔직히 말해 그건 벌써 알고 있었소."

나도 모르게 웃음이 터져 나왔다. 나를 웃기는 사람을 마냥 미워하지는 못하는 것이 내 결점 중 하나였다. 그래도 마음을 다잡았다.

"당신은 정말 혐오스러운 인간이군요. 당신같이 불쾌하기 짝이 없는 인간을 만났다는 것이야말로 제 인생의 오점입니다. 무엇 때문에 당신을 싫어하고 멸시하는 사람과 어울리려는 거죠?"

"당신이 나를 어떻게 생각하든 내가 그걸 문제 삼을 것 같소?"

"제기랄!"

나는 내가 그를 피하려는 동기 역시 그리 훌륭하다고만 볼 수 없다는 것을 깨닫고는 더욱 거칠게 소리쳤다.

"저는 당신 같은 사람과 더는 상종하고 싶지 않습니다."

"당신을 타락시킬까봐 겁이 나오?"

그렇게 말하니 내가 적잖게 우스꽝스럽게 느껴졌다. 그가 냉소를 지으며 곁눈질로 나를 보고 있다는 것을 알 수 있었다.

"돈이 궁한 모양이군요."

나는 거드름을 피우며 말했다.

"당신에게 돈을 빌릴 수 있을 거라고 생각할 만큼 바보는 아니라오."

"아첨까지 하시는 걸 보니 갈 데까지 가셨나봅니다."

그는 이를 드러내고 웃었다.

"당신 같은 친구는 내가 때때로 좋은 말을 지껄이는 동안은 나를 진정으로 싫어하지는 않을 거요."

나는 터져 나오는 웃음을 참느라고 입술을 깨물어야만 했다. 그의 말 속에는 밉살스러운 진실이 숨어 있었다. 나의 성격상의 또 한 가지 결함은 아무리 타락한 인간일지라도 나와 정면으로 맞설 경우라면 그와 어울리는 것을 피하지 않는다는 점이었다. 나는 스트릭랜드라는 인간은 내 쪽에서 죽어라고 애를 써야 겨우 혐오할 수 있는 인간이라는 것을 깨닫기 시작했다. 나는 내 도덕적 결함을 알고 있었지만, 그에 대한 반감에 일종의 허세가 내포되어 있다는 것 역시 알고 있었다. 내가 느낄 수 있을 정도라면 스트릭랜드의 예리한 본능은 이미 그 점을 간파하고도 남았을 것이다. 그는 분명히 뒷전에서 나를 비웃었을 것이다. 나는 그의 마지막 말에 어깨를 으쓱하고는 아무 말도 하지 않음으로써 어색한 분위기를 얼버무렸다.

41

우리는 내가 살고 있는 집 앞까지 왔다. 나는 그에게 따라 들어오라는 말도 하지 않고 말없이 계단을 올라갔다. 내 뒤를 바싹 따라 곧장 방으로 들어온 그는 이곳에 처음 들렀으면서도 그동안 내가 공들여 보기 좋게 꾸며놓은 실내를 잠깐도 휘둘러보지 않았다. 테이블 위에 놓여 있는 담배통을 발견하고 그는 파이프를 꺼내 담배를 채워 넣었다. 그는 단 하나밖에 없는 팔걸이 없는 의자에 앉아 몸을 뒤로 젖혔다.

"집에서 편히 쉬려면 안락의자 하나쯤은 있어야 하지 않겠습니까?"

내가 짜증스럽게 물었다.

"왜 내 편한 것까지 걱정하시오?"

"당신 때문이 아니오. 누구든 불편한 의자에 앉는 걸 보면 내 마음까지 불편해지기 때문이지요."

그는 소리내어 웃을 뿐 의자를 바꿔 앉지는 않았다. 다만 묵묵히 담배만 피울 뿐, 분명 나는 안중에도 없이 생각에 깊이 잠겨 있었다. 그가 나를 따라 이곳까지 온 이유가 오히려 궁금했다.

오랜 습관으로 감성이 무뎌지기 전까지는, 인간 본성의 특이성에 흥미를 갖는 작가의 본능에는 뭔가 당황스러운 면이 있어 도덕 감각이 무력화되기도 한다. 작가는 악을 관조하며 예술적 만족감을 느끼는 자신을 인식하며 다소 놀라기도 한다. 그러나 작가로서 솔직히 고백하자면 어떤 행위에 대한 반감보다는 그 행위를 불러일으킨 원인에 대한 호기심이 더 강렬한 법이다. 작가가 창조한 논리적이고 철두철미한 악한은 법이나 질서라는 잣대로 보면 격분을 불러일으키지만, 작가의 상상력으로 보면 매력적이다. 어쩌면 셰익스피어도 상상과 달빛을 엮어 짜내 데스데모나를 그릴 때는 느끼지 못했던 열정을 맛보면서 이아고라는 악인을 창조해냈을 것이다. 작가는 자신이 묘사한 작품 속의 악인을 통해, 문명 세계의 예절과 관습 때문에 내밀한 잠재 의식 속에 억지로 묻어둘 수밖에 없었던 작가 자신의 뿌리 깊은 본능적 욕구를 충족시키는 것이 아닐까. 자신이 창조한 작중 인물에 살과 뼈를 붙여 작가는 다른 방법으로는 표현될 수 없는 자신의 모습에 생명력을 불어넣고 있는 것이다. 이런 경우 작가의 만족감은 일종의 해방감이다.

작가는 판단하기보다는 알아내는 데 더 관심이 많은 사람이다.

내 마음속에는 스트릭랜드에 대한 극도의 혐오감이 뚜렷하게 존재했지만, 한편으로는 그의 동기를 알고자 하는 냉정한 호기심도 있었다. 스트릭랜드는 도무지 이해할 수 없는 사람이었다. 그에게 그토록 친절을 베풀었던 사람들의 일생에 비극을 가져다준 자신의 행위를 본인은 어떻게 생각하고 있는지 몹시 궁금했다. 나는 과감하게 메스를 들이댔다.

"스트로브는 자기 아내를 그린 그림이 당신의 작품 가운데 가장 걸작이라더군요."

스트릭랜드는 입에 물고 있던 파이프를 뗐다. 두 눈에는 미소가 어려 있었다.

"그걸 그릴 때는 정말 재미있었지."

"대관절 그에게 그 그림을 준 이유가 뭡니까?"

"다 그렸으니 그 그림은 이제 내게 필요 없었을 뿐이오."

"하마터면 스트로브가 그 그림을 망가뜨릴 뻔했다는 사실을 아십니까?"

"아주 만족스러운 작품은 아니었소. 그 조그만 친구가 나를 만나러 왔다는 사실은 알고 있소?"

그는 잠시 입을 다물고 있다가 다시 입에서 파이프를 떼고는 소리 내어 웃었다.

"그 친구 말을 듣고 마음이 조금이라도 움직이지 않았습니까?"

"천만의 말씀. 어리석고 감상적인 이야기라고 생각했을 뿐이오."

"당신은 그의 인생을 완선히 망쳐버렸다는 사실을 잊으신 모양이군요."

내가 비꼬았다.

그는 뭔가 생각에 잠긴 듯 수염 난 턱을 쓰다듬었다.

"그자는 아주 형편없는 화가요."

"하지만 사람은 아주 좋지요."

"그리고 음식 솜씨도 좋지."

스트릭랜드가 비웃듯이 한마디를 덧붙였다.

얼마나 냉혹한지 인간미라곤 찾아볼 수가 없었다. 나는 화가 치밀어 더는 예의를 갖춰 말할 기분이 아니었다.

"단순한 호기심에서 묻겠습니다만, 블란치 스트로브의 죽음에 대해 조금이라도 양심의 가책을 느껴본 적은 있습니까?"

나는 혹시 표정의 변화라도 있을까 하는 기대감으로 그의 얼굴을 유심히 살펴보았다. 그러나 여전히 무표정했다.

"내가 왜 양심의 가책을 느낀단 말이오?"

그가 물었다.

"사실을 말해볼까요. 죽어가는 당신을 더크 스트로브는 집으로 데려왔습니다. 그리고 어머니처럼 간호했습니다. 불편을 감수하고 시간과 돈까지 희생하면서 당신을 죽음의 문턱에서 구해낸 겁니다."

스트릭랜드가 어깨를 으쓱했다.

"그 우스꽝스러운 친구는 다른 사람에게 베푸는 걸 즐기는 것일 뿐이오. 그건 그 친구의 삶이지."

"좋아요, 그에게 빚진 것이 없다고 칩시다. 그렇다고 해도 정도를 벗어나면서까지 그에게서 아내를 빼앗아야만 했습니까? 당신이 나타나기 전에는 그들은 정말 행복했어요. 왜 그들을 그대로 놔두지 않았습니까?"

"무슨 근거로 그들이 행복했다고 생각하오?"

"그건 분명했어요."

"분별력 있는 친구로군. 당신은 그가 그녀를 위해 한 짓을 그녀가 용서할 수 있을 것이라고 보시오?"

"그건 무슨 말이죠?"

"그가 어떻게 그녀와 결혼하게 되었는지 모르시오?"

나는 고개를 가로저었다.

"그녀는 원래 로마의 어느 공작 가문 가정교사였소. 그런데 그 집 아들이 유혹을 했거든. 그녀는 그와 결혼할 수 있을 거라고 생각했는데, 결국 빈손으로 쫓겨나고 말았소. 뱃속에는 아이까지 있었으니, 자살을 생각했던 것이오. 그때 스트로브가 나타나 그녀와 결혼했소."

"과연 그 친구다운 행동이군요. 정말이지 그처럼 인정 많은 사람은 본 적이 없습니다."

때때로 그처럼 어울리지 않는 남녀가 어떻게 결혼을 했을까, 하고 궁금해한 적이 있었다. 그러나 그런 사정이 있는 줄은 꿈에도 생각하지 못했다. 더크는 아마도 그런 사연 때문에 부인을 그토록 열렬히 사랑한 것이 아닐까. 나는 더크의 아내에 대한 사랑에서 종종 정열 이상의 뭔가를 느꼈다. 그리고 그녀의 침묵 속에는 내가 알 수 없는 뭔가가 숨겨져 있지 않을까, 하고 상상하기도 했다. 그러나 이제 사정을 알고 보니 그녀의 침묵에는 부끄러운 비밀을 감추려는 노력 이상의 무엇이 깃들어 있었던 것이다. 그녀의 고요함은 마치 폭풍이 휩쓸고 간 뒤의 고도(孤島)를 연상케 하는 음울한 정적 같았다. 그녀의 명랑함은 어쩌면 절망에서 비롯한 것은 아니었을까. 나의 상념은 스트릭랜드의 냉소적인 말에 깨졌는데, 그 냉소가 얼마나 차가웠는지 놀라지 않을 수 없었다.

"여자란 남자에게서 받은 상처는 용서할 수 있지만, 남자가 자기에게 베풀어주는 희생만은 결코 용서할 수 없는 법이오."

"당신은 만나는 여자에게 원한을 살 만한 모험은 절대로 하지 않을 테니, 그 점만은 안심이 되겠군요."

내가 반박했다.

그의 입술에 희미한 웃음이 번졌다.

"당신은 재치 있는 말대답을 위해서라면 언제고 원칙 따위는 버릴 태세를 갖추고 있군."

그가 말했다.

"그 어린아이는 어떻게 됐습니까?"

"스트로브와 결혼하고 서너 달쯤 지나 사산되었소."

여기서 나는 그동안 가장 궁금했던 것을 묻지 않을 수 없었다.

"그런데 당신은 도대체 뭣 때문에 블란치 스트로브에게 관심을 가졌죠?"

너무 오래 대답이 없어 한 번 더 물어보려 할 때 그가 대답했다.

"그걸 내가 어떻게 안단 말이오? 그녀는 나를 보는 것조차 싫어했소. 그런 태도가 내 흥미를 자극했던 모양이지."

"그렇군요."

갑자기 그가 분통을 터트렸다.

"빌어먹을, 흥미는 무슨 흥미야. 내가 그녀를 원했던 거지."

그러나 그는 이내 마음의 평정을 되찾고 미소를 띠며 나를 쳐다보았다.

"처음에 그녀는 겁을 먹고 있었소."

"그녀에게 그런 얘기를 했나요?"

"말할 필요가 없었지. 그녀도 알고 있었으니까. 나는 단 한마디도 입 밖에 내지 않았소. 그녀는 몹시 겁을 먹고 있었지만 결국 내 것이 된 거요."

그의 말투에서 왜 그토록 기이한 폭력적 갈망을 연상하게 되는지 알 수 없는 일이다. 당황스러웠고, 심지어 공포스럽기까지 했다. 그의 생활은 이상하리만치 물질적인 것과는 동떨어져 있었으며, 때때로 그의 육체가 정신에 무서운 복수를 가하는 것 같기도 했다. 그의 육체 속에 내재해 있는 사티로스가 갑자기 그를 사로잡아, 마치 자연의 원시적인 힘과 같은 본능의 포로가 되어 완전히 무력해진 것 같았다. 그는 그 힘에 너무나도 강력하게 몸이 사로잡혀 영혼 속에 분별력이나 감사의 마음이라곤 들어앉을 여지가 없었다.

"그렇다면 화실을 나올 때 왜 그녀를 데리고 나오려 했습니까?"

내가 물었다.

"그런 생각은 없었소."

그는 얼굴을 찌푸리고 말했다.

"내게 오겠다고 했을 때, 난 스트로브 못지않게 놀랐소. 그래서 나는 분명히 말해주었소. 그녀에게 싫증을 느끼면 내 곁을 떠나야 한다고. 그쯤은 각오가 되었다고 합디다."

그는 잠시 멈췄다 다시 말했다.

"그녀는 몸이 아주 환상적이었지. 그래서 나체화를 그려봐야겠다는 생각이 났던 거요. 그림이 완성되고 나니 그녀에게 더는 흥미를 느끼지 못했소."

"그래도 블란치는 당신을 진심으로 사랑하지 않았습니까?"

그는 갑자기 벌떡 일어나 좁은 방 안을 왔다 갔다 하기 시작했다.

"나는 사랑을 원치 않소. 내겐 그럴 만한 시간이 없소. 사랑은 인간의 약점이오. 그야 나도 남자니까 때로는 여자가 그리워질 때도 있지. 그러나 일단 욕정을 충족시키고 나면 내 마음은 다른 일에 쏠리게 되오. 욕정에 대한 욕구를 극복할 수는 없지만 그것을 나는 증오하고 있소. 그놈이 내 영혼을 사로잡거든. 그 욕구에서 완전히 풀려나와 아무 거리낌 없이 내 일에 몰두할 때가 오기를 기다릴 수밖에. 여자들이란 사랑 말고는 아무것도 할 수 없으니 그걸 터무니없이 중요시하고 남자들에게도 사랑이 인생의 전부라고 설득하려 들거든. 사랑이란 인생에선 대수롭지 않은 일부일 것이오. 육욕이란 정상적인 것이고 건강한 것이지만, 사랑은 병적인 것이오. 여자란 쾌락의 도구일 뿐이오. 그런 여자들이 내조자니 반려자니 친구니 하고 외쳐대니 도무지 견딜 수가 있어야 말이지."

스트릭랜드가 한번에 이토록 많은 말을 지껄이는 것은 처음 보았다. 그는 분노에 찬 어조로 말했다. 그러나 여기서든 다른 어디서든, 나는 그의 말을 그대로 옮겨놓을 자신이 없다. 그는 어휘가 빈약하고 거기다 문장을 짜는 재주가 전혀 없어 감탄사나 표정, 몸짓, 그리고 진부한 어구 등을 서로 연결하여 그의 진의를 파악할 수밖에 없었다.

"당신은 차라리 여자는 그저 소지품이고 남자들은 노예를 거느리던 시대에 태어났더라면 좋았을 걸 그랬군요."

내가 말했다.

"하지만 난 지극히 정상적인 사람이오."

너무나 진지한 태도로 그렇게 말하니 웃지 않을 수가 없었다. 그러나 그는 우리 속에 갇힌 짐승처럼 방 안을 왔다 갔다 하면서 자신의 느낌을 표현하는 데 온 신경을 쏟고 있었다. 하지만 그것을 조리 있게 설명하기가 쉽지는 않아 보였다.

"여자가 남자를 사랑할 때면 그의 영혼까지 소유해야 만족하거든. 여자는 약하니까 어떻게든 지배권을 쥐려고 날뛰는 것이지. 거기에 조금만 미치지 못해도 불만스러워하지. 마음이 좁기 때문에 자기가 이해할 수 없는 추상적인 일은 싫어한단 말이야. 물질적인 것에만 몰두한 나머지 정신적 이상에 대해서는 시기를 하는 거야. 남자의 영혼은 무한한 우주를 배회하지. 그러나 여자는 자기 영혼을 가계부만 한 틀 속에 가두려 한단 말이야. 내 아내를 기억하고 있잖소. 블란치 역시 이런저런 계교를 조금씩 부리기 시작하는 것을 나는 알았소. 참으로 끊임없는 인내심을 발휘해 내게 올가미를 씌우려 늘더란 말이야. 나를 자기 수준으로 끌어내리려고. 나를 위할 생각은 조금도 하지 않고 오직 자기 것으로 만들려고만 했을 뿐이오. 나를 위해서는 무슨 일이든 하려 했소. 내가 원하는 단 한 가지, 나를 혼자 내버려두는 일을 제외하곤 말이오."

나는 한동안 잠자코 있다가 말했다.

"당신이 그 여자를 버렸을 때 그 여자가 어떻게 하리라고 생각했습니까?"

"스트로브에게 돌아갈 수도 있을 거라고 생각했소. 그 친구는 기꺼이 받아들였을 테니까."

그가 짜증스럽게 말했다.

"당신은 인간도 아닙니다. 이런 문제를 당신과 논한들 무슨 소용이 있겠습니까. 태어나면서부터 눈이 먼 사람에게 색깔 이야기를 하는 것과 다를 바가 없지요."

그는 내가 앉아 있는 의자 앞에 멈춰 서더니 멸시에 찬 눈초리로 나를 내려다보았다.

"정말 블란치 스트로브의 생사에 조금이라도 관심이 있어서 하는 소리요?"

나는 그의 질문을 곰곰이 생각해보았다. 적어도 나 자신의 양심만은 속이지 않을 진실한 대답을 하고 싶었기 때문이다.

"그녀의 죽음을 대수롭지 않게 생각한다면, 제 마음속에 동정심이 부족한 탓일 겁니다. 그녀에게는 앞으로도 창창한 인생이 남아 있는데, 그것을 그처럼 잔인한 방법으로 빼앗는다는 것은 정말 끔찍한 일입니다. 그러나 사실상 저도 진심으로 걱정을 하고 있는 건 아니니

부끄러울 뿐입니다."

"신념은 있지만 용기는 없구려. 인생은 아무런 가치도 없는 것이오. 블란치 스트로브는 내게 버림받았다고 자살한 게 아니오. 어리석고 정신적으로 문제가 있었기 때문이지. 하여튼 그 여자 얘기는 그만 합시다. 하찮은 인간이었소. 자, 이제 내 그림이나 보러 가는 게 어떻겠소?"

그는 마치 산만한 어린아이를 달래는 듯한 태도로 말했다. 화가 치밀었지만, 그에게보다는 나 자신에게 더 화가 났다.

몽마르트르의 아늑한 화실에서 스트로브 부부가 영위했던 행복한 생활, 그들의 소박함과 친절함, 손님들을 맞이하던 따뜻한 성품 등이 생각났다. 그들의 생활이 무자비한 우연으로 풍비박산이 났다는 것은 비참하기 이를 데 없는 일이다. 하지만 무엇보다도 냉혹한 사실은 그러한 불행이 일어났는데도 실제로는 아무것도 변한 것이 없다는 점이었다. 세상은 전과 똑같이 계속 진행되고 있고, 세상 사람 어느 누구도 그 비극으로 무엇 하나 달라지지 않았다. 더크 역시 감정의 깊이보다는 반응이 빠른 인간이므로 머지않아 그 모든 것을 깨끗이 잊을 것이다.

남모르는 화려한 희망과 꿈을 가지고 시작했을 블란치의 인생은 차라리 이 세상에 피어나지 않은 것만도 못했다. 모든 것이 덧없고 어리석은 것만 같았다.

스트릭랜드는 모자를 집어들더니 나를 내려다보며 말했다.

"같이 가겠소?"

"무슨 이유로 제게 이러는 겁니까? 제가 당신을 미워하고 멸시한다는 걸 알고 있으면서."

스트릭랜드는 기분이 좋은 듯 소리 내어 웃었다.

"당신이 나를 어떻게 생각하든 내가 전혀 신경 쓰지 않는다는 것, 당신은 그것만 불평하는군."

갑자기 치미는 분노로 뺨이 달아올랐다. 그의 냉담한 이기심이 상대방을 얼마나 모욕스럽게 하는지 그에게 이해시킨다는 건 불가능한 일이었다. 나는 갑옷처럼 그를 둘러싸고 있는 철저한 무관심을 깨뜨리고 싶었지만, 그러면서도 그의 말에 내포된 진실성을 부인할 수는 없었다. 우리는 무의식적으로 상대방에 대한 우리의 의견을 상대방이 얼마나 존중해주는지에 따라 그에게 영향을 끼치는 우리의 힘을 측정하는 경향이 있다. 그리고 우리는 영향을 끼칠 수 없는 사람은 싫어한다. 그러한 상황이 발생하면 자존심에 큰 상처를 입기 때문이다. 그러나 나는 화난 모습을 그에게 보이고 싶지 않았다.

"한 인간이 다른 인간을 완전히 무시할 수 있다고 봅니까?"

내가 물었다. 그러나 그것은 그에게보다는 나 자신에게 물어보았다고 하는 편이 옳을 것이다.

"이 세상에 살고 있는 이상 당신은 모든 것을 타인에게 의존하지 않을 수 없습니다. 그런데도 오직 혼자 힘으로, 그리고 혼자서만 살아가려 한다는 것은 가당찮은 시도입니다. 당신도 머지않아 병들고 지치고 늙어가겠죠. 그렇게 되면 다시 인간의 무리 속으로 기어 들어갈 수밖에 없을 겁니다. 언젠가 당신의 마음속에 안락과 연민을 갈구

하는 마음이 생기면 부끄럽지 않겠어요? 당신은 지금 불가능한 일을 하려는 겁니다. 머지않아 당신 안의 인간도 인류 공동의 유대 관계를 갈망하게 될 겁니다."

"자, 그만하고 내 그림이나 보러 갑시다."

"당신은 죽음에 대해 생각해 본 적이 있습니까?"

"왜 그런 생각을 해야 한단 말이오? 그건 나와는 상관없는 일이오."

나는 그를 유심히 쳐다보았다. 그는 꼼짝도 하지 않고 비웃는 눈빛으로 내 앞에 서 있었다. 그러나 그럼에도 나는 그 순간 그에게서 어렴풋이 보았다. 육체에 얽혀 있는 존재가 품기에는 너무나도 위대한 무언가를 향해 뜨겁게 타오르는, 고뇌하는 영혼을. 말로는 형언할 수 없는 것을 추구하는 그의 모습이 순간적으로 내 눈에 포착되었던 것이다. 그러나 그는 한낱 내 앞에 남루한 옷을 걸치고 서 있는 사람에 불과했다. 그러나 그것은 다만 껍질일 뿐이며, 따라서 나 자신이 육체를 벗어난 한 영혼 앞에 서 있는 듯한 이상야릇한 감정에 사로잡혔다.

"좋아요, 가서 당신 그림을 봅시다."

42

 어째서 스트릭랜드가 갑자기 자기 그림을 보여주겠다고 했는지는 알 수 없었지만, 나는 그 기회를 내심 환영했다. 작품은 그 사람의 면모를 잘 드러내는 법이다. 인간은 사회적 교제에서는 사회에서 받아들이는 외양만을 보여주고 싶어 한다. 그 인간의 진실된 면은 그가 무의식중에 하는 사소한 행동이나, 자신도 모르게 순간적으로 떠올리는 표정 따위를 보고 추측할 수밖에 없다. 때때로 자신을 감추는 가면을 너무나도 완벽하게 쓰고 다니는 사람이 있고, 그는 그 표면적인 모습이 자신의 실제 모습인 양 인정받기도 한다. 그러나 누구라도 책이나 그림에서까지 그 모습을 위장하지는 못하고 드러내는 법이다. 겉은 화려하게 꾸미는 만큼 속은 비어 있게 마련이다. 윗가지를 쇳조각처럼 그린다 할지라도 쇳가지가 될 리는 없다. 특별하게 꾸민다 한들 평범한 정신을 가릴 수는 없다. 우연히 만들어진 작품일지라도 예리한 관찰자의 눈에는 반드시 저자의 영혼 밑바닥 깊숙이 숨어 있는 비밀이 드러나게 되는 것이다.

스트릭랜드가 살고 있는 집의 끝도 없이 이어지는 층계를 올라가면서 솔직히 나는 살짝 들떠 있었다. 놀라운 모험의 문턱에 올라서 있는 듯한 기분이었다. 나는 호기심에 찬 눈으로 방안을 둘러보았다. 내가 기억했던 것보다 더 작고 썰렁해 보였다. 화실은 넓어야 하고, 모든 조건이 마음에 들지 않으면 작업을 할 수 없다고 큰소리치던 내 화가 친구들이 이 방을 보면 뭐라고 할지 자못 궁금했다.

"그쪽에 서 있는 편이 좋겠소."

그가 한곳을 가리키며 말했다. 아마 자기 그림을 보여주기에 가장 적합한 곳이라고 생각한 것 같았다.

"그림에 대한 감상을 말하면 안 되겠지요?"

내가 물었다.

"물론이오, 입은 다물고 있으시오."

그는 이젤 위에 그림을 한 점씩 올려놓고 일이 분 동안 보여주었다. 그러고는 다른 그림을 올려놓곤 했다. 그런 식으로 대략 30점 정도는 보여주었을 것이다. 그것은 그가 그림을 그려온 6년 간의 총결산이었다. 그는 그동안 그림을 한 점도 팔지 않았다. 화폭의 크기는 각기 달랐는데, 작은 것은 정물화였고 큰 것은 풍경화였다. 초상화도 여섯 점가량 되었다.

"이것이 전부요."

마침내 그가 말했다.

그때 그림에서 아름다움과 위대한 독창성을 느꼈다고 말할 수 있다면 좋겠지만, 나는 그러질 못했다. 훗날 그 작품 가운데 상당수를 다시 보았고, 내가 보지 못한 작품도 복제품으로 익히 봤기에 그 그림들을 처음 보았을 때 내가 지독한 실망감을 맛보았다는 것은 놀라운 일이다. 나는 그의 작품에서 예술만의 특성인 전율이랄까, 그 독특한 감동을 전혀 느끼지 못했다. 스트릭랜드의 그림에서 내가 받은 인상은 그저 당혹감뿐이었다. 지금껏 두고두고 후회하고 있지만, 그때는 어느 그림도 사고 싶은 마음이 전혀 생기지 않았다. 정말이지 절호의 기회를 놓쳐버린 것이다. 지금은 그의 그림 대부분이 박물관에 소장되어 있고, 나머지는 부유한 미술 애호가들이 애지중지 간직하고 있다. 나름대로 변명을 해본다면, 내 안목은 그다지 나쁜 편이 아니었지만 독창성이 없었다. 그림에 대해 아는 것이 별로 없었고, 그저 다른 사람들이 밝혀 놓은 길을 따라 걷는 정도였다.

당시 나는 인상파 화가들을 최고로 쳤다. 시슬리와 드가의 작품을 갖고 싶어 했고, 마네를 숭배했다. 마네의 〈올랭피아〉를 현대 미술의 최고 걸작품으로 꼽았고, 〈풀밭 위의 점심〉에도 깊은 감명을 받았다. 이들 작품이야말로 회화의 최고 걸작이라고 생각했던 것이다.

스트릭랜드가 내게 보여준 그림에 대해서는 설명하지 않겠다. 그림에 대한 표현은 언제나 따분해지게 마련이고, 더구나 그림에 관심이 많은 사람에게는 그다지 새로울 것도 없는 설명이기 때문이다. 하지만 그의 그림이 현대 회화에 막대한 영향을 끼친 오늘날, 그리고 그가 처음으로 개척을 시도했던 영역까지 사람들에게 연구되어 알려진 지금에 와서는, 비록 그의 작품을 처음 보는 사람조차 마음의 준비를 충분히 하고 감상할 수 있게 되었다. 그러나 그때 나는 그러한 유의 그림을 난생처음 보았다는 점을 기억해야 한다. 그의 그림을 대하는 순간 가장 놀라웠던 것은 무엇보다도 내가 보기에 그의 기교가 서툴렀다는 점이다. 과거 거장들의 그림을 눈여겨보아 왔고, 앵그르를 근대 최고의 기교가로 확신하고 있는 내게 스트릭랜드의 그림은 매우 서투르게 느껴졌다. 나는 그가 추구하는 단순화가 무엇인지 전혀 몰랐다.

그때 보았던, 접시 위에 놓여 있는 오렌지를 그린 정물화를 지금도 기억하는데, 그림 속의 접시는 둥글지도 않았고 오렌지는 한쪽으로 기울어져 있어 나는 오히려 불쾌한 느낌만 받았다. 초상화는 실물보다 약간 크게 그려져 있어 인물이 더욱 흉해 보였다. 내 눈에 비친 초상화의 얼굴 모습은 풍자만화나 다를 바가 없었다. 전혀 새로운 방법으로 그려진 그림들이었다. 풍경화는 더욱 당혹스러웠다. 퐁텐블로 숲을 그린 그림 두세 점과, 파리의 거리를 그린 그림 대여섯 점이 있었는데, 거기서 받은 첫인상은 술 취한 마부가 그린 게 아닌가 하는 느낌이었다. 나는 도무지 갈피를 잡을 수 없었다. 채색은 너무나 거칠어 보였다. 이 모든 것이 거대한, 도무지 이해할 수 없는 한 편의 익살극 같다는 생각이 문득 뇌리를 스쳐 갔다. 이제 와 생각해보면, 스트로브의 예민한 통찰력이 오히려 놀라웠다. 그는 그림을 처음 대한 자리에서 혁신적 면모를 보았고, 지금에야 세상이 다 인정하고 있는 천재성을 그 태동에서부터 알아차렸던 것이다.

그러나 내가 갈피를 못 잡고 당혹감을 느꼈다고 해서 아무런 감명도 받지 않은 것은 아니었다. 그림에는 문외한이었지만, 나는 그 그림에서 그 자체를 표현하려는 진실한 힘을 느끼지 않을 수 없었다. 나는 흥분했고, 흥미가 동했다. 그 그림들은 내가 알아야만 할 뭔가 매우 중요한 것을 말해주는 듯했지만, 그것이 무엇인지는 도무지 알 수가 없었다. 흉측해 보였지만, 중대한 의미를 암시하고 있었다. 그 그림들은 이상하게도 보는 사람의 심정을 애타게 했다. 나는 분석할 수 없는 그 어떤 감정이었다. 뭐랄까, 입 밖에 내면 의미가 힘을 잃는다고나 할까. 스트릭랜드는 물질적인 것에서 희미하게나마 어떤 정신적 의미를 발견했는데, 그 의미가 너무나 이상한 것이어서 불완전한 상징으로밖에 제시될 수 없었던 것은 아닐까. 마치 우주의 혼란 속에서 어떤 새로운 형태를 발견하고는 영혼의 고뇌에 괴로워하면서도 서투르게나마 그림 속에 표현하려 한 것 같았다. 나는 표현의 출구를 찾기 위해 분투하는 고통스러운 영혼을 보았다.

나는 그를 향해 돌아서 말했다.

"표현 수단을 잘못 선택한 듯하군요."

"도대체 무슨 뜻이오?"

"뭔가를 표현하려 한다는 사실은 느껴지는데, 그게 뭔지는 잘 모르겠습니다. 과연 그림이 그것을 전달하는 최선의 도구일까요?"

그의 그림을 보면 그의 이상한 성격을 이해할 실마리를 얻을 수 있으리라고 생각했는데, 오산이었다. 그림을 보고 나니 평소에 그에게서 느껴왔던 충격은 오히려 더 심해졌다. 그 어느 때보다 혼란스럽기만 했다. 다만 한 가지 분명하게 알 수 있는 것은 그가 자기를 속박하고 있던 어떤 힘에서 해방되기 위해 정열을 다 쏟아 분투하고 있다는 사실이었다. 이것조차 환상에 불과할지 모른다. 그러나 그 힘이 어떤 것이며, 그 해방이 어느 쪽을 향해 있는지는 역시 막연하여 이해되지 않았다. 우리는 모두 이 세상에 홀로 존재한다. 황동탑 속에 갇혀, 오직 기호로만 다른 사람들과 의사소통을 하고 있을 뿐이다. 그러나 그 기호는 공통의 가치라고는 전혀 없어 그 의미가 애매하고 불확실하기만 하다. 우리는 가련하게도 우리 마음속에 있는 소중한 것들을 상대방에게 전하려고 애쓰지만, 상대방에게는 그것을 받아들일 능력이 없다. 그러므로 우리는 서로를 알지 못하고 이웃과 나란히, 그러나 쓸쓸히 살아가는 것이다. 우리는 의사소통이 전혀 되지 않는 나라에 살고 있는 이방인과도 같아서, 상대방에게 전할 아름답고 심오한 생각을 지니고 있으면서도 회화책의 관용어만을 사용한다. 그들 이방인의 머릿속에는 여러 생각이 소용돌이치고 있는데도 할 수 있는 말은 고작 '정원사 아주머니의 우산이 집 안에 있다'는 정도의 표현뿐이다.

내가 그의 그림에서 마지막으로 받은 인상은 어떤 영혼의 상태를 표현하고자 하는 끝도 없는 노력이었는데, 그것은 곧 나를 그토록 당혹스럽게 했던 것을 설명하려면 거기에서 실마리를 찾아야 한다는 것을 의미했다. 스트릭랜드에게는 색깔이나 그림의 형태도 오직 그에게만 통하는 독특한 의미를 지니고 있었던 것이 분명했다. 그는 자신이 느끼는 뭔가를 전달하고픈 욕구가 절실했고, 오직 그 의도 하나만으로 작품을 창조했다. 그는 자신이 추구하는 미지의 세계에 조금이라도 가까이 접근할 수만 있다면, 단순화든 왜곡이든 전혀 주저하지 않았다. 그에게 사실 따위는 아무런 의미도 없었다. 서로 관련 없는 수많은 사건들 속에서 오직 그에게 중요하다고 생각되는 그 무엇만을 찾고 있었기 때문이다. 말하자면, 우주 속의 영혼을 인식하고 그것을 표현할 수밖에 없었던 것이다. 그림을 보고 혼란스럽고 어리둥절했지만, 그 속에 숨어 있는 감정에는 감동받지 않을 수 없었다. 나도 모르는 사이에 스트릭랜드에게서는 결코 느끼리라고 기대하지 않았던 감정이 솟아올랐다. 나는 전신을 사로잡는 연민을 느꼈다.

"블란치 스트로브에 대한 감정에 당신이 왜 굴복하고 말았는지 이제야 겨우 알 것 같습니다."

내가 말했다.

"알 것 같다고?"

"용기가 꺾였겠지요. 육체의 허약함이 당신의 영혼에까지 전해진 겁니다. 당신을 사로잡고 있는 끝없는 갈망이 무엇인지는 모르겠습니다만, 여하튼 당신은 자신을 괴롭히는 정신에서 벗어나기 위해 어딘가를 향해 위험하고 고독한 길을 헤매고 있는 겁니다. 사실상 존재하지도 않는 신전을 찾아 방랑을 계속하는 영원한 순례자와 같다고나 할까요. 당신이 찾아 헤매는 불가사의한 열반(涅槃)이 무엇인지 저는 모릅니다. 당신은 알고 있습니까? 어쩌면 진리와 자유일지도 모르겠지만, 그러다가 어느 순간 '사랑'에서 해방감을 찾을 수 있을 거라고 생각했을 겁니다. 그래서 당신의 지친 영혼은 여성의 품에서 안식을 찾다가 그곳에는 그런 안식이 없다는 것을 알아차리고 여자를 미워했던 겁니다. 당신 자신에게도 연민을 느끼지 못하는 인간이니, 당연히 여성에게도 연민을 느끼지는 못했을 겁니다. 결국 당신은 가까스로 빠져나왔던 위험에 여전히 떨고 있었고, 그 두려움 때문에 그녀를 죽인 겁니다."

그는 냉담한 미소를 지으며 수염을 쓰다듬었다.

"지독한 감상주의자로군."

일주일 뒤에 나는 뜻밖에도 스트릭랜드가 마르세유로 떠났다는 소문을 들었다. 그 뒤로 나는 그를 다시 보지 못했다.

43

　지금까지 써온 것을 돌아보니, 찰스 스트릭랜드에 대해 쓴다고 썼는데도 내용이 적잖게 불충분해 보일 수도 있겠다는 생각이 든다. 내가 알고 있는 사건에 대해서는 다 썼지만, 그 사건을 가져온 원인이 무엇인지는 전혀 모르고 있으니 자연히 사건 자체가 여전히 모호할 수밖에 없다. 그중에서도 가장 기묘한 것은 스트릭랜드가 무슨 마음으로 화가가 되기로 결심했느냐는 것인데, 참으로 느닷없는 결정으로 보인다. 물론 그의 삶을 둘러싼 환경에 계기가 있겠지만, 나로서는 그것까지 알 수는 없다. 그와 대화를 나눠봤지만, 건진 것은 별로 없었다. 그처럼 이상한 인물이다 보니, 이렇듯 내가 알고 있는 사실만을 단순히 나열하는 것이 아니라 차라리 한 편의 소설을 쓰는 것이라면, 그의 심경 변화를 설명하기 위해 여러 가지 이유를 꾸며낼 수라도 있었을 것이다. 나라면 어린 시절에 이미 화가의 길을 꿈꾸었지만 아버지의 반대로 좌절했다거나 아니면 생계를 꾸려나가야 한다는 의무감에 꿈을 접은 것으로 꾸며댔을 것이다. 나라면 삶의 무게를 견딜 수 없어 했던 것으로 묘사했을 것이다. 예술에 대한 열정과 살아나가야 한다는 현실적 의무감 사이에서 분투하는 모습을 그렸다면 그에 대한 일말의 동정이라도 샀을 것이다. 그랬다면 그는 좀 더 당당한 인물이 되었을 것이다. 아마 그렇게 했더라면 그에게서 새로운 프로메테우스의 모습을 찾아볼 수도 있지 않았을까. 인류의 이익을 위해 저주받아 고통받는 영웅 프로메테우스의 현대판을 만들어낼 기회가 있었을지도 모른다. 그것은 언제나 변치 않는 감동적인 주제다.

아니면, 화가가 되고자 한 동기를 결혼 생활에서 찾을 수도 있었을 것이다. 방법은 많다. 아내가 교제해온 화가나 작가들과 안면을 익힌 것이 인연이 되어 그동안 잠들어 있던 재능이 자연스럽게 깨어나게 되었다고 할 수도 있고, 아니면 가정 불화 때문에 자신의 내면으로 파고들어간 것이라고 할 수도 있다. 또는 그의 가슴속에서 희미하게 타오르고 있던 열정의 불씨가 어떤 연애 사건을 계기로 활활 타오르게 된 것으로 묘사할 수도 있었을 것이다. 그렇다면 그의 부인은 완전히 다른 각도로 그려져야 할 것이다. 사실을 무시해버리고, 그녀를 잔소리가 심하거나 성가신 여자로, 아니면 정신적 욕구를 이해하지 못하는 편협한 여자로 그려야 할 것이다. 그리고 스트릭랜드의 결혼 생활을, 오직 거기서 벗어나는 것만이 오랜 고통에서 해방되는 길인 양 묘사하고, 또한 부적합한 배우자에 대한 인내심과 자신을 억누르고 있는 속박을 떨쳐버릴 수밖에 없었던 그의 처지를 강조하여 그에 대한 연민을 불러일으킬 수도 있었을 것이다. 분명 아이들 문제는 꺼내지도 않았을 것이다.

가난에 짓눌릴 거라는 두려움으로, 아니면 경제적으로 성공하고 싶다는 욕망으로 젊은 시절 재능을 헛되이 소모한 어느 늙은 화가가 우연히 스트릭랜드를 만나 그의 재능을 발견하고, 모든 것을 단념하고 예술이라는 성스러운 직업을 택하라고 그를 설득했다는 식의 효과적인 이야기를 만들어낼 수도 있었을 것이다. 자기가 걸어온 삶이 아닌 예술가의 삶이 훨씬 가치 있다는 사실을 잘 아는 부유하고 존경받는 노인이 자신은 차마 걷지 못한 길을 다른 사람을 통해 실현하려 한다는 이 이야기에는 어딘지 역설적인 면이 있다고 생각한다.

그러나 현실은 이보다 훨씬 따분하다. 학교를 갓 나온 스트릭랜드는 별로 싫어하는 기색도 없이 중개인 사무실로 들어갔다. 결혼 전까지 증권거래소에서 가끔 가벼운 도박을 하기도 했고, 더비 경마나 옥스퍼드와 케임브리지 대학의 조정 경기에 한두 파운드의 금화를 거는 정도의 평범한 생활을 보냈다. 여가 시간에는 권투도 좀 했던 것 같다. 벽난로 위에는 랭트리나 메리 앤더슨 같은 유명 여배우의 사진을 걸어놓기도 했다. 그는 〈펀치〉나 〈스포팅 타임스〉 등을 읽었고, 때로는 햄스테드에 춤을 추러 가기도 했다.

내가 오랜 세월 동안 그를 만나지 못한 것은 그리 대수로운 문제가 아니었다. 까다로운 예술적 기교를 배우기 위해 악전고투하던 몇 해는 단조로운 나날이었다. 먹고살기 위해 궁여지책으로 한 일들에 무슨 대단한 의미가 있을지는 나로서도 알 수 없는 일이다. 지금 그것들을 써본다 한들, 다른 사람들에게도 늘 일어날 법한 일을 서술하는 것과 별반 다를 것이 없으리라. 그런 일들이 그의 성격에 영향을 미쳤을 것 같지는 않다. 그가 한 경험이래 봐야 현대 파리의 악한 소설 한 권 쓰기에 충분한 소재가 될 정도는 되겠지만, 그는 그러한 것에는 초연한 사람이었다. 그의 이야기로 미루어 보면 그동안 그에게 딱히 영향을 끼쳤던 것은 없는 듯했다. 아마 그가 파리에 갔을 때는 너무 나이가 들어 화려한 주위 환경에 빠져들지 않았는지도 모른다. 이상하게 들릴지도 모르겠지만, 내가 보기에 그는 언제나 현실적일 뿐만 아니라 아주 외골수였다. 나는 그 기간 동안 그가 아주 낭만적으로 살았을 거라고 추정했지만 그는 거기에서 어떤 낭만도 찾지 않은 게 분명하다. 인생에서 낭만을 깨달으려면 그 내면에 뭔가 배우적인 기질이 있어야 하는 법이다. 자기 자신에서 벗어나 초연해야 하며, 동시에 자신의 행위를 몰입하여 관찰할 수 있어야 한다. 그러나 외골수로는 그 누구도 스트릭랜드를 따르지 못했다. 나는 그처럼 자의식이 없는 사람은 결코 본 적이 없었다. 그러나 그가 그처럼 뛰어난 예술적 경지에 도달하기까지 얼마나 힘난한 단계를 거쳐 왔는지 설명할 수 없다는 것은 불행한 일이다. 실패에도 기가 꺾이지 않고 궁지에 빠져도 용기를 잃지 않고 끊임없는 노력을 경주하며, 예술가들에게는 가장 가혹한 적이라 할 수 있는 자기회의에 직면해서도 완강히 버텨나가는 그의 면모를 묘사할 수 있다면, 매력이라곤 없어 보이는 한 인간(이 점은 어느 누구보다 내가 잘 알고 있다)에 대해 독자들에게 얼마간이라도 공감을 불러일으킬 수 있었을 것이다. 그러나 내겐 그 같은 묘사를 할 만한 자료가 전혀 없다. 나는 스트릭랜드가 그림을 그리고 있는 모습을 단 한 번도 본 적이 없고, 다른 누가 보았다는 이야기를 들은 바도 없다. 그는 자신의 투쟁에 대한 비밀을 전혀 입 밖에 내지 않았다. 비록 외로운 화실 안에서 신의 천사와 필사적인 사투를 벌였다고 해도, 그는 누구에게도 자신의 고뇌를 드러내지 않았을 사람이다.

그와 블란치 스트로브의 관계에 대한 부분에서는 내가 쓸 수 있는 사실이 너무 단편적이어서 분통이 터질 뿐이다. 이야기에 일관성을 갖추려면 그들의 비극적 만남의 경과를 설명해야겠지만, 석 달간 이어진 그들의 동거에 대해 내가 아는 것은 거의 없다. 그들이 무엇을 하며 지냈는지, 무슨 이야기를 주고받았는지 나는 아무것도 모른다. 어쨌든 하루는 스물네 시간이고, 인간의 감정이 최고조에 이르는 것은 그중에서도 찰나에 불과하다. 그러니 나머지 시간을 어떻게 소일했는지는 그저 상상해보는 수밖에 없다. 해가 떠 있는 동안에는, 그리고 블란치의 체력이 견뎌낼 수 있는 한에서는 아마 스트릭랜드는 계속 그림 작업에 몰두했을 것이며, 그림에만 빠져 있는 그를 보면서 그녀는 짜증이 났을 것이다. 그녀는 그에게 정부(情婦)도 아닌, 그저 모델에 지나지 않았을 것이다. 침묵이 이어지는 그 긴 시간을 그들은 서로 마주 보며 지냈을 것이고, 그녀는 그 시간이 틀림없이 두려웠을 것이다. 스트릭랜드는 그녀가 자신에게 굴복하자 더크 스트로브에게 승리감을 느꼈다고 말한 적이 있다. 일찍이 스트로브는 그녀를 곤궁에서 구해주고서야 그녀를 얻었기 때문이다. 그것은 여러모로 막연한 추측을 낳는 말이었다. 나는 그 말이 진실이 아니기를 바랐다. 심지어 공포스럽까지 했다. 하지만 누가 있어 미묘한 인간의 마음을 헤아릴 수 있을 것인가. 인간의 마음속에는 다만 점잖은 정서와 정상적인 감정만이 있다고 생각하는 사람들은 도저히 짐작할 수 없을 것이다. 스트릭랜드가 욕정에 사로잡히는 순간도 있지만 대개는 무심한 사람이라는 걸 알아차린 블란치는 낙담했을 것이다. 어쩌면 그녀는 스트릭랜드가 욕정에 사로잡힌 순간에도 자신은 하나의 인간이 아니라 그저 쾌락의 도구였을 뿐이라는 사실 역시 깨달았으리라고 나는 추측한다. 여전히 그가 낯설게 느껴진 그녀는 온갖 애처로운 기교를 부려가며 그를 붙들어두려고 애썼을 것이다. 안락한 생활로 그에게 올가미를 씌우려 했지만 그에게 아무런 의미도 없다는 것까지는 알지 못했을 것이다. 그가 즐겨 먹는 음식을 만들어주려고 온갖 수고를 다했지만 그가 음식에는 관심이 없다는 사실은 알지 못했을 것이다. 그녀는 두려워 차마 그를 혼자 있게 내버려둘 수 없었다. 온갖 주의를 다 기울였으며 그의 정열이 식어 있으면 그것을 자극하려고 애를 썼는데, 적어도 자극을 주는 순간만큼은 그를 소유하고 있다는 환상에 빠졌기 때문이다. 고급스러운 유리창을 보면 벽돌 조각을 집어던지고 싶은 충동에 손가락 마디가 근질거리듯, 그녀가 만든 포박의 사슬도 오히려 그의 파괴 본능만을 불러일으킬 뿐이라는 사실을 총명한 그녀는 잘 알고 있었을 것이다. 그러나 이성을 다스릴 수

조차 없어진 그녀의 초조한 가슴은 파멸의 길이라는 것을 익히 알면서도 그녀를 계속 몰아댔던 것이다. 그녀는 분명 아주 불행했을 것이다. 그러나 사랑에 눈이 먼 그녀는 믿고 싶은 것만 믿었고, 그에 대한 사랑이 큰 만큼 그 사랑이 그에게도 똑같은 애정을 불러일으키는 것이 꼭 불가능한 일만은 아니라고 믿었다.

그러나 내가 모르는 것이 많기도 하거니와 스트릭랜드의 성격에 관한 나의 연구에는 그보다 중대한 결함이 있다. 그의 여자관계는 명백하고 쉽게 묘사되었지만 그것은 그의 생활에서 지극히 하찮은 부분이었다. 그런데도 그의 그 같은 여자관계가 타인들에게 그토록 비극적으로 영향을 끼쳤다는 것은 아이러니가 아닐 수 없다. 그의 진짜 삶은 오직 꿈과 놀라우리만치 고된 작업으로만 이루어져 있었던 것이다.

여기에 소설의 비현실성이 있다. 대부분의 남자들에게 사랑은 일상의 여러 가지 사건 가운데 한 가지 에피소드일 뿐이지만 소설에서는 특별히 사랑을 강조하여 현실과는 맞지 않는 중요성을 부여하는 것이다. 실제 현실에서 사랑이 세상 무엇보다 중요하다고 생각하는 남자는 거의 없다. 혹여 있다 하더라도 그러한 남자는 결코 흥미로운 존재가 못 된다. 심지어 사랑을 최대의 관심사로 생각하는 여성들마저 이러한 남자는 경멸하는 법이다. 여성들은 이러한 남자로 말미암아 우쭐한 기분이 들기도 하고 자극을 받기도 받지만 내심으로는 그러한 남자는 형편없는 존재일 뿐이라는 불안감을 감출 수가 없을 것이다. 남자들이란 사랑을 하는 그 짧은 순간에도 다른 일에 마음을 쏟기 마련이다. 사업에 정신을 팔 수도 있고, 스포츠에 몰두하거나 예술에 빠질 수도 있다. 대체로 그들은 다방면에 걸쳐 여러 활동을 하며, 한 가지 일에 전념하느라고 다른 모든 일은 일시적으로 잊어버리기도 한다. 그들은 순간순간 자신의 마음을 사로잡는 일에 집중할 수 있는 능력이 있으며, 자신이 하고 있는 일이 다른 일로 방해받으면 짜증을 부린다. 연인들 사이에서 남녀의 차이점이 있다면, 여자는 온종일 사랑을 할 수 있는 반면에 남자는 다만 이따금밖에 할 수 없다는 점이다.

스트릭랜드에게 성욕은 삶의 극히 일부일 뿐이었으며, 중요한 일이기는커녕 귀찮은 것이었다. 그의 영혼은 완전히 다른 방향을 향해 있었다. 워낙 격렬한 열정을 지닌 사람이라 때때로 육체가 욕구에 사로잡히면 방탕한 욕정에 빠져들기도 했지만, 그는 자제력을 빼앗아 가는 본능을 증오했다. 아마도 그는 불가피하게 방탕의 상대역이 되어주었던 여자까지도 증오했을 것이다. 그러므로 일단 자제력을 되찾으면 그는 자신에게 즐거움을 맛보게 했던 여자를 보면서 몸서리를 쳤다. 평온하게 천상을 노니는 그의 마음은, 마치 꽃과 꽃 사이를 배회하며 훨훨 날아다니는 오색 찬란한 나비가 자신이 방금 빠져나온 더러운 번데기 탈을 보고 몸서리치듯 상대 여자에게 몸서리쳤던 것이다. 예술이란 성적 본능의 표출일지도 모른다. 그것은 사랑스러운 여인을 보거나 황금빛 달빛 아래 고이 잠든 나폴리 만을 보거나, 티치아노의 〈매장〉을 볼 때 인간의 마음속에 일어나는 감정과 똑같은 것이다. 스트릭랜드가 정상적인 성욕의 발산을 증오했던 것은 그

것이 예술적 창조에서 오는 만족감과 견주어 보면 동물적으로 느껴졌기 때문이었을 것이다. 내가 지금껏 한 남자를 잔인하고 이기적이며 야만적이고 관능적이라고 묘사해 왔으면서도 이제 와서 그를 위대한 이상주의자라고 표현하고 있으니, 나 스스로도 이상한 느낌이 든다. 하지만 그것은 어쩔 수 없는 사실이다.

그는 가난한 장인보다 더 어려운 생활을 했으며, 누구보다도 열심히 일했다. 그는 대다수의 인간들이 인생을 우아하고 아름답게 만든다고 느끼는 일들에는 전혀 관심을 기울이지 않았다. 그는 돈에 무관심했으며, 명예도 신경 쓰지 않았다. 현실과 타협하고픈 유혹에 굴복하고 마는 대다수의 인간과 달리 그가 유혹에 저항했다 해서 그를 칭찬할 수는 없다. 그는 그러한 유혹을 받은 적조차 없었다. 그의 머릿속에는 현실과 타협이 가능하다는 생각조차 스쳐 지나간 일이 없다. 파리에서 그는 테베 사막의 은둔자보다 외롭게 생활했지만, 동료들에게는 혼자 있게 해달라는 부탁 말고는 아무런 요구도 하지 않았다. 그는 오직 한마음으로 자신이 지향하는 일에만 심혈을 기울였으며, 그 지향하는 바를 추구해나가기 위해 자신을 희생하는 것(이 정도는 많은 사람들도 할 수 있는 일이다)뿐만 아니라, 다른 사람들까지도 기꺼이 희생시켰다. 그는 하나의 환상을 지니고 살았다.

스트릭랜드는 분명 증오스러운 인간이었지만, 그래도 그가 위대한 인간이었다는 내 생각에는 변함이 없다.

44

 화가들의 예술론에도 나름대로 의미가 있다. 그러므로 이 기회에 과거의 위대한 화가들에 대한 스트릭랜드의 견해를, 내가 알고 있는 범위 내에서 기록해둘 필요를 느낀다. 그렇다고 내가 대단한 것을 알고 있는 것은 아니다. 스트릭랜드는 원래 대화를 즐기지도 않는 데다 듣는 이의 기억에 남도록 인상적으로 표현하는 언변도 없었다. 그렇다고 위트가 있는 것도 아니었다. 그가 어떤 식으로 대화하는지 얼마간이나마 내가 제대로 표현했다면 알 수 있겠지만, 그의 유머는 빈정대는 투였으며 대꾸 역시 대단히 거칠었다. 때때로 진실을 말해 사람을 웃기기도 했지만, 그런 형태의 유머는 드물게 써야 효과가 있지 일상적으로 써서는 사람들을 즐겁게 하지도 못했다.
 스트릭랜드는 결코 머리가 좋은 인물은 못 되었다. 따라서 그림에 대한 견해도 평범했다. 나는 그가 자신의 작품과 유사한 그림을 그리는 작가들, 예를 들어 세잔이나 반 고흐 같은 작가들을 언급하는 것을 결코 들어본 일이 없다. 그가 그런 화가들의 그림을 보았는지조차 의심스럽다. 그는 인상파 화가들에게는 그다지 흥미가 없었다. 그들의 표현 기법에는 감명을 받았지만 그들의 관점은 별다를 것이 없다고 생각한 것 같았다. 언젠가 스트로브가 모네의 탁월함을 장황하게 피력하자, 그는 "나는 빈터할터라는 친구가 더 좋더군" 하고 응수한 일도 있었다. 아마도 스트로브를 약올리려고 한 말인 듯한데, 그렇다면 그는 분명히 성공한 셈이었다.

과거의 대가들에 대한 그의 터무니없는 견해를 소개할 수 없다는 것이 아쉽다. 그의 성격에는 이상한 데가 많아 그들에 대한 견해까지 난폭했다면 그림이 더 완벽해졌을 것이다. 그가 선배 화가들에 대해 엉뚱한 이론을 가지고 있었다고 말해주고 싶지만, 사실 그가 그들에 대해 가지고 있는 의견이란 것이 대부분의 다른 사람들과 별반 다를 바가 없어 어쩐지 환상이 깨지는 기분이다. 그는 아마 엘 그레코도 몰랐을 것이다. 벨라스케스에 대해서는 찬사를 보냈지만 어쩐지 짜증이 묻어 있었다. 샤르댕은 좋아했고, 렘브란트에는 열광했다. 렘브란트에게서 받은 인상에 대해 설명한 적이 있는데, 그 표현이 어찌나 조잡했던지 여기서 언급하기도 민망하다. 그가 흥미를 보인 유일한 화가는 뜻밖에도 피테르 브뤼헐이었다. 당시 나는 그에 대해 아는 바가 거의 없었으며, 스트릭랜드 역시 그에 대해 제대로 설명할 능력이 없었다. 지금껏 그가 한 말을 기억하는 건 설명이 너무나도 답답했기 때문이다.

"그자는 괜찮은 친구지. 그림을 그린다는 게 고역이라는 걸 그는 틀림없이 알고 있었을걸."

나중에 빈에서 피테르 브뤼헐의 작품을 몇 점 보고 나서야 나는 왜 그가 스트릭랜드의 관심을 끌었는지 이해할 수 있었다. 그 작품 속에서도 역시 나는 그 자신만의 특이한 세계에 대한 환상을 지니고 있는 한 인간을 엿볼 수 있었다. 그에 대해 훗날 뭔가를 써볼 계획으로 상당 분량의 메모를 해두었지만, 그동안 그 메모를 다 잃어버렸고 단지 그때의 느낌만이 남아 있을 뿐이다. 브뤼헐은 동료 인간들을 기괴한 존재로 보고 있는 것 같았으며, 그런 까닭에 그들에게 분노했다. 그에게 있어 인생이란 터무니없고 추악한 사건의 혼성체로서 그저 웃음거리에 지나지 않았다. 그러나 웃으면서도 슬펐을 것이다. 브뤼헐에게서 받았던 느낌은, 다른 매개체를 사용하여 표현하면 더 적절했을 감정을 본인이 원치 않는 매개체로 표현하려 고군분투했다는 것이었다. 스트릭랜드 역시 그것을 어렴풋하게나마 알아차렸기 때문에 그에게 공감했을 것이다. 이 두 사람은 문학으로 표현해야 적절했을 개념을 그림으로 표현하려고 갖은 애를 쓴 것 같았다.

그때 스트릭랜드의 나이는 마흔일곱쯤 되었을 것이다.

45

　이미 말했지만 우연히 타히티로 여행을 떠나지 않았다면, 의심할 여지도 없이 나는 이 책을 쓰지 않았을 것이다.
　오랜 방황 끝에 찰스 스트릭랜드가 이른 곳이 바로 그 섬이었다. 그에게 부동의 명성을 안겨준 그림을 그린 곳도 바로 그 섬이었다. 자신을 사로잡고 있는 꿈을 완전하게 실현하는 예술가는 아마도 없을 것이다. 스트릭랜드는 기교와 싸움을 벌이며 끊임없이 괴로워했고 어쩌면 다른 예술가들보다 마음의 눈으로 본 환상을 표현하는 데 더 어려움을 겪었을 것이다. 그러나 막상 타히티에서는 모든 환경이 그와 잘 맞아 영감을 표현하는 데 필요한 사건들을 주위에서 어렵지 않게 찾아냈다. 덕분에 그의 후기 작품을 보면 적어도 그가 무엇을 추구했는지를 어렴풋이나마 알 수 있다. 그것들은 뭔가 새롭고 신기한 상상력을 펼쳐준다. 마치 육체를 떠난 그의 영혼이 거처할 새 집을 찾아 이리저리 방황한 끝에 머나먼 이 외지에 이르러 드디어 자신이 들어가야 할 육체를 찾은 것 같았다. 진부한 말을 그대로 옮긴다면, 그는 바로 이곳에서 자신을 발견했던 것이다.

내가 우연히 이 머나먼 섬을 찾았다면 스트릭랜드에 대한 관심이 되살아나야 당연했을 터인데, 내 관심은 온통 다른 일에 쏠려 있어 그 외의 일을 생각할 겨를이 없었다. 그런 까닭에 나는 그곳에 도착하고서도 며칠이 지나서야 비로소 그와 이 섬의 관계를 기억해냈다. 어쨌든 그를 보지 못한 지가 15년이 되었고, 그가 죽은 지도 벌써 9년이나 지났다. 타히티에 도착하면 급한 중대사들이 당분간 내 머릿속에서 지워질 것이라고 생각했지만, 그곳에 도착한 지 일주일이 지났는데도 내 마음은 진정되지 않았다. 그 섬에서의 첫날, 아침 일찍 일어났던 것으로 기억한다. 호텔 테라스로 나가 보았는데 주위에는 인기척이라곤 전혀 없었다. 식당으로 내려갔지만 그곳도 잠겨 있었다. 다만 바깥 벤치 위에 원주민 소년이 누워 자고 있었다. 아침을 먹기엔 너무 일러 나는 해안 쪽으로 천천히 걸어 내려갔다. 중국인들은 벌써 가게일을 준비하느라 바쁘게 움직이고 있었다. 하늘에는 아직도 희미한 새벽빛이 어려 있었으며, 석호(潟湖)에는 으스스한 고요가 깃들어 있었다. 10마일 저쪽에 우뚝 선 무레아섬은 마치 성배(聖杯)를 지키는 높은 요새처럼 자신의 신비를 안고 있었다.

나는 도무지 내 눈을 믿을 수가 없었다. 웰링턴을 떠나온 이래 흘러간 여러 날들이 신비롭고 이상하게만 느껴졌다. 웰링턴은 깔끔하고 정돈된 영국적인 도시로, 어쩐지 영국 남해안의 항구도시를 떠올리게 했다. 그곳을 떠난 뒤 사흘 동안은 바다에서 폭풍이 일었으며 회색빛 구름이 연이어 하늘을 덮어갔다. 그러더니 갑자기 바람이 멎고 바다가 다시 고요해지며 푸르름을 되찾았다. 태평양은 다른 어느 바다보다도 황량하고 광활하다. 그래서 그곳을 지나는 아주 평범한 항해조차 어쩐지 모험처럼 느껴진다. 여기에서는 숨쉬는 공기마저도 예기치 않은 일에 대한 기대를 듬뿍 채워주는 만병통치약 같았다. 육체를 가진 인간이라면 타히티에 접근하고 있을 때야말로 환상의 황금빛 낙원에 접근하고 있는 듯한 기분에 사로잡힐 것이다. 타히티의 자매 섬인 무레아섬은 마치 마법의 지팡이로 만들어놓은 꿈속의 어느 섬인 양 망망대해 가운데 장엄한 바위의 형체를 이루고서 신비스럽게 우뚝 솟아 있었다. 그 삐죽삐죽한 모양이 마치 태평양의 몬세라트 산 같았다. 그곳에 서 있으면 폴리네시아 기사들이 기이한 의식을 올리며 인간이 알아서는 안 되는 불경스러운 신비를 지키고 있을 것만 같았다. 그 섬의 아름다운 모습이 베일에서 벗겨지는 것은 배와 거리가 좁혀지면서 섬의 사랑스러운 봉우리들이 더욱 선명하게 드러날 때였다. 그러나 배가 옆을 지나칠 때에도 그 섬은 자체의 신비를 간직한 채, 어슴푸레한 모습으로 범접할 수 없는 위엄을 갖추고 무표정한 자세로 자신을 감싸고 있었다. 섬에 가까이 접근하면서 암초의 입구를 찾다가 갑자기 섬이 시야에서 사라지고 외로운 태평양의 푸른 바다만이 눈앞에 펼쳐진다 해도 결코 놀랄 일은 아니다.

　타히티는 고고히 솟아 있는 푸른 섬이다. 짙푸른 산이 겹겹이 펼쳐져 있고, 그 안에는 침묵의 골짜기들이 숨어 있다. 차가운 개울물이 졸졸 소리를 내다가 때로는 바위에 부딪혀 철썩 소리를 내며 쉬지 않고 흘러가는 저 아래쪽 어두컴컴한 골짜기에는 뭔가 깊은 신비가 깃들어 있어, 그토록 무성한 수풀의 그늘에서는 태곳적 생활이 그대로 영위되어 오고 있을 것만 같았다. 이러한 곳에도 슬픔과 두려움은 있다. 하지만 그 느낌은 곧 사라져버리고, 다만 그 순간 뒤에 찾아오는 환희만이 더욱 뚜렷해질 뿐이다. 그것은 마치 즐거운 관객들이 어릿광대의 익살에 웃음을 터뜨리다가 문득 그의 눈동자 속에서 발견하는 쓸쓸함과도 같은 것이었다. 같이 웃어주다가 그 어릿광대는 자신이 도저히 견딜 수 없을 만큼 외롭다는 사실을 깨닫고 더욱 열심히 떠들어대며 웃음을 지어 보였을 것이다. 타히티는 늘 웃음을 머금은 듯 다정해 보였다. 마치 매력과 아름다움을 아낌없이 우아하게 보여주는 사랑스러운 여인과도 같았다. 그러므로 파페에테의 항구로 들어설 때는 마음이 더없이 온화하게 가라앉는다. 부두에 정박한 범선은 조촐하고 아담해 보였으며, 만을 따라 펼쳐진 작은 도시는 하얀빛으로 온화한 느낌을 주었다. 푸른 하늘을 배경으로 빨간빛을 선명하게 뿜어내는 붉은 꽃들은 마치 정열의 외침인 양 자신들의 자태를 과시하고 있었다. 그러한 꽃들의 부끄러움을 모르는 관능에 숨이 막힐 듯했다. 그런가 하면 증기선이 부두에 닿을 때마다 선창에 몰려드는 사람들은 모두 흥겹고 활기에 차 있었다. 갈색 얼굴의 홍수였다. 타오르는 듯한 푸른 하늘을 배경으로 한 일종의 색채의 움직임을 보는 듯한 느낌이었다. 하역과 세관 조사 등 모든 것이 대소란 속에서 이루어지고 있었으며, 그러면서도 새로 오는 손님들에게 미소를 짓지 않는 이가 없었다. 날은 무더웠고, 색채에 현기증이 일었다.

46

 타히티에 온 지 얼마 지나지 않아 나는 니콜스 선장을 만났다. 어느 날 아침 호텔 테라스에서 아침 식사를 하고 있는데, 그가 찾아와 자기 소개를 했다. 그는 내가 찰스 스트릭랜드에게 관심을 가지고 있다는 이야기를 듣고 그 이야기를 하러 왔다고 말했다. 타이티에 살고 있는 사람들 역시 여느 시골 사람들과 마찬가지로 소문을 좋아했기 때문에, 내가 스트릭랜드의 그림에 대해 몇 마디 물어보았더니 그것이 섬 전체에 재빨리 퍼져버린 것이었다. 나는 이 낯선 손님에게 아침은 먹었느냐고 물었다.

 "그럼요, 저는 항상 일찌감치 커피를 마시죠. 하지만 위스키 한 잔 정도는 마실 수도 있습죠."

 그가 대답했다.

나는 중국인 소년을 불렀다.

"너무 이르지 않을까요?"

선장이 말했다.

"그건 선생의 간과 상의해서 결정할 문제요."

내가 대답했다.

"저는 사실 거의 금주를 하는 편입죠."

그는 말하며 캐너디언 클럽 위스키를 큰 컵에 반이 넘도록 자기 손으로 따랐다.

그가 웃을 때 부러진 누런 이들이 드러났다. 몹시 수척해 보이는 사내로 보통 키에 잿빛 머리는 짧게 깎았고, 짧고 억센 턱수염 역시 잿빛이었다. 며칠 동안 면도를 하지 않은 얼굴이었다. 주름살이 깊이 패어 있는 얼굴은 오랫동안 햇볕에 그을려 갈색을 띠었으며, 조그맣고 파란 두 눈동자는 놀라우리만치 빠르게 움직였다. 그의 두 눈동자가 빠르게 움직이며 내 사소한 몸짓까지 놓치지 않고 따라다녔기 때문에 얼핏 지독한 악당이 아닌가 하는 생각이 들었다. 어쨌든 지금 이 순간만큼은 성실하고 친근한 모습의 사내였다. 낡아빠진 카키색 옷을 입고 있었는데, 손이라도 씻었더라면 좋았을 거라는 생각이 들었다.

"스트릭랜드라면 제가 잘 알죠. 그 사람이 이 섬에 오게 된 것도 저를 통해서였으니까요."

그는 의자 등받이에 기대어 내가 권한 담배에 불을 붙이며 말했다.

"어디서 만났습니까?"

내가 물었다.

"마르세유에서요."

"그곳에서 당신은 뭘 하고 있었나요?"

그는 내게 아첨하는 미소를 지어 보였다.

"그저 해변을 떠돌아다녔죠."

행색을 보니 지금도 그때나 다름없이 궁색한 처지에 있는 것 같았다. 그래서 나는 오히려 그와 기분 좋게 사귈 수 있을 거라는 생각이 들었다. 항구의 부랑배들과 사귀려면 언제나 사소한 골칫거리가 따르게 마련이지만 그만큼 재미있는 일도 많다. 그런 사람들은 접근하기 쉽고 대화를 나누는 데 부담이 없었다. 그들은 좀처럼 거드름을 피우지 않았으며, 한잔 술에 어김없이 속마음을 다 털어놓았다. 그러니 그들과 친해지는 데는 번거로운 절차가 필요 없다. 그저 그들이 하는 이야기에 귀를 기울여주기만 하면 속내를 터놓을 뿐 아니라 고마워하기까지 한다. 그들에게 대화는 인생의 커다란 낙인데, 그 대화를 통해 자신들이 훌륭한 문명인이란 점을 보여주곤 한다. 그들은 대체로 재미있는 이야기꾼이었다. 그들의 이야기는 경험과 풍부한 상상력이 적당히 조화되어 있었다. 물론 상대방을 속이는 일이 없다고는 할 수 없지만, 법의 힘이 미치는 한에서는 그 법을 존중할 줄도 안다. 그들을 상대로 포커를 즐기는 것은 나름대로 위험한 면도 있지만 그들의 놀라운 재간 덕분에 세상에서 가장 재치 있는 이 게임에 독특한 재미가 더해지는 것도 사실이다. 이리하여 나는 타히티를 떠나기 전까지 니콜스 선장과 퍽 친한 사이가 되었으며, 덕분에 얻은 것도 많았다. 고작해야 담배와 위스키값 정도가 들었으니 신경 쓸 정도는 아니었고(사실상 금주를 하고 있었기 때문에 그는 칵테일을 항상 거절했다), 오히려 호의를 베푼다는 듯 내게서 빌려간 몇 달러의 돈쯤은 어느 면에서 보나 그가 내게 베풀어준 수많은 즐거움에 비하면 별것 아니었다. 나는 아직도 그 빚을 다 갚지 못하고 있다. 그러니 주제에서 벗어나면 안 된다는 생각에 그에 대한 이야기를 이렇게 몇 줄로 끝내버린다면 미안한 일이 아닐 수 없다.

니콜스 선장이 처음에 무슨 연유로 영국을 떠났는지는 알 수 없다. 그가 입을 굳게 다물고 있었고, 그러한 기질의 사람에게 직접 묻는 것 또한 분별 있는 처사라고는 생각되지 않았다. 단지 부당하게 고초를 겪었다는 말을 넌지시 한 것으로 보아, 자신을 불의의 희생양이라고 생각하는 것이 틀림없었다. 사기나 폭력 사건에 연루된 것이 아닐까, 하고 갖가지 상상을 해보았다. 그가 영국 본토의 위정자들이 너무나 기교적이라는 이야기를 했을 때는 그 말에 깊이 공감하지 않을 수 없었다. 그러나 본국에서 그토록 불화를 겪었는데도 열렬한 애국심이 조금도 변하지 않았음을 알게 되니 내심 감탄스러웠다. 그는 이따금 영국이 세계에서 가장 훌륭한 나라라고 단언했으며, 본인 스스로도 미국인이나 식민지인, 이탈리아인, 네덜란드인, 캐나다 원주민들보다 훨씬 낫다는 우월감을 느끼고 있었다.

그러나 그가 행복한 사람이라는 생각은 들지 않았다. 소화불량이 심해 보였는데, 펩신 정제를 빨아먹는 모습이 자주 보였다. 그래서인지 아침이 되어도 식욕을 느끼지 못하는 것 같았다. 그러나 그뿐이라면 그렇게까지 의기소침하지는 않았을 것이다. 그에게는 삶에 대해 불만을 느낄 더 큰 이유가 있었다. 8년 전, 그는 경솔하게 서둘러 결혼을 했다. 세상에는 자비로운 신의 섭리에 따라 독신으로 살게끔 운명 지어졌으면서도 자신의 의지로, 또는 그들이 어찌할 수 없는 이런저런 사정으로 그러한 천명을 정면으로 거역하는 사람들이 있다. 결혼을 했으면서도 독신 생활을 하고 있는 사람만큼 가련해 보이는 이는 없을 것이다. 니콜스 선장이 바로 그런 사람이었다. 그의 아내를 본 적이 있다. 스물여덟 살이라는데, 나이를 가늠하기 어려운 유형의 여성이었다. 어쩌면 스무 살 때도 그런 모습이었을 것이고, 마흔 살이 되어도 결코 늙어 보이지 않을 듯했다. 그녀에게서 나는 지나치게 옹색하다는 인상을 받았다. 얇은 입술의 평범한 얼굴도, 뼈를 덮고 있는 살가죽도, 미소나 머리칼도 옹색하게만 보였다. 그녀가 입고 있는 옷도 마찬가지였는데, 그래서인지 그녀가 입은 하얀 능직 무명 옷은 마치 검은 상복 같은 인상을 주었다. 니콜스 선장이 왜 그녀와 결혼했는지, 그리고 기왕 결혼했다 하더라도 왜 그녀를 버리지 않는지 내 상상으로는 도무지 감이 잡히지 않았다. 아니, 어쩌면 여러 번 그녀를 버렸는지도 모른다. 그러나 그러한 시도가 실패하자 우울증이 생겼는지도 모른다. 아무리 먼 곳까지 도망치거나 아무리 은밀한 곳에 숨더라도 니콜스 부인은 운명처럼 가혹하고 양심처럼 무자비한 여자였으므로 이내 그를 찾아내고 말았을 것이다. 마치 원인이 결과를 피할 수 없듯이, 그는 도저히 아내에게서 벗어날 수 없었을 것이다.

예술가들, 어쩌면 신사들도 그렇듯이 건달 또한 어느 계급에도 속하지 않는다. 건달은 떠돌이 잡부들의 무례에도 당황하지 않고 왕자의 예의범절에도 무안해하지 않는다. 니콜스 부인은 최근에 와서 발언권이 커진 중하류 계급에 속했다. 사실 그녀의 아버지는 경찰관이었다. 분명히 그는 유능한 경관이었을 것이다. 그녀가 어떤 이유로 니콜스 선장을 붙들고 있는지는 모르겠지만 애정 때문이라고는 생각되지 않는다. 나는 그녀가 입을 여는 것을 한 번도 본 적이 없지만, 아마 단둘이 있을 때는 대단한 수다쟁이일 것이다. 어쨌든 니콜스 선장은 소름이 끼치도록 그녀를 두려워했다. 때때로 호텔 테라스에 나와 같이 앉아 있다가 길을 걷는 그녀를 볼 때가 있었다. 그럴 때면 그녀는 그를 부르지도 않았고, 그를 알아봤다는 손짓도 해주지 않고는 다만 태연하게 거리를 왔다 갔다 했다. 그러면 선장은 이상한 불안감에 사로잡혀 시계를 들여다보며 길게 한숨을 내쉬고는 이렇게 말하곤 했다.

"전 이만 자리를 떠야겠군요."

그럴 땐 어떤 재치나 위스키도 그를 붙잡아놓을 수 없었다. 아무리 거친 태풍도 전혀 겁내지 않고 맞서고, 총 한 자루만 있으면 비무장 흑인 10여 명쯤은 조금도 주저하지 않고 상대했을 남자가 부인에게만은 그런 모습이었다. 때때로 니콜스 부인은 얼굴이 창백하고 뾰로통한 표정의 일곱 살 난 딸을 호텔로 보내는 일이 있었다.

"엄마가 오시래요."

아이가 칭얼거리는 목소리로 말했다.

"그래, 알았다."

니콜스 선장이 대답했다.

그러고는 자리에서 벌떡 일어나 딸을 데리고 길거리로 걸어 나가는 것이었다. 이야말로 정신이 물질을 이긴다는 것을 보여주는 좋은 예가 아닐까. 니콜스 선장에 대해 이야기하면서 주제에서 벗어나긴 했지만, 이 한 가지 도덕적 교훈을 얻은 것만으로도 의미는 있었다고 본다.

47

 나는 니콜스 선장이 스트릭랜드에 관해 들려준 여러 이야기를 서로 이어 붙여보고, 가장 그럴듯하다고 생각되는 순서에 따라 그 내용을 적어두었다. 그들이 서로 알게 된 것은 내가 파리에서 스트릭랜드를 마지막으로 만난 그해 겨울이 저물 무렵이었다. 스트릭랜드가 니콜스 선장을 만나기 전에는 어떻게 살았는지 알 수 없지만, 아무튼 몹시 어렵게 지냈던 것만은 틀림없다. 선장이 그를 처음 만난 곳이 무료 숙박소였던 것으로 미루어 보아 생활이 지독히도 어려웠던 것만은 분명하다. 당시 마르세유에서는 파업이 벌어졌고, 수중의 돈을 다 써버린 스트릭랜드로서는 육체와 영혼을 지탱하는 데 필요한 최소한의 돈마저 벌어들일 수가 없었던 것이다.
 야간 숙박소는 영세민이나 뜨내기들이 서류를 갖춰 자신이 노동자임을 담당 수도사에게 증명하면, 일주일가량 잠자리를 해결해주는 커다란 석조 건물이었다. 스트릭랜드가 니콜스 선장의 눈에 띄었던 것은 그 숙박소의 문이 열리기를 기다리고 있는 군중 속에서도 그의 체구와 용모가 유난히 특이해 보였기 때문이다. 일부는 건물 주위를 이리저리 서성거리기도 하고, 일부는 담벼락에 기대어 서 있기도 하고, 또 어떤 이들은 길 가장자리의 연석 위에 앉아 그 아래 흘러가는 도랑에 발을 담근 채 멍하니 기다리고 있었다. 마침내 그들이 줄지어 사무실 안으로 들어섰을 때 니콜스는 스트릭랜드의 서류를 읽은 수도사가 그에게 영어로 말을 거는 소리를 들었다. 그러나 그때 니콜스 선장은 스트릭랜드에게 말을 걸어보지도 못했다. 그가 집회실로 들어서는 순간 웬 수도사가 두툼한 성경책을 가슴에 품고 들어와 집회실 맨 끝에 있는 설교단 위로 올라가더니, 그 가련한 군중이 숙박료를 대신해 참고 들어야 할 긴 설교를 시작했기 때문이다. 그와 스트릭랜드는 각기 다른 방에 배정되었다. 다음 날 새벽 다섯시에 건장한 수도사의 기상 명령에 눈을 뜨고 침구를 정리한 뒤 세수를 마쳤을 때, 스트릭랜드는 이미 그곳을 떠나고 없었다. 니콜스 선장은 혹독하게 추운 거리를 한 시간이나 어슬렁거리다가 선원들이 잘 모이는 빅토르 겔루 광장으로 걸음을 옮겼다. 그곳에서 그는 동상 받침대에 기대앉아 꾸벅꾸벅 졸고 있는 스트릭랜드를 발견했다. 니콜스 선장은 발로 툭 차서 그를 깨웠다.

"여보게, 같이 가서 아침 식사나 하세."

그가 말했다.

"꺼져버려!"

스트릭랜드가 대답했다.

스트릭랜드가 쓰는 몇 안 되는 어휘를 알고 있던 터라 나는 니콜스 선장의 증언에 신빙성이 있다고 생각했다.

"파산했나?"

선장이 물었다.

"뒈져버려!"

스트릭랜드가 대답했다.

"따라오게나. 내가 아침을 먹여주지."

잠시 망설이던 스트릭랜드는 엉거주춤 자리에서 일어났다. 그들은 함께 무료 빵 급식소로 갔다. 이곳에서는 빵을 가지고 나갈 수 없어 그 자리에서 다 먹어야 했다. 다음으로 그들은 무료 수프 급식소로 갔는데, 이곳에서는 일주일 동안 오전 11시부터 오후 4시까지 묽은 소금투성이의 수프 한 사발을 얻어먹을 수 있었다. 이 두 건물은 너무 멀리 떨어져 있어 정말 배가 고픈 사람이 아니라면 두 곳을 연이어 갈 엄두조차 내지 않았을 것이다. 그렇게 아침 식사가 끝났고, 그렇게 찰스 스트릭랜드와 니콜스 선장 사이에는 기묘한 동료애가 싹텄다.

그날부터 두 사람은 마르세유에서 그런 식으로 넉 달쯤 함께 보냈다고 한다. 하룻밤의 잠자리와 굶주림을 겨우 면할 빵을 마련하는 것이 고작이었으니, 전혀 예기치 않은 짜릿짜릿한 기쁨을 주는 모험적인 사건이라곤 없는 나날이었다. 그러나 여기서 니콜스 선장이 들려준 그 생생한 이야기, 내 상상력을 자극한 그 다채롭고 활기찬 풍경을 그대로 옮길 수 없다는 것은 참으로 안타까운 일이다. 항구도시의 밑바닥 생활에서 그들이 보고 들은 이야기만 모아도 재미있는 책 한 권 분량은 충분히 나올 것이다. 그리고 그들이 만났던 갖가지 인물만으로도 연구자들이 완벽한 불한당 사전을 만들기에 충분한 자료를 구할 수 있을 것이다. 하지만 여기서는 단지 몇몇 에피소드를 소개하는 것으로 만족하려 한다. 그의 이야기를 들으면서 나는 그들의 삶이 강렬하고 야성적이며, 야만적이고 다채로우며, 강한 생명력이 넘쳐난다는 인상을 받았다. 그의 이야기를 듣고 나면 내가 알고 있던 마르세유, 즉 유혹적인 몸짓과 강렬한 태양, 안락한 호텔과 부유한 사람들로 붐비는 고급 레스토랑이 여기저기 산재해 있는 도시는 김빠지고 케케묵은 곳으로만 여겨졌다. 나는 니콜스 선장이 묘사한 그 광경을 제 눈으로 직접 본 사람들이 부러웠다.

야간 숙박소가 그들에게 더는 문을 열어주지 않자 스트릭랜드와 니콜스 선장은 터프 빌 신세를 지게 되었다. 터프 빌은 주먹이 센 흑인 혼혈아로, 선원 숙박소의 주인이었다. 그는 실직한 선원들이 새로운 배에 자리를 구해 승선할 때까지 식사와 잠자리를 제공했다. 두 사람은 스웨덴인, 흑인, 브라질인 십여 명과 함께 터프 빌이 지정해준 두 개의 텅 빈 방 바닥에서 잠을 자며 한 달을 지냈다. 그동안 그들은 날마다 터프 빌과 함께 선장들이 선원을 찾으러 모여드는 빅토르 겔루 광장으로 나갔다. 터프 빌은 뚱뚱하고 몸가짐이 헤픈 미국 여자와 결혼하여 살고 있었다. 그녀가 어떤 경로를 거쳐 이렇게까지 타락했는지는 아무도 아는 이가 없었다. 숙박자들은 매일 번갈아 가며 그녀의 집안일을 도와주었다. 스트릭랜드는 터프 빌의 초상화를 그린다는 명목으로 그런 일을 모면하고 있었다는데, 니콜스 선장은 스트릭랜드가 머리를 잘 썼다고 생각했다. 터프 빌은 스트릭랜드에게 캔버스와 그림물감, 화필뿐 아니라 밀수입한 담배까지 1파운드씩이나 주곤 했다. 내가 알고 있는 바로는 이 초상화는 지금도 드 라 졸리엘 부두 근처 어딘가에 있는 금방이라도 무너질 듯한 작은 집의 응접실에 걸려 있는데, 지금 내놓는다면 1500파운드는 받을 수 있을 것이다.

당시 스트릭랜드는 오스트레일리아나 뉴질랜드 행 배를 탄 후 일단 그곳에 도착하면 다시 사모아나 타히티로 갈 생각뿐이었다. 그가 어떻게 해서 남태평양으로 갈 생각을 품게 되었는지는 정확히 알 수 없었다. 다만 그가 오래전부터 북위권에서 볼 수 있는 바다보다 훨씬 짙푸른 바다에 둘러싸인 채 햇빛이 내리쬐는 초록빛 섬의 환상에 사로잡혀 있었던 것만은 기억하고 있다. 스트릭랜드가 니콜스 선장에게 달라붙어 그를 놓지 않았던 이유도 그가 그러한 지역들을 잘 알고 있었기 때문이며, 타히티가 훨씬 더 아늑한 곳이라고 설득한 이도 어쩌면 니콜스 선장이 아니었을까 하는 생각이 들었다.

"아시다시피, 타히티는 프랑스 영토에 속하죠. 그리고 프랑스인들은 따분하게 형식을 따지는 사람들은 아니고요."

그가 내게 설명했다.

나는 그가 무슨 말을 하려는지 짐작할 수 있었다.

스트릭랜드에게는 증명서라고 할 만한 게 하나도 없었다. 그러나 터프 빌은 자신에게 이익이 된다고 생각하면(그는 자기 집에서 신세를 지고 있는 선원을 소개하고 그 대가로 첫 달치 월급을 가져갔다), 그것을 문제 삼을 사람이 아니었다. 그래서 일찍이 자기에게 신세를 지다 세상을 떠난 영국인 화부(火夫)의 증명서를 내주었다. 그러나 니콜스 선장과 스트릭랜드는 동쪽행을 기대했으나 마침 그들이 가까스로 계약할 수 있게 된 배는 서쪽행이었다. 그래서 스트릭랜드는 미국으로 출항하는 부정기 화물선 일자리를 두 번, 뉴캐슬로 가는 석탄 배의 일자리를 또 한 번 거절했다. 자기에게 손해가 되는 이러한 고집을 터프 빌이 그냥 참고 넘어갈 리 없었다. 터프 빌은 자신에게 오직 피해만을 끼치는 그의 고집을 참지 못해 더 고심할 것도 없이 그들 두 사람을 그의 집에서 내쫓아버렸다. 그들은 다시 떠돌이 신세가 되고 말았다.

터프 빌이 제공하는 식사는 인색하기 짝이 없어서 식사를 마치고 돌아서면 여전히 배가 고팠다. 하지만 정작 집을 나온 뒤 며칠 동안 그들은 굶주림이라는 것이 무엇인지 절실하게 깨닫고 몹시 후회했다. 수프 배급소나 야간 숙박소에서는 그들을 더 이상 받아주지 않았기 때문에 이제 그들이 목숨을 부지할 방법이라곤 오로지 빵 배급소에서 배급받는 빵 한 조각뿐이었다.

잠자리는 수단껏 기회를 살펴가며 철도역 근처의 대피용 레일 위에 놓여 있는 빈 무개화차에서 취하는 때도 있었고, 때로는 창고 뒤에 놓여 있는 수레 안에서 자기도 했다. 그러나 살이 에는 추운 날씨 때문에 불편한 자세로 한두 시간 꾸벅거리며 졸다가 다시 거리를 방황하곤 했다.

무엇보다 고통스러웠던 것은 담배였다. 특히 니콜스 선장은 담배 없이는 한 시도 못 참는 성미였던 터라 간밤의 산보객들이 버리고 간 담배꽁초나 여송연 동강이를 찾기 위해 쓰레기통을 뒤지곤 했다.

"파이프에 이것저것 섞어 피워봤는데, 그것만큼 고약한 것도 없더이다."

그는 내가 권한 담배 케이스에서 여송연을 두 개 꺼내, 하나는 입에 물고 다른 하나는 주머니에 넣으면서 세상일에 달관한 듯한 태도로 어깨를 으쓱해 보였다.

그들이 어쩌다 잔돈푼을 벌 때도 있었다. 이따금 우편선이 부두에 들어오면 니콜스 선장은 어떻게 해서든지 작업 감독의 환심을 사서는 하역 일자리 두 개를 얻어내곤 했다. 마침 영국 배가 들어오기라도 하면 교묘하게 수부실로 숨어 들어가 선원들에게서 아침 식사를 원 없이 얻어먹기도 했다. 그러다 그 배의 고급 선원과 마주치는 날이면 장홧발에 거칠게 걷어차이고 트랩 아래로 허겁지겁 내빼는 고초를 겪기도 했다.

"뱃속만 든든하다면야 엉덩이를 걷어차이는 것쯤은 아무것도 아니죠. 게다가 그들이 나쁘다는 생각은 안 해봤습니다. 고급 선원쯤 되면 배의 규율도 생각해야 하니까요."

니콜스 선장이 말했다.

화난 선원의 발끝에 차이고는 앞뒤를 분간하지 못할 정도로 혼비

백산하여 그 좁은 트랩 아래로 달려 도망치면서도 그래도 영국인이라고 영국 상선의 훌륭한 기백을 기쁘게 받아들이는 니콜스 선장의 모습이 눈앞에 생생하게 그려졌다.

그런가 하면 종종 어시장에서도 그들에게 우연히 눈에 띄는 일자리가 생기곤 했다. 한번은 부두에 내려놓은 엄청난 양의 오렌지 상자를 무개화차에 실어주고 각각 1프랑씩 벌어들인 일도 있었다. 또 한번은 천만뜻밖에도 하숙집 주인이 희망봉을 경유하여 마다가스카르에서 온 화물선의 페인트칠 계약을 따낸 덕분에 둘이 며칠 동안 배 옆면에 매단 판자 위에 걸터앉아 녹슨 선체에 페인트칠을 하며 지낸 적도 있다. 그것은 틀림없이 비틀린 유머 감각을 가진 스트릭랜드에게는 흥미로웠을 일이었다. 나는 니콜스 선장에게 도대체 스트릭랜드가 어떻게 그러한 곤경을 견뎌내더냐고 물었다.

"나는 그가 불평하는 것을 한번도 본 적이 없어요. 물론 퉁명스러울 때도 있긴 했지만 아침부터 입에 빵 한 조각 넣지 못하고서도, 그리고 여인숙에 누워 잘 돈 한 푼 없을 때도 언제나 생기가 넘쳤죠."

선장이 대답했다.

나는 이 말에 그다지 놀라지 않았다. 스트릭랜드는 대부분의 인간이 낙심할 상황에도 전혀 동요할 인간이 아니었다. 그러나 이러한 기질이 마음의 평정에서 오는 것인지, 아니면 그의 모순된 성격 탓인지는 판단하기가 쉽지 않았다.

'칭크스 헤드'는 부테리 가의 외진 곳에 있었다. 애꾸눈의 중국인이 경영하는 초라한 여인숙으로, 부두의 부랑자들이 그렇게 이름 붙였다. 그곳에서는 여섯 푼이면 간이침대에서, 서 푼만 있으면 마룻바닥에서 하룻밤을 잘 수 있었다. 이곳에서 두 사람은 자신들처럼 궁색한 친구들과 사귀게 되었다. 돈 한 푼 없고 살이 에듯 추운 날에는 낮에 단돈 1프랑이라도 벌어들인 친구가 있으면 그들에게 지붕 밑에서 하룻밤 유숙할 만큼 돈을 빌리곤 했다. 부랑자들은 누구 하나 인색하지 않았으므로 수중에 돈이 있으면 서로 나누어 썼다. 국적은 가지각색이었지만 그렇다고 국적이 우정을 방해하는 일은 전혀 없었다. 그들은 자신들을 그 세력이 그들 모두에게 미치는 나라, 즉 위대한 코카인 왕국*의 자유민으로 느끼고 있었기 때문이다.

"하지만 스트릭랜드는 한번 화가 났다 하면 얼굴이 험상궂게 변하는 친구였죠."

니콜스 선장은 회상하듯 말했다.

"어느 날인가 광장에서 터프 빌과 우연히 마주쳤는데, 그가 찰리에게 전에 주었던 증명서를 내놓으라는 거였어요. 그러니까 찰리가 말하길 그렇게 필요하면 직접 와서 가져가라더군요. 터프 빌은 힘이 무척 센 녀석이었죠. 본래부터 찰리의 태도를 못마땅하게 여기고 있던 터라 그는 이 기회를 놓치지 않고 욕설을 퍼붓기 시작했어요. 생각나는 욕설이란 욕설은 가리지 않고 다 퍼부어댔으니 들어볼 만합디다. 그런데 말이죠, 찰리가 제법 참고 들어주더니 그에게 다가서는

---

* 술집, 요릿집, 극장, 도박장 등의 유흥장이 늘어선 거리인 환락항(歡樂鄕)을 가리킨다.

거였어요. 그리고 그에게 한 발 앞으로 다가가 '이 야비한 새끼, 썩 꺼지지 못해!'라고 잘라 말하더군요. 사실, 뭐 대단한 말을 한 건 아니었지만 문제는 태도였어요. 그러자 막상 터프 빌은 단 한마디도 하지 못하고 얼굴이 노랗게 질려버리더군요. 결국 갑자기 약속이 생각났다며 횡하니 그 자리를 떠나 버리더라고요."

니콜스 선장의 말에 따르면, 스트릭랜드가 여기서 표현한 구절 그대로 말했던 건 아니었다. 그러나 이 책이 가정에서 읽힐 것을 감안해, 진실이 좀 왜곡되더라도 일반 가정에 좀 더 친숙한 표현을 사용하는 편이 낫다고 생각했다.

터프 빌은 자신의 고용인에 불과했던 일개 선원에게 모욕을 당하고 가만히 있을 인간이 아니었다. 그의 힘은 결국 그의 위신에서 나왔던 것이다. 그의 집에서 숙박하고 있던 이 사람 저 사람의 입을 통해 나중에 듣기로는, 그가 스트릭랜드를 꼭 해치우고 말겠다고 맹세했다고 한다.

어느 날 밤, 니콜스 선장과 스트릭랜드는 부테리 가의 술집에 앉아 있었다. 부테리 가는 방이 하나밖에 없는 단층집들이 죽 늘어서 있는 좁은 거리였다. 그래서 그 집들은 마치 사람으로 붐비는 시장 거리의 구멍가게나 서커스단의 짐승 우리처럼 보였다.

집집마다 문 앞에는 여자들이 한 명씩 눈에 띄었다. 어떤 여자들은 한가하게 기둥에 기대 선 채 콧노래를 부르거나 목쉰 소리로 지나가는 행인들을 부르곤 했고, 또 어떤 여자들은 멍한 표정으로 책을 읽었다. 프랑스인, 이탈리아인, 스페인인, 일본인, 흑인 등 인종도 다양했고, 더러는 뚱뚱한 사람도 있었고 더러는 빼빼 마른 사람도 있었다. 화장을 짙게 하고 선명하게 드러날 만큼 시커멓게 눈썹을 그렸다. 새빨갛게 칠한 입술 밑으로는 나이를 말해주는 주름살과 방탕한 생활로 생긴 상처가 두드러져 보였다. 어떤 여자는 검은색 속옷에 살색 스타킹을 신고 있었으며, 어떤 여자는 꾸불꾸불하게 볶은 머리를 노랗게 물들이고 마치 어린 계집애들처럼 모슬린 원피스를 입고 있었다. 문틈으로는 붉은색 타일을 깐 바닥과 커다란 나무침대, 주전자와 세숫대야가 놓여 있는 전나무 테이블 따위가 보였다. 거리에는 온갖 잡다한 인종들이 어슬렁거리고 있었다. 동인도의 선원, 스웨덴 범선을 타고 온 금발의 북구인, 군함을 타고 온 일본인 수병, 영국인 선원, 프랑스 순양함을 타고 온 명랑한 스페인인, 미국 화물선에서 내린 흑인들도 있었다. 낮에는 지저분하기만 하던 거리는 밤이 되면 이런 작은 오두막집에서 새어나오는 불빛을 받아 왠지 불길한 아름다움을 띠었다. 대기 속에 넘쳐흐르는 무시무시한 욕정은 사람들의 가슴을 짓누르고 소름 끼치게 했다. 그 풍경 속에는 불안하면서도 사람들의 마음을 사로잡는 신비한 그 무엇이 있었다. 거기에는 왠지 모르게 보는 이를 배척하면서도 한편으로는 매혹하는 어떤 원시적인 힘이 있었다. 이곳에서는 문명의 모든 고상함이 씻은 듯이 자취를 감추고, 인간은 오직 암담한 현실에 직면해 있다는 생각만 들었다. 이곳에는 강력하고도 비극적인 분위기가 만연해 있었다.

스트릭랜드와 니콜스 선장이 앉아 있던 주점에서는 자동 피아노가 댄스 음악을 요란하게 연주하고 있었다. 사람들은 홀의 벽을 따라 늘어놓은 테이블 앞에 앉아 있었다. 한쪽에서는 선원 여섯이 술에 취해 떠들어대고 있었고, 다른 쪽에서도 술 취한 군인들이 역시 왁자지껄하게 떠들어대고 있었다. 홀 한가운데에서는 많은 사람들이 쌍을 이뤄 춤을 추고 있었다. 햇빛에 그을린 구릿빛 얼굴에 텁수룩하게 수염을 기른 선원들은 굳은살이 박인 커다란 손으로 파트너를 꼭 껴안고 있었으며, 이따금 선원들이 두 명씩 자리에서 일어나 자기들끼리 안고 춤을 추기도 했다. 홀 안의 소음으로 귀가 멍멍해질 정도였다. 그들은 노래하고 외치고 소리 내어 웃어댔다. 한 사내가 무릎 위에 앉은 여자에게 오랫동안 키스를 퍼붓자 영국 선원들의 야유 소리가 장내의 소음을 더했다. 홀 안의 공기는 사내들이 묵직한 장화로 발을 굴러 피어오르는 먼지 때문에 혼탁했고, 자욱한 담배연기로 뿌옇게 흐려져 있었다. 실내는 찌는 듯이 무더웠다. 계산대 뒤에서는 한 여자가 아기에게 젖을 물린 채 앉아 있었고, 넓적한 얼굴에 여드름투성이인 몸집이 왜소한 웨이터는 맥주컵을 올려놓은 쟁반을 들고 이리저리 분주하게 돌아다니고 있었다.

 잠시 후 터프 빌이 덩치 큰 흑인 둘을 앞세우고 홀 안으로 들어왔다. 한눈에 보아도 이미 술이 거나하게 취해 있었다. 그는 뭔가 말썽을 부릴 만한 구실을 찾다가 군인 셋이 앉아 술을 마시고 있는 테이블 쪽으로 비틀거리며 걸어가더니 맥주컵 하나를 뒤집어엎어 버렸다. 그들 사이에 격렬한 언쟁이 벌어지자 주점 주인이 뛰쳐나와 터프 빌에게 나가라고 소리쳤다. 주인은 뼈대가 억센 사내으로 손님들의 무례한 짓을 참아주는 성미가 아니었다. 터프 빌은 약간 주춤거렸다.

더구나 상대방은 경찰의 비호를 받고 있었기 때문에 맞붙어 싸우기가 쉽지 않았다. 그는 욕설을 퍼붓고는 발길을 돌렸다. 그런데 갑자기 그의 시야에 스트릭랜드가 들어왔다. 그는 스트릭랜드에게로 다가갔다. 그러고는 한마디 말도 없이 입 속에 침을 모으더니 그의 얼굴에다 뱉었다. 스트릭랜드는 술잔을 움켜쥐더니 그를 향해 던졌다.

춤추던 사람들은 일제히 제자리에 멈추어 섰고, 장내는 일순 조용해졌다. 다음 순간 터프 빌이 몸을 날려 스트릭랜드를 덮치자 싸움의 불길에 모든 사람이 휘말려들었고, 서로 뒤죽박죽이 되어 난투극을 벌였다. 테이블이 뒤집히고 유리컵은 바닥에서 박살이 났다. 소름 끼치는 대소동이었다. 여자들은 문 쪽으로, 카운터로 흩어져 달아났다. 지나가던 행인들이 홍수처럼 홀 안으로 몰려들었다. 온갖 욕설과 치고받는 소리, 고함과 비명소리가 들렸다. 홀 한가운데에서는 십여 명의 사내들이 필사적으로 싸우고 있었다.

그때 갑자기 경찰이 들이닥치자 사람들은 모두 허둥지둥 문 쪽으로 달아났다. 대충 홀 안이 비고 보니 터프 빌은 머리가 크게 깨진 채 의식을 잃고 마룻바닥에 길게 뻗어 있었다. 니콜스 선장은 스트릭랜드를 질질 끌다시피 하여 거리로 데리고 나갔다. 옷이 다 찢어지고 팔의 상처에서는 아직도 피가 흘러내리고 있었다. 니콜스의 얼굴 역시 코를 한 대 얻어맞아 온통 피범벅이었다.

"터프 빌이 병원에서 나오기 전에 마르세유를 뜨는 게 좋겠군."

칭크스 헤드로 돌아와 몸을 씻으면서 그가 스트릭랜드에게 말했다.

"이거, 닭싸움은 유도 아니군."

스트릭랜드가 말했다.

조소 섞인 그의 미소가 눈에 선했다.

복수는 꼭 하고야 마는 터프 빌의 성격을 잘 알고 있는 니콜스 선장은 마음을 놓을 수가 없었다. 이제까지 스트릭랜드는 그 혼혈아를 두 번이나 쓰러뜨렸지만, 맨정신이라면 그는 결코 만만찮은 상대였다. 그는 내심 기회가 오기를 기다리겠지만 결코 서두르지는 않을 것이다. 언제 스트릭랜드가 등에 칼을 맞게 될지, 그리고 하루 이틀 뒤 무연고 시체 하나가 항구의 더러운 물 속에서 떠오르게 될지 모를 일이었다. 니콜스는 다음 날 저녁 터프 빌의 집으로 가서 눈치를 살폈다. 터프 빌은 아직 병원에 있었지만 병원에서 그를 보고 온 부인 말로는 병원에서 퇴원하기만 하면 반드시 스트릭랜드를 죽여버리겠다고 맹세하더라는 것이었다.

일주일이 지났다.

"제가 노상 하는 말이 바로 그겁니다. 남을 해치우려거든 철저하게 하라는 거죠. 그래야만 주위를 돌아보고 다음 수단을 강구할 시간을 벌 수 있으니까요."

니콜스 선장이 옛일을 회상하며 말했다.

다행히도 그때 스트릭랜드는 운이 좋았다. 오스트레일리아로 떠날 배가 지브롤터 근해에서 알코올 중독 섬망증 발작으로 투신 자살을 한 남자를 대신할 화부를 구한다고 선원 숙박소에 부탁이 들어온 것이었다.

"여보게, 당장 부두로 나가보게. 계약서에 서명만 하면 돼. 자네는 증명서를 가지고 있지 않나."

니콜스 선장이 스트릭랜드에게 말했다.

스트릭랜드는 당장 부두를 향해 떠났다. 그리고 그때가 니콜스 선장이 스트릭랜드를 마지막으로 본 순간이었다. 그가 탄 배는 항구에 단 여섯 시간밖에 머물러 있지 않았다. 니콜스 선장은 그날 저녁, 겨울 바다를 헤치고 동쪽을 향해 떠나는 배의 굴뚝에서 내뿜는 연기가 점점 희미하게 사라져가는 것을 하염없이 지켜보았다.

지금까지 최선을 다해 모든 이야기를 빠짐없이 적었다. 스트릭랜드가 증권과 주식에 몰두해 있을 당시 애쉴리 가든에서 내가 보았던 그의 생활과 이 몇몇 이야기의 대조가 참으로 흥미로웠기 때문이다. 그러나 나는 니콜스 선장이 터무니없는 거짓말쟁이였다는 사실을 알고 있다. 감히 말하건대, 어쩌면 그의 이야기에는 한 푼어치의 진실조차 없을지도 모른다. 따라서 그가 스트릭랜드를 만난 적이 없고, 마르세유에 대한 그의 지식도 어느 잡지책에서 얻은 것이라고 해도 나는 조금도 놀라지 않을 것이다.

48

 사실 나는 이쯤에서 이 책을 끝내려고 했다. 처음에는 타히티에서 지낸 스트릭랜드의 만년과 비참한 죽음에 관한 이야기에서 시작해 그의 과거로 거슬러 올라가 그의 초년 시절 가운데 내가 알고 있는 부분을 언급하려 했다. 다른 뜻이 있어서가 아니라 다만 스트릭랜드가 나는 도저히 알 수 없는 고독한 영혼의 꿈을 안고 그의 상상에 불을 지른 미지의 섬을 찾아 떠나는 장면에서 이 책을 끝맺고 싶었기 때문이다. 웬만한 사람이라면 이미 틀에 박힌 생활에 안락하게 정착할 마흔일곱이라는 나이에, 새로운 세계를 향해 떠나는 그의 모습이 나는 그저 좋았다. 강하게 불어대는 차디찬 북서풍에 물거품이 부서지는 잿빛 바다와 점차 밀어져 가는 프랑스 해안을, 이제 그의 생전에는 결코 다시 볼 수 없도록 운명 지어진 그곳 프랑스 해안을 지켜보고 있는 스트릭랜드의 모습이 눈에 선했다. 그런 태도에는 어딘지 불굴의 용기가, 그리고 그의 영혼에는 불굴의 의지가 아로새겨져 있는 것 같았다. 그런 까닭에 나는 희망의 여운을 남긴 채 이 책을 끝맺고 싶었다. 그러면 인간의 불굴의 정신을 강조할 수 있을 것 같았다. 하지만 그럴 수가 없었다. 한두 번 시도해봤지만 뜻대로 되지 않아 결국 그 계획을 접을 수밖에 없었다. 나는 할 수 없이 스트릭랜드의 생애에 관해 내가 아는 것만을 순서대로 적어나가기로 마음먹고 평이한 방식으로 처음부터 이야기를 다시 시작했다.

물론 내가 지금 알고 있는 사실이라고 해봐야 단편적인 것뿐이다. 말하자면 나는 오직 하나의 뼛조각만을 남기고 멸종된 동물의 본래 모습뿐 아니라 습성까지 알아내야 하는 생물학자의 처지나 다를 바 없다.

스트릭랜드는 타히티에서 만난 사람들에게 별다른 특이한 인상을 심어주지 못했다. 그들에게 스트릭랜드는 언제나 돈이 궁한 항구의 부랑자로 보였을 뿐이다. 다만 한 가지, 그들에게는 엉터리처럼 보이는 그림을 그린다는 점이 특별했을 뿐. 그가 죽고 몇 해가 지나 파리와 베를린의 화상 대리인들이 혹시 그 섬에 남아 있을지도 모를 그의 그림을 찾아 몰려들게 된 뒤에야 비로소 섬사람들은 과거 자신들 사이에 정말 대단한 인물이 살고 있었다는 생각을 했다. 그들은 지금은 거액을 호가하는 그림들을 단돈 몇 푼으로도 살 수 있었다는 것만 생각하면 그런 행운을 놓친 자신들의 우둔함을 자책하지 않을 수 없었다.

그 무렵 코헨이라는 유대인 상인이 있었는데, 그는 특이한 경로로 스트릭랜드의 그림을 한 점 손에 넣어 소장하고 있었다. 그는 프랑스 국적을 가진 자그마한 노인이었다. 부드럽고 친절한 눈매에 항상 웃음을 달고 다녔던 노인은 장사와 뱃일을 겸하고 있었다. 그는 자신이 소유하고 있는 작은 범선을 타고 파우모투 제도*와 마르키즈 제도를 대담하게 항해하며 갖가지 상품을 팔고 그 대가로 코프라**, 조개, 진주 등을 받아 가지고 왔다. 나는 그가 커다란 흑진주를 싼값에 팔려고 한다는 소문을 듣고 그를 만나러 나섰다. 하지만 막상 가서 보니 내게는 분에 넘치는 물건이라 화제를 돌려 스트릭랜드에 관한 이야기를 꺼냈다. 그는 스트릭랜드를 잘 알고 있었다.

"아, 그 화가 말씀이군요. 화가라고 하니 관심이 있었지요. 섬에 화가가 있어 봐야 얼마나 되겠어요. 형편없는 그림만 그려대니 안타까웠지만, 그래도 그에게 맨 처음 일자리를 줬던 사람이 나였다오. 사실은 반도 쪽에 농장을 하나 가지고 있었는데, 마침 백인 감독관을 구하려던 참이었거든요. 백인 감독을 두지 않으면 도대체 원주민을 부릴 수가 있어야 말이죠. 내가 그에게 이렇게 말했답니다. '그림 그릴 시간도 충분할 것이고, 돈도 좀 벌 수 있을 게요.' 몹시 굶주려 보이길래, 보수도 섭섭잖게 챙겨줬지요."

그가 말했다.

---

* 두아모투 제도의 다히티어다.
** 야자의 과육을 말린 것으로 야자유의 원료가 된다.

"하지만 당신 마음에 드는 감독은 못 되었을 것 같은데요."

내가 웃으며 말했다.

"내가 여러모로 편리를 봐준 셈이죠. 예술가들에게는 늘 연민을 느껴왔답니다. 우리 핏속엔 그런 게 있어요. 하지만 그는 고작 몇 달 뿐이었요. 물감과 캔버스를 살 돈을 벌자마자 떠나고 말았거든요. 그 무렵 그는 뭔가에 홀렸는지, 결국 숲속으로 들어가고 싶어 했답니다. 하지만 그 후로도 어쩌다가 그를 만나기는 했어요. 서너 달에 한 번씩 파페에테에 나타나 잠시 머물다가 누군가에게서 돈을 좀 빌리면 다시 사라져버리곤 했거든요. 언젠가는 내게도 나타나 200프랑만 빌려달라고 하더군요. 일주일 동안 빵 한 조각 입에 대지 못한 몰골이어서 차마 거절할 수가 없었지요. 돈을 돌려받을 거라고는 아예 생각하지도 않았죠. 그런데 1년쯤 지나 다시 내 앞에 나타났는데, 이번에는 그림을 가지고 왔더군요. 그는 내게서 빌려간 돈 이야기는 일절 꺼내지도 않고 이렇게 말하더군요. '당신에게 주려고 당신의 농장을 그린 그림이오.' 그래서 그림을 살펴봤는데, 도무지 이해할 수가 없더라고요. 뭐 그래도 고맙다고 하고는 그가 돌아간 뒤에 아내에게 그 그림을 보여주었답니다."

"그림은 어땠습니까?"

내가 물었다.

"그건 묻지도 마시오. 도대체 무슨 그림인지 이해할 수가 없었다니까요. 내 평생 그런 그림은 처음이었어요. 어떻게 하면 좋겠느냐고 아내에게 물어봤더니 사람들이 비웃을 거라고, 벽에 걸지 말라고 하는 거예요. 그러고는 그 그림을 다락으로 가져가 잡동사니 속에 처박아 버리더군요. 무엇이건 내다버리는 사람이 아니었으니까요. 아주 병적이에요. 그런데 세상에나, 전쟁이 터지기 직전에 파리에 있는 형님이 이런 내용의 편지를 보내왔더란 말입니다.

타히티에 영국인 화가가 살았다던데, 혹시 뭐 알고 있는 게 있나? 그 사람, 아주 천재였던 모양이더군. 그림을 손에 넣을 수만 있으면 아주 거액을 벌어들일 거야. 그 사람 그림을 구할 수만 있다면 어떻게든 손에 넣어 내게로 보내다오. 틀림없이 큰 돈벌이가 될 게다.

그래서 나는 아내에게 스트릭랜드가 내게 준 그림이 아직도 다락에 있느냐고 물었지요. 그랬더니 아내는 자기가 뭘 버리는 걸 언제 한 번이라도 본적이 있느냐고 큰소리치면서 틀림없이 그곳에 있을 거라고 대답했습니다. 우리는 함께 다락으로 올라가 온갖 잡동사니 속에 30년이나 묵혀둔 그림을 찾아냈어요. 그 그림을 다시 보고는 아내에게 물었습니다. '반도의 농장에서 감독 일을 하던 친구가, 내게 200프랑을 빌려간 사람이 천재였을 줄이야 누가 상상이나 했겠소? 당신은 이 그림이 이해가 가?' 그랬더니 아내가 대답하더군요. '하나도 모르겠어요. 농장이랑 닮은 데가 하나라도 있어야 말이죠. 파란 잎사귀가 달린 야자나무가 도대체 세상에 어디 있단 말이에요. 파리에 사는 사람들은 제정신이 아닌 모양이에요. 아주버님이 이 그림을 팔면 당신이 스트릭랜드에게 빌려준 200프랑이나마 건질 수 있을지 모르겠군요.' 하여튼 우리는 그 그림을 잘 포장해서 형님한테로 보내 드렸죠. 그런데 드디어 형님한테서 편지를 받았는데, 글쎄 뭐하고 했을 것 같아요?

네가 보내준 그림은 잘 받았다. 처음에는 네가 나를 놀리는 줄로만 알았다. 그래서 우송료도 안 낼 생각이었단다. 그래도 반신반의하는 마음으로 내게 이 화가 얘기를 해준 신사에게 그림을 보여주었더니, 그 양반이 대단한 걸작이라면서 그 자리에서 3만 프랑에 팔라더구나. 내가 얼마나 놀랐을지 상상해보렴. 아마 값을 더 불렀어도 그 양반은 틀림없이 그림을 샀을 텐데, 정신을 차리기도 전에 덥석 그의 제안을 받아들이고 말았단다."

그런 다음 코헨 씨는 가히 감탄할 만한 한마디 말을 덧붙였다.
"그 가엾은 스트릭랜드가 여태껏 살아 있다면 얼마나 좋겠소. 그림값으로 2만 9800프랑을 그에게 내준다면 그가 뭐라고 할지 참 궁금합니다."

49

나는 플뢰르 호텔에 묵고 있었는데, 그 호텔의 안주인인 존슨 부인에게도 아쉽게 기회를 놓친 슬픈 사연이 있었다. 스트릭랜드가 죽고 난 뒤 그의 유품 가운데 일부가 파페에테 시장에 경매로 나왔다고 한다. 그 잡동사니 가운데 마침 필요했던 미제 난로가 있어 그녀는 직접 경매장에 나가 27프랑을 주고 그 난로를 샀다.

"그림도 열두어 점이나 있었어요. 하지만 표구된 것도 아니고 보니, 누구 하나 거들떠보지도 않았어요. 그래도 그중 몇 장은 10프랑이나 되는 가격에 팔리기도 했는데, 대개는 5, 6프랑이면 충분했어요. 글쎄, 생각 좀 해보세요. 그때 그 그림들을 샀더라면 지금쯤 아주 큰 부자가 되어 있을 게 아니에요."

그녀가 내게 말했다.

그러나 트야르 존슨 부인은 어떤 기회가 왔어도 결코 부자가 될 사람은 아니었다. 도대체가 돈을 모아두는 여자가 아니었다. 타히티에 정착한 영국인 선장과 원주민 여자 사이에서 태어난 그녀는 내가 처음 보았을 때 쉰 살이었는데, 나이에 비해 훨씬 더 늙어 보였고 게다가 몸집이 여간 비대한 것이 아니었다. 키가 크고 지나칠 정도로 살이 쪄서, 선량해 보이는 얼굴에 친절한 인상을 풍기지 않았다면 꽤나 위압감을 느꼈을 것이다. 팔뚝이 넓적다리만큼이나 굵었고, 젖가슴은 커다란 양배추를 연상시켰다. 살집이 좋은 그녀의 넓적한 얼굴을 마주 보노라면, 발가벗고 있는 듯한 음탕한 인상을 받았다. 또 살이 접힌 커다란 턱은 육중하게 아래로 이어져 널찍하게 벌어진 가슴과 연결되어 있었다. 턱살이 몇 겹이나 접혀 있는지 도무지 알 수가 없었다. 그녀는 평소에는 헐렁한 핑크색 마더 후바드 가운을 입고 온종일 커다란 밀짚모자를 쓰고 있었다. 때때로 길고 곱슬곱슬한 검은 머리카락을 늘어뜨리고 다녔는데, 그녀는 그 머릿결을 아주 자랑스러워했다. 그녀의 눈동자는 아직도 젊고 생기에 차 있었다. 웃음소리는 지금까지 들어본 그 어떤 웃음보다 사람들의 눈길을 끌었다. 처음에는 목구멍 속에서 낮게 울리는 소리로 시작되다가 점차 커지고 마침내는 그녀의 거대한 온몸이 떨리고 마는 것이었다. 그녀는 농담과 포도주, 잘생긴 남자를 아주 좋아했다. 그녀가 나를 알고 있었다니, 명예로운 일이 아닐 수 없었다.

그녀는 타히티에서 요리 솜씨가 가장 좋았을 뿐 아니라 맛있는 음식을 찬미하는 미식가였다. 그녀는 아침부터 저녁까지 부엌의 나지

막한 의자에 앉아 중국인 요리사와 두세 명의 원주민 여자애들 사이에서 때로는 지시를 내리고, 때로는 그 모든 이들과 허물없이 수다를 떨면서 자신이 개발한 음식의 맛을 보곤 했다. 또 친구들을 제대로 대접하고 싶을 때면 제 손으로 직접 요리를 하기도 했다. 손님 접대는 그녀에게 빼놓을 수 없는 낙이어서, 플뢰르 호텔에 먹을 만한 음식이 떨어지지 않는 한 이 섬에 온 사람들 가운데 그 호텔에서 만찬을 대접받지 않고 가는 사람은 단 한 명도 없었다. 게다가 손님이 값을 치르지 않았다고 해서 내쫓는 일도 없었다. 그녀는 언제나 손님이 돈을 낼 형편이 되면 계산을 치르겠거니 믿고 있었다. 한번은 형편이 딱한 남자에게 몇 달 동안이나 숙식을 제공해주기도 했다. 중국인 세탁소에서 돈을 내지 않으면 그의 옷을 세탁해줄 수 없다고 하자, 그녀는 그의 옷을 자기 옷과 함께 보내 세탁하게 했다. 그 가엾은 사내가 더러운 셔츠를 입고 돌아다니게 놓아둘 수는 없다는 것이었다. 그리고 남자라면 응당 담뱃값 정도는 있어야 한다며 매일 1프랑씩 주었다. 그녀는 일주일에 한 번씩 계산을 치러주는 다른 손님들과 조금도 다름없이 그에게도 상냥하게 대했다.

　나이도 있고 몸집도 비대하니 사랑과는 거리가 멀 법도 하건만, 그녀는 젊은이들의 연애사에도 대단히 관심이 많았다. 남녀간의 섹스는 자연스러운 행위라고 생각했고, 풍부한 경험에서 얻은 교훈과 실례로 언제든 그런 생각을 입증할 준비가 되어 있었다.

　"아마 내가 열다섯 살도 되기 전이었지, 내게 애인이 있다는 사실을 아버지가 눈치챈 게. 그 사람은 '열대조(熱帶鳥)'라는 배의 삼등 항해사였다오. 잘생긴 남자였지."

그녀가 말했다.

그녀는 가볍게 한숨을 내쉬었다. 여자들은 늘 첫사랑을 그리워한다고 세상 사람들은 말하지만, 그녀가 잊지 못하는 건 첫사랑만은 아닌 것 같았다.

"아버지는 실리적인 분이셨어요."

"어떻게 하셨는데요?"

"죽도록 매질을 했죠. 그러고는 이내 존슨 선장과 결혼시켜버렸어요. 하지만 나쁘지는 않았어요. 그 사람 나이는 많았지만 잘생긴 남자였으니까."

그녀의 아버지는 티아레라는 향기 좋은 하얀 꽃의 이름을 따서 딸의 이름을 지었다. 일단 이 꽃향기를 맡은 사람은 아무리 멀리 떠돌아다닌다 하더라도 그 향기를 잊지 못해 결국은 다시 타히티로 돌아오고 만다는 것이었다. 티아레는 스트릭랜드를 잘 기억하고 있었다.

"그 남자는 가끔 이곳에 오곤 했어요. 파페에테를 돌아다니는 것도 자주 봤죠. 정말 불쌍한 사람이었어요. 몸은 한없이 야윈 데다가 돈도 한 푼 없었으니까요. 그래서 그가 마을에 나타났다는 소식이 들리면 아이를 보내 불러와서 함께 저녁을 먹자고 했죠. 일자리도 한두 번 주어봤지만 무슨 일이고 오래 붙어 있질 않았어요. 얼마 되지 않아 그는 다시 숲속으로 들어가고 싶어 했어요. 아침에 일어나 보면 벌써 떠나고 없더라니까요."

스트릭랜드가 타히티에 도착한 것은 마르세유 항구를 떠난 지 반

년쯤 지나서였다. 그는 오클랜드를 출발해 샌프란시스코로 가는 범선에서 일하면서 뱃삯을 지불하고, 마침내 이 섬에 내릴 때는 물감한 상자와 이젤, 그리고 캔버스 10여 개를 가지고 있었다. 시드니에서 일자리를 구해 일했던 덕분에 그의 주머니에는 이삼 파운드의 돈이 있었는데, 그 돈으로 타히티 외곽에 있는 원주민 집의 조그만 방 한 칸을 얻을 수 있었다. 타히티 땅을 밟는 순간 그는 마치 집에 돌아온 듯 마음이 편안해졌을 것이다. 티아레는 그가 한때 자기에게 다음과 같이 말했다고 들려주었다.

"갑판 바닥을 솔로 문지르고 있을 때였는데, 갑자기 한 사내가 내게 외쳤소. '야아, 바로 저기다!' 고개를 들어 보니 이 섬의 윤곽이 환히 비쳤소. 순간 나는 내 평생 찾아 헤매던 섬이 바로 이곳이라는 것을 느꼈소. 점점 가까워질수록 나는 이곳을 전부터 알고 있었다는 느낌이 들었소. 이곳을 여기저기 거닐다 보면 모든 것이 낯익은 듯이 느껴지는 것이오. 맹세코 전에 언젠가 이곳에서 살았던 기분이오."

티아레는 이렇게 말하고는 다시 자기 이야기로 돌아갔다.

"이 섬은 때때로 사람들에게 그런 기분이 들게 해주지요. 선원들이 배에서 내려 두어 시간 하역 작업을 하다가 돌아가지 않고 남는 것을 본 게 한두 번이 아니에요. 또 어떤 사람들은 이곳으로 발령을 받아 1년 동안 지내는 내내 투덜거리다 떠날 때에는 이런 곳에 다시 올 바에는 차라리 목을 매달고 말겠다고 맹세하고는 반년도 지나지 않아 나시 나타나서 다른 곳에선 못 살겠다고 말하기도 한다오."

50

 어떤 이들은 자신이 태어나야 할 곳이 아닌 곳에서 태어나기도 한다는 생각이 들 때가 있다. 우연하게, 그리고 갖가지 환경에서 태어나는 것이 인간의 운명이지만, 그들은 하나같이 자신들도 모르는 머나먼 마음의 고향에 대한 향수를 느끼며 살아간다. 자기가 태어난 곳에서 그들은 오히려 이방인이라는 느낌만 들고, 그래서 오래전부터 알던 잎이 무성한 오솔길이나 어린 시절 뛰어 놀던 북적거리는 골목길도 그들에게는 다만 한순간 스쳐 지나가는 곳일 뿐이다. 일가친척들 사이에서 평생을 타인으로 보내고, 그들이 익히 보아온 풍경 속에서도 초연할 뿐이다. 사람들이 자신에게 꼭 들어맞는 어딘가의 영원한 안식처를 찾아 먼 길을 떠나게 되는 것도 바로 이처럼 낯설고 외로운 감정 때문일 것이다. 어쩌면 저 깊은 곳의 어떤 격세유전(隔世遺

(傳)의 본능이 그 방랑자의 마음을 충동질하여, 아주 어렴풋한 먼 옛날 조상들이 떠났던 땅으로 되돌아가게 하는 것인지도 모르겠다.

때때로 인간은 신비롭게도 자신이 속해야 한다고 느끼는 어떤 장소를 우연히 발견하기도 한다. 그곳이 바로 그가 찾아 헤맸던 고향이다. 그런 까닭에 한 번도 본 적이 없었던 풍경 속에서, 일면식도 없는 사람들 속에서 정착해 살면서도 그 모든 것이 마치 그가 태어나면서부터 친숙했던 곳인 듯 마음이 편안해지는 것이다. 이곳에서 그는 마침내 마음의 휴식을 얻는다.

나는 성(聖) 토마스 병원에서 알게 된 한 남자 이야기를 티아레에게 들려주었다. 그는 아브라함이라는 유대인으로 건강한 금발 젊은이였는데, 성격은 수줍은 편이었고 무척 겸손했다. 그렇지만 재능은 비상했다. 그 병원의 의과대학에 장학생으로 입학해 5년간의 학과과정을 밟는 동안 학생들에게 주어지는 상이란 상은 하나도 놓치지 않고 다 받았다. 그는 내과의와 외과의를 겸했는데, 누구도 그의 뛰어난 능력을 부정하지 못했다. 마침내 그는 병원의 중요 직책에 선출되었고, 미래를 보장받았다. 인간사가 예측된 대로만 흘러간다면야, 그가 장차 의학계의 정점에 서게 될 것이라는 점은 의심의 여지가 없었다. 그의 앞길에는 온갖 명예와 부가 기다리고 있었다. 그는 새 자리에 앉기 전에 얼마간 휴가를 즐기고 싶었다. 하지만 가진 돈이 별로 없어 휴가 비용을 충당하기 위해 레반트행 부정기 화물선의 선의(船醫)가 되었다. 평상시엔 의사를 두지 않는 배였지만 대학병원의 고참 외과의가 그 선박회사의 중역과 아는 사이였기 때문에 아브라함을 특별 채용했던 것이다.

몇 주 뒤 그는 누구에게나 선망의 대상이었던 그 직책을 포기하고 병원 당국에 사표를 냈다. 정말이지 엄청난 충격을 몰고온 사건이었던 터라 온갖 소문이 난무했다. 누군가 전혀 예상치 못한 결정을 내리면 그의 동료들은 흔히 그것을 불명예스러운 동기와 연결짓곤 하는 법이다. 어쨌든 마땅한 후임자가 있었으니 그는 곧 동료들의 기억에서 지워지고 말았다. 소문도 잦아들고, 그의 존재 역시 완전히 사라지고 만 것이다.

그리고 10년쯤 지난 어느 날 아침, 나는 알렉산드리아에서 상륙을 기다리는 어떤 배의 갑판에서 다른 승객들과 함께 줄을 지어 의사의 검역을 기다리고 있었다. 의사는 건장했지만 옷차림이 남루한 사내였는데, 모자를 벗은 것을 보니 온통 대머리였다. 나는 전에 어디선가 그를 본 적이 있다는 생각이 들었다. 그러다 갑자기 기억이 떠올랐다.

"아브라함!"

내가 소리쳐 불렀다.

나를 향해 고개를 돌린 그는 나를 곧 알아보고는 깜짝 놀란 표정으로 두 손을 움켜잡았다. 서로 반가운 인사를 나눈 뒤, 그날 밤 알렉산드리아에서 묵을 예정이라고 하자 그는 내게 '영국인 클럽'에서 저녁을 함께 먹자고 했다.

클럽에서 그를 다시 만난 나는 이곳에서 그를 만나다니 정말 뜻밖이라고 말했다. 그가 맡고 있는 일도 변변찮아 보였고, 어딘지 궁색한 기색이 역력해 보였다. 이윽고 그는 그동안 자신에게 일어난 이야기를 내게 들려주었다. 휴가를 얻어 지중해로 나갔을 때 그는 런던으로 돌아와 성 토마스 병원에서 새로 임명된 자리로 옮겨갈 기대감에 가득 차 있었다. 어느 날 아침, 화물선이 알렉산드리아에 정박했다. 그는 갑판 위에 서서 찬란한 햇살 아래 눈부시게 빛나는 도시와 선창에 모여든 군중을 내려다보았다. 허름한 개버딘을 입은 원주민들, 수단에서 온 흑인들, 큰 소리로 떠들어대는 그리스인들과 이탈리아인들, 터키 모자를 쓴 심각한 표정의 터키인들, 눈부신 햇빛과 푸른 하늘, 이 모든 것이 한꺼번에 그의 시야에 들어왔다. 그때 그의 마음속에 도무지 말로는 표현할 수 없는 어떤 변화가 일어났다. 마치 번쩍 하고 번개가 치는 것 같았다고 그는 말했다. 아니, 그것도 정확한 표현은 아니라고 생각했는지, 그는 마치 계시 같았다고 고쳐 말했다. 뭔가가 가슴을 휘감는 듯하더니 그는 갑자기 온갖 구속에서 벗어난 듯 격렬한 기쁨에 힘껏 소리 지르고 싶은 해방감을 느꼈다. 분명 자신이 그리던 고향에 왔다는 생각이 들었고, 그는 그 자리에서 남은 생을 알렉산드리아에서 보내겠노라고 결심했다. 배에서 내린다고 문제 될 건 없었다. 그리하여 채 24시간도 지나지 않아 그는 짐을 모두 챙겨 들고 부두에 내렸다.

"선장이 자네를 아주 미친 놈이라고 생각했겠군."

내가 미소를 지으며 말했다.

"남이야 어떻게 생각하든 무슨 상관인가. 그렇게 행동한 것은 내가 아니라 내 몸 속의 어떤 강렬한 힘이었다네. 나는 주위를 둘러보고는 그리스인이 운영하는 조그만 호텔로 가야겠다고 생각했지. 이상하게도 그 호텔이 어디에 있는지 알 것 같은 기분이 들더군. 그래서 똑바로 걸어갔지. 그리고 그 호텔을 보는 순간 나는 그것이 내가 찾는 호텔이라는 걸 단번에 알아차렸네."

"그전에 알렉산드리아에 와본 적이 있었나?"

"아니, 한 번도 영국을 떠나본 적이 없었네."

얼마 지나지 않아 그는 정부 관리로 들어갔고, 그때까지 그곳에서 일하고 있었다.

"후회한 적은 없었나?"

"아니, 단 한 번도 없었네. 먹을 만큼은 벌고 있고, 그것으로 만족하네. 죽을 때까지 지금만 같으면야 더 바랄 게 뭐가 있겠나. 나는 지금까지 후회 없는 생활을 하고 있네."

다음 날 나는 알렉산드리아를 떠났다. 그러고는 아브라함에 대해서는 까맣게 잊고 지냈는데, 얼마 전 의사로 일하는 옛 친구 알렉 카마이클을 우연히 만나 식사를 함께 하게 되었다. 그는 그때 영국에서 짧은 휴가를 즐기고 있었다. 길거리에서 우연히 마주친 나는 전쟁 중에 세운 공로로 작위를 수여받은 그에게 축하의 말을 건넸다. 우리는 그날 저녁을 함께 보내며 회포를 풀기로 했다. 그리고 함께 저녁 식사를 하자는 그의 제안에 내가 동의하자, 그는 오붓하게 얘기를 나누는 데 방해가 될 수 있으니 다른 사람들은 부르지 말자고 했다.

그는 퀸 앤 스트리트에 아름다운 고택을 가지고 있었는데, 본래 멋을 즐기는 성격 때문인지 저택을 훌륭하게 꾸며놓았다. 식당 벽에는 베르나르도 벨로토의 멋진 그림이 한 점 걸려 있었다. 또 내가 탐내던 요한 조파니의 그림 한 쌍도 눈에 띄었다. 금실로 수놓은 옷차림에 키가 크고 사랑스러워 보이는 그의 부인이 우리를 남겨두고 방을 나가자, 나는 웃으면서 의과대학에 다닐 때에 비하면 우리 두 사람의 처지가 엄청나게 달라졌다고 말했다. 그 무렵 우리는 웨스트민스터 브리지 가에 있는 보잘것없는 이탈리아 식당에서 저녁 식사를 하는 것조차 대단한 사치로 생각했다. 그러나 현재의 알렉 카마이클은 여섯 개의 병원에서 간부직을 맡고 있었다. 어림짐작으로도 그의 연수입은 1만 파운드 정도는 되지 않을까. 그의 작위도 앞으로 그의 운명에 필연코 따르게 될 온갖 명예의 시작에 지나지 않을 것이다.

"지금까지는 정말 순조로웠지. 그런데 기이하게도 이 모든 것은 하나의 행운에서 비롯된 것이라네."

그가 말했다.

"그건 또 무슨 소리인가?"

"자네 아브라함을 기억하나? 그 친구는 앞날이 유망했지. 학창 시절에 모든 면에서 나를 앞질렀어. 나와 경쟁이 붙은 상이나 장학금은 모두 그가 독차지했으니까. 난 언제나 그의 꽁무니만 따라다닌 셈이었지. 만일 그가 이 생활에서 빗나가지만 않았다면 현재의 내 위치는 틀림없이 그의 것이 되었겠지. 그 친구, 외과 수술에는 천부적인 재능을 타고났잖은가. 누구라도 그와 겨룬다는 건 엄두도 낼 수 없는 일이었거든. 그가 성 토마스 병원의 간부로 임명되었을 그때 이미 내 출셋길은 끝나버린 것이나 마찬가지였지. 그래서 나는 이제 일반

개업의나 해야겠다고 생각하고 있었다네. 자네도 알다시피, 일단 개업의가 되면 그 틀에 박힌 생활에서 벗어난다는 것이 어디 있을 법한 일인가. 그런데 뜻밖에도 아브라함이 도중에 이탈하는 바람에 내가 대신 그 자리를 맡았거든. 그게 내겐 아주 절호의 기회였던 걸세."

"그건 사실이지."

"정말 대단한 행운이었지. 아마도 아브라함에게는 뭔가 비틀린 데가 있었던 것 같아. 정말 불쌍한 친구야. 인생이 완전히 꼬여버렸잖은가 말일세. 듣자 하니 알렉산드리아에서 달랑 돈 몇 푼 받으면서 위생검사관인가 뭔가 하는 일을 한다더군. 늙고 못생긴 그리스 여자와 살면서 병치레 심한 아이들을 줄줄이 낳았다더군. 정말이지 머리만 좋다고 해서 무슨 필요가 있는가. 중요한 건 그 사람의 개성일세. 아브라함에게는 그게 없었던 게지."

개성이라고? 과거와는 전혀 다른 삶에서 인생의 참다운 가치를 찾아내고, 고작 반시간의 숙고 끝에 지금까지 자신이 쌓아온, 그리고 앞으로 걸어가야 할 경력을 던져버리는 것이야말로 대단한 개성이 필요한 일이 아닐까. 그리고 그렇게 갑작스럽게 내린 결정을 결코 후회하지 않으려면 그보다 더 큰 개성이 필요했을 것이다. 하지만 나는 아무 말도 하지 않았다. 그러자 알렉 카마이클은 생각에 잠긴 채 말을 이었다.

"물론 내가 아브라함의 선택이 안타깝다고 한다면 그건 위선이겠지. 결국 나는 그로 인해 덕을 본 셈이니까. 그러나 내 개인적인 입장을 떠나 이야기한다면 인생을 그처럼 낭비한다는 것은 참으로 딱한 일이야. 인생을 그렇게 망쳐버리다니, 아무리 생각해도 끔찍한 일이란 말일세."

그는 자신이 피우고 있던 긴 코로나 담배의 연기를 호사스럽게 내뿜었다.

나는 아브라함이 자신의 인생을 정말 망쳐버린 것인지 궁금했다. 자신이 가장 원하는 것을 하고 아무런 갈등 없이 평화로움 속에서 즐기며 사는 것이 과연 망가진 삶이고, 지위가 높은 의사가 되어 1만 파운드의 연수입을 올리며 아름다운 부인을 두고 사는 것이 성공한 인생이라고 할 수 있을까? 그것은 인생에서 어떤 가치를 추구할 것인지, 사회와 개인의 요구를 어떻게 받아들일 것인지에 좌우되는 것이다. 그러나 나는 이번에도 입을 다물고 말았다. 기사 작위를 받은 사람을 상대하여 어떻게 감히 논쟁을 벌일 수 있겠는가.

51

 내 이야기를 들은 티아레는 알렉 카마이클에게 입을 다물고 있었 던 건 신중한 행동이었다고 나를 칭찬했다. 그리고 우리는 잠시 말없이 앉아 완두콩을 깠다. 늘 그렇듯 티아레는 주방 일을 호시탐탐 살폈는데, 중국인 요리사가 뭔가 못마땅한 행동을 했는지 그를 향해 거칠게 욕설을 퍼부어대기 시작했다. 중국인 요리사도 지지 않고 대거리를 하면서 시끄러운 싸움이 벌어졌다. 두 사람이 각자의 모국어로 싸워 내가 알아들을 수 있는 말은 몇 마디 되지 않았지만, 당장이라도 세상을 끝장낼 것처럼 요란스러웠다. 그러나 금세 다시 평화가 찾아왔고, 티아레가 요리사에게 담배까지 한 개비 권했다. 두 사람은 이제 기분 좋은 마음으로 담배를 피웠다.
 "선생, 그에게 아내를 구해준 사람이 바로 나였다는 걸 알고 있소?"

갑자기 티아레가 커다란 얼굴에 온통 미소를 띠고 불쑥 입을 열었다.

"저 요리사 말입니까?"

"아니, 스트릭랜드 말이오."

"그렇지만 그에게는 부인이 이미 있었는걸요."

"그 사람도 그렇게 말하더군요. 하지만 내가 그랬죠. 부인은 영국에 있고, 영국은 세상의 반대편 그것도 끝자락에 있다고."

"그렇긴 하죠."

내가 대답했다.

"그 사람은 물감이나 담배, 돈이 필요할 때면 두어 달에 한 번씩 파페에테에 나타나곤 했어요. 마치 길 잃은 개처럼 천지사방을 헤매고 다녔는데, 그 몰골이 정말이지 딱하기 그지없습디다. 그 무렵, 내 방 청소를 해주는 아타라는 아이가 있었어요. 먼 친척뻘 되는 아이였는데, 부모가 모두 죽고 없어 내 집에 두고 있었지요. 스트릭랜드는 이따금 이곳에 들러 굶주린 배를 채우기도 하고 웨이터를 상대로 체스를 두고 그랬는데, 그 사람이 오면 그 애가 곧잘 훔쳐보곤 하더라고요. 한번은 그 사람이 좋으냐고 물어봤더니, 아주 마음에 든다고 하지 뭐예요. 이곳 여자애들이 어떻다는 건 선생도 잘 알 거요. 백인과 어울리는 것을 아주 좋아하거든요."

"그녀는 원주민이었습니까?"

내가 물었다.

"그래요. 백인의 피라고는 단 한 방울도 섞이지 않았어요. 그 애와 이야기를 나눈 다음 스트릭랜드 씨를 부르러 보냈지요. 그리고 그에게 이렇게 말했어요. '스트릭랜드 씨, 이제는 당신도 정착할 때가 되었어요. 당신 나이에 언제까지 부둣가의 여자들과 어울려 놀러 다닐 수는 없는 노릇이잖아요. 질이 좋지 않은 여자들뿐이니 사귀어 봤자 당신에게 이로울 것이 조금도 없단 말이에요. 당신은 돈 한푼도 없고, 어쩌다 일자리가 생겨도 한두 달을 채 못 넘기잖아요. 이제는 그나마 당신에게 일자리를 줄 사람도 없고. 그야 당신은 이렇게 말할 수도 있겠죠. 아무 때고 숲속에 들어가 아무 원주민 여자하고 같이 살 수도 있는 일이라고. 당신이 백인이니까 원주민 여자들은 좋아하겠죠. 그렇지만 그건 백인으로서 점잖은 방법은 아니에요. 자, 내 말 좀 들어봐요, 스트릭랜드 씨.'"

티아레는 영어와 프랑스어에 모두 능통해 두 언어를 섞어가며 말했다. 그녀의 말투는 마치 노래하는 것처럼 들려 듣기 싫은 정도는 아니었다. 새가 영어를 할 수 있다면 그런 어조로 말하지 않을까.

"'자, 그러니 아타와 결혼하는 게 어떻겠어요? 그 애는 착한 아이고 이제 겨우 열일곱 살밖에 되지 않았어요. 남녀관계가 문란하지도 않지요. 선장인가 일등 항해사인가 하는 사람과 가까이 지낸 일은 있었지만, 원주민들은 누구도 그 애에게 손을 대지 않았어요. 오아우 호의 사무장도 지난번에 이 섬에 기항했을 때, 지금까지 여러 섬을 돌아다녀 봤지만 아타처럼 좋은 아이는 보지 못했다고 말했다오. 이 애도 이젠 정착할 때예요. 게다가 선장들과 일등 항해사들이 가끔 변화를 주는 걸 좋아하니, 나도 애들을 오래 붙잡아 둘 수가 없어요. 반도 조금 못 미쳐서 타라바오 근처에 그 애 몫으로 약간의 땅도 있고, 거기서 나는 코프라 값이면 당신도 꽤 편안하게 살 수 있을 거예요. 게다가 그곳엔 집도 있으니, 그림도 얼마든지 그릴 수 있고. 자, 어때요?'"

티아레는 잠시 숨을 돌렸다.

"그 사람이 영국에 있는 부인 얘기를 꺼낸 게 바로 그때였어요. 그래서 내가 말했죠. '오 가엾은 스트릭랜드 씨, 남자들이란 어느 곳에 가든지 아내가 있어야 하는 법이에요. 그들이 섬을 찾아오는 것도 다 그래서라오. 아타는 분별 있는 아이라서 시장(市長) 앞에서 식을 올리는 건 기대하지 않아요. 그 애는 청교도니까 이런 문제를 가톨릭교도 식으로 생각하지 않는다는 거 당신도 잘 알잖아요.' 여기까지 듣고 있더니 그가 이렇게 말하더군요. '그렇다면 아타는 이 문제를 어떻게 생각하고 있소?' 그래서 내가 말했죠. '그 애는 당신에게 마음을 두고 있는 것 같아요. 그러니 당신만 좋다면 되는 거예요. 그 앨 불러올까요?' 그랬더니 그가 낄낄거리고 웃더군요. 그래서 제가 아타를 불렀죠. 그 애는 내가 무슨 이야기를 했는지 이미 다 알고 있었어요. 그전에 곁눈질을 해보니, 내 블라우스를 다림질하는 체하면서 엿듣고 있었거든요. 그 애는 웃으면서 다가왔지만 수줍어하고 있었어요. 스트릭랜드는 그 애를 바라보면서 아무 말도 않더라고요."

"그녀가 예뻤나요?"

내가 물었다.

"밉지는 않았어요. 하지만 선생도 그 애를 그린 그림을 여러 장 보앉을걸요. 그 애를 모델로 해서 파레오˚를 걸친 모습으로도 그리고, 완전히 발가벗은 모습으로도 여러 번 그렸지요. 그러믄요. 그 애는 아주 예뻤어요. 요리도 잘한답니다. 내가 손수 가르쳤거든요. 스트릭랜드가 생각에 잠겨 있는 것을 보고 나는 이렇게 말해줬어요. '나는 지금껏 아타에게 급료를 후하게 주어왔어요. 아타는 그걸 모두 저금해 두었고요. 게다가 이 애는 안면이 있는 선장이나 일등 항해사들에게도 푼돈을 받아 모아뒀으니, 모두 합하면 몇 백 프랑은 될 거예요.' 그러자 그가 텁수룩한 붉은 수염을 잡아당기며 미소를 짓더니 말했어요. '그래, 아타, 내가 남편으로 마음에 드니?' 그 애는 그 질문에는 아무 대답도 못하고 킬킬거리며 웃기만 했어요. '오, 답답한 양반, 이 애가 당신에게 마음을 두고 있다고 내가 말했잖아요.' 그러자 그 사람은 그 애를 쳐다보며 '내가 널 때릴지도 모르는데?' 하고 말하더군요. 그러니까 그 애가 뭐라고 했는지 아시우? '안 그럼 당신이 저를 사랑한다는 걸 어떻게 알겠어요?'"

티아레는 잠시 말을 멈추고 회상에 잠긴 듯 다시 말을 이었다.

"내 첫 남편이었던 존슨 선장도 주기적으로 나를 두들겨 팼다오. 정말 사내다운 남자였어요. 키도 190센티미터나 됐으니 훤칠했고, 아주 미남이었죠. 일단 술에 취하면 그이를 말릴 장사가 없었어요. 그이가 한 번 때리기만 하면 나는 며칠 동안 온몸에 멍이 들어 있었

---

* 직사각형의 긴 무명천을 휘감아 입는 타히티섬 원주민의 의복이다. 1950년대에 미국에서 비치 패션으로 유행했다.

어요. 하지만 그이가 죽었을 때 얼마나 울었는지 몰라요. 그 슬픔을 극복할 수 없을 것 같았죠. 하지만 내가 잃은 것이 얼마나 소중했는지는 조지 레이니와 결혼하고 나서야 비로소 알게 됐죠. 남자란 함께 살아 보기 전에는 그 속을 알 수 없더군요. 정말이지 남자에게 그렇게 속아본 적은 또 없었으니까. 그 남자도 우람하고 건장했다오. 존슨 선장만큼이나 키도 크고 힘도 세 보였어요. 하지만 겉으로만 그랬지, 술도 입에 대지 않고 내게 손 한번 댄 적이 없었어요. 차라리 선교사가 될 것이지. 그와 결혼한 뒤로 이 섬에 들르는 고급 선원들과 사랑을 나눠도 전혀 눈치를 못 채더라고요. 결국 그에게 정나미가 떨어져서 이혼하고 말았어요. 도대체 그런 남편이 무슨 소용이 있겠어요? 여자를 그렇게 대하다니, 아주 끔찍하지요."

나는 남자들이란 원래 다 사기꾼이라고 말하며 티아레를 위로했다. 그리고 스트릭랜드 이야기를 계속 들려달라고 부탁했다.

"내가 그에게 이렇게 말했답니다. '자, 서두를 필요는 없어요. 시간을 두고 충분히 생각해봐요. 아타는 별채의 아주 좋은 방에서 지내고 있으니 한 달 동안 함께 살면서 그 애가 마음에 드는지 살펴보시구려. 식사는 이곳에서 하고. 그리고 한 달 뒤에 그 애와 결혼할 마음이 생기면 그 아이 소유의 땅으로 가서 정착해 살면 된다오.'

그는 내 말에 동의했어요. 그렇게 돼서 아타는 계속 집안일을 거들었고 난 약속했던 대로 그에게 식사를 제공했죠. 그가 좋아하는 요리도 한두 가지 아타에게 가르쳐 주었고요. 그는 그림을 많이 그리지는 않았어요. 산을 돌아다니거나 개울물에서 목욕을 하곤 했죠. 집 앞에 앉아 초호를 바라보기도 하고, 해질녘이면 바닷가로 내려가 무레아 섬을 우두커니 건너다보기도 했죠. 산호초로 고기잡이를 나가기도 했고, 항구 주변을 어슬렁거리며 원주민들과 이야기를 나누는 것도 즐겼어요. 그는 무척 조용한 사람이었다오. 저녁 식사가 끝나면 아타와 함께 별채 쪽으로 내려갔는데, 하루빼삐 숲속으로 돌아가고 싶어하는 것 같습디다. 드디어 한 달이 지난 뒤에 물어봤더니, 그는 '아타가 원한다면 함께 가겠다'고 대답하더군요. 그래서 난 그들에게 결혼 피로연을 해주었죠. 직접 요리를 했는데, 완두콩 수프와 포르투갈식 새우 요리, 카레라이스, 그리고 코코넛 샐러드 등을 준비했어요. 선생은 아직 내가 만든 코코넛 샐러드 요리 맛을 못 봤죠? 선생이 떠나시기 전에 꼭 대접할게요. 아무튼 그때 그들에게 아이스크림도 만들어주었죠. 우리는 마실 수 있는 샴페인이란 샴페인은 모두 준비했고, 리쿼르도 따라 나왔어요. 정말 조금도 손색없게 하려고 머리를 쥐어짜냈지. 만찬이 끝난 뒤에는 응접실에서 같이 춤을 췄어요. 그때만 해도 이렇게 뚱뚱하지는 않았는데……. 난 언제나 춤추는 걸 좋아했답니다."

플뢰르 호텔의 응접실은 아담했다. 작은 피아노 한 대가 놓여 있고, 눌러 찍은 무늬의 벨벳으로 덮인 마호가니 가구 한 세트가 벽을 따라 단정하게 정돈되어 있었다. 둥그런 테이블 위에는 사진첩들을 놓았고, 벽에는 티아레와 첫 남편 존슨 선장의 사진을 확대해 걸어놓았다. 티아레는 늙고 뚱뚱했지만 아직도 간혹 바닥에 깐 브뤼셀 융단을 둘둘 말아 뒤로 밀어놓고 친구나 하녀들을 불러들여 축음기의 씨근거리는 음악에 맞춰 춤을 추곤 했다. 베란다 위의 공기는 짙은 티아레 꽃 향기가 감돌았고, 머리 위 구름 한 점 없는 드높은 하늘에는 남십자성이 아름답게 빛나고 있었다.

티아레는 지나간 옛날의 즐거웠던 추억을 회상하며 사람 좋은 웃음을 지어 보였다.

"우리는 새벽 세시까지 춤을 췄어요. 잠자리에 들 땐 다들 취해서 제정신인 사람이 없었죠. 나는 두 사람에게 길이 난 데까지는 내 이륜마차를 타고 가도 된다고 했어요. 길이 끝나는 곳에서도 다시 한참을 걸어가야 했으니까요. 아타의 소유지는 산골짜기 깊숙한 곳에 있었어요. 그들은 새벽에 떠났지만 내가 그들과 함께 보낸 아이는 다음 날이 되어서야 겨우 돌아왔으니까요. 그래요, 스트릭랜드는 그렇게 해서 결혼을 했던 거예요."

52

다음 3년이 스트릭랜드의 삶에서 가장 행복했던 시절이 아닌가 생각된다. 아타의 집은 섬을 에워싸고 있는 도로에서 8킬로미터쯤 들어간 외진 곳에 있었기 때문에 그곳에 가려면 울창한 열대 나무로 그늘진 굽이굽이 오솔길을 따라 걸어가야만 했다. 그 집은 페인트칠도 하지 않은 나무로 지은 단층집으로, 작은 방이 두 개 있고 바깥에는 부엌으로 쓰는 조그만 헛간이 한 채 이어져 있었다. 가구라고는 침대를 대신하는 멍석과 베란다에 놓인 안락의자가 전부였다. 바나나 나무들이 마치 역경에 처한 여제의 너덜너덜 해진 옷처럼 찢어진 큰 잎을 달고 집 근처에 서 있었다. 집 바로 뒤에는 아보카도가 매달린 나무 한 그루가 서 있었고, 둘레에는 그 땅의 소득원인 야자수가 무성하게 자라고 있었다. 아타의 아버지가 일찍이 이 땅의 둘레에 파두나무*를 심어놓았던 것이 화미(華美)하고 찬란한 빛을 띤 형형색색의 빛깔로 자라나서 마치 땅 전체가 불꽃에 에워싸여 있는 듯했다. 집 앞에는 망고나무가 한 그루 자라고 있었고, 그 개간지의 끝에는 쌍둥이처럼 서 있는 두 그루의 붉은 꽃이 타는 듯한 붉은빛으로 야자수의 황금빛에 도전하고 있었다.

이곳에 정착한 스트릭랜드는 이 땅의 농작물로 생활하면서 파페에테에는 좀처럼 나오지 않았다. 집에서 그리 멀지 않은 곳에 실개천이 흐르고 있었는데, 그는 그곳에서 목욕을 했다. 가끔 고기 떼가 그곳 하류까지 내려오면 원주민들은 저마다 작살을 들고 쫓아와 소리를 질러대면서 바다를 향해 도망치는 놀란 고기들을 작살로 꿰뚫어 잡았다. 가끔 스트릭랜드가 산호초까지 내려가 아름다운 빛깔의 작은 물고기나 왕새우를 한 광주리씩 잡아오면 아타는 그것을 야자 기름에 튀겨 주었다.

때로는 아타가 직접 발밑으로 허둥지둥 도망치는 커다란 참게를 잡아 맛있는 요리를 만들기도 했다. 산 위에는 야생의 오렌지 나무가 무성했으므로 아타는 때때로 마을에서 온 여자 두엇과 함께 올라가 향긋하고 감미로운 초록색 과일을 가득 안고 돌아왔다. 코코야자 열매가 적당히 무르익으면, 아타의 사촌들(다른 원주민들처럼 아타에게도 친척이 많았다)이 저마다 나무 위로 기어올라가 그 커다랗고 잘 익은

---

* 아시아 열대 지방에서 자라는 나무로, 그 잎이 나재롭고 화려해 핀상용으로 사용한다.

열매들을 떨어뜨려주곤 했다. 그들은 열매를 반으로 갈라 햇볕에 말렸다. 그리고 코프라를 도려내어 자루에 넣으면, 여자들은 그것을 초호 옆 마을에 있는 상인에게 가지고 갔다. 상인은 그것을 받고 대신 쌀과 비누, 통조림 그리고 약간의 돈을 주곤 했다. 이따금 이웃에서 잔치가 벌어지면 돼지 한 마리를 잡았다. 그러면 모두 그곳에 달려가 실컷 먹고 춤을 추고 노래를 불렀다.

그러나 아타의 집은 마을에서 멀리 떨어져 있었다. 타히티의 원주민들은 대부분이 게을러서 여행을 하고 잡담하는 것은 좋아했지만 걷는 것은 꺼렸다. 그러므로 스트릭랜드와 아타는 몇 주일이고 단둘이서 살았다. 그는 그림을 그리고 책을 읽었으며, 저녁이 되어 날이 어둑어둑해지면 아타와 같이 베란다에 나가 앉아 담배를 피우고 밤하늘을 지켜보았다. 그 무렵 아타가 임신을 하여 그녀의 산고(産苦)를 도우러 온 늙은 산파가 그대로 눌러살게 되었다. 얼마 지나지 않아 노파의 손녀딸이 와서 살게 되었고, 이내 청년 하나가 나타났다. 그 청년이 어디서 온 누구인지는 아무도 몰랐지만 곧 그들과 태평스러운 생활에 정착하여 그들 모두와 함께 살았다.

53

 "선생, 저이가 브루노 선장이라오. 저이가 스트릭랜드를 잘 알고 있어요. 그가 사는 집까지 찾아간 적도 있죠."
 어느 날 티아레가 내게 말했다. 나는 그때 그동안 스트릭랜드에 대해 그녀가 들려준 이야기를 정리하고 있었다.
 내 눈에 비친 그는 중년의 프랑스인으로 텁수룩하게 자란 검은 수염에 흰 털이 섞여 있었다. 볕에 그을린 얼굴에, 커다란 두 눈동자가 밝게 빛나고 있었다. 그는 산뜻한 즈크복을 입고 있었다. 나는 이미 그를 점심 식사 때 보았는데, 그때 중국인 소년 아린에게서 그가 파우모투 제도에서 바로 그날 도착한 배로 왔다는 이야기를 들었다. 티아레가 나를 그에게 소개하자 그는 내게 명함을 한 장 건넸다. '트네 브루노' 아래에 '롱 쿠르 호 선장'이라는 글자가 인쇄된 명함이었다.

우리는 부엌 바깥의 작은 베란다에 앉아 있었다. 티아레는 심부름하는 여자아이에게 입힐 옷을 재단하고 있었다. 선장도 우리와 함께 앉았다.

"맞아요, 스트릭랜드라면 나도 잘 알죠. 나는 체스 두는 걸 좋아하는데, 그도 그랬죠. 사업차 1년에 서너 번 타히티에 왔는데, 그가 파페에테에 있을 때면 이곳으로 와서 함께 체스를 두곤 했지요. 그가 결혼했을 때……."

브루노 선장은 미소를 지으며 어깨를 으쓱했다.

"티아레가 얻어준 여자와 함께 살게 되었을 때 그가 내게 집에 놀러와 달라고 하더군요. 나는 그들의 결혼 피로연 때도 참석했던 사람이지요."

그가 티아레를 바라보자 두 사람은 같이 웃었.

"그는 결혼한 뒤로는 파페에테에 자주 나타나지 않았습니다. 그런데 1년쯤 지난 뒤 우연히 무슨 볼일이 있어 그 지역에 가게 되었죠. 볼일을 마치고 나니, 여기까지 와서 가엾은 스트릭랜드를 보지 않고 그냥 갈 수는 없다는 생각이 들더군요. 그래서 몇몇 원주민에게 그를 아느냐고 물었더니, 대답인즉 그는 우리가 서 있는 곳에서 고작 5킬로미터도 떨어지지 않은 곳에서 산다고 하더군요. 나는 곧장 그를 찾아갔습니다. 그때 그를 만났던 기억은 평생 잊지 못할 겁니다. 나는 지금 환초에 살고 있지요. 초호를 에워싸고 있는 좁고 길다란 형태의 낮은 섬인데, 하늘과 바다, 다채로운 색깔의 초호, 수려한 야자수가 참으로 아름다운 곳입니다. 하지만 스트릭랜드가 살던 곳은 마치 에덴 동산처럼 아름다운 곳이었어요. 그곳의 황홀한 풍경을 당신에게 보여줄 수 없다니 참 아쉽네요. 모든 속세에서 벗어나 깊숙이 숨어버린 외진 곳, 머리 위로는 푸른 하늘과 울창한 수목이 우거져 색채의 향연을 이루는 곳이었죠. 향기롭고 서늘한 곳이었어요. 말로는 형용할 수 없는 낙원이었습니다. 그곳에서 그는 세상일은 마음에서 비우고, 세상 사람들에게 완전히 잊혀진 채 살고 있었습니다. 아마도 유럽 사람들이 봤다면 이렇게 지저분하고 초라한 데가 또 있을까, 깜짝 놀랐을 겁니다. 집은 다 쓰러져 가고 깨끗한 구석이라곤 찾아볼 수가 없었거든요. 그 집으로 다가가 보니, 베란다에 누워 있는 원주민 서너 명이 눈에 띄었습니다. 원주민들이 모여 있길 좋아한다는 건 당신도 잘 알겠지요. 젊은 녀석 하나가 파레오만 걸친 채 사지를 쭉 뻗고 누워 담배를 피우고 있었습니다."

파레오란 붉은색이나 푸른색의 기다란 무명 천에 하얀 무늬를 찍어놓은 것으로, 원주민들은 이것을 허리에 두르고 무릎까지 내려뜨린다.

"열댓 살쯤 되어 보이는 여자아이가 판다누스 잎으로 모자를 엮고 있고, 늙은 노파가 웅크리고 앉아 파이프 담배를 피우고 있더군요. 그때 아타를 보았습니다. 갓 태어난 아기에게 젖을 물리고 있었는데, 그녀의 발치에는 발가벗은 아기가 또 하나 놀고 있더군요. 아타가 나를 보고는 스트릭랜드를 불렀는데, 그 소리에 스트릭랜드가 문 쪽으로 걸어나왔어요. 그 역시 파레오밖에 걸치지 않았더군요. 붉은 수염에 헝클어진 머리, 털투성이의 넓은 가슴, 정말 기이한 모습이었습니다. 단단하게 굳은살이 박혀 있는데도 상처가 나 있는 것으로 보아, 맨발로 다니는 것 같더군요. 원주민이 다 되어 있더군요. 나를 보더니 기뻐하며 아타에게 닭을 잡아 오라고 합디다. 그러고는 나를 안으로 데리고 들어가 그날 그리던 그림을 보여주었죠. 한쪽 구석에는 침대가 놓여 있고, 중앙에는 캔버스가 놓인 이젤이 눈에 띄었어요. 그가 불쌍하다는 생각에 그림 두 점을 싼 값으로 사기도 했죠. 또 프랑스에 있는 친구들에게 몇 점 보내주기도 했고요. 비록 동정심에서 샀다고는 하지만 그 그림을 두고 지내다 보니 차츰 좋아지더군요. 정말이지 난 그의 그림에서 묘한 아름다움을 발견할 수 있었어요. 당시에는 모두들 나를 미쳤다고 생각했지만, 결국 내가 옳았다는 것이 판명된 겁니다. 섬 안에서는 내가 처음으로 그의 가치를 인정했던 것이죠."

그는 티아레를 향해 심술궂게 웃어 보였다. 그러자 그녀는 비탄에 잠겨, 스트릭랜드의 유품이 경매에 붙여졌을 때 그림은 거들떠보지도 않고 다만 27프랑을 주고 미제 난로만 구입했던 이야기를 다시 꺼냈다.

"아직도 그 그림들을 가지고 계십니까?"

내가 그에게 물었다.

"물론입니다. 내 딸이 시집갈 때까지 가지고 있다가 팔 작정입니다. 지참금으로 써야죠."

그러고는 스트릭랜드를 찾아갔을 때의 이야기를 계속했다.

"그와 함께 보낸 그날 저녁을 결코 잊지 못할 겁니다. 사실 처음에는 한 시간 넘게 있을 생각은 아니었습니다. 그런데 한사코 자고 가라고 붙잡더군요. 그가 깔고 자라고 준 멍석이 어찌나 끔찍하던지 솔직히 처음에는 좀 주저했는데, 결국은 자고 가기로 했죠. 파우모투 제도에 내 집을 지을 때도 몇 주 동안 그 멍석보다 더 딱딱한 잠자리에서 자기도 했거든요. 비바람을 가려줄 거라곤 야생의 관목들뿐이라고 해도 틀린 말은 아니었어요. 그나마 내 피부가 단단했던 덕분에 온갖 벌레가 득시글거려도 끄떡없었죠. 아타가 저녁 식사를 준비하는 동안 우리는 시냇가로 내려가 목욕을 했지요. 저녁을 먹은 뒤에는 베란다에 앉아 담배를 피우며 이런저런 이야기를 나눴습니다. 처음에 눈에 띈 그 젊은이가 콘서티나*를 들고 나와 10여 년 전 뮤직 홀에서 유행했던 곡을 이것저것 연주했는데, 문명 세계에서 수천 마일 떨어진 열대의 밤에 그 음악 소리는 정말 이상하게 들리더군요. 스트릭랜드에게 그처럼 난잡한 곳에서 사는 것이 싫증 나지 않느냐고 물었더니, 그는 전혀 그렇지 않다고 대답합디다. 모델을 손쉽게 구할 수 있어서 오히려 더 좋다는 것이었죠. 원주민들이 크게 하품을 하면서 잠자리에 들고 나니 스트릭랜드와 나 둘만 남게 되었습니다. 그 밤의 적막함은 이루 말로 표현할 수가 없었어요. 내가 살고 있는 파우모투 제도의 섬에서는 그처럼 완벽한 정적은 느낄 수가 없었죠. 수많은 짐승들이 바람을 가르며 해변을 달리는 소리, 조그만 조개류가 끊임없이 기어 다니는 소리, 참게들이 종종걸음으로 분주히 돌아다니며 내

* 아코디언 모형의 육각형 악기

는 시끄러운 소리가 들리지요. 때로는 초호에서 물고기들이 뛰는 소리가 들리기도 하고, 살아남으려고 허겁지겁 도망치는 고기들의 뒤를 쫓는 갈색 상어가 요란하게 물 튀기는 소리가 들리기도 하죠. 무엇보다 산호초에 부서지는 파도의 거친 소리는 세월의 흐름처럼 변함없이 들려옵니다. 그러나 그곳에는 정적뿐이었어요. 주위는 밤의 하얀 꽃 향기로 가득했어요. 너무나 아름다운 밤이어서 영혼이 자신을 가두고 있는 육체를 부수고 나오지 않고는 견디지 못하는 것 같았죠. 영혼이 무형의 대기 위로 둥둥 떠다니고 싶은 기분이었고, 죽음마저 사랑하는 옛친구의 모습일 것 같았답니다."

티아레가 길게 한숨을 내쉬었다.

"오, 다시 한번 청춘으로 돌아갈 수만 있다면……."

그때, 그녀는 부엌 식탁 위의 보리새우 접시를 노리고 있는 고양이를 보고는 재빠른 솜씨로 도망치는 고양이의 꼬리를 향해 책을 집어 던지고 욕설을 빗발치듯 퍼부었다.

"아타랑 사는 게 행복하냐고 물어봤습니다. 그랬더니 '그 여자는 언제나 나를 혼자 있게 해주고 있소'라고 대답하더군요. '그저 내가 먹을 음식을 요리하고 아이들을 보살필 뿐이오. 내가 시키는 건 다, 내가 그 여자에게서 바라는 거라면 다 해주지.' 그래서 또 물었습니다. '당신은 유럽에 대한 미련이 없습니까? 파리나 런던의 불빛, 친구나 동료들과 어울리던 일, 극장과 신문, 자갈 깔린 포도 위를 덜거덕거리며 굴러가는 승합 마차 소리 같은 게 가끔은 그립지 않습니까?' 한참 동안 입을 다물고 있다가 대답하더군요. '난 죽을 때까지 이곳에 머무를 생각이오.' 그래서 또 물었죠. '하지만 싫증이 나거나 외롭지 않겠습니까?' 그가 소리 내어 웃더니 그러더군요. '이보게, 아직도 모르겠나? 자네는 정녕 예술가가 된다는 것이 어떤 것인지 아직 모르고 있군.'"

브루노 선장은 내게 부드럽게 미소를 지었다. 그의 까맣고 친절한 두 눈 속에 이상야릇한 빛이 어려 있었다.

"그가 나를 잘못 본 겁니다. 나 역시 꿈을 갖는다는 것이 어떤 것인지 잘 알고 있으니까요. 나도 나름대로 예술가예요."

우리는 잠시 동안 말이 없었다. 그러자 티아레가 커다란 호주머니에서 담배를 한 줌 꺼내 우리 둘에게 나눠 주었다. 우리 셋은 모두 담배를 피워 물었다. 이윽고 그녀가 마침내 입을 열었다.

"이 양반이 스트릭랜드에게 관심이 많은 것 같은데, 쿠트라 의사 선생에게 모셔다 드리는 게 어때요? 그 사람이 어떤 병에 걸려 어떻게 죽었는지 들려줄 게 있을 텐데."

"아, 그거야 문제없지요."

선장이 나를 바라보며 대답했다.

내가 그에게 고맙다고 인사하자 그는 시계를 들여다보았다.

"여섯시가 넘었군요. 지금 가면 그분을 아마도 집에서 만나뵐 수 있을 겁니다."

나는 두말 없이 자리에서 일어나 그와 함께 의사 선생 집을 향해 걷기 시작했다. 그는 교외에 살고 있었지만, 플뢰르 호텔 역시 변두리에 있었으므로 우리는 곧 시골길로 나왔다. 넓은 길은 후추나무로 그늘져 있었고, 길 양쪽에는 야자 농장과 바닐라 농장이 펼쳐져 있었다. 해적조(海賊鳥)들이 우거진 종려나무 잎 사이에서 칼날 같은 소리로 울어대고 있었다. 우리는 얕은 강 위에 걸쳐진 돌다리 위에서 잠시 발을 멈추고 원주민 아이들이 멱을 감는 모습을 보았다. 아이들은 시끄럽게 웃고 떠들며 물장구를 쳤다. 물에 젖은 갈색 몸뚱이들이 햇빛 속에서 번쩍이고 있었다.

54

그와 함께 걸으며, 최근 스트릭랜드에 대한 이야기를 들으며 온통 내 관심을 끌고 있는 한 가지 환경에 대해 곰곰이 생각했다. 고향에서 경멸만 받았던 그는 이 낙도(落島)에 와서는 오히려 동정만을 받아 왔던 것 같았다. 그의 괴상한 행동에 대해서도 이곳 사람들은 관대했다. 원주민이건 유럽인이건 이곳에 있는 사람들에게 그는 그저 괴상한 인간일 뿐이었다. 괴상한 인간들에 익숙해 있는 그들은 그를 당연하게 받아들였다. 세상은 괴상한 짓을 하는 기이한 사람들로 가득 차 있다. 아마도 그들은 인간이란 자신이 원하는 대로 되는 것이 아니라, 운명적으로 어떤 형태로 결정지어지는 것이라고 생각하는지도 모른다. 영국과 프랑스에서 그는 둥그런 구멍에 박힌 사각형의 나무 못이었다. 그러나 이곳에는 모든 형태의 구멍이 다 있었기 때문에 어떤 나무못도 구멍과 어긋나지 않았다. 그가 이곳에서라고 더 점잖아지거나 덜 이기적이고 덜 야만적이 되지는 않았을 것이다. 다만 환경이 그에게 알맞았을 뿐이다. 그도 이와 같은 환경에서 일생을 보냈더라면 다른 사람보다 더 나쁜 인간으로 취급받지 않아도 되었을지 모른다. 이곳에서 그는 고국인들 사이에서는 전혀 기대하지도, 바라지도 않았던 것, 즉 공감을 얻었다.

이러한 사실을 생각하며 내가 느낀 놀라움을 브루노 선장에게 두서없이 이야기했다. 브루노 선장은 한참 동안 아무런 대답이 없었다.

마침내 그가 입을 열었다.

"어찌 되었든 내가 그에게 공감을 느낀 것은 결코 이상한 일이 아닙니다. 우리 둘 다 몰랐지만, 결국 우리는 같은 것을 추구하고 있었으니까요."

"당신과 스트릭랜드처럼 전혀 다른 두 사람이 똑같은 것을 추구했다니, 대체 그것이 무엇이었습니까?"

나는 싱긋 웃으며 물었다.

"아름다움이지요."

"이해하기에 어려운 말씀이군요."

중얼대듯 내가 말했다.

"인간이 사랑에 깊이 빠지면 다른 것은 아무것도 보이지도, 들리지도 않는다는 건 알고 계시죠? 사랑에 사로잡힌 사람은 노 젓는 의자에 쇠사슬로 묶인 옛 갤리선의 노예들처럼 자기 자신을 마음대로 통제할 수가 없습니다. 스트릭랜드를 사로잡고 있던 열정은 사랑 못지않게 포악했지요."

"당신이 그런 말을 하다니 뜻밖인데요. 사실은 나도 오래전에 그가 어떤 악마에 사로잡힌 것 같다는 생각을 했었지요."

내가 말했다.

"스트릭랜드를 사로잡았던 건 아름다움을 창조하려는 열정이었습니다. 그는 한 시도 마음의 평화를 얻지 못했습니다. 그 열정이 그를 이리저리 몰고 다녔으니까요. 그는 어떤 신성한 향수에 사로잡힌 영원한 순례자였고, 그의 몸 속에 도사린 악마는 너무나도 무정했지요. 진리에 대한 욕구가 너무나 강렬한 나머지 그 진리에 도달하기 위해 자기 세계의 기반마저 깡그리 산산조각 내는 사람들이 있습니다. 스트릭랜드가 바로 그런 인간이었어요. 그의 경우에는 다만 아름다움이 진리를 대신했을 뿐이지요. 그래서 나는 그에게 깊은 공감을 느낄 수밖에 없었던 겁니다."

"그것 또한 이상한 일이로군요. 스트릭랜드에게서 큰 피해를 입었던 어떤 남자도 그를 깊이 공감한다고 말한 적이 있습니다."

거기서 나는 잠시 입을 다물었다가 계속 말을 이었다.

"내게는 언제나 불가사의하게 느껴지는 어떤 인간의 성격을 당신이 정확하게 설명한 것 같군요. 어떻게 그런 생각을 하게 됐죠?"

그는 나를 쳐다보며 빙긋이 웃었다.

"나 역시 나름대로 예술가라고 말씀드렸잖습니까. 그에게 자극을 주었던 것과 똑같은 욕구를 나도 내부에서 느꼈던 것이죠. 다만 그것을 표현하는 매개체가 그에게 그림이었다면 내게는 바로 인생 그 자체였다는 것이 달랐을 뿐이죠."
 그런 다음 브루노 선장은 내게 한 가지 이야기를 들려주었는데, 그 이야기를 되풀이해야겠다. 그 이야기는 스트릭랜드에 대한 내 인상과는 대조되기도 하지만 그 인상을 더하기도 하기 때문이다. 게다가 내가 보기에는 그 이야기 자체도 아름다움을 지니고 있었다.
 브루노 선장은 브르타뉴 출신으로 프랑스 해군에서 복무했다. 그는 결혼하자마자 해군 생활을 그만두고 여생을 평온한 마음으로 지내고자 캥페르 인근의 조그마한 소유지에 정착했다. 그러나 변호사의 실수로 그는 하루아침에 빈털터리가 되고 말았다. 연금을 즐기며 살아온 곳에서 가난한 생활을 해야 한다는 것은 그나 부인이나 엄두가 나지 않았다. 그래서 해군 시절 남태평양을 순항했던 경험을 바탕으로 이번에는 그곳을 찾아가 재산을 모아보기로 결심했다. 그는 파페에테에서 몇 달 동안 머무르며 계획을 세우고 경험도 쌓았다. 그런 다음 프랑스에 살고 있는 친구에게 빌린 돈으로 파우모투 제도에 있는 섬 하나를 샀다. 그곳은 깊은 초호로 둘러싸인 고리 모양의 무인도로, 잡목과 야생 구아바만 무성했다. 그는 두려움을 모르는 아내와 원주민 몇 명을 데리고 그곳에 정착하여 집을 짓고 관목을 베어 야자수를 심을 땅을 개간했다. 어느덧 20년이 지나, 불모지였던 섬은 멋진 동산이 되었다.
 "처음에는 무척 힘들고 미래도 불안했지요. 우리 부부는 포기하지 않고 일했어요. 날마다 새벽에 일어나 땅을 개간하고 나무를 심고 집을 짓는 일을 했습니다. 밤이면 잠자리에 눕는 순간 다음날 새벽까지 곯아떨어졌죠. 아내도 나 못지않게 열심히 일했답니다. 그러는 사이에 아이들이 태어났어요. 처음엔 아들이었고, 다음이 딸이었죠. 그들이 아는 건 모두 아내와 내가 가르친 겁니다. 마침 프랑스에서 가져온 피아노가 있어서 아내가 음악과 영어를 가르쳤고, 나는 라틴어와 수학을 가르쳤습니다. 역사는 우리들 모두가 같이 읽으면서 공부했습니다. 아이들은 배를 띄울 줄도 알았고, 수영도 원주민만큼 잘했죠. 애들은 그 섬의 일이라면 모르는 것이 없었습니다. 우리가 심은 나무는 무성하게 자랐고, 이제 산호초 위에는 조개도 살고 있답니다. 사실 이번에 타히티에 온 것도 범선을 한 척 사기 위해서였습니다. 조개도 충분히 값이 나가도록 장만해놓았고요. 혹시나 진주라도 딸지 누가 압니까? 나는 아무것도 없는 곳에서 뭔가를 일궈낸 겁니다. 나 역시 아름다움을 창조해낸 것이죠. 그처럼 우뚝 솟은 우람한 나무들을 바라보며 그 한 그루 한 그루를 내가 직접 심은 것이라고 생각할 때마다 어떤 기분이 드는지 당신은 모를 겁니다."

"당신이 스트릭랜드에게 했다던 질문을 당신에게도 묻고 싶군요. 당신의 조국 프랑스나 브르타뉴의 고향을 보고 싶지 않습니까?"

"언젠가 내 딸이 결혼하고 아들이 아내를 맞아들여 나 대신 섬을 맡을 수 있게 되면, 그때 우리 부부는 내가 태어난 옛집으로 돌아가 여생을 보낼 겁니다."

"그럼 그때는 즐거웠던 지난날을 돌이켜 보겠군요."

내가 말했다.

"물론이지요. 내 섬에는 자극이라는 것이 없습니다. 세상에서 너무 멀리 떨어져 있거든요. 생각해 보십시오. 타히티에 오는 데도 나흘이나 걸립니다. 그러나 우리는 행복합니다. 어떤 일을 시도하여 그것을 성취한다는 것이 아무나 할 수 있는 경험은 아니니까요. 우리 생활이란 게 소박하고 순수해요. 야심 같은 것도 없지요. 우리가 자부심을 느낄 만한 게 있다면 우리 손으로 일궈낸 것을 보면서 느끼는 기쁨뿐입니다. 우리는 어떠한 악의도 가지고 있지 않고, 누구를 시기하지도 않습니다. 사람들은 흔히 노동에서 얻는 행복에 대해 이야기하지만, 의미 없는 말이라고 생각하는 사람도 많지요. 그러나 내게는 가장 절실한 의미를 지닌 말입니다. 나는 행복한 인간입니다."

"그럴 자격이 충분한 분이라고 봅니다."

나는 웃으면서 말했다.

"나도 그렇게 생각해요. 내가 어떻게 그토록 완전한 친구이며 협력자인, 그러면서도 완전한 연인에다 어머니인 아내를 얻을 수 있었는지 모르겠습니다."

나는 잠시 동안 선장이 나의 상상에 던져준 생활에 대해 곰곰이 생각해보았다.

"그런 생활을 영위하면서 그토록 큰 성공을 거두려면 분명히 당신 두 분의 굳은 의지와 강인한 성격이 필요했겠군요."

"그렇죠. 그러나 또 한 가지가 없었다면 우리는 결코 아무것도 이루지 못했을 겁니다."

"그것이 뭔가요?"

그는 조금은 극적인 자세로 발을 멈추고 한쪽 팔을 앞으로 내밀었다.

"하느님에 대한 믿음이지요. 그것이 없었다면 우리는 결국 실패하고 말았을 겁니다."

그때 우리는 쿠트라 씨의 집 앞에 도착했다.

55

의사 쿠트라는 키가 크고 몸집이 비대한 프랑스인 노인이었다. 그의 몸은 마치 오리알 같았는데, 날카로우면서도 인자해 보이는 파란 두 눈이 이따금 그의 뚱뚱한 배를 내려다볼 때면 얼굴에 만족스러운 표정이 나타나곤 했다. 얼굴빛은 불그레했고 머리는 백발이었다. 보기만 해도 바로 친밀감이 느껴지는 사람이었다. 그가 우리를 맞이한 곳은 프랑스의 시골 마을에서 흔히 볼 수 있는 방이었다. 그래서 그곳을 장식하고 있는 한두 점의 폴리네시아 산 골동품이 오히려 이상해 보여 조금도 어울리지 않았다. 그는 두툼한 두 손으로 내 손을 잡으며 진심이 담긴 표정으로 따뜻하게 맞이했지만 그 표정 속에는 어딘지 날카로움이 어려 있었다. 그는 브루노 선장과 악수를 하면서도 부인과 아이들의 안부를 정중하게 물었다. 한동안 인사를 나누고 섬의 이런저런 소문과 코프라와 바닐라의 예상 수확량 등에 대한 이야기를 주고받고 화제는 자연스레 내가 방문한 목적으로 옮아갔다.

나는 쿠트라 선생의 이야기를 그가 말한 그대로 옮기지 않고 나 자신의 말로 전하려 한다. 그의 이야기를 그대로 전하는 간접적인 방법으로는 활기 넘치는 그의 말투를 정확히 전달하기가 힘들 것 같기 때문이다. 그는 육중한 체구에 어울리게 목소리가 깊은 곳에서 울려 나왔고, 예리한 극적 감각을 지니고 있었다. 그의 말을 듣고 있노라면 말 그대로 연극이라도 보고 있는 듯한 기분이었다. 오히려 흔한 연극보다 더 연극 같았다.

어느 날, 쿠트라 선생은 병을 앓고 있는 늙은 여족장을 진찰하기 위해 타라바오로 왕진을 갔다고 한다. 그는 거대한 침대에 누워 수많은 흑인 신하들에게 둘러싸인 채 담배를 피우고 있는 그녀의 뚱뚱한 모습을 생생하게 묘사했다. 진찰을 마친 뒤, 그는 다른 방으로 안내되어 식사 대접을 받았다. 날생선, 기름에 튀긴 바나나, 닭고기 등 전형적인 원주민 식사였다. 식사를 하는 동안 그의 눈에 계집아이 하나가 눈물을 흘리며 문 밖으로 쫓겨 나가는 모습이 보였다. 그때는 그 아이를 별로 마음에 두지 않았다.

그런데 방에서 나와 마차를 타고 집으로 떠나려 하는데 그 아이가 조금 떨어진 곳에 아직도 서 있는 것이 보였다. 슬픈 표정으로 그를 올려다보던 아이의 눈에 눈물이 비치더니, 이내 두 뺨을 타고 눈물이 주르르 흘러내렸다. 의사는 아이에게 무슨 일이 있느냐고 옆 사람에게 물었다. 그가 대답하길, 아이는 산에서 내려왔는데 병든 백인이 있으니 의사를 데려와야 한다고 부탁하려 했지만 의사 선생님 귀찮게 하지 말라고 오히려 꾸중을 들었다고 한다. 의사는 아이를 불러 원하는 것이 무엇이냐고 물었다. 아이는 전에 플뢰르 호텔에 있던 아타가 자기를 보냈으며, 붉은 수염이 앓아 누워 있다고 했다. 그러고 나서 구겨진 신문 뭉치 하나를 의사의 손에 밀어 넣었다. 의사가 펼쳐 보니 신문 뭉치 안에는 100프랑짜리 지폐가 들어 있었다.

"붉은 수염이 누구요?"

그는 옆에 있는 이에게 물었다. 그러자 그들은 7킬로미터쯤 떨어진 골짜기에서 아타와 함께 살고 있는 영국인 화가를 자기들은 그렇게 부른다고 설명했다. 그들의 이야기를 듣고 의사는 그 사람이 바로 스트릭랜드라는 것을 알아차렸다. 그러나 거기까지 가자면 걸어갈 수밖에 없었다. 의사가 거기까지 걷는다는 것은 도저히 불가능했으므로 그들은 그 계집아이를 쫓아냈던 것이다.

"솔직히 말해 나도 처음엔 주저했었소."

의사가 나를 향해 말했다.

"험한 산길로 왕복 14킬로미터를 걷는다는 게 내키지 않았던 것이죠. 더구나 그날 밤 파페에테로 돌아올 수도 없을 테고. 그뿐 아니라 난 스트릭랜드라는 사내가 전혀 마음에 들지 않았지요. 그는 게으르고 쓸모없는 불한당 같은 사내로 우리처럼 살기 위해 일하지 않고 오히려 원주민 여자에게 얹혀 지내고 싶어 했으니까. 언젠가는 세상이 그를 보고 천재라고 할 날이 있으리라는 것을 내가 어떻게 알 수 있었겠소. 나는 그 계집아이에게 그가 직접 올 수 없을 정도로 몸이 아프냐고 물었지요. 그랬더니 그 애는 아무 대답도 않더군요. 나도 모르게 화가 나서 그 애를 윽박지르며 다시 물었던가 보오. 그 애가 땅바닥만 내려다보더니 울음을 터뜨립디다. 달리 방법이 없더군요. 결국 환자가 있는 곳에 가는 것이 의사의 도리라는 생각에 그 아이에게 길을 안내하라고 퉁명스럽게 말했죠."

그곳에 도착해서도 의사의 기분은 조금도 나아지지 않았다. 땀이 비 오듯 쏟아지고 목이 탔기 때문이다. 이제나저제나 기다리고 있던 아타가 그를 맞으러 길가까지 뛰어나왔다.

"진찰이 문제가 아니오. 먼저 마실 것 좀 주시오. 목이 타서 내가 먼저 죽을 지경이오. 제발, 야자 열매라도 좀 주시오."

의사가 소리 질렀다.

아타가 큰 소리로 부르자 한 소년이 달려 나왔다. 소년은 나무 위로 기어 올라가 이내 잘 익은 열매를 하나 따서 던졌다. 아타가 거기에 구멍을 뚫어 내밀자 의사는 한입에 오랫동안 기분 좋게 들이마셨다. 그리고 담배를 한 대 말아 피우니 기분이 훨씬 나아졌다.

"자, 그 빨간 수염은 어디 있소?"

그가 물었다.

"안에서 그림을 그리고 있어요. 선생님이 오신다는 얘기는 하지 않았어요. 안에 들어가서 좀 봐주세요."

"도대체 어디가 아프다는 거요? 그림을 그릴 수 있을 정도라면 타라바오까지 내려올 수도 있었을 게 아니오. 그랬더라면 내가 이틀세 험한 길을 걸어올 필요도 없었을 테고. 내 시간도 그 사람 시간 못지 않게 값지단 말이오."

아타는 아무 말도 없이 소년과 함께 의사를 따라 집으로 들어갔다. 의사를 안내해 온 계집아이는 어느새 베란다에 앉아 있었다. 그곳에서는 한 노파가 벽에 등을 기대고 누워 원주민 담배를 말고 있었다. 아타가 문을 가리켰다. 의사는 사람들의 태도가 하나같이 이상한 것을 언짢게 생각하며 방으로 들어갔다.

스트릭랜드는 팔레트를 닦고 있었다. 이젤 위에는 한 폭의 그림이 놓여 있었고, 스트릭랜드는 파레오만 걸친 채 문을 등지고 서 있다가 갑작스러운 장화 소리를 듣고 돌아섰다. 성가시다는 표정으로 돌아선 그는 의사를 보고 뜻밖의 방해에 분개했다. 놀라서 숨이 턱 막힌 의사는 마룻바닥에 꼼짝 못하고 서서 그의 얼굴을 빤히 쳐다봤다. 전혀 예상치 못한 일이었다. 그는 공포에 사로잡히고 말았다.

"당신은 예의도 없소? 도대체 뭣 때문에 온 거요?"

스트릭랜드가 말했다.

그제야 의사는 제정신이 들었다. 그러나 본래의 목소리를 되찾는 데에는 상당한 노력이 필요했다. 갑자기 분노는 모두 사라지고 걷잡을 수 없는 연민을 느꼈다.

"나는 의사 쿠트라요. 추장 부인을 왕진하러 타라바오에 왔는데, 아타가 당신을 진찰해달라고 내게 사람을 보냈던 것이오."

"그녀는 바보 멍청이요. 요즘 들어 통증이 조금 있고 열이 나긴 했지만 그건 아무것도 아니오. 통증은 곧 가라앉을 거요. 다음에 파페에테에 가는 사람이 있으면 키니네를 좀 부탁할 참이었소."

"거울 좀 보구려."

스트릭랜드는 의사를 흘끗 쳐다보며 미소를 짓더니 벽에 걸린 조그만 나무틀 속의 값싼 거울 쪽으로 걸어갔다.

"어떻다는 거요?"

"당신 얼굴이 어떤지 모르겠소? 얼굴이 온통 퉁퉁 부어 있소. 글쎄, 뭐라고 표현해야 할지…… 책에는 사자 얼굴이라고 적혀 있소만, 그걸 모르겠소? 당신이 무서운 병에 걸려 있다는 걸 내 입으로 말해야 되겠소?"

"아니, 내가?"

"직접 거울을 들여다보시오. 당신 얼굴이 전형적인 나병 환자의 모습이라는 걸 알 수 있을 테니."

"농담하지 마시오."

스트릭랜드가 말했다.

"나도 내 말이 농담이면 좋겠구려."

"그렇다면 내가 나병에 걸렸다는 거요?"

"불행하게도 의심할 여지가 없소."

의사 쿠트라는 지금까지 수많은 사람에게 사형선고를 내려왔다. 그럴 때면 자신을 휘감는 공포를 이겨낼 수가 없었다. 환자들은 언제나 사형선고를 받은 병든 자신을 건강한 의사와 비교하며 그로서는 이루 헤아릴 수 없을 만큼 귀중한 삶의 특권을 누리고 있다는 생각에 격렬한 증오감을 내보였기 때문이다. 스트릭랜드는 말없이 그를 쳐다보았다. 그 저주스러운 병으로 이미 추하게 변한 그의 얼굴에서는 아무런 감정도 엿보이지 않았다.

"저들도 알고 있소?"

마침내 스트릭랜드는 여느 때와 달리 뭐라 설명하기 힘든 기묘한 침묵을 지키며 베란다에 앉아 있는 사람들을 가리키며 물었다.

"이곳 원주민들은 그 증세를 잘 알고 있소. 다만 그것을 당신에게 말하기가 두려웠겠지."

의사가 말했다.

스트릭랜드는 문 쪽으로 걸어가 밖을 내다보았다. 그의 얼굴에 험상궂은 표정이 드러나 있었는지, 밖에 있던 사람들이 갑자기 비탄에 잠긴 목소리로 울음을 터뜨렸다. 그 소리가 점점 커지다 마침내 흐느낌으로 변했지만, 스트릭랜드는 입을 다물고 있었다. 한참 동안 그들을 바라보더니 그는 다시 방으로 돌아왔다.

"내가 얼마나 살 수 있을 것 같소?"

"그걸 누가 알겠소. 드물게 20년 넘게 사는 사람도 있지만, 증세가 빨리 진행되는 편이 차라리 고마울 것이오."

스트릭랜드는 이젤 쪽으로 걸어가 그곳에 놓여 있는 그림을 물끄러미 들여다보았다.

"먼 길을 와주었구려. 중대한 소식을 알리러 온 사람이니 뭔가 사례를 해야겠지. 이 그림을 받아주시오. 지금은 아무 의미도 없겠지만 언젠가는 이 그림을 갖게 된 걸 기뻐하게 될 거요."

의사 쿠트라는 왕진 보수는 절대 받지 않겠다고 고집했다. 100프랑짜리 지폐도 벌써 아타에게 돌려주었던 터였다. 하지만 스트릭랜드는 그림만은 꼭 받아달라고 고집했다. 그런 다음 두 사람은 베란다로 나갔다. 원주민들은 아직도 몹시 흐느끼고 있었다.

"자, 마음을 가라앉히고 눈물을 닦아요. 큰일은 없을 것이오. 난 당신 곁을 곧 떠날 테니까."

스트릭랜드가 아타에게 말했다.

"저들이 당신을 데려가지 않을까요?"

아타가 울면서 말했다.

당시 섬에서는 나병 환자가 엄격하게 격리되지 않았기 때문에 원하기만 한다면 어디든 다닐 수 있었다.

"난 산 속으로 들어갈 거요."

스트릭랜드가 말했다.

그러자 아타가 벌떡 일어나 그를 정면으로 마주 보고 섰다.

"다른 사람들은 원한다면 모두 떠나라고 해요. 하지만 나는 당신 곁을 떠나지 않겠어요. 당신은 내 남자고 난 당신의 여자니까요. 당신이 내 곁을 떠난다면 집 뒤의 나무에 목을 매달겠어요. 하느님을 두고 맹세해요."

그녀의 어조에는 어딘지 모르게 무한히 강한 힘이 담겨 있었다. 그녀는 이제 유순하고 부드러운 원주민 여자가 아니라 결의가 굳은 여인이었다. 그녀는 전혀 다른 사람이 되어 있었다.

"왜 나와 함께 있겠다는 거요? 파페에테로 돌아가면 곧 다른 백인 남자를 찾을 수 있을 거요. 아이들은 저 할머니가 돌봐줄 테고, 디이레도 기꺼이 당신을 다시 받아들일 거요."

달과 6펜스 375

"당신은 내 남자고 난 당신 여자예요. 당신이 가는 곳은 어디든지 따라가겠어요."

그 순간 스트릭랜드의 강철 같은 의지도 흔들렸다. 그의 눈에는 눈물이 가득 고였다가 마침내 뺨을 타고 천천히 흘러내렸다. 그것도 잠시, 그는 평소의 조소 섞인 미소를 지어 보였다.

"여자들은 확실히 이상한 동물이오. 개처럼 다루고 팔이 아프도록 두들겨 패도 그 남자를 사랑하거든. 그들도 영혼을 가지고 있다고 말하는 건 기독교의 가장 터무니없는 착각 가운데 하나지."

스트릭랜드가 의사 쿠트라에게 말했다. 그는 어깨를 으쓱해 보였다.

"당신, 지금 의사 선생님께 무슨 얘기를 하고 있죠? 떠나지 않겠다는 말씀이었나요?"

아타가 미심쩍은 듯이 물었다.

"당신이 좋다면 이곳에 남아 있겠소. 가련한 사람!"

아타는 갑자기 그의 앞에 몸을 던져 무릎을 꿇은 채 그의 다리를 껴안고 키스를 퍼부어댔다. 의사 쿠트라를 쳐다보는 스트릭랜드의 얼굴에 희미한 미소가 스쳐 지나갔다.

"결국은 여자가 이겼소. 남자들이란 여자의 손에 걸려들면 어찌할 도리가 없는가 보오. 백인이고 원주민이고 그건 마찬가지지."

의사 쿠트라는 이처럼 무서운 불행을 당한 사람에게 안타깝다는 표현을 하기도 뭣해 그만 작별을 고했다. 스트릭랜드는 타네라는 소년에게 의사를 마을까지 안내해 드리라고 일렀다. 의사 쿠트라는 여기서 잠시 말을 끊더니 나를 향해 이렇게 덧붙였다.

"난 원래 그자가 마음에 들지 않았어요. 아까도 말했듯이 좀처럼 호감이 가지 않습디다. 하지만 타라바오까지 터벅터벅 걸어오며 생각해보니, 인간이 견딜 수 있는 가장 무서운 질병을 그토록 의연하게 견디는 그의 금욕적 용기에는 감탄하지 않을 수 없더군요. 타네라는 아이와 헤어질 때, 나는 스트릭랜드의 병세에 도움이 될 만한 약을 보내주겠다고 말했었소. 하지만 그가 그 약을 복용하리라고 기대하기는 어려웠고, 설혹 그가 복용한다 할지라도 그 약이 회복하는 데 도움이 되리라고 기대하기는 더 어려웠지요. 나는 그 소년 편에 나를 부르기만 하면 달려가겠다는 내용의 쪽지를 아타에게 보냈습니다. 산다는 건 고통입니다. 조물주는 때때로 자신의 피조물을 괴롭히는 데서 엄청난 즐거움을 맛보니까요. 파페에테에 있는 내 안락한 집으로 돌아오면서도 마음이 참 무거웠습니다."

한참 동안 우리 두 사람은 침묵을 지켰다.

"그러나 아타는 나를 부르지 않더군요."

이윽고 의사가 다시 말을 이었다.

"나 역시 한동안 그 지역으로 갈 기회가 없어 스트릭랜드에 관한 소식은 전혀 듣지 못했죠. 아타가 그림 재료를 사기 위해 파페에테에 들렀다는 이야기를 한두 번 듣긴 했지만 우연히나마 그녀와 마주친 적조차 없었소. 그렇게 2년 넘게 지나고 타라바오로 다시 갈 일이 생겼는데, 이번에도 역시 그 여족장을 진찰하기 위해서였죠. 나는 그들에게 혹시 스트릭랜드에 대해 들은 이야기가 있는지 물어봤습니다. 그리고 그 무렵엔 그가 나병에 걸렸다는 소문이 쫙 퍼졌다는 것을 알게 되었답니다. 제일 먼저 타네라는 소년이 그 집을 떠났고, 얼마 후에는 노파와 손녀가 그곳에서 사라져버렸다고 합니다. 결국 스트릭랜드와 아타, 그리고 그들의 아이들만이 남게 되었죠. 그 농장 근처에는 누구도 접근하려 하지 않았습니다. 당신도 아시다시피 원주민들은 그 병을 몹시 무서워하잖아요. 옛날에는 나병 환자를 발견하면 죽여버렸다고 해요. 가끔 마을 아이들이 산을 기어오르다가 문득 붉은 수염이 덥수룩한 그 백인이 숲속을 거니는 걸 보면 기겁하여 달아나곤 했습니다. 아타는 간혹 밤이면 마을로 내려와 장사꾼들을 깨워 필요한 물건들을 몇 가지 사가곤 했지요. 원주민들이 마치 스트릭랜드를 대하기라도 하는 것처럼 그녀를 소름 끼치도록 싫어해서 그녀는 그들을 피해서 다녔던 겁니다. 한번은 몇몇 부인들이 용기를 내어 평소보다 그 농장에 가까이 접근했다가, 아타가 냇가에서 옷가지를 빠는 걸 보고 그녀에게 돌을 던졌다는 하더군요. 그 일이 있고 나서, 시냇물을 한 번만 더 쓰면 남자들이 몰려가 그녀의 집을 불태워버리겠다고 상인을 통해 협박했다지 뭡니까."

"짐승 같은 사람들!"

내가 말했다.

"그게 다 인지상정이라오. 공포심을 느끼면 잔인해지는 법이죠. 스트릭랜드를 만나봐야겠다고 결심한 나는 여족장의 진찰을 끝내고는 아이들에게 그곳으로 길 안내를 해달라고 부탁했어요. 하지만 아무도 나를 따라나서려 하지 않아, 할 수 없이 혼자서 찾아 나설 수밖에 없었죠."

농장에 도착한 의사는 알 수 없는 불안감에 휩싸이고 말았다. 먼 길을 걸어온 탓에 몹시 더웠는데도 그는 흥분하여 몸을 떨었다. 그를 멈칫거리게 하는 적의가 주위를 감돌았다. 눈에 보이지 않는 어떤 힘이 그의 앞을 가로막고, 누군가의 손이 뒤에서 그를 잡아당기는 듯했다. 이제는 야자 열매를 따겠다고 얼씬거리는 사람도 없어 떨어진 열매들이 땅바닥에서 그대로 썩어가고 있었다. 어딜 둘러봐도 황폐한 모습뿐이었다. 주위의 숲이 잠식해 들어와, 그동안 힘겨운 노동의 대가로 원시림에서 빼앗아온 한 줌의 경작지가 어느새 옛 모습을 되찾았다. 그는 이곳이야말로 고통의 거처가 아닐까 하는 느낌이 들었다. 집 쪽으로 다가가 보니 이 세상에는 존재하지 않을 법한 침묵에 잠겨 있는 것이, 처음에는 사람이 살지 않는 버려진 땅이 아닌가 생각했다. 바로 그때 아타의 모습이 그의 눈에 들어왔다. 그녀는 부엌으로 쓰이는 헛간에 웅크리고 앉아 냄비 속에서 음식이 끓고 있는 것을 지켜보고 있었다. 그 옆에서는 어린 사내아이가 흙투성이가 되어 말없이 혼자 놀고 있었다. 그녀는 의사의 모습을 보고도 웃어 보이지 않았다.

"스트릭랜드 씨를 만나러 왔소."

그가 말했다.

"제가 가서 전할게요."

그녀는 집 쪽으로 걸어가 베란다로 연결되는 낮은 계단을 통해 안으로 들어갔다. 의사 쿠트라도 그 뒤를 따랐지만 아타의 손짓에 따라 밖에서 기다렸다. 그녀가 문을 열자, 나병 환자 거주지 인근에서 흔히 나는 그 구역질 날 듯하면서도 야릇하게 달콤한 냄새가 풍겨왔다. 안에서 아타가 뭐라고 말하자 스트릭랜드가 대답하는 소리가 들려왔지만, 그 목소리가 쉬어 있는 데다 불분명해 알아들을 수가 없었다. 의사 쿠트라는 눈을 치켜떴다. 병세가 이미 성대에까지 침투했다고 판단했기 때문이다. 그때 아타가 다시 나왔다.

"그이가 선생님을 뵙지 않겠다네요. 그냥 돌아가셔야겠어요."

의사 쿠트라는 꼭 보고 가겠다고 우겼지만, 아타가 한사코 그를 들여보내지 않았다. 그는 어깨를 으쓱하고는 잠시 생각에 잠겼다 발길을 돌렸다. 그녀가 그를 따라 걸었다. 의사는 그녀 역시 자기가 가 주기를 바란다고 느꼈다.

"내가 할 수 있는 일이 전혀 없소?"

그가 물었다.

"그이에게 물감을 좀 보내주셨으면 해요. 그것 말고 그이가 바라는 건 없어요."

그녀가 말했다.

"아직도 그림을 그릴 수 있다는 거요?"

"그이는 지금 집 안의 모든 벽에 그림을 그리고 있는 중이에요."

"끔찍한 나날이겠군. 가엾은 여인!"

그 말을 듣더니 마침내 그녀가 미소를 보였다. 그녀의 두 눈동자에서는 초인적인 사랑이 엿보였다. 그 표정을 보고 쿠트라는 소스라치게 놀랐지만 한편으로는 경외감을 느끼기도 했다. 더는 할 수 있는 말이 없었다.

"그분은 제 남자예요."

"어린아이 하나는 어디 있소? 지난번 이곳에 들렀을 땐 아이가 둘이던데."

그가 물었다.

"한 아이는 죽었어요. 저곳 망고나무 아래에 묻어주었죠."

아타는 의사와 함께 조금 더 걷다가 그만 돌아가야 한다고 말했다. 마을 사람들이라도 마주치지 않을까 두려워하는 듯했다. 의사는 아타에게 다시 말했다. 자기가 필요한 일이 생기면 사람을 보내라고, 바로 달려오겠다고.

56

 그 후 2년이 지나갔다. 어쩌면 3년이었을지도 모른다. 타히티에서는 시간의 흐름이 잘 느껴지지 않아 세월을 헤아리기가 쉽지 않다. 어쨌든 마침내 스트릭랜드가 죽어가고 있다는 전갈이 쿠트라 의사에게 전해졌다. 아타가 파페에테로 우편물을 싣고 가는 마차를 길목에서 불러 세워, 마부에게 바로 의사에게 가달라고 사정했던 것이었다. 하지만 전갈이 왔을 때 의사는 왕진을 나가 있었다. 그는 밤이 되어서야 소식을 접했다. 집을 나서기에는 너무 늦은 시각이었다.
 어쩔 수 없이 그는 이튿날 동이 튼 뒤에야 집을 나섰다. 타라바오에 도착한 뒤 그는 아타의 집까지 7킬로미터에 이르는 길을 터벅거리며 걸어갔다. 길 여기저기에 잡초가 무성하게 자란 것을 보면 분명히 여러 해 동안 인적이 끊긴 듯했다. 길을 찾아내기조차 쉽지 않았다. 때로는 개울 바닥을 따라 비틀거리며 걸어야 했고, 때로는 칙칙한 가시덤불을 헤쳐나가야 했다. 그런가 하면 머리 위 나뭇가지에 매달린 말벌집을 피해 지나가기 위해 바위를 기어오른 것도 여러 번이었다.

가까스로 페인트칠도 되지 않은 그 작은 집을 찾아내고 그는 안도의 숨을 쉬었다. 이제는 흙먼지를 뒤집어써 지저분하기 이를 데 없는 집이었다. 하지만 이곳에도 역시 견딜 수 없는 적막만이 감돌았다. 그가 걸어 올라가자 햇볕 속에서 무심히 놀고 있던 조그만 사내아이가 그가 다가오는 것을 보고 재빨리 달아났다. 그 아이에게 낯선 사람은 모두 적이었다. 의사 쿠트라는 그 아이가 나무 뒤에 숨어 자기를 몰래 지켜보고 있는 것이 느껴졌다. 문은 활짝 열려 있었다. 그가 안을 향해 소리쳤지만 아무 대답이 없었다. 안으로 들어가 방문을 두드려봐도 역시 대답이 없었다. 그는 손잡이를 돌리고 방 안으로 들어섰다. 갑자기 엄습해오는 악취로 속이 몹시 느글거려서 그는 손수건을 코에 갖다대고 가까스로 안으로 들어섰다. 눈부신 햇빛을 받고 있다가 어슴푸레한 방 안으로 들어왔기 때문에 한동안은 아무것도 보이지 않았다. 그러다가 깜짝 놀라고 말았다. 도대체 지금 자신이 어디에 서 있는 것인지 알 수 없었다. 갑자기 마법의 세계로 뛰어들어와 서 있다는 느낌이 들었다. 거대한 원시림과 그 원시림 밑에서 거닐고 있는 발가벗은 사람들의 모습이 어렴풋이 눈에 들어왔다. 비로소 그는 온 벽에 그림이 그려져 있다는 것을 알았다.

"오, 햇빛 때문에 내 눈이 이상해진 게 아닐까!"

그가 중얼거렸다.

순간 미세한 움직임이 그의 시선을 사로잡았다. 마룻바닥에 아타가 엎드려 소리 없이 흐느끼고 있었다.

"아타! 아타!"

의사가 불렀다.

그녀는 그의 외침 소리도 전혀 못 듣는 듯했다. 지겨운 악취에 거의 실신 지경이었던 그는 입담배에 불을 붙였다. 어둠에 눈이 익숙해지자 그림이 그려져 있는 벽들을 응시하면서 그는 걷잡을 수 없는 감정에 휘말렸다. 그림에 대해 아는 것이 없는 그였지만 이들 그림에는 그에게 엄청나게 감명을 주는 그 무엇이 들어 있었다. 모든 벽에는 바닥에서부터 천장에 이르기까지 기이하면서도 정교한 배합으로 넘쳐 있었다.

그것은 형언할 수 없을 정도로 아름다우면서도 신비로웠다. 그는 제대로 숨을 쉴 수가 없었다. 그로서는 이해할 수도 없고 분석할 수도 없는 어떤 감정이 그를 휘어감았다. 그는 태초의 세상을 본 사람만이 느낄 수 있을 경외감과 희열을 느꼈다. 그것은 압도적이고, 감각적이고, 정열적이었지만 그럼에도 소름이 끼치는, 다시 말하면 두려움을 느끼게 하는 무엇이 들어 있었다. 그것은 자연의 심연까지 파고 들어가 그곳의 아름답고도 무서운 비밀을 탐구해낸 한 인간의 작품이었다. 그것은 인간이 알아서는 안 될 신성한 비밀을 결국 알아내고야 만 한 인간의 작품이었다. 거기에는 원시적인 무엇, 소름 끼치는 무엇이 배어들어 있었다. 그것은 결코 인간의 작품이 아니었다.

그것을 보면 마음속에 어렴풋이 악마의 마법이 떠올랐다. 그것은 아름다우면서도 음탕했다.

"오, 이거야말로 정녕 천재의 작품이다!"

자신도 모르게 가슴속에서 꿈틀거리며 터지듯 나온 소리였다.

이윽고 그의 시선은 멍석 위로 쏠렸다. 그는 그곳으로 다가가 한때는 스트릭랜드였으나 지금은 몹시 불쾌하고 사지의 살점이 떨어져 나가 기형이 된 섬뜩한 몸뚱이를 내려다보았다. 그는 이미 죽어 있었다. 쿠트라는 가까스로 의지를 짜내어 그 찌그러진 공포 덩어리 위로 몸을 굽혔다. 순간 그는 소스라치게 놀랐다. 공포가 그의 가슴속에서 불길처럼 타올랐다. 누군가가 그의 뒤에 서 있다고 느꼈기 때문이다. 아타가 그렇게 서 있었다. 그녀가 자리에서 일어나는 소리를 듣지 못했다. 그녀는 그의 바로 옆에 붙어 서서 그가 내려다보고 있는 것을 같이 내려다보고 있었다.

"맙소사! 정신이 하나도 없네. 당신 때문에 간 떨어질 뻔했소."

그가 말했다.

의사는 한때 인간이었던, 가련한 죽은 물체를 다시 한번 내려다보았다. 그리고 당황하여 뒤로 물러섰다.

"아니, 이 사람 눈이 멀어 있었나 보지."

"그래요. 거의 1년이나 되었어요."

57

 그 순간 친구 집으로 마실을 다녀온 쿠트라 부인이 돌아와 이야기가 중단되었다. 그녀는 마치 돛에 바람을 가득히 안은 돛단배처럼 당당한 모습으로 방안으로 들어섰다. 키가 크고 뚱뚱한 여자로 풍만한 앞가슴과 비대한 몸집을 앞면이 반듯한 코르셋으로 놀랍도록 억세게 조여 맸다. 굵은 매부리코에 턱은 세 겹으로 늘어졌다. 몸은 꼿꼿하게 세운 자세였다. 그녀는 온몸의 원기를 앗아가는 열대 특유의 더위에 한순간도 굴하지 않고, 오히려 온대 지방 사람들도 상상하지 못할 정도로 적극적이며 세속적이고 과단성 있게 행동했다. 말수가 많은 여자인지 들어오자마자 이런저런 소문을 자기 생각까지 덧붙여가며 숨 돌릴 틈도 없이 이야기했다. 그녀의 이야기를 듣고 있자니 우리가 지금껏 주고받던 이야기는 아주 먼 이야기처럼 비현실적으로 느껴졌다.

의사 쿠트라가 곧 내게 말했다.

"스트릭랜드가 내게 주었던 그림이 아직도 내 진찰실에 걸려 있는데, 보시겠소?"

"물론이지요."

우리는 일어섰다. 그가 집을 둘러싸고 있는 베란다로 나를 안내했다. 우리는 잠시 멈춰 정원에 피어 있는 각양각색의 화려한 꽃을 바라보았다.

"스트릭랜드가 그의 집 벽을 온통 메웠던 이상야릇한 장관(壯觀)을 도저히 내 머릿속에서 지워버릴 수가 없소."

그가 생각에 깊이 잠겨 말했다.

나도 그 그림에 대해 계속 생각하고 있었다. 스트릭랜드는 그곳에 자신의 모든 것을 마지막으로 쏟아부었을 것이다. 말없이 그림을 그리면서, 최후의 순간이 멀지 않았음을 의식하고 인생에 대해 알고 있는 모든 것, 그리고 자신이 직관적으로 예측했던 모든 것을 쏟아부었을 것이다. 그리고 마침내 그곳에서 평화를 찾았을 것이다. 그는 자신을 사로잡았던 악마에게서 드디어 해방되었다. 그러므로 그의 온 생애가 그것을 위한 준비 과정에 불과했던 거대한 작품을 완성함으로써, 외롭고 고통스러운 그의 영혼 위에 영원한 휴식이 내려앉았을 것이다. 그는 자신의 목적을 이루었으니 기꺼이 죽어갔을 것이다.

"그림의 주제는 무엇이었습니까?"

"글쎄요. 아주 생소하고 환상적인 작품이었소. 아담과 이브가 있는 에덴 동산의 정경이랄까. 남자와 여자, 즉 모든 인간의 아름다움에 대한 찬가이면서 동시에 장엄하고 무정한, 그러면서도 사랑스럽고 잔인한 자연에 대한 찬미라고 할 수 있을 거요. 그 그림을 보면서 경외에 찬 마음으로 무한한 공간과 끝없는 시간을 맛보았소. 그는 우리가 주위에서 날마다 대하는 나무들…… 코코야자, 반얀, 홍염화, 아보카도 등을 그렸는데 나는 그 뒤로는 이들 나무를 전혀 다른 각도로 보게 되었소. 그 나무들 속에는 내가 막 움켜쥘 듯하면서도 영원히 내 손에서 빠져나가버리는 영혼과 신비가 깃들어 있었소. 그리고 색깔도 익히 보아왔던 눈에 익은 그 빛깔이었지만 어딘지 모르게 달라 보이더란 말이지요. 모두가 제 특유의 의미를 지니고 있었던 거요. 발가벗은 남녀들 역시 마찬가지였습니다. 태초에 진흙으로 창조된 그들은 우리처럼 이 지상에 속해 있었지만, 동시에 신성한 면을 지니고 있었던 겁니다. 그 그림 속의 인간은 원시적인 본능을 지닌 모습 그대로 발가벗고 있어서 그 인간을 보면 당신도 자신의 모습을 볼 수 있었을 겁니다. 그러니 두려울 수밖에 없었죠."

의사 쿠트라는 어깨를 으쓱하며 미소를 지어 보였다.

"당신은 날 비웃겠지만 난 원래부터 유물론자요. 게다가 이처럼 몸집이 비대하고 뚱뚱하니 서정적인 분위기와는 어울리지 않지요. 나만 우스워질 뿐이지. 하지만 난 내게 그토록 깊은 감명을 준 그림은 단 한 번도 본 적이 없었답니다. 로마의 시스티나 성당에 갔을 때도 그런 느낌을 받긴 했지요. 그 성당의 천장화를 그린 화가의 위대함에도 경외감을 느꼈어요. 천재의 작품이었어요. 거대하고 압도적이었죠. 나 자신은 작고 하찮은 존재로 느껴질 만큼. 하지만 미켈란젤로의 위대함에 대해서는 미리 준비가 되어 있었죠. 그런데 문명 세계에서 그렇게 멀리 떨어져 있는, 타라바오라는 지역도 훌쩍 넘어 깊은 산 속 골짜기에 있는 원주민 오두막집의 그림이 내게 안겨줄 그 엄청난 놀라움에는 전혀 준비가 되어 있지 않았던 것이오. 게다가 미켈란젤로는 건전하고 온당한 것이었죠. 그의 위대한 작품에는 숭고한 고요가 있습니다. 하지만 그곳의 그림은 아름답기는 하지만 나를 불안하게 하는 뭔가가 깃들어 있었던 것이오. 무엇인지는 모르겠지만 그것이 나를 불안하게 했던 겁니다. 그것은 마치 방에 앉아 있을 때 옆방이 비어 있다는 것을 알면서도 왠지 모르게 누군가 있는 것처럼 느껴져서 소름이 끼치는 기분이랄까요. 우리는 보통 그런 일이 있으면 그저 신경이 예민해져서 그런 거라고 자신을 탓하겠죠. 하지만…… 당신도 그런 상황에 처해 본다면 그 공포를 떨쳐버린다는 것이 불가능하다는 것을 금세 알게 될 겁니다. 당신은 보이지 않는 공포에 사로잡혀 무기력해지고 말 겁니다. 그래요, 솔직히 말해 그 이상야릇한 걸작이 파괴되어버리고 말았다는 이야기를 듣고도 전혀 애석한 마음이 들지 않더군요."

"파괴되었다고요?"

나는 깜짝 놀라 소리쳤다.

"아직 모르고 있었소?"

"제가 어떻게 알겠습니까? 사실 그런 작품이 있다는 이야기도 지금 처음 듣는데요. 아마도 누군가 개인적으로 소장하고 있겠거니 했지요. 어쨌든 스트릭랜드의 그림에 대해서는 아직도 목록조차 분명하게 나와 있지 않으니까요."

"그는 눈이 멀게 되자, 그림을 그리고 있던 그곳 두 방 안에서만 몇 시간이고 머물러 있으면서 보이지 않는 눈으로 자신의 작품을 보고 있었던 겁니다. 자신의 일생 중 그 어느 때보다도 더 잘 볼 수 있었겠지요. 아타는 그가 한 번도 운명을 비관하거나 용기를 잃지 않았다고 했습니다. 그의 마음은 눈을 감을 때도 조금도 흔들리지 않고 평온했다고 합니다. 하지만 그는 그녀에게 자기를 매장하고 나면, 참 얘기했던가요, 내 이 두 손으로 그의 무덤을 직접 팠다고? 원주민들은 누구 하나 오염된 집에 가까이 오려 하지 않아서 나와 아타 둘이서 파레오 세 개를 한데 꿰맨 뒤에 그것으로 그의 몸을 싸서 망고나무 밑에 묻었지요. 어쨌든 자기를 매장하고 나면 집에 불을 질러 작대기 하나도 남기지 말고 다 태워버린 후 집을 떠나겠다고 약속하게 했던 모양이에요."

나는 깊은 생각에 잠겨 한동안 아무 말도 하지 않고 있다가 마침내 입을 열었다.

"그러고 보니 끝까지 그 사람다웠군요."

"당신은 이해가 됩니까? 이건 말씀드려야겠군요. 나는 그녀를 만류하는 것이 도리라고 생각했습니다."

"좀 전에는 그의 작품이 파괴된 게 애석하지 않다고 했잖습니까? 그런데도 만류하려 했단 말입니까?"

"그렇소. 나는 그곳에 천재의 작품이 있다는 것을 알고 있었고, 또 우리에게 그것을 이 세상에서 없애버릴 권리가 있다고는 생각하지 않았으니까요. 그러나 아타는 내 말을 들으려 하지 않았소. 이미 약속을 했다는 것이었지요. 나는 그곳에 머물러 있으면서까지 그 야만적인 행위를 직접 지켜보고 싶지는 않았소. 얼마 뒤에 그녀가 그렇게 했다는 소문만 들었을 뿐. 그녀는 바싹 마른 마룻바닥과 판다누스 멍석* 위에 등유를 붓고 불을 질렀다고 합디다. 그러자 삽시간에 모든 것이 잿더미로 변해버리고, 그 위대한 걸작은 이 세상에서 자취를 감춰버린 겁니다."

"스트릭랜드는 그것이 걸작이라는 걸 알았겠지요. 그는 자신이 원했던 것을 실현하여 인생을 완성한 것이죠. 그는 하나의 세계를 창조한 후 그 세계가 완전하다는 것을 확인한 겁니다. 그런 다음 자부심과 경멸 속에서 그것을 파괴해버린 것이겠죠."

"자, 이제 내 그림을 보러 갈까요?"

의사 쿠트라가 다시 발걸음을 떼어놓으며 말했다.

"아타와 아이들은 어떻게 됐습니까?"

"그들은 마르키즈 제도로 떠났습니다. 거기 그녀의 친척이 있다더군요. 그 사내아이가 지금은 카메론 회사의 범선에서 일하고 있다는 소문을 들었는데, 아버지를 참 많이 닮았다지요."

베란다에서 진찰실로 통하는 문 앞에서 그는 잠시 발걸음을 멈추고 빙긋이 웃었다.

---

* 야자나무 잎에서 나오는 섬유질을 이용해 여러 형태로 엮어 만든 매트

"그가 준 그림은 과일 정물화입니다. 의사의 진료실에는 어울리지 않는다고 생각할 수도 있겠군요. 그런데 아내가 응접실에는 한사코 두지 않겠다는 겁니다. 너무 음탕해 보인다나요."

"과일 정물화가 말입니까?"

내가 놀라서 소리쳤다.

진찰실로 들어서는 순간 그 그림이 내 눈에 띄었다. 나는 오랫동안 그것을 바라보았다.

망고, 바나나, 오렌지 그리고 나는 이름도 알 수 없는 과일이 수북하게 쌓여 있는 그림이었다. 처음에 나는 그것이 그저 순수한 그림이라고 생각했다. 그것은 후기 인상파의 전시회에서 무심한 관람자가 얼핏 보면, 나름대로 준수한 작품이지만 그렇다고 눈에 띄게 뛰어난 작품은 아닌 것 같다고 생각하고 지나쳐 갈 법한 그림이었다. 하지만 아마도 나중에 그 그림이 아무 이유도 없이 기억 속에서 되살아날 것이고, 그렇게 되면 그 그림은 그의 기억 속에서 다시는 사라지지 않을 작품으로 남게 될 것이다.

색깔은 또 얼마나 기묘한지 그림이 불러일으키는 괴로운 감정을 말로는 도저히 표현할 수 없었다. 거무스름한 푸른 빛은 마치 정교하게 조각한 야청 빛깔 사기 그릇처럼 불투명하면서도 신비스러운 생의 설레임을 암시하는 듯한, 미묘하게 떨리는 광택을 띠고 있었다. 자줏빛은 썩은 내를 풍기는 날고기처럼 흉측하면서도 헬리오가발루스가 통치하던 로마 제국의 추억을 어렴풋이 상기시키는 듯한 타오르는 관능적 정열을 담고 있었다. 붉은색은 호랑가시나무의 열매처럼 강렬하게 빛났지만(이 색을 대하면 영국의 크리스마스, 하얀 눈, 행복한 웃음, 즐거워하는 아이들을 떠올리게 된다), 마치 마술처럼 그 색조가 점점 옅어져 결국에는 비둘기의 가슴처럼 온화한 부드러움을 띠고 있었다. 또 짙은 노랑색은 부자연스러운 열정으로 희미해져 봄날처럼 향긋하고 산골짜기의 반짝이는 개울물처럼 투명한 초록으로 변해 있었다. 어떤 고뇌에 몸부림치던 환상이 그 과일들을 만들었는지 누가 알 수 있겠는가. 그런 과일은 헤스페리데스*가 지키는 폴리네시아 정원에나 열릴까. 그 과일들에는 이상하게도 생동적인 데가 있어서 마치 이 세상 모든 것들이 원래의 형태를 갖추지 못했던 암흑기에 창조된 것이 아닌가 하는 착각을 불러일으켰다.

그 과일들은 지나치리만치 호화로웠다. 열대의 향기를 짙게 풍겼다. 하나하나가 그 안에 어두운 정열을 지니고 있는 듯했다. 마치 마법에 걸린 과일 같아서, 그것을 맛본 사람이라면 신만이 알 수 있는 영혼의 비밀과 신비한 상상의 궁궐로 통하는 문을 열 수 있을 것 같았다. 과일들은 전혀 예기치 않은 위험에 직면하여 음울한 표정을 짓고 있는 것 같았고, 그 과일들을 먹으면 신이나 짐승이 되고 말 것 같았다. 건강하고 자연스러운 모든 것, 사람들의 행복과 관련된 모든 것, 그리고 그들의 단순한 기쁨, 이 모든 것들은 놀라서 그 과일에서 다 오그라들고 말았다. 그럼에도 그 과일들에는 두려운 매력이 깃들어 있었으니, 마치 선악과처럼 미지의 세계를 보여줄 듯해 보는 이에

---

* 그리스 신화에 나오는 황금의 낙원을 지킨 네 자매

게 두려움을 안겨주었다.

한참이 지나서야 나는 그림에서 시선을 뗐다. 스트릭랜드는 자신의 비밀을 무덤 속까지 가지고 갔다는 기분이 들었다.

"여보. 아니, 여기서 여태껏 뭘 하고 계세요? 아페리티프*를 준비했는데, 손님께 캥키나 뒤보네 한 잔 드시지 않겠느냐고 여쭤보세요."

쿠트라 부인의 크고 활기찬 목소리가 들려왔다.

"감사합니다, 부인."

베란다로 나오면서 내가 말했다.

마법은 깨어졌다.

---

*   식전에 입맛을 돋우기 위해 마시는 술

58

 타히티를 떠날 때가 다가왔다. 그 섬의 아름다운 관습에 따라 그동안 내가 만났던 사람들이 이것저것 선물을 보내왔다. 야자 잎으로 만든 바구니, 판다누스로 만든 멍석, 부채 같은 것이었다.
 티아레의 선물은 조그만 진주 세 알과 포동포동한 손으로 손수 만든 구아바 젤리 세 항아리였다. 웰링턴에서 샌프란시스코로 가는 길에 단 하루 이곳에 정박하는 우편선이 승선을 알리는 뱃고동을 울리자, 티아레는 넓은 가슴으로 나를 꼭 안아주었다. 나는 마치 파도가 일렁이는 바닷속으로 가라앉는 듯한 기분이 들었다. 그녀는 빨간 입술을 내 입술에 대고 꼭 눌러주었는데, 눈에는 눈물까지 글썽였다.
 내가 탄 배가 승기를 내뿜으며 천천히 개펄을 빠져나와 암초로 된 통로를 조심스럽게 통과한 뒤 이윽고 탁 트인 대양을 향해 항로를 정하자 갑자기 뭐라 형용할 수 없는 서글픔이 나를 엄습했다. 스쳐 가는 산들바람에는 아직도 그 섬의 산뜻한 향기가 담겨 있었다. 타히티는 너무나 멀리 떨어져 있어 다시 올 일은 없으리라. 이제 내 생애의 한 장이 막을 내리고, 나는 피할 수 없는 죽음에 좀 더 다가선 느낌이 들었다.

 채 한 달도 지나지 않아 나는 런던에 도착했다. 우선 급한 볼일만 정리하고, 나는 스트릭랜드 부인이 남편의 만년에 대해 듣고 싶어 할 거라는 생각이 들어 그녀에게 편지를 보냈다. 전쟁이 있기 훨씬 전부터 그녀를 만나지 못했으므로 전화번호부에서 그녀의 주소를 찾아야 했다. 마침내 그녀에게서 약속 시간을 알리는 답장을 받고, 나는 그녀가 살고 있는 캠프덴 힐의 산뜻하고 아담한 집으로 찾아갔다. 이제 그녀도 피부가 제법 거친 예순 살의 여인이었지만 그래도 세월을 부드럽게 비껴갔는지 누구도 쉰 살 이상으로 생각하지 않을 정도로 젊어 보였다. 여위긴 했지만 주름살이 많지 않은 그녀의 얼굴은 세월이 흘러가면서 오히려 더 우아해지는 것 같았다. 그런 까닭에 그녀를 처음 대하는 사람이라면 젊어서는 실제보다 더 아름다웠을 거라는 생각을 하게 된다. 백발이 드문드문 섞인 머리는 보기 좋게 손질되어 있었고, 검은 가운도 제법 잘 어울렸다. 남편과 사별하고 고작 2년을 더 살다 남편을 따라간 그녀의 언니 매캔드루 부인이 스트릭랜드 부인에게 유산을 남겨주었다는 말을 들었던 기억이 났다. 이 집의 외양이나 내게 문을 열어준 말쑥한 차림의 하녀를 보니, 스트릭랜드 부인이 물려받은 유산이 남은 삶을 편안하게 보내기에 부족하지는 않은 듯했다.

안내를 받아 응접실로 들어가 보니 마침 먼저 온 손님이 있었다. 그 손님을 알아본 나는 부인이 나를 바로 그 시간에 청한 데는 무슨 의도가 있을 거라는 생각이 들었다. 그 방문객은 반 부시 테일러라는 미국인이었는데, 부인은 내게 자세한 이야기를 늘어놓으면서 그에게 변명조의 매력적인 미소를 지어 보였다.

"아시겠지만 우리 영국인들은 정말 어이없을 정도로 무식해요. 제 설명이 부족하더라도 용서해주세요."

그런 뒤에 그녀는 나를 향해 돌아섰다.

"반 부시 테일러 씨는 미국의 저명한 비평가예요. 이분의 책을 읽지 않았다면 교양인에게는 커다란 수치일 거예요. 언제 한 번 시간을 내서 꼭 읽어보세요. 이분은 지금 찰리에 대해서 뭔가를 쓰고 있는데, 제게 도움받을 일이 없나 해서 오신 거예요."

반 부시 테일러 씨는 반질반질한 대머리에 몹시 수척해 보이는 남자였다. 둥근 지붕 같은 커다란 두개골 때문에 깊게 주름살이 패어 있는 그의 노란 얼굴이 유독 작아 보였다. 그는 조용하고 지나치리만치 정중했다. 뉴잉글랜드 지방의 억양을 사용했으며, 태도에는 어딘가 냉랭한 느낌이 있어 나는 그가 대체 무슨 이유로 찰스 스트릭랜드에게 시간을 허비하려 하는지 의심하지 않을 수 없었다. 스트릭랜드 부인이 남편의 이름을 언급할 때면 보이는 그 부드러운 말투에는 온몸이 살짝 간지러운 지경이었다. 두 사람이 이야기를 나누는 사이에 나는 방 안을 둘러보았다. 스트릭랜드 부인도 역시 흘러가는 세월과

더불어 변해 있었다. 옛날의 모리스식 벽지, 점잖은 빛깔의 크레톤 커튼지는 이제 눈에 띄지 않았다. 애쉴리 가든의 응접실 벽을 장식했던 아룬델 천도 눈에 띄지 않았다. 방 전체가 환상적인 빛깔로 불타고 있는 듯했다. 부인은 그저 유행을 따랐을 뿐이겠지만, 그러한 색깔들이 남해 어느 섬의 불쌍한 어느 화가의 꿈에서 비롯한 것인지 알고나 있는지 궁금했다. 그러한 궁금증은 테일러 씨와 부인의 다음의 대화 덕분에 저절로 풀려버렸다.

"쿠션이 정말 훌륭하군요."

반 부시 테일러가 말했다.

"마음에 드시나요? 아시다시피 박스트*랍니다."

미소를 지으며 그녀가 말했다.

벽에는 베를린의 한 출판사에서 간행한 스트릭랜드의 걸작 몇 점이 원색으로 복제되어 걸려 있었다.

"선생님께선 저 그림을 보고 계셨군요. 원화를 손에 넣을 수는 없어도 전 이것만으로도 충분히 위안이 된답니다. 출판사에서 직접 제게 보내온 그림들이에요. 정말 제게는 큰 위안이 된답니다."

부인의 시선이 내 눈길을 따라 그림 쪽으로 향했다.

"정말 저 그림들을 보고 계시면 즐거우시겠어요."

반 부시 테일러가 말했다.

"그럼요, 장식품으로는 정말 그만이에요."

---

* 러시아의 화가, 무대미술가

"저도 그 점만은 분명히 확신할 수 있습니다. 위대한 예술은 언제나 장식적이지요."

반 부시 테일러가 말했다.

그들의 시선은 아기에게 젖을 빨리고 있는 나체의 여인에 머물러 있었다. 모자 옆에서는 여자아이가 무릎을 꿇고 앉아 무표정한 젖먹이에게 꽃 한 송이를 내밀고 있었고, 뼈만 앙상히 남은 한 노파가 그 세 사람을 내려다보고 있었다. 스트릭랜드가 구상한 성가족(聖家族)의 모습이었다. 나는 그림의 인물들이 타라바오 너머의 골짜기에서 살고 있던 한 집안 사람들일 거라고 추측했다. 여인은 아타이고, 아이는 스트릭랜드의 첫아들이었을 것이다. 나는 스트릭랜드 부인이 그런 사실을 어렴풋이라도 알고 있는지 궁금했다.

대화는 계속 이어졌다. 그들의 이야기를 들으면서 나는 조금이라도 어색하다 싶은 화제는 모두 피해버리는 반 부시 테일러의 재치와, 결코 거짓말은 하지 않으면서도 남편과 관계가 언제나 좋았던 것처럼 넌지시 말하는 부인의 교묘한 화술에 놀라지 않을 수 없었다. 마침내 반 부시 테일러가 자리에서 일어섰다. 그는 부인의 손을 잡고, 너무 꾸며낸 티가 나지 않으면서도 정중하게 고맙다는 인사를 전한 뒤 집을 나섰다.

"저분 때문에 지루하지 않으셨는지 모르겠네요. 물론 때로는 성가시기도 해요. 하지만 제가 할 수 있는 한 찰리에 대한 이야기를 세상 사람들에게 알려주는 것이 도리라고 생각해요. 천재의 아내가 되는 데는 일종의 의무가 따르는 법이니까요."

테일러가 문을 닫고 나가자 그녀가 내게 말했다.

나를 바라보는 그녀의 상냥한 눈빛은 20년도 더 지난 옛 시절의 그 눈빛처럼 다정했다. 그 눈빛이 지나쳐 나는 오히려 그녀에게 조롱당하고 있는 건 아닌가 하는 생각까지 들었다.

"사업은 그만두셨습니까?"

"그럼요. 본래 취미로 시작했던 건데, 아이들의 성화로 팔아버렸어요. 그 애들은 제 힘에 부친다고 생각했던 모양이에요."

그녀가 경쾌하게 대답했다.

스트릭랜드 부인은 먹고살기 위해 면이 서지 않는 일을 했었다는 사실을 까맣게 잊은 듯했다. 그녀는 다른 사람이 벌어온 돈으로 살아야 진정으로 체면이 선다고 보는 여자의 본능을 지니고 있었다.

"마침 아이들도 집에 와 있군요. 그 애들도 저희 아버지에 대한 이야기를 무척 듣고 싶어 할 거예요. 제 아이 로버트, 기억나시죠? 그 애는 추천을 받아 십자훈장까지 받았답니다."

부인이 말했다.

부인이 문 쪽으로 걸어가 아이들을 불렀다. 신부 깃을 단 카키색 군복 차림의 키 큰 청년이 들어왔다. 잘생긴 청년으로 어쩐지 무거운 느낌을 풍겼지만, 소년 시절의 솔직해 보이는 눈빛은 여전했다. 그 뒤를 따라 누이동생이 들어왔다. 내가 스트릭랜드 부인을 처음 만났을 때의 부인 나이와 비슷해 보였는데, 어머니를 많이 닮았다. 그녀 역시 소녀 시절에는 훨씬 예뻤을 것이라는 인상을 주었다.

"아마 이 애들은 전혀 기억 못하실 거예요. 딸아이는 로널드슨이라는 포병 소령과 결혼했어요."

스트릭랜드 부인이 자랑스럽게 미소를 지으며 말했다.

"그이는 진짜 군인이 될 거예요. 그래서 이제 겨우 소령밖에 못 된 거예요."

로널드슨 부인이 쾌활한 음성으로 말했다.

그러고 보니, 먼 옛날 그녀가 군인과 결혼하게 되지 않을까 예감했던 기억이 떠올랐다. 그것은 피할 수 없는 운명이었는지도 모른다. 그녀는 군인의 아내로서 갖춰야 할 품위를 지니고 있었다. 그녀는 상냥하고 붙임성이 있었지만, 자기는 다른 여자들과는 다른 면이 있다는 생각을 좀처럼 감추려 하지 않았다. 로버트는 활기찬 젊은이였다.

"제가 런던에 머무는 동안 선생님께서 찾아오셔서 다행입니다. 휴가가 겨우 사흘이거든요."

로버트가 말했다.

"저 앤 빨리 돌아가고 싶어 안달이에요."

그의 어머니가 말했다.

"솔직히, 일선에서 지내는 게 훨씬 재미있어요. 좋은 친구도 많이 사귀었지요. 누가 뭐라고 해도 그곳 생활이 제일 좋아요. 물론 전쟁 같은 위급 사태가 벌어질까 두렵기도 하지만, 인간의 가장 훌륭한 기질이 발휘되는 곳이 전쟁터라는 점은 부인하기 어렵죠."

잠시 후, 타히티에서 스트릭랜드에 대해 들은 이야기를 모두 그들에게 들려주었다. 아타와 어린애 얘기까지 꺼낼 필요는 없다고 생각해, 그 부분만 빼고 내가 아는 대로 정확하게 들려주었다. 나는 그의 가엾은 죽음을 끝으로 말을 맺었다. 모두 한동안 숨을 죽이고 있었다. 이윽고 로버트가 성냥을 그어 담배에 불을 붙였다.

"하느님의 맷돌은 아주 천천히 돌지만 거기서 나온 가루는 아주 곱지요."

그는 다소 감격적인 어조로 말했다.

스트릭랜드 부인과 로널드슨 부인은 다소 경건한 표정으로 고개를 숙였다. 그 표정을 보니 그 인용구가 성경에서 나온 말이라고 생각하는 듯했다. 로버트 스트릭랜드도 그들과 같은 생각을 하고 있는지는 알 수 없었다.

그 순간 갑자기 아타가 낳은 스트릭랜드의 아들이 머릿속에 떠올랐다. 사람들은 그가 명랑하고 쾌활한 청년이라고 했다. 거친 무명으로 만든 바지 하나만 입고 범선 위에서 일하는 모습이 선하게 떠올랐다. 밤이 되면 배가 가벼운 미풍을 안고 바다 위를 상쾌하게 미끄러지고, 선원들이 갑판 위쪽에 모여드는 사이에 선장과 화물 감독이 갑판 의자에 주저앉아 파이프 담배를 물고 있을 때면 그는 다른 젊은 이들과 함께 윙윙거리는 손풍금에 맞춰 미친 듯이 춤을 추었다. 그의 머리 위에는 푸른 하늘과 수많은 별이 펼쳐져 있고, 주위에는 드넓은 태평양뿐이었다.

성서의 한 구절이 내 입 속에서 맴돌았지만 나는 그만 입을 꾹 다물고 말았다. 성직자들은 원래 그들의 전유물에 속인들이 조금이라도 침범하면 신성 모독으로 여긴다는 것을 잘 알고 있었기 때문이다. 27년 동안이나 위스터블의 목사로 지내온 숙부 헨리는 이 같은 경우

악마라도 언제나 필요하면 성서를 인용할 수 있다고 말하곤 했다. 그는 단 1실링으로 맛있는 영국산 귤을 13개나 살 수 있었던 시절을 생각하고 있었던 것이다.

작품 해설

　문학이 인간을 주제로 하는 한, 작가의 인간관은 작품 형성과 불가분의 관계에 있다. 그러므로 한 작가가 어떤 인간관을 가지느냐에 따라 그 작품의 성격도 달라지게 마련이다.
　인간이란 무엇인가 하는 문제는 우리 인간의 항구적인 과제로서, 인간을 보는 자의 사상에 좌우된다. 예를 들어 청교도주의에서는 인간이 원죄 때문에 추락한 신의 창조물로 인정받는 반면, 초월주의에서는 인간을 근본적으로 선한 것으로 대신령(大神靈)의 창조물로 본다. 실용주의에서는 인간이 과학적 훈련과 과오를 통해서 완전해질 수 있다고 보지만, 동물적인 산물로 인정받고 있다는 점에서는 자연주의와 입장이 같다. 그리고 이러한 자연주의에서 인간은 과학 문명에, 또 거대한 자연의 힘에 무력하게 죽어가고 있는 생물체에 지나지 않는다. 프로이트주의에서는 이기적이고 성적 동기를 가진 생물학적 우연의 소산으로 보며, 마르크스주의에서는 경제적 환경의 지배를 받는 동물적 진화의 산물로 본다.

몸(1874년 1월 25일~1965년 12월 16일)은 자신의 인생관과 사상에 입각하여 인간을 어떻게 보고 있는가?《달과 6펜스》속에서 제재로 취급되고 있는 인간들에게서 우리는 그 점을 엿볼 수 있다.

스트릭랜드는 사경을 헤매던 중 스트로브에게 구제된다. 그리고 그의 아내 블란치 스트로브의 따뜻한 간호를 받는다. 인간적인 면에서 볼 때 그들은 스트릭랜드의 은인이다. 그러나 그는 그러한 은인들을 배신하여 인생의 허무감을 안겨줄 뿐, 그에 대한 뉘우침이나 죄의식이 없다. 스트로브는 아내를 빼앗긴 사내가 되어 예술가로서의 그의 출세에 인생 전체를 걸고 고생을 오히려 낙으로 삼고 있는 시골 부모님에게로 돌아가고 만다. 블란치 스트로브는 사랑의 불길에 휘말려 그에게 몸을 던졌으나 누드 모델로 이용되는 등 그의 도구에 불과할 뿐, 그녀가 갈구하는 사랑을 얻지 못한 채 스스로 목숨을 끊는 길을 택한다.

여기에서 몸은 진정 스트릭랜드를 비난하고 있는 것일까? 도덕가가 일컫는 선악의 개념을 그가 그대로 받아들여 분노하는 모습이 조금이라도 엿보이는가? 그는 관찰자의 입장에서 한때는 그를 파렴치한 인간으로 몰아댈 듯한 인습적인 제스처를 취하는 체하기도 했다. 그러나 그러한 제스처는 오히려 사회의 인습이 얼마나 허위적인가를 보여주기 위한 시도였을지도 모른다. 몸은 사실주의자의 눈으로 스트릭랜드를 다만 묵묵히 스트릭랜드다운 인간으로 보고 있을 따름이다. 스트릭랜드가 시간과 공간을 초월하여 인간성의 진실을 추구함으로써 독특한 개성을 지닌 그의 모습은 더욱더 두드러진다. 그와 동시에 인간 밑바닥에 잠재되어 있는 모순된 요소를 적나라하게 보여주는 것이다. 우리 사회의 인습은 티아레 부인을 여자의 정조 관념이 희박한 여인으로 고발할 것이다. 그러나 그녀는 자신의 진실된 인간성을 좇아 진실되게 살았으며, 남에게서 외면당한 불우한 사람들을 이해타산 없이 도와주는 인간미를 풍긴다. 몸은 이처럼 인간들을 저마다 자신의 내부에 모순된 양면성의 요소를 지니고 살면서 하나의 인격체를 이루고 있는 것으로 그렸다.

몸은 진실을 아름다움으로 보고 있으며, 따라서 그 아름다움에 가치가 있다고 정의했다. 스트릭랜드 부인이나, 아브라함 덕분에 입신양명한 알렉 카마이클은 자신들의 허영과 안락을 위해 아름다움을 희생시키고 있는 인물들이다. 스트릭랜드 부인은 인간 사회성에 민감하여 격식을 차리는 예절바른 여인이지만 오히려 그러한 이유 때문에 위선적이고 가식적인 인상을 깊게 풍긴다. 남편이 타히티에서 죽고 난 후, 그녀는 거실에 남편 그림의 복제품을 걸어놓고 장식품으로만 대한다.

그 애들도 저희 아버지에 대한 이야기를 무척 듣고 싶어 할 거예요. 제 아이 로버트, 기억나시죠? 그 애는 추천을 받아 십자훈장까지 받았답니다.

관찰자로 등장하고 있는 작품 속의 '나', 다시 말해 몸 앞에서 그녀가 한 이야기다. 이렇듯 그녀는 사회성에 밝고 인습 속에 안주하고 있는 반면, 아름다움도 사실 그 자체에서보다는 유행 속에서 추구하려 한다.

이에 반해 스트릭랜드는 전혀 대조적인 모습으로 그려지고 있다. 다음은 관찰자인 몸에게 브루노 선장이 들려주는 말이다.

스트릭랜드를 사로잡았던 건 아름다움을 창조하려는 열정이었습니다. 그는 한 시도 마음의 평화를 얻지 못했습니다. 그 열정이 그를 이리저리 몰고 다녔으니까요. 그는 어떤 신성한 향수에 사로잡힌 영원한 순례자였고, 그의 몸 속에 도사린 악마는 너무나도 무정했지요. 진리에 대한 욕구가 너무나 강렬한 나머지 그 진리에 도달하기 위해 자기 세계의 기반마저 깡그리 산산조각 내는 사람들이 있습니다. 스트릭랜드가 바로 그런 인간이었어요. 그의 경우에는 다만 아름다움이 진리를 대신했을 뿐이지요. 그래서 나는 그에게 깊은 공감을 느낄 수밖에 없었던 겁니다.

스트릭랜드는 나병 환자가 되어 눈이 먼 뒤에도 1년 동안이나 방 안에 갇혀 벽에 아름다움을 그릴 수 있었기 때문에 전혀 외로움을 느끼거나 자신의 인생을 비관하지 않고 있었다.

니콜스 선장, 의사 쿠트라, 브루노 선장, 티아레 부인, 아타, 그리고 스트로브, 이 모든 사람들은 자기들의 인간 모습 그대로 진실을 좇아 살아가기 때문에 불행하지 않았으며, 그래서 우리 독자들에게도 거부감을 불러일으키지 않고 한결같이 포근한 인간적 정을 풍긴다.

알렉 카마이클에게 자신의 행복을 스스로 던져버린 우둔한 인간이라고 멸시받는 아브라함은 정작 불행한 인간이었을까. 그는 어느 날 아침 갑판 위에 서서 찬란한 햇살 아래 눈부시게 빛나는 도시와 선창에 모여든 군중을 내려다보면서 그 속에서 문득 자연과 인간의 참모습을 발견했다. 그래서 자기가 지금까지 쌓아온 세계를 미련 없이 버리고 새로 찾은 생활에서 여생을 보내기로 결심했다. 그에 따른 가난한 생활이 그의 내적 행복에 영향을 미친다고 누가 말할 수 있겠는가. 이 점에서 몸의 다음과 같은 주석에서 몸의 인생관이 그대로 드러난다.

　나는 아브라함이 자신의 인생을 정말 망쳐버린 것인지 궁금했다. 자신이 가장 원하는 것을 하고 아무런 갈등 없이 평화로움 속에서 즐기며 사는 것이 과연 망가진 삶이고, 지위가 높은 의사가 되어 1만 파운드의 연수입을 올리며 아름다운 부인을 두고 사는 것이 성공한 인생이라고 할 수 있을까? 그것은 인생에서 어떤 가치를 추구할 것인지, 사회와 개인의 요구를 어떻게 받아들일 것인지에 좌우되는 것이다.

옮긴이

윌리엄 서머싯 몸 연보

1874년 1월 25일, 프랑스 파리에서 변호사 가문의 넷째 아들로 태어났다. 할아버지는 영국의 저명한 변호사였고 아버지 역시 파리에 기반을 둔 성공한 변호사였다.

1882년 여덟 번째 생일 며칠 후인 1월에 어머니가 결핵으로 사망했다. 그에게 어머니의 죽음은 완전히 아물지 않은 상처였고 노년에도 어머니 사진을 침대 곁에 두었다.

1884년 어머니 사망 2년 반 후, 아버지마저 사망했다. 이후 영국 켄트주 횟츠테이블의 목사였던 삼촌 헨리 맥도널드 몸과 함께 살기 위해 영국으로 갔다.

1885년 캔터베리 킹스 스쿨에 들어가 1890년까지 다녔다. 프랑스에서 나고 자라 영어가 부족했고 작은 키에 말을 더듬은 데다가 스포츠에도 관심이 없어서 놀림을 받았다.

1890년 독일로 건너가 하이델베르크대학교에서 문학, 철학, 독일어를 공부했다.

1892년 영국으로 돌아와 삼촌과 진로를 상의했다. 형들처럼 케임브리지대학교에 진학하고 싶지도 않았고 말더듬이 때문에 교회나 법조계에서 일하기도 힘들었다. 작가가 되고 싶었지만 삼촌에게는 감히 말할 수가 없었고, 결국 런던 램버스에 있는 성 토머스 병원 부속 의과대학(현재 킹스칼리지런던 의과대학)에 들어가 의학을 공부했다. 의대생 시절 가장 가난한 노동자 계층 사람들을 만났고 문학적 아이디어로 가득 찬 공책에 꾸준히 글을 썼다.

1897년 빈민가의 삶을 연구한 첫 번째 소설《램버스의 라이자》를 발표하여 주목받았다. 책 출간 한 달 후 의사 자격을 취득했지만 의사의 길을 포기하고 평생 전업 작가로 살았다.

1898년 역사 소설《성인의 탄생》을 출간했으나《램버스의 라이자》만큼 주목받지 못했다. 이후 계속해서 부지런히 글을 썼지만 크게 성공하지는 못했다.

1907년 10월, 4년 전에 써두었던 오스카 와일드풍의 희곡〈프레더릭 부인〉이 런던에서 초연되면서 상업적, 비평적으로 성공을 거두었다.

1908년 초자연 스릴러 소설《마술사》를 출간했다.

1912년 장편소설《인간의 굴레》집필을 시작했다.

1913년   극작가 헨리 아서 존스의 딸인 여배우 수 존스에게 청혼했지만 거절당했다.

1914년   시리 웰컴과 사귀기 시작했다. 당시 시리는 26세 연상의 제약 회사 거물 헨리 웰컴과 결혼한 상태였지만 별거 중이었다. 1차 세계대전이 발발했고, 입대하기에 너무 나이가 많자 영국 적십자사의 구급차 운전사로 프랑스에서 복무했다. 당시 동료 중에 미국 샌프란시스코 출신의 프레더릭 제럴드 핵스턴이 있었고, 두 사람은 이후 30년 동안 연인이자 동반자가 되었다. 하지만 시리 웰컴과도 연인 관계를 지속했다.

1915년   《인간의 굴레》를 출간했다. 고독한 청소년 시절을 거쳐 인생관을 확립하기까지 정신적 발전의 자취를 더듬은 자전적 작품이다. 9월, 이탈리아 로마에서 몸과 시리 웰컴의 유일한 아이인 메리 엘리자베스(리사)가 태어났다. 시리가 이혼 전이었기 때문에 딸 리사는 웰컴의 성을 물려받았다. 딸을 낳은 후 스위스로 이주했다.

1916년   헨리 웰컴이 몸을 공동 피고인으로 하여 시리에게 이혼 소송을 제기했고 승소했다. 프랑스어와 독일어에 능통하던 몸은 스위스 제네바에서 영국 첩보 기관 비밀 요원으로 일했다. 11월, 정보 수집을 위해 남태평양 사모아로 갔고 그곳에서 핵스턴과 재회했다. 이 무렵 타히티섬을 방문했고 이때의 경험을 바탕으로 훗날 《달과 6펜스》를 집필했다.

1917년 5월, 미국 뉴저지에서 시리와 결혼식을 올렸다. 의무감으로 한 결혼이었고 두 사람은 금세 멀어졌다. 몸은 영국으로 돌아와 비밀 요원으로 계속 활동했다. 레닌과 볼셰비키에 맞서 알렉산드르 케렌스키를 지원하기 위해 8월에 러시아 페트로그라드(현 상트페테르부르크)에 파견되기도 했다.

1919년 4월, 프랑스 화가 폴 고갱의 삶에 영감을 받아 쓴《달과 6펜스》를 출간했고 평론가들의 호평을 받았다. 8월, 희곡 〈집과 아름다움〉이 플레이하우스 극장에서 공연되었다. 1919년에서 1923년 사이에 핵스턴과 함께 아시아, 남태평양, 미국 등을 여행하며 많은 시간을 보냈다. 이후 두 사람은 프랑스 리비에라에서 함께 살았다.

1921년 단편집《나뭇잎의 하늘거림》을 출간했다. 희곡 〈순환〉을 발표했다.

1925년 《페인티드 베일》을 출간했다.

1928년 현대 스파이 소설의 원조이자 고전으로 평가받는 연작 소설집《어센든, 영국 정보부 요원》을 출간했다. 러시아에서 비밀 요원으로 활동하던 자신의 실제 경험에 허구를 가미한 소설이다.

1929년 아내 시리와 이혼했다.

1930년 《과자와 맥주》를 출간했다. 이 작품은 유명한 소설가를 다루고 있는데 토머스 하디와 휴 월폴을 풍자적으로 그렸다고 추정하고 있다.

1933년   마지막 희곡〈셰피〉를 발표했다.

1937년   《극장》을 출간했다.

1938년   인도를 방문했고 힌두교 성자 라마나 마하르시를 만났다. 훗날《면도날》에서 마하르시를 영적 구루의 모델로 삼았다. 문학 회고록《서밍 업》을 출간했다.

1939년   2차 세계대전이 일어났고 영국 정부의 요청으로 다시 정보 활동과 선전 임무 등을 맡았다.

1940년   독일군을 피해 프랑스 니스에서 석탄 화물선을 타고 영국으로 갔다. 핵스턴은 미국 시민이라 독일군의 직접적인 위협을 받지 않아 좀 더 남아 뒤처리를 했다.

1944년   11월, 흉막염 진단받은 핵스턴이 6개월간의 투병 끝에 결핵으로 사망했다. 젊은 미군 제대병의 이야기를 담은《면도날》을 출간했다. 1946년 말 프랑스 남부로 돌아가기 전까지 런던에서 살았다.

1949년   에세이《작가 수첩》을 출간했다.

1954년   영국 여왕 엘리자베스 2세에게 명예훈장(C.H.)을 받았다.

1965년   12월 16일, 프랑스 니스에서 낙상 합병증으로 91세의 나이로 세상을 떠났다. 그의 유해는 12월 20일 마르세유에서 화장되었고, 이틀 후 영국 캔터베리 킹스 스쿨 부지에 안치되었다.

옮긴이 **안흥규**

전북 임실에서 태어났고 전북대학교, 우석대학교, 원광대학교에서 영문학을 강의했다. 번역서로 윌키 콜린즈의 《월석》과 그레이엄 그린의 《허상 속의 인간들》 등이 있고 저서로는 《하디 소설의 비극적 성격》이 있다.

달과 6펜스

1판 1쇄 발행 1985년 11월 20일
3판 1쇄 발행 2025년 9월 19일

지은이 윌리엄 서머싯 몸 | 옮긴이 안흥규
펴낸곳 (주)문예출판사 | 펴낸이 전준배
출판등록 2004. 02. 11. 제 2013-000357호 (1966. 12. 2. 제 1-134호)
주소 04001 서울시 마포구 월드컵북로 21
전화 02-393-5681 | 팩스 02-393-5685
홈페이지 www.moonye.com | 블로그 blog.naver.com/imoonye
페이스북 www.facebook.com/moonyepublishing | 이메일 info@moonye.com

ISBN 978-89-310-2577-4 04800
ISBN 978-89-310-2365-7 (세트)

・잘못 만든 책은 구입하신 서점에서 바꿔드립니다.

❦문예출판사® 상표등록 제 40-0833187호, 제 41-0200044호

■ 문예세계문학선

★ 서울대, 연세대, 고려대 필독 권장 도서　▲ 미국대학위원회 추천 도서
● 《타임》 선정 현대 100대 영문 소설　▽ 《뉴스위크》 선정 세계 100대 명저

1 젊은 베르테르의 슬픔 괴테 / 송영택 옮김	34 지상의 양식 앙드레 지드 / 김붕구 옮김
▲▽ 2 멋진 신세계 올더스 헉슬리 / 이덕형 옮김	35 체호프 단편선 안톤 체호프 / 김학수 옮김
▲●▽ 3 호밀밭의 파수꾼 J. D. 샐린저 / 이덕형 옮김	36 인간 실격 다자이 오사무 / 오유리 옮김
4 데미안 헤르만 헤세 / 구기성 옮김	37 위기의 여자 시몬 드 보부아르 / 손장순 옮김
5 생의 한가운데 루이제 린저 / 전혜린 옮김	●▽ 38 댈러웨이 부인 버지니아 울프 / 나영균 옮김
6 대지 펄 S. 벅 / 안정효 옮김	39 인간희극 윌리엄 사로얀 / 안정효 옮김
●▽ 7 1984 조지 오웰 / 김승욱 옮김	40 오 헨리 단편선 O. 헨리 / 이성호 옮김
▲●▽ 8 위대한 개츠비 F. 스콧 피츠제럴드 / 송무 옮김	★ 41 말테의 수기 R. M. 릴케 / 박환덕 옮김
▲●▽ 9 파리대왕 윌리엄 골딩 / 이덕형 옮김	42 파비안 에리히 케스트너 / 전혜린 옮김
10 삼십세 잉게보르크 바흐만 / 차경아 옮김	★▲▽ 43 햄릿 윌리엄 셰익스피어 / 여석기 옮김
★▲ 11 오이디푸스왕 · 안티고네	44 바라바 페르 라게르크비스트 / 한영환 옮김
소포클레스 · 아이스킬로스 / 천병희 옮김	45 토니오 크뢰거 토마스 만 / 강두식 옮김
★▲ 12 주홍글씨 너새니얼 호손 / 조승국 옮김	46 첫사랑 이반 투르게네프 / 김학수 옮김
▲●▽ 13 동물농장 조지 오웰 / 김승욱 옮김	47 제3의 사나이 그레이엄 그린 / 안흥규 옮김
★ 14 마음 나쓰메 소세키 / 오유리 옮김	★▲▽ 48 어둠의 속 조셉 콘래드 / 이덕형 옮김
★ 15 아Q정전 · 광인일기 루쉰 / 정석원 옮김	49 싯다르타 헤르만 헤세 / 차경아 옮김
16 개선문 레마르크 / 송영택 옮김	50 모파상 단편선 기 드 모파상 / 김동현 · 김사행 옮김
★ 17 구토 장 폴 사르트르 / 방곤 옮김	51 찰스 램 수필선 찰스 램 / 김기철 옮김
18 노인과 바다 어니스트 헤밍웨이 / 이경식 옮김	★▲▽ 52 보바리 부인 귀스타브 플로베르 / 민희식 옮김
19 좁은 문 앙드레 지드 / 오현우 옮김	53 페터 카멘친트 헤르만 헤세 / 박종서 옮김
★▲ 20 변신 · 시골 의사 프란츠 카프카 / 이덕형 옮김	★ 54 몽테뉴 수상록 몽테뉴 / 손우성 옮김
★▲ 21 이방인 알베르 카뮈 / 이휘영 옮김	55 알퐁스 도데 단편선 알퐁스 도데 / 김사행 옮김
22 지하생활자의 수기 도스토옙스키 / 이동현 옮김	56 베이컨 수필집 프랜시스 베이컨 / 김길중 옮김
★ 23 설국 가와바타 야스나리 / 장경룡 옮김	★▲ 57 인형의 집 헨리크 입센 / 안동민 옮김
★▲ 24 이반 데니소비치의 하루	★ 58 소송 프란츠 카프카 / 김현성 옮김
A. 솔제니친 / 이동현 옮김	★▲ 59 테스 토머스 하디 / 이종구 옮김
25 더블린 사람들 제임스 조이스 / 김병철 옮김	▲▽ 60 리어왕 윌리엄 셰익스피어 / 이종구 옮김
★ 26 여자의 일생 기 드 모파상 / 신인영 옮김	61 라쇼몽 아쿠타가와 류노스케 / 김영식 옮김
27 달과 6펜스 서머싯 몸 / 안흥규 옮김	▲▽ 62 프랑켄슈타인 메리 셸리 / 임종기 옮김
28 지옥 앙리 바르뷔스 / 오현우 옮김	▲●▽ 63 등대로 버지니아 울프 / 이숙자 옮김
★▲ 29 젊은 예술가의 초상 제임스 조이스 / 여석기 옮김	64 명상록 마르쿠스 아우렐리우스 / 이덕형 옮김
▲ 30 검은 고양이 애드거 앨런 포 / 김기철 옮김	65 가든 파티 캐서린 맨스필드 / 이덕형 옮김
★ 31 도련님 나쓰메 소세키 / 오유리 옮김	66 투명인간 H. G. 웰스 / 임종기 옮김
32 우리 시대의 아이 외된 폰 호르바트 / 조경수 옮김	67 게르트루트 헤르만 헤세 / 송영택 옮김
33 잃어버린 지평선 제임스 힐턴 / 이경식 옮김	68 피가로의 결혼 보마르셰 / 민희식 옮김

(뒷면 계속)

★ 69 **팡세** 블레즈 파스칼 / 하동훈 옮김
70 **한국 단편 소설선** 김동인 외
71 **지킬 박사와 하이드** 로버트 L. 스티븐슨 / 김세미 옮김
▲ 72 **밤으로의 긴 여로** 유진 오닐 / 박윤정 옮김
★▲▽ 73 **허클베리 핀의 모험** 마크 트웨인 / 이덕형 옮김
74 **이선 프롬** 이디스 워튼 / 손영미 옮김
75 **크리스마스 캐럴** 찰스 디킨슨 / 김세미 옮김
★▲ 76 **파우스트** 요한 볼프강 폰 괴테 / 정경석 옮김
▲ 77 **야성의 부름** 잭 런던 / 임종기 옮김
★▲ 78 **고도를 기다리며** 사뮈엘 베케트 / 홍복유 옮김
★▲▽ 79 **걸리버 여행기** 조너선 스위프트 / 박용수 옮김
80 **톰 소여의 모험** 마크 트웨인 / 이덕형 옮김
★▲▽ 81 **오만과 편견** 제인 오스틴 / 박용수 옮김
★▽ 82 **오셀로 · 템페스트** 윌리엄 셰익스피어 / 오화섭 옮김
★ 83 **맥베스** 윌리엄 셰익스피어 / 이종구 옮김
▽ 84 **순수의 시대** 이디스 워튼 / 이미선 옮김
★ 85 **차라투스트라는 이렇게 말했다** 니체 / 황문수 옮김
★ 86 **그리스 로마 신화** 에디스 해밀턴 / 장왕록 옮김
87 **모로 박사의 섬** H. G. 웰스 / 한동훈 옮김
88 **유토피아** 토머스 모어 / 김남우 옮김
★▲ 89 **로빈슨 크루소** 대니얼 디포 / 이덕형 옮김
90 **자기만의 방** 버지니아 울프 / 정윤조 옮김
▲ 91 **월든** 헨리 D. 소로 / 이덕형 옮김
92 **나는 고양이로소이다** 나쓰메 소세키 / 김영식 옮김
★ 93 **폭풍의 언덕** 에밀리 브론테 / 이덕형 옮김
★▲ 94 **스완네 쪽으로** 마르셀 프루스트 / 김인환 옮김
★ 95 **이솝 우화** 이솝 / 이덕형 옮김
★ 96 **페스트** 알베르 카뮈 / 이휘영 옮김
▲ 97 **도리언 그레이의 초상** 오스카 와일드 / 임종기 옮김
98 **기러기** 모리 오가이 / 김영식 옮김
★▲ 99 **제인 에어 1** 샬럿 브론테 / 이덕형 옮김
★▲100 **제인 에어 2** 샬럿 브론테 / 이덕형 옮김
101 **방황** 루쉰 / 정석원 옮김
102 **타임머신** H. G. 웰스 / 임종기 옮김
●103 **보이지 않는 인간 1** 랠프 엘리슨 / 송무 옮김
●104 **보이지 않는 인간 2** 랠프 엘리슨 / 송무 옮김
▲105 **훌륭한 군인** 포드 매덕스 포드 / 손영미 옮김
106 **수레바퀴 아래서** 헤르만 헤세 / 송영택 옮김
▲107 **죄와 벌 1** 표도르 도스토옙스키 / 김학수 옮김
▲108 **죄와 벌 2** 표도르 도스토옙스키 / 김학수 옮김
109 **밤의 노예** 미셸 오스트 / 이재형 옮김
110 **바다여 바다여 1** 아이리스 머독 / 안정효 옮김
111 **바다여 바다여 2** 아이리스 머독 / 안정효 옮김
112 **부활 1** 레프 톨스토이 / 김학수 옮김
113 **부활 2** 레프 톨스토이 / 김학수 옮김
▲●114 **그들의 눈은 신을 보고 있었다** 조라 닐 허스턴 / 이미선 옮김
115 **약속** 프리드리히 뒤렌마트 / 차경아 옮김
116 **제니의 초상** 로버트 네이선 / 이덕희 옮김
117 **트로일러스와 크리세이드** 제프리 초서 / 김영남 옮김
118 **사람은 무엇으로 사는가** 레프 톨스토이 / 이순영 옮김
119 **전락** 알베르 카뮈 / 이휘영 옮김
120 **독일인의 사랑** 막스 뮐러 / 차경아 옮김
121 **릴케 단편선** R. M. 릴케 / 송영택 옮김
122 **이반 일리치의 죽음** 레프 톨스토이 / 이순영 옮김
123 **판사와 형리** F. 뒤렌마트 / 차경아 옮김
124 **보트 위의 세 남자** 제롬 K. 제롬 / 김이선 옮김
125 **자전거를 탄 세 남자** 제롬 K. 제롬 / 김이선 옮김
126 **사랑하는 하느님 이야기** R. M. 릴케 / 송영택 옮김
127 **그리스인 조르바** 니코스 카잔차키스 / 이재형 옮김
128 **여자 없는 남자들** 어니스트 헤밍웨이 / 이종인 옮김
129 **사양** 다자이 오사무 / 오유리 옮김
130 **슌킨 이야기** 다니자키 준이치로 / 김영식 옮김
131 **실종자** 프란츠 카프카 / 송경은 옮김
132 **시지프 신화** 알베르 카뮈 / 이가림 옮김
133 **장미의 기적** 장 주네 / 박형섭 옮김
134 **진주** 존 스타인벡 / 김승욱 옮김
135 **황야의 이리** 헤르만 헤세 / 장혜경 옮김